Beth Kendrick
Pfote aufs Herz

Buch

Lara Madigans Leben dreht sich nur um Hunde, und auch ein diamantbesetzter Verlobungsring kann daran nichts ändern. Lieber zieht sie kurzfristig wieder bei ihrer Mutter ein, mit allen Nachteilen. Justine würde ihre Tochter lieber in einem Schönheitssalon sehen, aber Lara arbeitet sich langsam von einer einfachen Hundetrainerin mit besonderem Gespür für Vermittlungen zur gefragtesten Beraterin in Hundesachen hoch. Dass ein Hund das Leben eines Menschen total verändern kann, ist für Lara kein Geheimnis, aber dass sich sowohl ihre Mutter als auch der Mann ihres Leben eines Tages in einen Hund verlieben würden, das hätte sie sich nie träumen lassen.

Autorin

Nachdem Beth Kendrick mit Berner Sennenhunden aufgewachsen war, verliebte sie sich in einen verwahrlosten Streuner, einen Terrier namens Murphy, und hat seitdem ein großes Herz für Findelhunde. Sie lebt mit ihrer Familie und zwei ausgelassenen Promenadenmischungen mit rotem Fell in Arizona. Obwohl sie drei Staubsauger besitzt, läuft sie ständig mit Hundehaaren an den Kleidern herum.

Weitere Romane der Autorin sind bei Blanvalet in Planung.

H

Beth Kendrick

Pfote aufs Herz

Roman

Aus dem Englischen
von Andrea Brandl

blanvalet

Die englische Originalausgabe erschien 2012 unter dem Titel
»The Lucky Dog Matchmaking Service« bei New American Library,
a division of Penguin Group (USA).

MIX
Papier aus verantwortungsvollen Quellen
FSC® C014496
FSC www.fsc.org

Verlagsgruppe Random House FSC® N001967
Das für dieses Buch verwendete FSC®-zertifizierte
Papier *Holmen Book Cream* liefert
Holmen Paper, Hallstavik, Schweden.

1. Auflage
Deutsche Taschenbuchausgabe April 2015
bei Blanvalet, einem Unternehmen
der Verlagsgruppe Random House GmbH, München.

Umschlaggestaltung: Johannes Frick
Umschlagmotiv: F1 online/Imagebroker/Doreen Zorn
Redaktion: Ingola Lammers
ED · Herstellung: sam
Satz: KompetenzCenter, Mönchengladbach
Druck und Bindung: GGP Media GmbH, Pößneck
Printed in Germany
ISBN: 978-3-442-38197-5

www.blanvalet.de

Für Will
Ich bin überglücklich,
dass du Teil meines Lebens bist.

1

»Ich bin klein, kriege eine Glatze und habe zehn Kilo zugelegt, seit meine Verlobte mit dem Fitnesstrainer durchgebrannt ist. Sie sind meine letzte Hoffnung, doch noch die große Liebe zu finden.«

Lara Madigan hatte bereits eine Hand am Türgriff ihres Oldsmobile-Kombis, als sie vor Schreck innehielt. Sie hatte die leicht keuchende Männerstimme noch nie zuvor gehört, deshalb hoffte sie für den Bruchteil einer Sekunde, dass er vielleicht jemand anders meinte.

Doch der Mann räusperte sich rasselnd und fuhr fort: »Sie sind doch die Partnervermittlerin, oder?«

Im Zeitlupentempo drehte Lara sich um und schlug ihren Mantelkragen gegen den eisigen Wind auf dem Drugstore-Parkplatz hoch. »Ja, das stimmt. Freut mich, Sie kennenzulernen.« Sie streckte ihm die rechte Hand entgegen, die der Mann sogleich mit beiden Händen umklammerte, als wäre sie eine Rettungsboje auf hoher See. Lara registrierte seine feuchten Handflächen.

»Ich bin Peter Hoffstead. Sie müssen mir helfen.« Er verstärkte seinen Griff. »Ich bin völlig verzweifelt.«

Lara schaltete automatisch in den Geschäftsmodus um. Als Erstes fiel ihr die Diskrepanz zwischen seinem Outfit und seiner Persönlichkeit auf – ein blasses, leicht teigiges Gesicht und schütter werdendes Haar einerseits, teures Designeroutfit andererseits: Cartier-Uhr, Jeans von Rock & Republic, Burberry-Gürtel. Vom Hals aufwärts war er Bill Gates, südlich davon P. Diddy. Es lag auf der Hand, dass jemand anders seine Garderobe zusammengestellt hatte; jemand, der ihm die Aura eines charmanten Playboys anstelle des ergrauenden Stubenhockers verleihen wollte.

Sanft, aber entschlossen entzog sie ihm ihre Hand und kramte eine Visitenkarte aus ihrer Tasche. »Ich bin zwar immer auf der Suche nach aussichtsreichen Kunden, aber Ihnen muss klar sein, dass ich nicht für jeden einen passenden Partner finde. All meine potenziellen Klienten werden einem strengen Auswahlverfahren unterzogen, und meine Anforderungen sind sehr hoch. Schließlich sollen alle Beteiligten langfristig glücklich miteinander werden.«

»Einer Ihrer früheren Kunden kann für mich bürgen.« Peter putzte sich mit einem zerknüllten, aber sauberen Taschentuch die Nase ab. »Mark Heston, mein Nachbar. Sie haben ihn mit Amelia zusammengebracht.«

»Amelia!« Laras Stimme wurde weich. »Ein wunderbares Geschöpf. Wie geht es ihr?«

Peter zuckte mit den Achseln. »Gut, vermute ich. Mark schwärmt unentwegt von ihr. So etwas müssen Sie unbedingt für mich finden.« Seine Hand verschwand in der Tasche seiner schwarzen Lederjacke und hielt ihr ein Bündel Banknoten hin. »Egal, was Sie verlangen, ich bezahle. Sogar das Doppelte Ihres üblichen Honorars.«

Lara machte keine Anstalten, das Geld entgegenzunehmen. »Bei meiner Tätigkeit steht nicht das Geld im Vordergrund, sondern der Wunsch, zwei Seelenverwandte zusammenzubringen. Meine Paare sollen ein Leben lang zusammenbleiben, deshalb muss ich Ihre Bedürfnisse ganz genau kennen und herausfinden, wer sie am besten befriedigen kann.«

Mit einem resignierten Seufzer steckte Peter das Geld wieder ein. Nun, da er sich nicht länger ins Zeug legte, erhaschte sie einen Blick auf die tiefe Einsamkeit, die sich hinter seinem Designeroutfit verbarg. »Miss Madigan.« Er spreizte die Hände. »Ich weiß, dass ich rein äußerlich nicht gerade ein Traumtyp bin. Das hat mir meine Verlobte mehr als klargemacht, bevor sie mich verlassen hat. Trotzdem habe ich eine Menge zu bieten: Liebe, Stabilität, all diese Eigenschaften …«

Lara musterte ihn. Seine Körpersprache war aufschlussreich. Jahrelange Erfahrung hatte sie gelehrt, dass es im Grunde völlig unwichtig war, was potenzielle Kunden sagten. Worte dienten dazu, sein Gegenüber zu manipulieren, auszuweichen, Fehler und Vorurteile zu rechtfertigen. Die Wahrheit lag in ihrer Stimme und diesem Leuchten in ihren Augen.

»Wenn ich einmal eine Bindung eingegangen bin, bleibe ich treu«, fuhr Peter fort. »Ich bin selbstständig und arbeite von zu Hause aus …«

»Ach ja?« Lara hob die Brauen. »Und haben Sie auch einen Garten?«

»Rund zweitausend Quadratmeter«, antwortete Peter mit stolzgeschwellter Brust. »Eingezäunt. Und er grenzt an ein Naturschutzgebiet.« Er bedeutete ihr, sich vorzubeugen. »Mit Wanderwegen. Ich habe angefangen zu joggen. Viermal pro Woche. Na ja, im Moment laufe ich rund sechseinhalb Kilometer pro Stunde, was man wohl kaum als Joggen bezeichnen kann. Aber ich versuche es zumindest. Und mit einem Partner kann man sich besser motivieren.« Er sah sie mit einer Mischung aus Hoffnung und Betrübnis an. Offenbar wappnete er sich bereits für eine Absage.

Lara erstellte im Geiste ein Profil von Peter: aufmerksam, hält sich gern im Freien auf, lernwillig …

»Ich tue alles, was Sie von mir verlangen. Sie werden es nicht bereuen. Ich brauche nur ein bisschen Hilfe, um Frauen kennenzulernen. Ich habe es in Bars und bei verschiedenen Partneragenturen im Internet versucht, aber es will einfach nicht klappen. Ich brauche jemanden, der mir hilft … jemanden, der das Eis bricht. Helfen Sie mir? Bitte.«

Sie sah die Verzweiflung hinter seinen verschmierten Brillengläsern und lächelte. Peter Hoffstead war ein anständiger Mann mit einem großen Herzen, dem es lediglich ein wenig an Selbstvertrauen fehlte. Ein sorgfältig ausgewählter Gefährte würde ihm helfen, sich auch ohne Nobelmarken und ohne ein dickes Portemonnaie als wertvoller Mensch zu fühlen.

»Ich glaube, ich habe genau den richtigen Partner für Sie.«

Sein ganzer Körper spannte sich an. »Ehrlich?«

Lara nickte. »Süß, charismatisch und absolut unwiderstehlich. Und ein Garant, dass sich die Leute auf der Straße nach Ihnen beiden umdrehen werden.« Sie zog ihr Handy heraus, rief ein Foto auf und hielt Peter den Schnappschuss eines Terriers mit struppig hellbraunem Fell vor die Nase. »Darf ich vorstellen? Das ist Murphy.«

2

Kaum hatte Lara einen Fuß über die Schwelle gesetzt, stieg ihr bereits der Duft nach Vanille und Zitrone in die Nase. Zwei Stufen später roch sie auch den drohenden Ärger, der in der Luft hing.

Sie wappnete sich innerlich gegen den Angriff eines ausgelassenen vierbeinigen Begrüßungskomitees, doch die Diele war verwaist. Ihr Freund Evan hatte das Haus im vergangenen Jahr gekauft, doch Lara war erst vor wenigen Wochen eingezogen, so dass es mit seinen kahlen Wänden und der spärlichen Möblierung immer noch den Charme einer Junggesellenbude verströmte. Und auch Lara war es nicht gelungen, ihrem neuen Heim jenen typischen »weiblichen Touch« zu verleihen. Stattdessen hatte sich ihr Beitrag zur Umgestaltung darauf beschränkt, im Garten hinter dem Haus ein Planschbecken aufzustellen und einige potenziell giftige Strauchpflanzen zu entfernen.

Ansonsten trugen die aufgestapelten Kartons mit ihren Habseligkeiten lediglich dazu bei, den Mangel an Möbelstücken zu kompensieren.

»Hallo?« Das Geräusch ihrer Flipflops auf dem Fliesenboden hallte von den kahlen Wänden wider, als sie in die Küche ging. »Wo seid ihr denn alle?«

»Hinter Schloss und Riegel.« Evan stand in einem offenen hellblauen Hemd und mit nassen Haaren im Essbereich und schrubbte mit einem feuchten Geschirrtuch die Arbeitsplatte. Er war groß und schlaksig, hatte rötlich braunes Haar und besaß einen bemerkenswerten Geschäftssinn. Lara hatte sich vom ersten Moment an zu ihm hingezogen gefühlt. Er verdiente sein Geld als Dozent für Wirtschaft an einem elitären MBA-Institut, in seiner Freizeit hingegen lief er am liebsten mit Dreitagebart herum und sah aus, als wollte er gerade in seine Converse-Turnschuhe schlüpfen und eine Runde Frisbee spielen. Statussymbole waren ihm egal, trotzdem war ihm nichts in den Schoß gefallen. Er hatte hart dafür gearbeitet, was er besaß, und ging stets pfleglich damit um – auch mit seinem Haus.

»Oje.« Lara stellte ihre Tasche auf dem schmiedeeisernen Stuhl ab und trat mit einem beschwichtigenden Lächeln auf ihn zu. »Soll ich überhaupt fragen, was sie diesmal verbrochen haben?«

Evan kreuzte die Arme vor der Brust. »Mein Nachmittagstermin wurde abgesagt, deshalb war ich früher hier als geplant und wollte dir einen Kuchen für deinen Geburtstag morgen backen. Während er abkühlte, bin ich kurz nach oben gegangen, um unter die Dusche zu springen, und deine Hunde …«

Sie stellte sich auf die Zehenspitzen und küsste ihn. »*Unsere* Hunde, Schatz, schon vergessen?«

»… haben ihn komplett aufgefressen.«

Laras Augen weiteten sich. »Es war aber kein Schokoladenkuchen, oder?«

»Nein, Banane-Sauerrahm, aber diese elenden Biester haben ihn bis auf den letzten Krümel verputzt. Ich wollte noch einen Zitronenguss darübergeben. Jetzt werden wir den nehmen, eine Kerze reinstecken und ihn mit dem Löffel essen müssen.«

Erleichtert atmete sie auf. »Gut. Ich meine, natürlich ist es nicht gut, aber von Schokolade hätten sie schwere Herzbeschwerden bekommen können. Wegen des Theobromin im Kakao.«

»Es war ein Kuchen aus echten Zutaten. Keine Backmischung, sondern mit richtigem Mehl, Eiern und Butter.« Er blätterte im Backbuch.

»Und ich weiß jedes einzelne Gramm Zucker darin zu schätzen. Ich bin sicher, er war absolut köstlich.«

»Und die Blumen, die ich für dich gekauft hatte, haben sie auch aufgefressen.« Evan deutete auf einen Haufen Scherben neben der Terrassentür. »Pass auf, ich bin gerade dabei, die Schweinerei aufzuwischen.«

»Das muss Zsa Zsa gewesen sein. Seltsamerweise ist sie völlig verrückt nach Grünzeug.« Lara packte die Zipfel seines Hemds und zog ihn zu sich heran, um ihn ein weiteres Mal zu küssen. »Blumen und ein selbst gebackener Kuchen? Daran könnte ich mich glatt gewöhnen.«

Er runzelte die Stirn. »Und?«

»Und was?« Sie zog ihre Jacke aus und machte sich auf den Weg, um einen Besen und eine Kehrschaufel zu holen.

Er nickte in Richtung Tür zu dem Raum, der einst als Gästezimmer gedient hatte und seit Laras Einzug in ein

»Hundezimmer« umfunktioniert worden war. »Willst du sie denn gar nicht bestrafen?«

»Nein.«

»Aber wieso nicht, verdammt noch mal? Diese elende Bande hinterhältiger Kuchendiebe.«

Lara schob ihn zur Seite und machte sich an die Arbeit. »Erstens müssen disziplinarische Maßnahmen immer in direktem Zusammenhang mit dem Anlass stehen. Wenn ich sie jetzt bestrafe, haben sie keine Ahnung, wofür.«

»Sie haben meinen Bananen-Sauerrahm-Kuchen gefressen. Dafür müssen sie doch eine Strafe bekommen.«

»Zweitens sind sie nicht hinterhältig. Du traust ihnen etwas zu, wozu sie von Natur aus nicht fähig sind. Sie haben bloß einen Kuchen in Reichweite stehen sehen und eben zugeschlagen. Bestimmt war Maverick der Anführer. Wir werden daran arbeiten, dass er nicht mehr ständig auf die Arbeitsplatte springt, aber wenn du einen Kuchen offen herumstehen lässt und ihn nicht in seine Box sperrst …«

Evan schnappte sich einen Apfel und versenkte wütend die Zähne im knackigen Fleisch. »Also ist es auch noch meine Schuld, weil ich den Kuchen auf der Arbeitsplatte habe stehen lassen, statt ihn in einem Banksafe zu verstauen? Das ist doch kompletter Blödsinn. Es ist *meine* Arbeitsplatte in *meinem* Haus, und er sollte …« Er hielt inne. »Ich meine, *unsere* Arbeitsplatte in *unserem* Haus«, korrigierte er sich beim Anblick ihrer Miene.

Lara unterzog Evan einer langen, eindringlichen

Musterung. Normalerweise war er die Ruhe und Selbstbeherrschung in Person. »So aufgebracht habe ich dich noch nie erlebt. Auf wen bist du so wütend? Auf die Hunde oder auf mich?«

Er nahm einen weiteren Bissen, ehe er antwortete. »Du bist doch Hundetrainerin, oder nicht? Sollten deine Hunde folglich nicht … keine Ahnung … anständig erzogen sein?«

Ihre Finger schlossen sich fester um den Besenstiel. »Ich trainiere Hunde, nachdem ihnen andere Leute ganze Wagenladungen schlechter Angewohnheiten beigebracht haben. Ich kann keine Wunder vollbringen, sondern meine Arbeit erfordert viel Zeit und Geduld. Und noch etwas: Wenn du ein Haus voller gut erzogener Hunde haben willst, wirst du dich notgedrungen an der Erziehung beteiligen müssen. Auch sie gewöhnen sich gerade an neue Lebensumstände und brauchen klare Strukturen und Beständigkeit, und zwar von uns beiden.«

Er murmelte etwas, was verdächtig nach »und ein Elektrohalsband« klang.

Laras Brauen schossen in die Höhe. »Wie war das gerade?«

Evan presste die Lippen aufeinander und starrte sie finster an.

»Was genau soll ich deiner Meinung nach tun?«, fragte sie. »Wieder ausziehen?«

Augenblicklich schlug seine Verärgerung in Verblüffung und blankes Entsetzen um. »Wer hat denn etwas von Ausziehen gesagt?«

Lara wandte den Blick ab.

»Wieso ist abhauen immer gleich die erste Lösung, die dir einfällt?«, fragte er mit einem Nicken auf den Berg Umzugskartons im Wohnzimmer. »Ich habe dich ja noch nicht mal so weit, dass du überhaupt richtig einziehst. Du bist seit über einem Monat hier, trotzdem hast du noch nicht mal deine Kartons ausgepackt.«

»Ich will mich erst häuslich niederlassen, wenn ich sicher bin, dass du damit klarkommst, mich und die Hunde ständig um dich zu haben. Wenn dich ein Hund, der die Arbeitsplatte plündert, schon so auf die Palme bringt …«

»Ich werde mich doch wohl darüber ärgern dürfen, dass sie deinen Geburtstagskuchen verputzt haben«, sagte er. »Das heißt doch nicht, dass ich nicht mehr mit dir zusammen sein möchte. Ich liebe dich.«

»Ich liebe dich auch.« Laras Züge erhellten sich. Sie hoffte, dass der Streit damit beendet war.

Doch dann stellte Evan die Frage, die jedes Mal an dieser Stelle kam. Unweigerlich. »Aber liebst du mich mehr als die Hunde?«

Lara nahm ein Weinglas aus dem Schrank, schenkte sich von dem Shiraz ein und trank einen langen, bedächtigen Schluck. »Muss ich dich an unseren Vertrag erinnern? An die Vereinbarung, die du selbst aufgesetzt und an dem Abend unterschrieben hast, als du mich gebeten hast, bei dir einzuziehen?« Sie blickte zu der Cocktailserviette hinüber, die mit einem Magneten an der Kühlschranktür befestigt war und auf die Evan seinen feierlichen Schwur gekritzelt hatte. *»Ich, Evan*

Walker, gelobe hiermit, zum Hundeliebhaber zu werden und mich weder über vollgeschlabberte noch umgekippte Gegenstände zu beschweren, so wahr mir Gott helfe.«

Lautes Gebell und das Scharren von Hundekrallen auf Holz drangen aus dem Hundezimmer.

»Sie haben schon die gesamte Rigipswand auseinandergenommen«, bemerkte Evan und massierte sich die Stirn.

»Ich werde einen Handwerker kommen lassen, der den Schaden repariert«, erbot sich Lara. »Das ist mein Geburtstagswunsch – eine neue Rigipswand.«

»Nein, nein, ich kümmere mich schon darum.« Er ließ den Atem entweichen. »Es ist mein Haus, außerdem hast du diesen Monat schon so viel Geld für den Tierarzt ausgegeben.«

»Rund zweitausenddreihundert Dollar.« Lara hielt inne. »Und es ist *unser* Haus. Verstanden?«

Er breitete die Arme aus. Als er sie an sich zog, spürte sie, wie sie sich beide entspannten. »Unser Haus.« Er legte das Kinn auf ihren Kopf. »Es tut mir leid. Aber all diese Hunde … Ich verstehe einfach nicht, wieso du dir unbedingt die Probleme anderer Leute aufhalsen musst.«

Lara legte ihre Wange an seine Brust und genoss die Wärme, die von ihm ausging. Könnte er sie doch nur verstehen. »Sie sind keine ›Probleme‹, Evan. Jeder dieser Hunde hat eine Bestimmung auf der Welt. Sie sind nicht nur Haustiere, sondern Rettungsanker. Das habe ich am eigenen Leib erfahren, Evan.«

Lara war sechzehn und auf der Highschool, als sie sich zum ersten Mal in einen Findelhund verliebt hatte. Sie war am Freitag vor den Frühjahrsferien nach Hause gekommen, bis auf die Knochen durchnässt von dem heftigen Regenguss und völlig geschafft von einer Woche Prüfungsstress und dem Versuch, möglichst unauffällig ihren Platz inmitten ihrer Klassenkameraden zu finden. Das Ziel war nicht, sich *einzugewöhnen* – sie wusste, dass sie sich an der exklusiven Privatschule, auf die ihre Mutter sie gegen ihren Willen geschickt hatte, nie wirklich wohlfühlen würde. Vielmehr ging es darum, sich unsichtbar zu machen und möglichst nicht aufzufallen, damit niemandem die Wagenladung Makel und Unzulänglichkeiten auffiel, die sie mit sich herumschleppte.

Doch gegen den wachsamen Blick ihrer Mutter war sie machtlos.

»Also wirklich, Lara, sieh dir bloß deine Nägel an«, sagte sie zur Begrüßung, als Lara zur Tür hereinkam. Als Besitzerin mehrerer Schönheitssalons kam Justine sonst sehr spät nach Hause, aber offenbar hielt sie es für ihre mütterliche Pflicht, sich von Lara zu verabschieden, bevor sie in die Ferien aufbrach. »So schlampig und ungepflegt.«

Lara öffnete den Mund, um sie daran zu erinnern, dass sie sich wohl kaum mit abgesplittertem Nagellack herumschlagen müsste, hätte Justine ihr nicht am vorhergehenden Wochenende regelrecht eine Maniküre aufgezwungen. »Offenbar habe ich ihn beim Lernen für die Matheprüfung abgeknibbelt. Ehrlich gesagt, habe ich es nicht einmal mitbekommen.«

Seufzend zog Justine ihren hellbraunen Burberry-Regenmantel aus und hängte ihn in den Garderobenschrank. »Was soll ich nur mit dir anstellen?«

Lara biss sich auf die Innenseite ihrer Wange, zählte stumm bis zehn und sah auf die Uhr. Noch eine Viertelstunde, dann würde ihr Vater kommen und sie mit zum Zelten in die Berge von Nord-Arizona nehmen. Noch eine Viertelstunde, in der sie sich Justines Kritik anhören musste, dann konnte sie eine ganze Woche Freiheit genießen, weit weg von Justines endlosen Forderungen und Erwartungen. Sie konnte in Jogginghosen herumlaufen mit ungewaschenen Haaren und einem dicken Trauerrand unter den Nägeln. Die meisten Mädchen aus ihrer Klasse jetteten zu irgendwelchen exotischen Zielen – zum Surfen nach Hawaii oder zum Skifahren nach Aspen –, aber Lara beneidete sie nicht darum. Jeder Tag ohne Schulstress und Justines unerfüllbare Ansprüche war der reinste Traum auf Erden.

Sie kehrte ihrer Mutter den Rücken zu und schaltete den Fernseher ein. »Ich habe schon alles gepackt.«

Justine streifte ihre hochhackigen Schuhe ab und wischte sorgfältig die Regentropfen von dem feinen italienischen Leder. »Gut. Ich erwarte dich am Sonntag um sechs zurück. Hast du noch Hausaufgaben für nächste Woche auf?«

Lara ignorierte sie und drehte den Fernseher lauter. Dreizehn Minuten, zwölf …

Das Telefon in der Küche klingelte. Justine nahm beim zweiten Läuten ab und senkte die Stimme, kaum dass sie sich gemeldet hatte. Lara griff nach der Fernbedienung und drehte den Ton leiser, um zu lauschen.

»Das kannst du nicht machen, Gil. Sie rechnet fest mit dir. Mir ist klar, dass sie kein Kind mehr ist. Sie ist sechzehn, und das ist ein schwieriges Alter … nein, absolut nicht …«

Sorgsam darauf bedacht, die Kissen nicht zu zerknautschen, stand Lara vom Sofa auf, pirschte auf Zehenspitzen zur Küchentür und lauschte mit angehaltenem Atem.

Justines Stimme wurde eisig. »Tja, du musst wohl tun, was du nicht lassen kannst, aber das wirst du ihr schön selbst sagen … Ich bin es leid, ständig als Überbringerin der schlechten Nachrichten herzuhalten … Nein, *du* wirst es ihr sagen.«

Abrupt wich Lara zurück und setzte eine unschuldige Miene auf, als Justine mit dem schnurlosen Telefon in der Hand ins Fernsehzimmer gestürzt kam.

»Dein Vater möchte dir gern etwas sagen«, erklärte sie und hielt das Telefon auf Armeslänge von sich, als wäre es eine Bombe, die jederzeit losgehen konnte.

Lara wusste bereits, was kommen würde, zwang sich aber trotzdem zu einem Lächeln. »Hi, Daddy, was gibt's denn?«, fragte sie und bemühte sich um einen fröhlichen Tonfall.

Doch das Einzige, was durch die Leitung drang, war das Freizeichen.

Lara ließ das Telefon sinken. »Er kommt also nicht.«

Justine setzte sich resigniert aufs Sofa. »Es tut mir leid.«

»Muss es nicht. Ist schon gut.« Lara rang sich ein Lächeln ab. »Er hat … Bestimmt ist etwas Wichtiges dazwischengekommen.«

»Zumindest behauptet er das.« Justine klopfte einladend auf das Kissen neben sich, doch Lara wollte sich nicht hinsetzen. Sie lauschte dem Geräusch der Autos auf der Straße, die durch die tiefen Pfützen fuhren, sorgsam darauf bedacht, dem mitleidigen Blick ihrer Mutter nicht zu begegnen.

»Du hattest doch sowieso keine Lust zum Zelten«, sagte Justine schließlich in die Stille hinein. »Es soll die ganze Woche über regnen. Es hätte dir ohnehin keinen Spaß gemacht.«

Endlich löste Lara sich aus ihrer Erstarrung. »Falsch. *Dir* hätte es keinen Spaß gemacht. Du bist diejenige, die Camping hasst. Du bist diejenige, die … keine Ahnung … körperlich unfähig ist, sich zu amüsieren.«

Justine reckte trotzig das Kinn. »Da hätten wir es ja wieder mal. Dein Vater ist der tolle Hecht, der alles richtig macht, und ich bin wieder die Böse, die nur schimpft und motzt. Das Miststück, das für deine Nachhilfestunden bezahlt, dir Klamotten kauft und ein Dach über dem Kopf bietet.«

»Oh, jetzt bin ich also der Grund dafür, dass du die beschissene Eiskönigin persönlich bist, ja? Ich habe nicht darum gebeten, zur Welt zu kommen.«

»Lara Madigan, du sprichst auf der Stelle in einem anderen Ton mit mir. Wenn du wütend auf deinen Vater bist, dann schrei gefälligst ihn an und nicht mich.«

Doch Lara konnte ihren Vater nicht anschreien, denn

er blieb ja nicht einmal lange genug am Telefon, um ihr zu sagen, dass er ihre gemeinsamen Ferien platzen ließ. Also musste ihre Mutter weiterhin ihre tödlichen Blicke ertragen – Justine, wie immer strahlend und unerreichbar mit ihren schicken Klamotten und ihrem sorgfältig glatt geföhnten Haar. Seit Lara denken konnte, versuchte sie vergeblich, das kichernde Mädchen mit dem windzerzausten Haar auf dem Hochzeitsfoto ihrer Eltern mit der Frau in Einklang zu bringen, die vor ihr auf dem Sofa saß. Mit jedem Jahr war Justine argwöhnischer und verkniffener geworden. »Du und Dad, ihr habt euch doch früher auch amüsiert, oder?«

Justine gab keine Antwort, doch Lara sah etwas in ihren Augen aufflackern.

»Du warst doch nicht immer so wie heute«, bohrte sie weiter.

Justines Lippen waren zu einer schmalen weißen Linie zusammengepresst. »Wie denn?«

»Als wäre dir nie etwas gut genug.« Lara blutete das Herz, und ihre Mutter sollte ruhig einen Teil ihres Schmerzes abbekommen. »Früher warst du ein anderer Mensch. Du hättest Dad wohl kaum geheiratet, wenn du dir nicht sicher gewesen wärst, dass er dein Seelenverwandter ist.«

Justine stieß ein freudloses Lachen aus. »Sei doch nicht so naiv. So etwas wie Seelenverwandte gibt es nicht.«

»Aber wieso hast du ihn dann geheiratet?«

»Ich war neunzehn und dachte, ich hätte die Weisheit mit Löffeln gefressen.« Justines Stimme troff vor Verachtung für ihre Dummheit von damals. »Ich war eben ›verliebt‹.« Sie unterstrich das Wort, indem sie Anführungszeichen in der Luft beschrieb. »Inzwischen bin ich älter und klüger, und eines kann ich dir mit Sicherheit sagen: Die Liebe löst keines deiner Probleme. Jeder ist auf sich allein gestellt. Du sollst niemals von einem Mann abhängig sein, Lara. Deshalb reiße ich mir den Hintern auf. Um dir die bestmögliche Ausbildung und Chancen für eine anständige Zukunft mit auf den Weg zu geben.«

Lara pulte an ihrem Nagellack herum.

»Hör auf damit.« Justine sammelte sich, holte tief Luft und stand auf. »Komm, fahren wir in den Salon. Wir verpassen dir eine frische Maniküre, dann fühlst du dich bestimmt gleich besser.«

Lara schob sich an ihrer Mutter vorbei und riss den makellos sauberen Burberry-Regenmantel aus dem Garderobenschrank. »Nein. Ich gehe lieber ein bisschen spazieren.«

»Wage es nicht, einen Fleck auf den Mantel zu machen«, schrie Justine. »Komm sofort wieder her, junge Dame!«

Doch Lara war bereits hinausgestürmt und hatte die Tür hinter sich zugeknallt. Auf dem Weg die Auffahrt hinunter hob sie den Kopf und hielt ihr Gesicht in den Regen, bis ihr langes dunkles Haar an ihren Wangen klebte.

Sie wollte nur allein sein, sagte sie sich, als sie den Weg zum Park einschlug. Unsichtbar sein.

Erst als ihre Nase zu laufen begann, merkte sie, dass

sie weinte. Bebend vor Wut und Trotz, wischte sie sich die Nase am Ärmel von Justines teurem Regenmantel ab.

Justine wäre außer sich vor Wut, wenn sie das sehen könnte.

Sehr gut.

Fast eine Stunde wanderte Lara ziellos durch den Regen, bis sie vor dem kleinen Einkaufszentrum im äußersten Teil ihres Nobelwohnviertels stand. Es war Freitag, deshalb hatten die Bank, das Juweliergeschäft und die Tierarztpraxis bereits geschlossen. Auf der Türschwelle der Praxis stand ein großer Karton, der sich im strömenden Regen bereits aufzulösen begann. Auf einer Seite stand in großen schwarzen Buchstaben nur ein einziges Wort: FREI.

Noch bevor Lara in den Karton spähte, wusste sie, was sie finden würde. Und siehe da – ein winziger schwarzer Hundewelpe kauerte schlotternd in einer Ecke, als sie den Deckel aufschlug.

Wie erstarrt blickte sie auf das kleine Bündel, während ihr tausend Gedanken gleichzeitig durch den Kopf gingen, allen voran jedoch dieser eine: MEINES. Als das Hündchen sie mit seinen dunklen Augen flehend ansah, wusste sie, was sie zu tun hatte.

»Alles wird gut«, murmelte sie, als ihre Stimme ihr wieder gehorchte, und streckte die Hände aus. Taumelnd krabbelte der Welpe heran und ließ sich hochnehmen.

Dieser einsame kleine Hund brauchte sie.

Fast genauso sehr wie sie ihn.

Sie hob das zitternde Tier aus dem Karton, schob es unter ihren Mantel und drückte es an ihre Brust.

»Ganz ruhig«, murmelte sie. »Jetzt bist du in Sicherheit. Ich hab dich.«

Der Welpe winselte leise. Und dann pinkelte er auf das Revers von Justines Burberry-Mantel.

Lara rannte den ganzen Weg zurück nach Hause. »Los, zieh dir sofort etwas Trockenes an. Du holst dir noch eine Lungenentzündung«, befahl ihre Mutter, als sie hereinkam.

»Gleich. Zuerst muss ich mich um den Hund kümmern.« Lara knöpfte den Mantel auf und förderte den mageren, schlotternden Welpen zu Tage. »Mom, das ist Beacon.«

»O nein. Nein, nein, nein, nein. Du wirst dieses Vieh nicht behalten. Wir werden dieses Vieh auf keinen Fall behalten.«

»O doch, das werden wir. Und du irrst dich, denn es gibt sehr wohl Seelenverwandte, Mom.«

Lara betrachtete Evan mit derselben unerschütterlichen Überzeugung, mit der sie vor all den Jahren ihrer Mutter gegenübergestanden hatte. »Mein Hund Beacon hat mir auf der Highschool das Leben gerettet. Ohne ihn hätte ich in dieser verrückten Zeit den Verstand verloren. Er war immer an meiner Seite, auf dem College, während meiner ersten Jobs, in Phasen, in denen ich in den heruntergekommensten Apartments gehaust habe, und während einer sehr schlimmen Trennung. Meine Mutter konnte nie nachvollziehen, weshalb ich ihn so geliebt habe, denn er war weder schön, noch hatte er einen beeindruckenden Stammbaum, aber er hatte etwas an sich, was kein anderer Hund hatte.« Bei der Erinnerung an den winzigen schlappohrigen Chihuahua-Mix lächelte sie wehmütig. »Er ist vor zwei Jahren gestorben, und wahrscheinlich werde ich nie wieder eine so enge Bindung zu einem Hund haben. Aber ich weiß, dass sie existiert, und meine Aufgabe besteht darin, die richtigen Menschen mit dem richtigen Hund zusammenzubringen, damit er seinen Besitzer rettet, genauso wie Beacon mich damals gerettet hat. Das ist meine Berufung. Und wenn du mich liebst, musst du auch meine Hunde lieben.«

»Ich liebe dich«, sagte Evan und legte seine Hand auf ihre Wange. »Und ich bin sicher, ich werde auch die Hunde lieben können. Außerdem sind sie ein Ansporn für mich zu lernen, wie man Rigipswände zieht.«

»Das ist der richtige Ansatz. Und jetzt gib mir fünf Minuten zum Umziehen, damit wir essen gehen können, irgendwo ganz weit weg vom Tatort. Und wenn wir nach Hause kommen …«, mit einem verführerischen Lächeln ließ sie ihre Hand über seinen Bizeps wandern, »… habe ich da ein paar interessante Ideen, wie wir den Abend ausklingen lassen – nackte Haut und eine Schüssel mit Zitronenguss kommen darin vor.«

3

Am nächsten Morgen bretterte Lara mit ihrem Kombi die ruhige Wohnstraße entlang – sie umklammerte das Lenkrad so fest, dass ihre Knöchel weiß hervortraten – und blieb mit quietschenden Reifen vor dem Haus ihrer besten Freundin und Mitbegründerin von *Lucky Dogs*, ihrer Auffang- und Vermittlungsstation für herrenlose Hunde, stehen. Ohne sich die Mühe zu machen, den Schlüssel aus dem Zündschloss zu ziehen, riss sie die Tür auf, stürzte die Einfahrt hinauf und läutete Sturm.

»Gott sei Dank, dass du hier bist.« Kerry, klein, rothaarig, mit markantem Kinn und nicht minder ausgeprägtem Charakter, riss die Haustür auf. Obwohl sie hochschwanger war, hatte sie nichts von ihrer drahtigen, schlanken Figur eingebüßt, sondern sah aus, als hätte sie lediglich einen Volleyball verschluckt.

Lara musterte sie besorgt. »Ich habe noch nicht mal die Nachricht auf dem Anrufbeantworter verstanden. Haben die Wehen eingesetzt?«

»Nein, nein, mir geht's prima, aber Titus ist ausgebüxt. Er hat es irgendwie geschafft, aus dem Garten abzuhauen.« Kerry öffnete die Tür ein Stück weiter, worauf sich ein kleiner gelber Terrier zwischen ihren Beinen hindurchquetschte. »Murphy, nein! Nicht noch einer. Ein ausgerissener Mastiff genügt schon.«

Lara schnippte mit den Fingern. »Hierher«, befahl sie leise, aber bestimmt.

Murphy blieb abrupt stehen, machte kehrt, kam zurückgetrottet, setzte sich neben Lara und sah sie an, strahlend und in der festen Erwartung eines Leckerlis.

»Braver Junge.« Lara bückte sich, um Murphy am Halsband festzuhalten, und bedeutete Kerry, sich hinzusetzen. »Beruhig dich. Und atmen, schön durchatmen.«

»Wie ist das verdammt noch mal möglich?« Kerry machte keine Anstalten, sich zu setzen. »Wie kann es sein, dass dir die Hunde gehorchen, mir aber nicht? Ich habe Titus gerufen, dass er herkommen soll, aber er ist davongaloppiert, als würde ich überhaupt nicht existieren.« Beide Hände in den Rücken gestützt, machte sie sich auf den Weg zu Laras Kombi. »Wir müssen ihn unbedingt finden. Und wir müssen deinen Wagen nehmen, weil Titus nie im Leben in dieses dämliche Auto passt, das Richard mir gekauft hat.«

»Du sprichst von dem nagelneuen deutschen Cabrio in deiner Garage?«, fragte Lara.

»Genau. Aber deutsche Ingenieurkunst bringt einen auch nicht weiter, wenn man seinen Schwangerschaftsbauch hinters Steuer und einen Mastiff auf den Beifahrersitz quetschen muss.« Kerry sah Lara finster an. »Ich werde die Kiste so schnell wie möglich gegen einen hübschen Minivan eintauschen, das schwöre ich dir.« Sie hievte sich auf den Beifahrersitz. Murphy sprang auf ihren Schoß und stützte sich mit den Pfoten auf dem Armaturenbrett ab. »Los, beeil dich. Fahr zu dem weißen Haus da vorn und dann um den Block.«

Lara ließ den Wagen an und schlich mit fünf Meilen pro Stunde die Wohnstraße entlang. »Wieso die hysterische Nachricht auf dem Anrufbeantworter? Das ist doch eine ruhige Gegend. Kaum Verkehr. Ich kann mir nicht vorstellen, dass Titus hier überfahren wird.«

»Wegen des Verkehrs mache ich mir auch keine Sorgen.« Kelly kurbelte das Fenster herunter und lauschte auf verräterisches Gebell. »Beim letzten Mal hat er das Blumenbeet der Nachbarin ausgebuddelt. Sie war stinkwütend, und ihr Mann ist ein Waffennarr.«

Der Wagen kroch die breite verwaiste Straße entlang. Während beide Frauen – mit Murphys Unterstützung – die Gegend nach einem Hinweis auf Titus absuchten, schilderte Lara das Kuchendebakel des vergangenen Abends.

»Also hast du Evan mit Zucker und Sex weichgekocht«, fasste Kerry zusammen.

»Genau.« Als Murphy die Nase aus dem Fenster hielt und laut zu jaulen begann, bog Lara nach rechts ab.

»Aber jetzt sind alle wieder glücklich und zufrieden?«

»Ja. Zumindest bis zum nächsten Amoklauf.« Lara ließ den Blick über die Gärten schweifen. »Und genau da liegt das Problem. Bei fünf Hunden ist der Ärger quasi vorprogrammiert. Und selbst wenn ich es verhindern könnte, gibt es immer einen Neuankömmling, der meine Hilfe braucht. Jason aus dem Shayland Animal Hospital hat mir gerade eine Nachricht hinterlassen, er hätte einen Rhodesian Ridgeback, den ich mir heute Nachmittag ansehen soll.« Lara gab zwar abends und an den Wochenenden Obedience-Kurse, in denen Mensch und Hund lernten, miteinander zu arbeiten, doch ihren Lebensunterhalt verdiente sie als Vertreterin für Hundearzneimittel und suchte im Auftrag eines Pharmaherstellers Tierkliniken und -praxen auf. Zwar waren die Sozialleistungen nicht allzu berauschend, und ihr Gehalt basierte größtenteils auf Provisionen, trotzdem brachte der Job einige Vorteile mit sich; beispielsweise in Gestalt von Rabatten für die Medikamente, die sie und Kerry für ihre kranken und verletzten Hunde brauchten. »Offenbar hat er ein Hautproblem. Evan wird begeistert sein.«

»Moment mal!« Kerry verzog das Gesicht und legte ihre Hand auf den Bauch. »Ich schwöre, dieses Kind schlägt gerade einen Purzelbaum.«

Laras Augen weiteten sich, als Kerry abermals zusammenzuckte. »Bitte nicht. Jetzt bloß keine Wehen!« Lara riss die Wasserflasche aus der Halterung am Armaturenbrett. »Hier, trink das und beruhige dich.«

»Alles in Ordnung. Ich habe mindestens noch zwei Wochen. Außerdem weigere ich mich, das Kind zu bekommen, solange Richard noch nicht aus Russland zurück ist.« Kerrys Ehemann arbeitete als Seminarleiter für einen internationalen Konzern und jettete ständig kreuz und quer durch die Welt.

»Und wann wird das sein?«

»Freitag, allerspätestens Samstag.«

»Wohin jetzt?«, fragte Lara, nachdem sie einmal vergeblich um den Häuserblock gekurvt waren.

»Bieg nach rechts ab. Ein paar Blocks weiter gibt es einen Spielplatz, und du weißt ja, wie sehr Titus kleine Kinder mag.« Kerry trank einen Schluck aus der Wasserflasche. »Das mit Evan und dem Kuchen tut mir echt leid, Lara. In Wahrheit ist es ja meine Schuld. Hätte ich nicht geheiratet und wäre letztes Jahr aus unserem Haus ausgezogen …«

»… hätte der Vermieter sowieso irgendwann herausgefunden, dass wir gegen die Klausel, maximal zwei Haustiere zu halten, verstoßen und uns vor die Tür gesetzt«, beendete Lara den Satz für sie. »Ich hätte mich von Evan niemals überreden lassen dürfen, bei ihm einzuziehen. Aber du weißt ja, wie er ist. Er hat sogar eine PowerPoint-Präsentation erstellt, um mir vor Augen zu führen, dass ich die Miete für unser altes Haus sowieso nicht mehr lange allein aufbringen und einen beträchtlichen Teil meines Gehalts für die Rettung von Hunden ausgeben kann, wenn ich nicht zu ihm ziehe.«

»Und gegen seine PowerPoint-Präsentationen ist jedes Argument machtlos.«

»Allerdings. Er mit seinen Kuchendiagrammen und all dem Kram. Außerdem hat er einen Vertrag unterzeichnet, in dem er sich verpflichtet, Hundeliebhaber zu werden.« Lara blieb vor einem Stoppschild stehen. »Allerdings hat er ihn auf eine Cocktailserviette gekritzelt und in einer Bar unterschrieben, deshalb ist er wahrscheinlich sowieso nicht rechtsverbindlich.«

»Tja, dann sollte er wohl zusehen, dass er sich mit der

Situation arrangiert. Vor allem wenn er dich heiraten will.«

Lara trat auf die Bremse. »Immer schön langsam, ja? Ich wohne gerade mal einen Monat bei ihm. Vom Heiraten redet noch keiner.«

Kerry lächelte wissend. »Na ja, du vielleicht nicht.«

»Das heißt ...«

»Als Evan und Richard sich das letzte Mal getroffen haben, hat er ihn nach dem Namen des Goldschmieds gefragt, der meinen Verlobungsring entworfen hat.«

»Wie bitte?« Lara trat wieder abrupt auf die Bremse. »Wann war das?«

»Etwa um die Zeit, als du bei ihm eingezogen bist.« Kerry hielt kurz inne, ehe sie fortfuhr. »Du darfst gern weiterfahren.«

Lara fuhr ein Stück weiter, bis sie zu einem kleinen Park kamen, der bis auf zwei junge Mütter mit Kinderwagen verwaist war. »Entschuldigung«, rief sie den beiden Frauen zu. »Haben Sie zufällig einen riesigen braunen Hund hier vorbeilaufen sehen?«

Die Frauen schüttelten die Köpfe. Lara bog um die nächste Ecke und schlug den Weg zurück zu Kerrys Haus ein. Erst als Kerry ihre Hand tätschelte, registrierte sie, dass sie das Steuer krampfhaft umklammerte. »Wieso regst du dich denn so auf? Du liebst Evan doch, oder nicht? Und er liebt dich.«

Lara nickte. Ihre Kehle fühlte sich staubtrocken an.

»Weshalb also die Panik? Ein Brillantring ist doch etwas Wunderbares.« Kerry streckte ihre Linke vor und inspizierte ihre schmucklosen Finger. »Auch wenn ich meinen letzten Monat abnehmen musste, weil meine Finger so geschwollen sind.«

»Heiraten hat etwas so Endgültiges. Immerhin geht man damit einen Bund fürs Leben ein.«

»Aber du würdest dich doch auch an jeden dahergelaufenen Streuner binden und ihm all deine Zeit, dein Geld und deine Energie schenken«, warf Kerry ein.

»Das ist doch etwas völlig anderes. Sich an einen Mann zu binden … Ich glaube, ich kann mir diese Sache mit dem ›bis ans Ende unserer Tage‹ nicht so recht vorstellen.«

Kerry leerte die Wasserflasche. »Jetzt spricht deine Mutter aus dir. Deine Familie ist völlig verkorkst, das ist mir klar, aber es gibt tatsächlich glückliche Ehen, und Evan ist ein netter, anständiger Typ. Immerhin hat er einen Kuchen für dich gebacken. Sperr ihn ein und wirf den Schlüssel weg.«

»Evan will doch gar nicht *mich* heiraten«, wandte Lara ein. »Sondern das Bild, das er von mir hat. Aber was passiert, wenn er herausfindet, wie durchgeknallt ich in Wirklichkeit bin?«

Kerry schloss die Augen und verlagerte ihr Gewicht auf dem Sitz. »O Mann. Es fühlt sich an, als wäre mein Uterus die Penthouse-Suite eines Luxushotels und mein Baby der Rockstar, der seit drei Tagen Dauerparty feiert.«

»Glaubst du, Richard wird nach der Geburt häufiger zu Hause sein?«, fragte Lara vorsichtig.

»Nein«, antwortete Kerry, ohne die Augen zu öffnen.

»Und macht dir das nichts aus?«

»Nein, ich wusste ja schon bei der Hochzeit, wie seine Arbeitszeiten aussehen. Außerdem werde ich wunderbar klarkommen. Ich habe massenweise Hundebabys rund um die Uhr versorgt. Mich um ein einzelnes Kind zu kümmern wird im Vergleich dazu der reinste Sonntagsspaziergang sein.« Sie schlug die Augen auf und warf Lara einen herausfordernden Blick zu, als warte sie nur darauf, dass sie ihr widersprach. »Was ist?«

»Gar nichts.« Lara hob flüchtig die Schulter. »Aber es könnte doch sein, dass du die Arbeit mit den Hunden erst mal ein bisschen zurückfahren willst, bis sich eine gewisse Routine mit dem Baby eingestellt hat.«

»Das sagt Richard auch.« Kerry warf ihr einen gequälten Blick zu. »Aber eines kann ich dir gleich sagen: Ich gehöre nicht zu den Frauen, für die ihre Hunde nicht mehr existieren, sobald sie erst mal ein Baby haben.« Sie seufzte. »So, so, und du hast also einen idealen Gefährten für den kleinen Murphy gefunden, ja?«

»Murphys Gefährte hat *mich* gefunden«, korrigierte Lara. »Und ich habe ein gutes Gefühl bei ihm.« Sie schilderte Kerry Peters Lebensumstände. »Der Kerl gibt sich gewaltig Mühe und wird meine Ernährungs- und Trainingstipps garantiert befolgen. Für die meisten Männer käme ein Terrier nicht in Frage. Sie wünschen sich einen ›maskulinen‹ Hund, einen Rottweiler oder einen Schäferhund, aber er ist förmlich dahingeschmolzen, als ich ihm die Fotos von Murphy gezeigt habe. Ich habe ihm gesagt, er soll sich mit dir in Verbindung setzen, damit ihr ein erstes Kennenlernen organisieren könnt.«

»Aber ich liebe Murphy. Er ist etwas ganz Besonderes.« Kerry aalte sich in Murphys Blick, in dem grenzenlose Liebe und Bewunderung lagen. Es war derselbe Blick, mit dem er jeden bedachte, der ihm etwas zu fressen, ein neues Spielzeug oder ein hübsches Plätzchen auf dem Sofa schenkte.

»Sie sind alle etwas Besonderes«, erinnerte Lara sie. »Außerdem hat er einen höheren Daseinszweck – Mädels für diesen Kerl aufreißen, der von seiner Verlobten abserviert wurde und deswegen am Boden zerstört ist.«

»Wenn du meinst, dass er der Richtige ist, glaube ich dir das. Immerhin liegt deine Trefferquote bei glatten hundert Prozent.«

»Bis auf Iro.« Lara seufzte. »Iro hat keinen Seelenverwandten, behauptet Evan. Und so ungern ich es zugebe, aber er könnte möglicherweise recht haben.«

Iro, eine halb blinde, übellaunige Shih-Tzu-Mix-Dame mit struppigem weißem Fell und latenten Verdauungsproblemen, war kommentarlos vor einem städtischen Tierheim deponiert worden. Ihr Fell war so verfilzt gewesen, dass Kerrys Hundefriseur nichts anderes übrig geblieben war, als es an den Vorderbeinen und am Bauch komplett zu scheren und lediglich einen kleinen Rest stehen zu lassen, der wie ein Irokesenschopf von ihrem Rücken abstand. Zwar war das Fell mit der Zeit wieder halbwegs nachgewachsen, doch bislang war es niemandem gelungen, ihre miesepetrige Abwehrhaltung zu durchbrechen.

»Irgendwo wartet Iros künftiger Besitzer auf sie«, prophezeite Kerry. »Wahrscheinlich einer, der die Nachbarskinder mit dem Stock verjagt und ihnen hinterherschreit, ja keinen Fuß mehr in seinen Garten zu setzen.«

Lara wollte etwas erwidern, doch Murphys Jaulen wurde unvermittelt stärker, als sie einen Hügel hinauffuhren.

»O nein«, stöhnte Kerry, als lautstarkes Gebell herüberdrang, und zeigte auf ein Plakat an einem Laternenpfahl.

BELLAS GEBURTSTAGSPARTY –
HIER ENTLANG!

Lara rutschte das Herz in die Hose. Murphy kratzte hektisch am Wagenfenster.

Das Gebell wurde immer lauter.

Gellende Kinderschreie und das Knallen zerplatzender Luftballons ertönten, gerade als Lara die Wagentür aufriss.

»Tut mir leid, dass ich so spät komme«, begrüßte Lara ihren Freund Jason an der Tür zur Tierarztpraxis und wischte sich mit einem zerknüllten Papiertaschentuch den Schweiß von der Stirn, »aber Titus hat eine Kindergeburtstagsparty gesprengt.«

Jason fiel die Kinnlade herunter. »Der Mastiff?«

Lara nickte und folgte ihm zu den Untersuchungsräumen. »Er ist heute Morgen ausgebüxt und auf direktem Weg in die Disney-Schloss-Hüpfburg geprescht. Überall kleine Kinder. Große Panik.«

»Aber es ist keinem etwas passiert, oder?« Jason reichte ihr einen Styroporbecher mit Kaffee.

»Na ja, als er das Pony erschreckt hat, wurde es vorübergehend etwas heikel, aber dann hat Kerry Titus den Sattel aufgesetzt und die Kinder stattdessen auf ihm reiten lassen. Das hat mächtig Schwung in die Bude gebracht. Eine der Mütter hat mir sogar ihre Visitenkarte in die Hand gedrückt. Vielleicht hat er ja eine neue Familie gefunden.« Sie nippte an ihrem Kaffee. »Danke.«

Jason senkte die Stimme und öffnete die Tür. »Keine abrupten Bewegungen. Der arme Kerl ist regelrecht starr vor Angst.«

Lara erspähte ein verwahrlostes, struppiges Fellbündel in der Ecke und hielt ihm die Hand hin, damit er sie beschnüffeln konnte, doch der Hund senkte den Kopf und zog sich noch weiter zurück.

»Mein Nachbar hat ihn im Garten gefunden«, erklärte Jason. »Vermutlich sind die Mieter ausgezogen und haben ihn einfach zurückgelassen. Er ist noch ziemlich jung, ein Dreivierteljahr, höchstens ein Jahr alt. Und natürlich nicht kastriert. Vermutlich hat er den Großteil seines Lebens an einer im Boden verankerten Kette verbracht.«

»Großer Gott.« Bei genauerer Betrachtung entdeckte Lara eine Reihe offener Wunden an der Flanke des Hundes. »Keine Ahnung, woher die stammen. Könnte eine Hautkrankheit oder aber eine Verletzung sein.«

Jason trat neben sie und beugte sich vor. »Deshalb bin ich ja auf den Verdacht auf Talfieber gekommen. Wir haben eine Blutprobe genommen, das Ergebnis liegt aber erst in ein paar Tagen vor.«

Mit einem beruhigenden Tätscheln richtete Lara sich wieder auf und trat zurück. »Das Kerlchen ist in einem sehr üblen Zustand. Ein Glück, dass ich Herausforderungen liebe.«

Der Hund wandte sich Lara zu und wedelte mit dem Schwanz.

»Er ist jetzt schon verliebt in dich. Deine Pheromone müssen nach Schinken duften.«

Lara lachte. »Hör auf, sonst werde ich noch rot. Er braucht einen Namen. Lust, diese ehrenvolle Aufgabe zu übernehmen?«

Mit schief gelegten Köpfen musterten sie den Hund, der sich weigerte, ihre Blicke zu erwidern. »Linus?«, schlug Jason schließlich vor.

»Klingt gut. Linus, das ist es«, erwiderte Lara mit gerunzelter Stirn.

Jason legte ebenfalls die Stirn in Falten. »Du siehst bedrückt aus.«

»Nein, alles in Ordnung.« Lara ließ langsam den Atem entweichen und verlagerte das Gewicht auf die Fersen.

»Könntest du ihn nehmen? Das ist viel verlangt, ich weiß, aber im Tierheim konnte ich ihn nicht abgeben. So wie er aussieht, findet er nie im Leben einen neuen Besitzer.«

»Überhaupt kein Problem«, antwortete sie entschlossen. »Erinnerst du dich an den Dalmatiner mit dem impaktierten Zahn und dem Wundbrand am Bein? Im

Vergleich dazu ist der hier gar nichts.« Sie zählte einige weitere Fälle halb verhungerter, verletzter und schwersttraumatisierter Hunde auf, die sie gemeinsam gerettet hatten.

Jason wartete geduldig, bis sie geendet hatte. Mit seinen freundlichen dunkelbraunen Augen und dem umgänglichen Wesen war er bei Tieren und Besitzern gleichermaßen beliebt. »Talfieber ist eine ziemlich ernste Angelegenheit. Wenn du dir wegen seines Gesundheitszustands Sorgen …«

Lara streichelte den Hund. »Nein, nicht sein Zustand macht mir Sorgen, sondern mein Freund.«

»Wieso? Hat er Probleme mit dem Immunsystem?«

»Nein, aber ich glaube, noch ein Hund in meiner Sammlung könnte seine Schmerzgrenze sprengen.« Sie schilderte Jason kurz die Vorkommnisse des vergangenen Abends – Evan, Maverick, der Kuchen, die Rigipswand und der ominöse Verlobungsring. »Er behauptet zwar, er will zum Hundeliebhaber werden, aber ich habe so meine Zweifel.«

Jason hob die Brauen.

»Was ist?«, fragte Lara.

»Ich habe massenhaft mit Männern zu tun, die einen Welpen ›für die Kinder‹ oder ›für meine Frau‹ mitnehmen. Für die meisten von ihnen ist ein Hund eine lästige und teure Zeitverschwendung. Glaub mir: Hunde kannst du verändern, bei Männern hast du schlechte Karten.«

4

»Herzlichen Glückwunsch zum Geburtstag!« Evan empfing sie an der Haustür mit einem Strauß Rosen und küsste sie, ehe er sich stirnrunzelnd von ihr löste. »Wieso riechst du nach Zuckerwatte und Hundescheiße?«

»Frag lieber nicht.« Lara hatte das dumpfe Gefühl, dass ihn die Schilderung der Vorkommnisse auf der Kindergeburtstagsparty nicht in die passende Stimmung für einen neuen Hund versetzen würde. »Ich habe nur einen Wunsch – eine ausgiebige Dusche und dann ins Bett. Aber vorher …« Sie nahm ihn bei der Hand und führte ihn in die Garage. »Bist du bereit, unseren neuen Schützling kennenzulernen?«

»O nein.« Beim Anblick des Hundes mit dem schuppigen, schorfigen Fell schüttelte er betrübt den Kopf. »Nicht noch einer.«

Lara drückte seine Hand. »Das ist Linus. Er ist ein braver Junge.«

Evan entzog ihr seine Hand und kreuzte die Arme vor der Brust seines hellbraunen Arizona-Cardinals-Shirts. »Wie viele sind es inzwischen? Allmählich könnte man dir fast eine Neigung zur Tierhortung unterstellen.«

»Wer so etwas behauptet, hat keine Ahnung von Tierschutz.« Lara öffnete die Heckklappe und versuchte, die verwahrloste Promenadenmischung mit dem rötlichen Fell herauszulocken. »Es ist doch nur vorübergehend. Du wirst sehen, ich finde im Handumdrehen ein neues Zuhause für ihn.« Sie kramte ein Leckerli aus ihrer Hosentasche und hielt es Linus vor die Nase.

Evans Züge wurden weich. »Meine Güte, der sieht ja aus, als könnte er nicht bis drei zählen«, stellte er fest, als der Hund aus dem Wagen sprang.

»Evan!«

»Was denn? Das ist doch gut. Die Dummen machen am wenigsten Ärger. Je dümmer, desto besser – das ist zumindest mein Motto.«

Lara warf ihm einen vernichtenden Blick zu. »Sei nicht so streng mit ihm. Ein Pfleger einer Tierklinik hat ihn in einem Garten entdeckt. Angekettet, ohne Futter, Wasser und einen Unterschlupf. Er hatte noch nicht mal zwölf Stunden Zeit, um sich an die Zivilisation zu gewöhnen.«

Linus wich zurück und presste sich erbärmlich winselnd gegen den Hinterreifen. Während Evan ins Haus zurückging, um den Rest der Meute in den Garten zu bringen, stellte Lara Linus eine Blechschüssel voll Trocken- und Nassfutter hin, auf das er sich mit einer solchen Gier stürzte, dass er sich beinahe verschluckte.

»Wir lassen ihn erst im Arbeitszimmer ein bisschen ausruhen, bevor wir ihn den anderen vorstellen.« Sie nahm einen Stapel alter Handtücher aus dem Wandschrank, mit denen sie eine Hundebox auslegte. Innerhalb weniger Minuten hatte sie ihn in den Raum gelockt und dazu gebracht, sein neues Zuhause zu beziehen.

Sie setzte sich wieder auf den Boden. »Okay. Das war's erst mal. Und wie war dein Tag bisher?«

»Nicht so gut, wie deiner noch werden wird.« Er half ihr hoch, führte sie aus dem Arbeitszimmer und zeigte auf zwei Pakete neben der Eingangstür. »Der UPS-Bote hat vorhin Geschenke für dich geliefert.«

Mit Evans Taschenmesser schnitt sie das Klebeband des kleineren Kartons auf, nahm eine sorgfältig in Geschenkpapier verpackte und mit einer großen Schleife versehene Schachtel heraus und las die Karte:

Herzlichen Glückwunsch
zum Geburtstag, Lara
Alles Liebe, Mom

stand in einer Handschrift darauf, die sie noch nie vorher gesehen hatte.

»Sieht teuer aus«, bemerkte Evan, während Lara die weiße Satinschleife löste und das geblümte Papier auseinanderschlug.

»Das war es auch garantiert.« Zudem würde sie jede Wette eingehen, dass ihre Mutter den Inhalt weder gesehen noch die Schleife gebunden oder die Karte geschrieben hatte. Justine war eine viel beschäftigte Frau, die eine klare Vorstellung davon hatte, wie die Dinge aussehen mussten – schön, makellos und so perfekt, dass einen jeder darum beneidete. Sie hatte zweifelsohne in einer Edelboutique angerufen, der Verkäuferin ihre Wünsche mitgeteilt und sie beauftragt, etwas Passendes herauszusuchen und sich um die Zusendung zu kümmern.

Lara hob den Deckel ab und nahm die Handtasche aus butterweichem Kalbsleder mit Messingverzierungen und einem prominent platzierten Designerlogo auf der Seite heraus.

Die Tasche war bildschön. Klassisch. Und sie besaß eine geradezu beängstigende Ähnlichkeit mit der Tasche, die Justine ihr zum letzten Geburtstag geschickt hatte – die eine, die Bugsy, ein neurotischer Weimaraner-Mix, vom Dielentisch gerissen und in einem Anfall von Trennungsangst zerfetzt hatte.

Justine verschenkte Sachen, die andere Menschen ihrer Meinung nach haben mussten, und nicht, was die Beschenkten sich wünschten. Und für ihre Tochter galt das ganz besonders. So hatte Justine sie zu Weihnachten und zum Geburtstag haufenweise mit handbemalten Seidenschals, strassbesetzten Sandaletten und italienischen Kaschmirpullis beglückt. Lara bewahrte all die Kostbarkeiten in den Originalverpackungen im obersten Fach ihres Kleiderschranks auf, damit sie nicht von den Hunden zerrissen oder mit ihren Haaren beschmutzt wurden.

»Gefällt sie dir nicht?«, erkundigte sich Evan, als Lara die in Seidenpapier eingeschlagene Tasche betrachtete.

»Doch. Sie ist wunderschön.« Lara strich mit der Hand über das glatte kühle Leder. »Aber ich traue mich nicht, sie zu benutzen. Dieses Ding kostet wahrscheinlich schlappe achtzehnhundert Dollar.«

»Achtzehnhundert Dollar? Für eine Handtasche?« Evan starrte sie fassungslos an.

»Die Handtaschensammlung meiner Mutter hat den Wert eines kleinen Einfamilienhauses«, erklärte Lara. »Dieser Designerkram ist unfassbar teuer. Und soll ich dir sagen, was aus der Prada-Tasche geworden ist, die sie mir letztes Jahr geschenkt hat?«

»In Stücke gerissen?«, mutmaßte er.

»Bugsy.« Lara nickte. »Gleich am zweiten Tag. Die Hälfte davon hat er gefressen und dann den restlichen Abend damit zugebracht, alles wieder auszukotzen.«

Evan sah zu den Hunden hinüber, die draußen im Garten tollten, und schüttelte den Kopf. »Eine so teure Tasche solltest du eigentlich jeden Tag tragen. Von morgens bis abends. Und abends solltest du sie als Kopfkissen benutzen, um den Kosten-Nutzen-Faktor zu maximieren, verdammt.«

Lara gab den Deckel auf die Schachtel und stellte sie beiseite. »Ich werde sie zum Muttertag herausholen, wenn ich mich mit ihr treffe.« Sie wandte sich dem zweiten, wesentlich größeren und schwereren Karton zu.

»Du meine Güte, sieh nur, Schatz.« Beim Anblick des lila Plastikungetüms mit Cyclone-Technologie und HEPA-Filter schnappte sie nach Luft. »Mein absoluter Traumstaubsauger.«

Der Heilige Gral im Kampf gegen Tierhaare, der zwar bestimmt nicht so teuer wie die Handtasche gewesen war, aber genau das, was sie sich gewünscht hatte.

Sie las die Karte:

ALLES GUTE ZUM GEBURTSTAG, LA-LA!
DU WIRST IMMER MEIN KLEINES MÄDCHEN SEIN.

Sie ließ die Karte fallen, als hätte sie sich die Finger verbrannt. Evan hob sie auf und las die Worte. Seine Miene war ebenso besorgt wie die ihre.

»O nein.« Sie wich zurück. »Was will er diesmal?«

»Vielleicht dir nur alles Gute zum Geburtstag wünschen«, meinte Evan, wenn auch alles andere als überzeugend.

»Ja, klar. ›Du wirst immer mein kleines Mädchen sein‹?«, ätzte Lara. »Ein Dyson? Er will etwas, ganz klar. Und zwar etwas Großes.«

Evan konnte ihr nicht widersprechen. Er selbst war in einer geradezu absurd glücklichen Familie groß geworden: Seine Mutter hatte ihm jeden Tag Schulbrote geschmiert, sein Vater war Trainer seiner Little-League-Mannschaft gewesen, und bei Tisch hatten alle Familienmitglieder jeden Tag dem lieben Gott gedankt, bevor sie die Schüsseln mit den Kartoffeln und dem Gemüse herumgereicht und über ihren Tag berichtet hatten. Zu Beginn ihrer Beziehung hatte Evan Lara gedrängt, die Initiative zu ergreifen und ihren Vater anzurufen, nachdem sie eine ganze Weile nichts von ihm gehört hatte. Und Gil, Laras Vater, hatte sie im August eingeladen, ihn zu Thanksgiving in Tucson zu besuchen. Er hatte ein so idyllisches Bild heraufbeschworen, wie die ganze Familie gemeinsam beim traditionellen Truthahn saß, dass Lara schließlich zugesagt, Geschäftstermine verlegt und einen Hundesitter organisiert hatte. Am Vorabend, als sie gerade beim Packen gewesen waren, hatte Gil angerufen und sich entschuldigt, er werde die Feiertage nun doch im Kreise der Familie seiner neuen Freundin verbringen.

Evan war in den nächsten Supermarkt gerast, hatte in letzter Minute im Mann-gegen-Mann-Kampf den letzten Tiefkühl-Truthahn ergattert und ihn für die nächsten zwölf Stunden in den Ofen verfrachtet. Nach diesem Vorfall hatte er Lara nie wieder vorgeschlagen, ihren Vater anzurufen.

Sie starrte den Dyson an, ohne ihn aus dem Karton zu nehmen. Evan trat hinter sie, legte die Arme um sie und stützte sein Kinn auf ihrem Kopf ab. Einen Moment lang sagte er nichts, sondern hielt sie lediglich fest.

Lara ließ sich gegen ihn sinken. »Genau den habe ich mir gewünscht. Nur eben nicht von ihm.«

»Ich weiß.« Evan drückte ihr einen Kuss auf die Schläfe. »Aber du hast heute Geburtstag, und ich bin in Spendierlaune. Sag mir, was du dir wünschst, und du bekommst es.«

Lara kaute auf ihrer Unterlippe. »Na ja, der Tierarzt sagt, Linus könnte an Talfieber leiden und dass er deshalb vielleicht operiert werden müsse.«

Lange Zeit herrschte Stille. »Eine Operation für einen Hund? Das wünschst du dir zum Geburtstag?«, sagte Evan schließlich.

»Ja.«

»Die meisten Frauen hätten lieber Schmuck und ein romantisches Candle-Light-Dinner.«

»Ich bin aber nicht wie die meisten Frauen.«

Seufzend löste Evan sich von ihr. »Das wird mir allmählich auch klar.«

5

Leises Schnarchen riss Lara am nächsten Morgen aus dem Schlaf. Sie drehte sich um und streckte die Hand nach Evan aus, ertastete jedoch stattdessen dichtes Fell. Maverick, der riesige Rottweiler-Mix, hatte es sich neben ihr bequem gemacht und seinen schwarzen Quadratschädel auf das Kopfkissen gebettet. Normalerweise schlief er auf dem Teppich vor dem Bett, aber offenbar war Evan früh aufgestanden und zur Arbeit aufgebrochen.

Sie setzte sich auf, was Rufus und Raggs, den braunen und den weißen Spaniel, und Zsa Zsa, ihre neurotische weiße Pudeldame, als Einladung auffassten, hochzuspringen und einen Freudentanz auf der Matratze zu vollführen.

»Ist ja schon gut«, brummte sie. »Frühstück kommt gleich, ihr Tyrannen.«

Linus lag schlafend in seiner Box im Arbeitszimmer, doch neben der Tür stand eine leere Schüssel. Evan hatte ihn offenbar gefüttert und war mit ihm Gassi gegangen.

Sie schloss die Tür hinter sich, um ihn noch eine Weile schlafen zu lassen. Ein Revierkampf zwischen einem Rhodesian Ridgeback und einem Rottweiler war so ziemlich das Letzte, was sie vor der ersten Tasse Kaffee brauchen konnte.

Gähnend taumelte sie den Korridor hinunter und rieb sich den Schlaf aus den Augen. Innerhalb von gefühlten 2,8 Sekunden hatten die Hunde ihr Frühstück vertilgt und sahen sie in der Hoffnung auf Nachschlag an.

»Nichts da.« Sie schob die Glastür auf und scheuchte sie nach draußen. Nach ein paar Minuten bugsierte sie die Meute ins Schlafzimmer und ging ins Arbeitszimmer, um Linus zu wecken. Mit einiger Überredungskunst brachte sie ihn schließlich dazu, ihr durch die Küche nach draußen in den Garten zu folgen, wo sie ihm, gegen die Hauswand gelehnt, zusah.

Der große Hund mit dem rötlich braunen Fell weigerte sich strikt, auch nur eine Pfote über die Grenze der betonierten Terrasse zu setzen. Offenbar jagte ihm der Rasen schreckliche Angst ein – entweder war er nicht an das Gefühl von Gras unter den Pfoten gewöhnt, oder aber er glaubte, mit einem Schritt auf die Rasenfläche drohe ihm neuerlich ein Schicksal an der Kette.

Ja, mit Linus stand ihr ein beträchtliches Stück Arbeit bevor. Es waren eine Menge Training, eine Operation und viel, viel Liebe nötig, um ihn wieder auf Vordermann zu bringen.

Die Aufgabe, Hunde zu retten, konnte einen innerlich aushöhlen – außerdem war sie das Todesurteil für jeden Kontostand. Trotzdem fühlte Lara sich am wohlsten, solange sie mit Hunden arbeiten konnte, sehr zum Unmut ihrer Mutter.

Nachdem Lara auf einer der angesehensten Schulen Scottsdales gewesen war, hatte Justine sie bekniet, sich auf der Pepperdine University, einem sündhaft teuren Privatcollege in Kalifornien, einzuschreiben. Ihr Masterplan sah vor, dass Lara Betriebswirtschaft oder Rechnungswesen als Hauptfach belegte und sich anschließend in einem Konzern erste Sporen verdiente, ehe sie in Stanford ein MBA-Studium absolvierte. Nach ihrer Rückkehr würde sie eine Ausbildung in Justines Schönheitssalon-Kette absolvieren, die sie eines Tages erben und in ein internationales Imperium wie Redken oder Aveda verwandeln würde.

Jeden Sommer meldete sich Lara im Coterie Spa & Salon zum Dienst, während sich ihre Klassenkameradinnen auf mehrwöchige Europatrips begaben oder ein Praktikum in irgendeinem spannenden Unternehmen absolvierten. Sie staubte Shampooflaschen ab, sorgte dafür, dass die Fußböden und die Toiletten blitzblank waren, und arbeitete am Empfang, wo sie Kundentermine vereinbarte und ans Telefon ging.

»Am Empfang lernt man das Geschäft von der Pike auf kennen«, behauptete Justine stets. »Man kommt mit den Lieferanten in Kontakt, redet mit Kosmetikvertretern, lernt die Kundschaft kennen und bekommt mit, wie man ein hochmotiviertes und hochtalentiertes Team führt.«

Also hatte Lara gelernt, den Terminkalender zu führen, Gewinn-und-Verlust-Rechnungen zu erstellen und höflich, aber bestimmt auf pünktlicher Warenlieferung zu bestehen. Obwohl Justine sich nur sehr selten im

Behandlungsbereich zeigte, behandelten die Mitarbeiterinnen Lara wie ein Familienmitglied – besser gesagt, wie die tollpatschige, aber liebenswerte kleine Schwester. Die Hairstylistinnen und Kosmetikerinnen nahmen Lara mit Begeisterung als Versuchskaninchen für neue Gesichtsbehandlungen und versuchten, sie mit ihren Geschichten über ihre wilden Abenteuer nach Feierabend zu schockieren. Ja, die Mitarbeiterinnen im Salon waren entzückt, eine hormongebeutelte Collegestudentin mit Problemfrisur in ihrer Mitte zu haben.

Der Umgang mit den Kundinnen stand auf einem anderen Blatt.

Vom ersten Moment als Geschäftsfrau an hatte Justine eine klar definierte Klientel angepeilt: reich, modebewusst und mit einem gewissen Hang zur Überheblichkeit. So stürmten reihenweise vermögende junge Trendsetterinnen den Salon, um ihre wohlgebräunten gertenschlanken Körper und ihr langes platinblondes Haar verwöhnen zu lassen. In aller Regel ignorierten sie Lara geflissentlich, doch falls ihr Blick sie doch zufällig einmal streifte, trat eine Mischung aus Mitgefühl und Gereiztheit auf ihre Züge. Lara erwiderte ihr Lächeln stets freundlich und erbot sich, ihnen ihre riesigen Designerhandtaschen abzunehmen oder ihren mit Juwelenhalsbändern geschmückten Schoßhündchen eine Schüssel Wasser zu servieren.

Papillon, Coton de Tulear, Japan-Chin, Havaneser – all die Welpen passten bequem in einen Louis-Vuitton-Beutel, und die meisten wurden sorgfältig aufgerüscht, so dass sie zum Outfit ihrer Besitzerinnen passten. Die jungen Frauen kauften die Hündchen aus einem Impuls heraus, weil sie hin und weg von den flauschigen Fellbündeln und begeistert von der Idee waren, ihnen die Krallen in derselben Farbe zu lackieren wie ihre Nägel. Doch wurden die Welpen erst einmal größer und begannen, die Henkel besagter Louis-Vuitton-Taschen anzuknabbern, blieb von der anfänglichen großen Liebe nicht mehr viel übrig.

»Iiih. Sie kackt in meinen Kleiderschrank.«

»Ich fliege über die Ferien nach Cabo, und im Resort sind keine Hunde zugelassen.«

»Mein neuer Freund mag keine Hunde.«

»Hier«, sagte eine frischgebackene Schickeria-Lady und setzte Lara einen hellbraunen Teacup-Pudel auf den Schoß. »Könntest du einen Moment auf Enzo aufpassen, während ich mir einen Caffè Latte hole?«

Sie kam nie zurück. Am Abend versuchte Lara vergeblich, eine der Stylistinnen zu überreden, Enzo über Nacht Asyl zu gewähren. Als sie den Salon abgeschlossen und die Lichter gelöscht hatte, rief sie ihre Mutter im Büro an.

»Ja?«, meldete sich Justine mit geschäftsmäßiger Stimme. Sie schien weder sonderlich erfreut noch verärgert über Laras Anruf zu sein.

Also schilderte Lara ihr in ebenso geschäftsmäßigem Tonfall, was vorgefallen war, wohl wissend, wie Justines Motto lautete: Zeit ist Geld.

Justine hielt sich gar nicht erst mit einem Wutausbruch oder einem überraschten Ausruf auf. »Wo ist der Hund jetzt?«, fragte sie stattdessen.

»Hier neben mir.« Der Pudel saß zu Laras Füßen und sah zu ihr auf, als verstünde er jedes Wort. »Er heißt Enzo.«

»Und wer hat ihn dagelassen?«

Lara suchte im Terminkalender nach dem Namen.

»Kristi Spillane.«

»Hast du ihre Telefonnummer?«

»Ja. Ich habe mehrmals versucht, sie zu erreichen, aber sie nimmt nicht ab. Deshalb habe ich mehrere Nachrichten hinterlassen.«

»Kristi Spillane«, wiederholte Justine. »Wie lange ist sie schon Kundin?«

»Heute war ihr zweiter Termin, soweit ich weiß.«

»Und über wen ist sie zu uns gekommen?«

Justine legte nicht nur größten Wert auf eine tadellose Buchhaltung, sondern verlangte auch eine akribische Dokumentation der gesellschaftlichen Vernetzung ihrer Kundschaft. Mit wenigen Tastengriffen rief Lara die Information auf. »Bianca Altisanti.«

»Bianca hat uns im letzten Jahr viele neue Kundinnen gebracht«, stellte Justine fest. »Deshalb würde ich sie nur ungern wegen eines Missverständnisses belästigen.«

»Aber, Mom, die Frau wollte sich einen Kaffee holen und ist einfach nicht zurückgekommen, um ihren Hund abzuholen.«

»Vielleicht gab es ja einen Notfall«, meinte Justine. »Keine Panik. Sperr ihn einfach über Nacht mit einer Schüssel Futter und Wasser im Lager ein. Bestimmt regelt sich morgen alles.«

Lara schnappte entsetzt nach Luft. »Aber ich kann ihn nicht die ganze Nacht dort drin lassen.«

»Dann fahr eben vor dem Schlafengehen noch mal hin und geh mit ihm Gassi.«

»Nein, Mom, das ist doch unmenschlich.«

»Wir haben es hier aber nicht mit einem Menschen zu tun … sondern mit einem Hund.« Damit war das Gespräch für Justine unüberhörbar beendet. »Richte ihm ein Lager aus Handtüchern her und mach dich auf den Weg.«

»Aber das kann ich nicht.«

»Wieso um alles in der Welt nicht?«

»Weil er schreckliche Angst hätte. Er versteht doch gar nicht, was mit ihm passiert.«

»Schluss jetzt mit dem Unsinn. Wenn dieser Hund auch nur ein Quäntchen Ähnlichkeit mit seiner Besitzerin hat, ist er dumm wie Bohnenstroh und braucht mindestens zwölf Stunden, um zu kapieren, wo er ist.«

»Ich werde ihn auf keinen Fall die ganze Nacht im Lagerraum lassen.«

»Und welche Lösung würdest du stattdessen vorschlagen?«

»Er kann bei uns bleiben. Beacon liebt andere Hunde. Die beiden können eine Pyjamaparty feiern.«

»Kommt überhaupt nicht in Frage. Ich habe hart gearbeitet, um uns ein Haus und schöne Möbel kaufen zu können, und werde ganz bestimmt nicht zusehen, wie ein überzüchteter, schlecht erzogener Köter alles kaputt macht.«

Lara war sich voll und ganz bewusst, welche Opfer

ihre Mutter während der vergangenen zwanzig Jahre gebracht hatte, und war ihr überaus dankbar dafür. Justine hatte alles aufgegeben – ihre Jugend, ihr gesellschaftliches Leben, ihre Spontaneität –, nur um sich eine Existenz aufzubauen, indem sie anderen Menschen umfassendes Wohlbefinden angedeihen ließ. Aber das war nicht Enzos Schuld. Genauso wie Lara war auch Enzo in ein Leben hineingeboren worden, in dem ein bestimmtes Aussehen und Verhalten von ihm verlangt wurden, unabhängig davon, was er sich wünschte.

Abgesehen davon war er hinreißend.

»Nur für eine Nacht«, bettelte Lara. »Du wirst ihn nicht mal bemerken.«

»Mach die Ohren auf«, gab Justine barsch zurück. »Nein bedeutet Nein. In einem kurzen Moment der Schwäche habe ich mich weichkochen lassen und dir erlaubt, Beacon ins Haus zu holen, aber diesmal bleibt es dabei.«

Lara blieb nichts anderes übrig, als schweres Geschütz aufzufahren. »Okay, aber was, wenn ihm im Lagerraum über Nacht irgendetwas passiert? Wenn er etwas frisst, sich irgendwo verfängt und sich verletzt? Oder gar stirbt? Wie erklärst du das Kristi oder Bianca? Und all den anderen Mädchen, denen sie den Salon empfohlen haben?«

Justine schwieg.

»Oder wenn sie … keine Ahnung … dich verklagen? Die Publicity wäre eine absolute Katastrophe. Nur eine Nacht, Mom. Sieh es einfach als Investition in dein Geschäft.«

Justine lachte freudlos. »Du musst dringend an deinen verkäuferischen Qualitäten arbeiten.« Doch sie gab nach, und Lara nahm Enzo mit nach Hause in ihren kleinen Bungalow mit zwei Schlafzimmern am äußersten Zipfel von Paradise Valley, einer der begehrtesten Wohngegenden in Scottsdales Peripherie. Beacon empfing den kleinen Pudel, als hätte er endlich seinen lange vermissten Bruder gefunden.

Kristi tauchte nicht wieder auf. Und als Lara sie zwei Tage später endlich an die Strippe bekam, murmelte sie etwas von einem Umzug in ein Apartment, in dem keine Hunde erlaubt seien, ehe die Leitung praktischerweise unterbrochen wurde.

»Und wieso genau erzählst du mir das?«, fragte Justine, als Lara sie anrief, um sie über die neueste Entwicklung in Kenntnis zu setzen. »Ich habe gesagt, dass wir keinen zweiten Hund aufnehmen werden, und dabei bleibt es auch. Gib ihn eben auf dem Nachhauseweg von der Arbeit im Tierheim ab.«

Lara schnappte entsetzt nach Luft. »Im Tierheim?«

»Ja, im Tierheim. Er ist klein, reinrassig und süß. Der wird noch vor dem Frühstück einen neuen Besitzer haben.«

»Das kann ich nicht machen.«

»Das wirst du aber.«

»Aber, Mom …«

»So kommt man im Leben nicht vorwärts, Lara. Du kannst nicht die Probleme anderer Leute lösen.«

Doch wenn sie Enzo ansah, erkannte sie kein Problem, sondern Potenzial. »Ich will ihn auch gar nicht für mich selbst behalten, sondern nur ein anständiges Zuhause für ihn finden. Gib mir ein paar Tage, um eine Familie für ihn zu finden.«

»Hör auf damit. Du bekommst alles von mir, was du brauchst. Essen, ein Dach über dem Kopf, die schönsten Kleider und die beste Ausbildung, die man sich nur vorstellen kann.«

Lara schluckte. Das konnte sie nicht leugnen, aber ebenso wenig konnte sie den Ruf ihres Herzens ignorieren. »Eine Woche, Mom. Bitte.«

»Gut«, erklärte Justine knapp. »Aber mehr nicht, junge Dame. Und den Rest des Sommers will ich nichts mehr von dir hören.«

»Das wirst du nicht. Danke.« Lara zögerte. »Ich hab dich lieb, Mom.«

Wieder sagte Justine nichts. »Und wenn ich auch nur einen einzigen Floh sehe, bringe ich ihn höchstpersönlich ins Tierheim.« Sie legte auf.

Drei Tage später, als Lara gerade mit dem Handtuchlieferanten telefonierte, betrat eine Frau mittleren Alters mit braunem, schlaff herabhängendem Haar und dunkler Sonnenbrille den Salon.

»Tut mir leid«, entschuldigte sie sich, noch bevor Lara sie begrüßen konnte, »ich habe keinen Termin, aber ich hatte gehofft … dass Sie mir vielleicht die Haare schneiden könnten.«

Lara warf einen Blick in den Terminkalender. Sämtliche Stylistinnen waren komplett ausgebucht. »Natürlich. Wenn Sie mich kurz entschuldigen würden, ich werde jemanden finden, der Sie reinschiebt.«

Nach fünf Minuten hatte sie Tasha mittels Betteln, Erpressung und Bestechung so weit gebracht, dass sie die unangemeldete Kundin bedienen würde, und kehrte zum Empfang zurück. »Gute Neuigkeiten«, verkündete sie strahlend. »Tasha ist in zwanzig Minuten bei Ihnen. Was dürfen wir denn für Sie tun?«

»Na ja.« Die Frau zupfte an den Spitzen ihrer herausgewachsenen Bobfrisur. »Das weiß ich auch nicht so genau. Fest steht nur, dass ich eine Veränderung brauche.« Eine Träne kullerte unter dem Rand ihrer Sonnenbrille hervor.

Lara schob ihr eine Schachtel Papiertaschentücher zu. »Tasha ist ein Genie. Bei ihr sind Sie in guten Händen.«

»Tut mir leid«, sagte die Frau noch einmal und zog noch ein paar Taschentücher heraus, um sich die Augen trocken zu tupfen. »Es ist nur … Meine Mutter ist letzte Woche gestorben, und gestern ist auch noch meine Tochter ausgezogen, weil sie aufs College geht … Und ich kann einfach nicht mehr aufhören zu weinen.«

»Ist schon gut«, beschwichtigte Lara sie. »Sie sind nicht die einzige Kundin, die hier weint. Darf ich Ihnen etwas zu trinken anbieten? Ein Mineralwasser mit Zitrone oder einen grünen Tee vielleicht?«

»Ich muss mich nur kurz sammeln. Gibt es hier eine Toilette?«

In diesem Moment kam Enzo unter dem Tresen hervorgeflitzt, stürmte geradewegs auf die Frau zu und begann eingehend ihre Sandalen zu beschnuppern.

»Du liebe Güte, du bist ja ein niedlicher kleiner Kerl.«

Ihre Tränen versiegten, und sie ging in die Hocke, um Enzo zu begrüßen.

»Bitte entschuldigen Sie.« Lara sprang auf, doch die Frau hob den kleinen Pudel hoch und begann ihn wie ein Baby zu wiegen, während sie in einem hohen Singsang irgendwelche Sinnlosigkeiten säuselte. Enzo aalte sich vor Entzücken in ihren Armen.

»Gehört der Ihnen?« Die Frau nahm ihre Sonnenbrille ab und sah Lara mit dem Anflug eines Lächelns an. »Früher, als kleines Mädchen, hatte ich auch mal so einen. Er hieß Taffy. Oh, wie habe ich diesen Hund geliebt.« Sie wandte sich wieder Enzo zu, der sich hochstemmte und ihr die Tränen von den Wangen leckte.

Zwei Stunden später ging die Frau mit einem atemberaubenden kastanienbraunen Kurzhaarschnitt und einem neuen Adoptivkind nach Hause – einem hellbraunen Teacup-Pudel. Und Lara hatte eine neue Identität: als Hundevermittlerin.

Allem Anschein nach funktionierten die Buschtrommeln unter den kaugummikauenden, Airbrush-sonnengebräunten Gesellschaftsprimadonnen ganz hervorragend, denn innerhalb kürzester Zeit avancierte Lara zur Anlaufstelle sämtlicher Fashionistas, die ihre Schoßhündchen loswerden wollten.

»Meine Zimmergenossin auf dem College ist allergisch gegen Hundehaare.«

»Mein neuer Freund mag keine Chihuahuas.«

»Die Züchterin hat gemeint, dass er auf höchstens dreieinhalb Kilo kommt, aber jetzt wiegt er schon fünf, deshalb passt er nicht mehr in meine Handtasche.«

»Könntest du vielleicht übers Wochenende auf sie aufpassen? Ich hole sie am Montag wieder ab, ich schwöre bei Gott.«

Anfangs versuchte Lara noch, den jungen Frauen ins Gewissen zu reden, doch schon bald stellte sie fest, dass jeder Satz, der mit den Worten »Ich liebe mein kleines Schätzchen ja heiß und innig, aber …« begann, unweigerlich dazu führte, dass Lara die Arme ausstreckte und ein weiteres neurotisches Hündchen in Empfang nahm, dessen Pfoten seit seiner Geburt kaum den Boden berührt hatten.

An den Wochenenden arbeitete sie in einem Tierasyl, badete und führte die Hunde Gassi, für die sonst niemand Zeit fand. Schließlich stieß sie auf eine Zoohandlung, wo jeden Samstagmorgen Hundeerziehungskurse angeboten wurden.

Shawna, die Trainerin, brachte Lara alles bei, was sie wissen musste. Erstens: Konsequent bleiben – ein Hund legt exakt das Verhalten an den Tag, das sein Besitzer zu tolerieren bereit ist. Zweitens: Zeig ihm niemals deine Angst, auch wenn dir innerlich die Knie schlottern. Lara hatte noch nie zuvor eine Mentorin gehabt, doch sie legte sich mächtig ins Zeug, um die Ziele zu erreichen, die sie ihren Hunden – und folglich auch sich selbst – gesetzt hatte, und als sich der Sommer dem Ende zuneigte, hatte sie fünf Hunde erfolgreich vermittelt und all ihre Ersparnisse aufgebraucht.

Justines Masterplan ging endgültig in die Hose, als Lara verkündete, Biologie als Hauptfach zu belegen und während der Collegeferien in Los Angeles zu bleiben, um ein Praktikum in einer Agentur für Filmtiere zu absolvieren und bei SeaWorld die Trainingsmethoden für Säugetiere zu studieren, statt in Justines Salon in Scottsdale zu arbeiten. Ihr Geschick als Hundeführerin entwickelte sich großartig, wohingegen ihre Fähigkeiten im Umgang mit Menschen drastisch nachließen.

»Welche Zukunftspläne hast du genau?«, wollte Justine wissen. »Wie willst du ein Vermögen verdienen, solange du Hunden beibringst, auf Kommando Pedigree zu fressen?«

»Ich werde kein Vermögen verdienen. Für diesen Beruf entscheidet man sich nicht wegen des Geldes«, antwortete Lara. »Aber es ist meine Berufung.«

»Wen schert es, was deine Berufung ist?«, schnaubte Justine abfällig. »Glaubst du vielleicht, ich ziehe eine tiefe spirituelle Zufriedenheit daraus, Frauen die Brauen zu zupfen oder ihnen blonde Strähnchen zu verpassen? Niemand sollte seiner Berufung folgen, sondern nur dem Geld.«

Bis zum Collegeabschluss hatte Lara sich angewöhnt, ihrer Mutter weder Details über ihr Praktikum noch über ihr Privatleben anzuvertrauen, weil sie stets dasselbe von ihr zu hören bekam: »Männern kann man nicht trauen. Jeder ist auf sich allein gestellt.«

Aber: Lara lebte mit einem wunderbaren Mann zusammen, der sie heiraten wollte. Und sie bewies ihrer Mutter damit, dass sie sich irrte. Eigentlich sollte sie glücklich sein und ihren Triumph genießen. Weshalb bloß war sie ständig so nervös und angespannt?

»Okay, okay.« Bei Linus' Anblick, der mit bekümmerter Miene auf der anderen Seite der Glasscheibe stand und es offenbar kaum erwarten konnte, wieder ins Haus zu dürfen, erbarmte sie sich und schob die Terrassentür auf. »Nicht mehr lange, dann wirst du darum betteln rauszudürfen. Glaub mir.«

Linus schoss ins Haus wie ein geölter Blitz. Seit sie ihn kannte, hatte sie ihn noch nie so schnell gesehen. Er stürzte geradewegs zu seiner Box, legte sich hin und schlief mit einem zufriedenen Seufzer ein.

Vielleicht lag der Schlüssel zum großen Glück ja in der Gabe des kurzen Gedächtnisses und der Überzeugung, dass jedes Problem mit einem Kauknochen, einem Nickerchen und der einen oder anderen Bauchkrauleinheit gelöst werden konnte.

Sie kehrte in die Küche zurück, sah auf die Uhr und stellte fest, dass ihr noch knapp zwei Stunden bis zu ihrem ersten Termin blieben. Sie zog ihre Jeans an und flüsterte den Hunden das magische Wort »Park« ins Ohr, was das vierbeinige Äquivalent einer Gefängnisrevolte auslöste.

Keine sechzig Sekunden später waren alle Hunde bis auf Linus angeleint und in den Kombi verfrachtet. Die Fahrt zum Park dauerte nur wenige Minuten, die sich die Hunde versüßten, indem sie die Fensterscheiben beschlabberten, während Lara das Radio voll aufdrehte und aus Leibeskräften einen Song der Go-Go's mitsang, begleitet von Rufus' lautem Heulen beim Refrain.

Sie war so damit beschäftigt, die Leinen zu entwirren, dass sie die drahtige, perfekt geschminkte Blondine mit dem entschlossenen Lächeln erst bemerkte, als sie direkt vor ihr stand.

»Sind Sie Laura Madigan?«

Noch ein Überfall auf dem Parkplatz? Lara blickte an der Frau vorbei. Beim Anblick des Mannes mit der Videokamera tauchte sie hinter ihrem Wagen ab und zog das Pfefferspray aus der Tasche. »Ja.«

»Wie schön, Sie kennenzulernen. Ich bin Claudia Brightling, eine der Nachrichtensprecherinnen bei der Morgensendung von Channel Three. Wir warten schon den ganzen Morgen auf Sie.«

6

»Das müssen Ihre Hunde sein.« Die Miene der tadellos zurechtgemachten Nachrichtensprecherin blieb ausdruckslos, als Maverick sich mit der Leine um ihre Knie wand und Zsa Zsa den Schritt ihrer dunkelgrauen Hose beschnüffelte.

»Ja.« Lara stellte die Hunde der Reihe nach vor, wobei sie auf die felligen Köpfe zeigte. »Maverick, Rufus, Raggs, und die junge Dame, die sich gerade wenig damenhaft zeigt, ist Zsa Zsa.« Sie zog kurz an der Leine. »Sitz, Zsa Zsa.«

Zsa Zsa machte Sitz.

Lara führte die Hunde in Richtung der eingezäunten Hundewiese. »Habe ich Sie vorhin richtig verstanden? Sie sagten, Sie würden den ganzen Morgen schon auf mich warten?«

»Hat Ihr Freund Ihnen denn nichts gesagt?«

Laras Verwirrung wuchs mit jeder Sekunde. »Nein, Evan hat nichts von der Morgensendung auf Channel Three erwähnt.« Sie sah wieder zu dem Kameramann hinüber. »Läuft das Ding?«

Claudia schüttelte den Kopf. »Nein, keine Sorge, wir filmen nicht Sie, sondern wollten nur ein paar Außenaufnahmen vom Park für die Sendung einfangen. Ich habe heute Morgen bei Ihnen angerufen und mit Evan gesprochen. Er hat erzählt, dass Sie jeden Freitagmorgen hierherkommen, deshalb dachte ich, wir schlagen zwei Fliegen mit einer Klappe. Ich hatte gehofft, Sie für unsere Sendung nächste Woche gewinnen zu können.« Das Profilächeln wich einem aufrichtigen Grinsen. »Peter Hoffstead hat mir Ihren Namen und Ihre Telefonnummer gegeben.«

»Murphys neuer Besitzer?«

»Genau.« Eine leise Röte schlich sich in Claudias Züge. »Ich habe ihn am Wochenende beim Joggen kennengelernt, und er hat mir erzählt, dass Sie ihn mit Murphy zusammengebracht haben. Er meinte, Sie seien in der ganzen Stadt als die ›Hundekupplerin‹ bekannt.«

Lara ließ die Hunde durch das Tor laufen und machte ihre Leinen ab. »Na ja, einen offiziellen Titel habe ich nicht, aber ich tue, was ich kann.«

»Ihre Geschichte interessiert unsere Zuschauer ganz bestimmt sehr. Sie könnten einen Ihrer Hunde mitbringen, erklären, was Sie genau machen und wie Sie die Leute mit ihrem vierbeinigen Seelenverwandten zusammenbringen.«

»Aber ich war noch nie im Fernsehen.«

»Sie machen das bestimmt ganz prima«, beteuerte Claudia. »Sie müssen nur ins Studio kommen, am besten mit einem gut erzogenen Hund, und genauso sein wie sonst auch.«

Allein bei der Vorstellung, ein Fernsehstudio zu betreten, mit all den hellen Lichtern, Kameras und Publikum – ganz zu schweigen von den Abertausenden vor dem Fernseher – war ihre Kehle wie zugeschnürt.

»Überlegen Sie nur, wie viel Publicity Sie für Ihre Hunderettungscrew bekämen. Wir könnten während des Interviews den Namen Ihrer Website einblenden.«

»Ich arbeite aber nicht mit einer offiziellen Rettungsinstitution zusammen«, räumte Lara ein. »Wir sind eine reine Privatinitiative. Nur ich, meine Freundin Kerry und viel zu viele Hunde.«

»Perfekt. Gemeinsam finden wir bestimmt ein gutes Zuhause für alle.« Claudia zog ihr Smartphone heraus und tippte auf das Display. »Wie wäre es mit Mittwoch?«

»Äh …«

»Mein Redakteur setzt sich dann wegen der Details mit Ihnen in Verbindung.«

»Super. Und vielen Dank.«

»Haben wir das Material, das wir brauchen?«, rief Claudia dem Kameramann zu, ehe sie sich wieder Lara zuwandte. »Ich muss jetzt nach Hause, mir ein Miederhöschen und Turnschuhe anziehen. Ich gehe mit Peter wandern.«

Lara spürte, wie sie sich entspannte. »Das hat Murphy eingefädelt, stimmt's?«

Claudia nickte lachend. »Ich konnte nicht Nein sagen.«

»Passen Sie gut auf sich auf. Terrier können ziemlichen Ärger machen.«

»Was? Nein! Murphy ist ein hinreißendes Fellbündel, das man einfach lieben muss!«

Lara konnte sich ein triumphierendes Lächeln nicht verkneifen, als sie zusah, wie Rufus und Raggs sich gegenseitig über die Wiese jagten. Sie mochte nicht das Zeug zur Vorstandsvorsitzenden haben und weit vom Idealbild der perfekten Partnerin entfernt sein, doch als Hundekupplerin war sie einsame Spitze.

»Ich habe die Ergebnisse der Blutuntersuchung«, verkündete Jason, als Lara nach ihrem letzten Termin an diesem Tag die Tierarztpraxis betrat.

Lara machte sich aufs Schlimmste gefasst. Linus' extreme Lethargie sprach nicht gerade für seine Gesundheit. »Und?«

»Alles im grünen Bereich. Die Nierenfunktion sieht gut aus, die Leber arbeitet einwandfrei, genauso wie die Bauchspeicheldrüse. Und die Zahl der roten und weißen Blutkörperchen ist ebenfalls im normalen Bereich.« Jason überflog das Blatt Papier und nickte. »Keinerlei Anzeichen einer Erkrankung.«

Lara runzelte die Stirn. Linus hatte nahezu zwei Tage durchgeschlafen. »Also kein Talfieber?«

»Nein. Definitiv nicht.«

»Und was ist mit seiner Schilddrüse?«

Jason hob den Kopf. »Sowohl das Thyroxin als auch das Triiodthyronin sind in Ordnung. Wieso?«

Lara legte ihre Handtasche auf den Tresen und stützte das Kinn ab. »Na ja, er scheint immer sehr erschöpft zu sein.«

»Vielleicht ist er traumatisiert.«

»Kann sein.« Doch Lara hatte einen Riecher für

Schwindeleien. »Vielleicht ist er auch einfach nur ein Simulant, wie er im Buche steht.«

Auf Zehenspitzen und mit angehaltenem Atem schlich Lara barfuß den Korridor hinunter. Da Linus am Morgen so trübselig gewesen war, hatte sie die Box in die Küche gestellt und die Tür offen gelassen, damit er den Raum auf eigene Faust erkunden und Wasser aus dem Napf trinken konnte, wann immer er durstig war.

Sie spähte um die Ecke und sah den großen rotbraunen Hund neben der Terrassentür liegen und in den Garten hinausblicken.

Kaum hatte er sie bemerkt, ließ er schnell den Kopf sinken und kniff die Augen zu.

Dann bemerkte sie den Wasserhahn, aus dem ein dünnes Rinnsal in die Spüle lief, als hätte jemand versucht, ihn aufzudrehen. Auf dem Fenster dahinter befanden sich Abdrücke einer Hundenase, außerdem zierten Pfotenabdrücke die Arbeitsplatte.

»Aha!«, rief sie und zeigte auf die Spüle. »Hab ich dich erwischt!«

Linus blieb reglos liegen und hob zu einem dramatischen, wenn auch wenig überzeugenden Schnarchkonzert an.

»Vergiss es. Mich führst du nicht hinters Licht. Du bist kerngesund, und ich habe die Blutuntersuchung dabei, die das ganz klar beweist. Los, hoch mit dir! Wir machen einen Spaziergang.«

Sie sperrte die anderen Hunde in die Küche, legte Linus die Leine an und verließ das Haus durch die Vordertür. Anfangs musste sie ihn mit gesenktem Kopf und eingezogenem Schwanz hinter sich herziehen, doch nach der ersten Runde um den Häuserblock schien er plötzlich zum Leben zu erwachen. Seine Schritte wurden schneller, er nahm Notiz von den Kindern, die in der Auffahrt spielten, und schnupperte an Briefkästen und Laternenpfählen.

Als er einen Stock vom Straßenrand aufhob und ihn herumschleuderte, beschloss Lara, dass es Zeit für eine kleine Trainingseinheit sei, nur um einen Eindruck von seiner Intelligenz und seinem Lernpotenzial zu bekommen.

Zehn Minuten später konnte Linus auf Kommando Sitz machen, und Lara war zuversichtlich, dass er schnell lernen würde, in dieser Position auch zu bleiben. Evan hatte mit seiner Einschätzung recht gehabt – Linus war nicht der Hellste, was jedoch aus Trainersicht durchaus von Vorteil sein konnte. Er versuchte weder, sich gegen sie aufzulehnen, noch spekulierte er, was sie als Nächstes von ihm verlangen könnte. Stattdessen starrte er sie mit gerunzelter Stirn und glänzenden schwarzen Augen an und versuchte mit allen ihm zur Verfügung stehenden intellektuellen Mitteln herauszufinden, was sie von ihm wollte. Lara durchströmte dasselbe Hochgefühl, das eine einkaufssüchtige Fashionista empfinden mochte, wenn sie das letzte Designerkleid in ihrer Größe in der hintersten Ecke des Regals erspähte.

Dieser Hund war ein Schatz. Ein echter Hauptgewinn und die Art Gefährte für eine Familie, die als Maßstab für all seine Nachfolger herangezogen werden würde.

Jeder Hund, der nach ihm käme, würde mit ihm verglichen werden – und höchstwahrscheinlich nicht an ihn heranreichen.

»Braver Junge.« Lara tätschelte ihm den Kopf und verfiel in gemäßigten Laufschritt. »Bist du bereit, wieder nach Hause zu gehen? Wenn du willst, darfst du auch noch ein Fünf-Stunden-Nickerchen machen.«

Auf halbem Weg läutete ihr Handy, und der Name ihres Vaters erschien auf dem Display.

»Hey, La-la.« Sie konnte sein Lächeln förmlich hören. »Wie geht's meinem Mädchen?«

Lara zögerte einen Moment und wappnete sich innerlich. Nicht dass sie keine Lust gehabt hätte, mit ihrem Vater zu reden, keineswegs. Das Problem war vielmehr, dass sie am liebsten *ständig* mit ihm reden wollte, völlig egal, wie viel Zeit seit ihrem letzten Gespräch vergangen oder was seitdem passiert war. Sie würde es nie lernen. Nie. »Geht so«, antwortete sie. »Danke für den Staubsauger.«

»Das ist doch das Mindeste. Der Typ im Laden meinte, das Ding sei das Neueste vom Neuesten auf dem Markt und die beste Waffe im Kampf gegen Hundehaare.« Er klang ein wenig verlegen. »Außerdem musste ich doch Wiedergutmachung für ein, zwei Jährchen leisten, stimmt's?«

»Ich bin eine erwachsene Frau, Dad, und erwarte kein großes Brimborium um meinen Geburtstag.«

»Moment, willst du damit sagen, du wünschst dir doch kein Pony zum Geburtstag von mir?«

Bei der Erinnerung, wie Justine Lara trotz ihres Protests in einem Reitercamp angemeldet hatte, mussten beide lachen. Justine hatte darauf bestanden, dass Mädchen »einer gewissen Herkunft« sich im Sattel wohlfühlen mussten, wohingegen die zwölfjährige Lara sich nicht davon abbringen ließ, dass Pferde todlangweilig seien und die anderen Mädchen sie bloß gnadenlos drangsalieren würden. In letzter Minute war Gil eingeschritten und hatte erlaubt, dass Lara das Wochenende vor dem Kurs bei ihm verbrachte. Am Sonntagabend hatte er Justine angerufen und sie davon überzeugt, dass Lara sich irgendeinen Magen-Darm-Virus eingefangen habe und dringend Ruhe brauche. Also hatten Vater und Tochter die ganze Woche mit Videospielen und Planschen im Pool zugebracht. Diese eine Woche gehörte zu Laras glücklichsten Kindheitserinnerungen – ein einziges Mal ungestört und völlig planlos Zeit mit einem Elternteil verbringen zu dürfen, der nicht ständig von ihr verlangte, hübscher auszusehen und besser zu sein, als sie in Wahrheit war.

»Der Staubsauger war eine Riesenüberraschung und ist ganz toll«, beruhigte sie ihren Vater.

»Ich habe noch eine Überraschung für dich«, fuhr er triumphierend fort. »Ich bin auf dem Weg nach Sedona und komme in Phoenix vorbei. Lust auf ein gemeinsames Abendessen?«

»Klar«, sagte sie. »Wann denn?«

»In einer halben Stunde?«

Sie verlangsamte ihre Schritte. Augenblicklich passte Linus sich ihrem Tempo an. »Moment mal. Du bist in Phoenix?«

»Ich fahre in dieser Sekunde den Freeway entlang. Auf der Camelback Road gibt es ein Fischrestaurant namens Bluewater Grill. Treffen wir uns doch einfach dort.«

»Das würde ich wahnsinnig gern tun, Dad, aber das ist mitten in der Stadt, und ich bin schon auf dem Heimweg. Außerdem habe ich meiner Freundin Kerry versprochen, mir eine Folge *Teen Mom* im Fernsehen mit ihr anzusehen. Sie ist im neunten Monat schwanger und hat eine morbide Faszination für diese Sendung entwickelt.«

»Oh.« Ihr Vater hielt inne. »Tut mir leid, Schatz, ich hätte dich nicht so überfallen dürfen.« Er klang enttäuscht, wenn auch eher von seiner eigenen Gedankenlosigkeit als von Laras Absage.

»Nein, nein, ist schon gut. Ich rufe Kelly an und verschiebe es. Sie soll die Folge aufnehmen, dann können wir sie uns jederzeit ansehen.«

»Meinst du?«

»Natürlich. Kein Problem. Aber ich werde es unmöglich schaffen, mich in einer halben Stunde umzuziehen und in die Stadt zu fahren. Sagen wir, eine Dreiviertelstunde?«

»Lass dir Zeit. Wir können warten.«

Laura blinzelte. »Wir?«

Als sie ihren Vater leise lachen hörte, sah sie förmlich das verschmitzte Funkeln in seinen blauen Augen. »Das ist die zweite Überraschung.«

»Lara, das ist Trina. Trina, das ist meine wunderschöne Tochter Lara.«

»Ich freue mich so, dich endlich kennenzulernen.« Die freundlich aussehende Brünette mit den Grübchen kämpfte sich aus der Nische und schlang ihre Arme um Lara. »Dein Vater spricht pausenlos von dir.«

Trinas Umarmung schien aufrichtig gemeint zu sein. Sie war ziemlich jung – vielleicht sieben oder acht Jahre älter als Lara –, aber bestimmt eine vernünftige Frau, die wusste, was sie wollte. Gil hatte eine Schwäche für schöne Frauen, aber sie mussten Köpfchen haben. Seine Freundinnen waren meist der fürsorgliche Typ, der sich mit einer Hingabe um ihn kümmerte, zu der Justine offenbar niemals imstande gewesen war.

Als sie sich gesetzt hatten, bemerkte Lara den Verlobungsring an Trinas linker Hand. Ihre Augen weiteten sich. Trina und ihr Vater sahen sich voller Verliebtheit an.

»Wir wollten es dir persönlich sagen«, erklärte ihr Vater.

»Es ist noch ganz frisch«, fügte Trina hinzu. »Letztes Wochenende.«

»Ich wusste gar nicht, dass es jemanden in deinem Leben gibt«, platzte Lara heraus. Kaum waren die Worte über ihre Lippen gekommen, wusste sie, dass es ein Fehler gewesen war.

Trina sah Gil mit leicht gekränkter und verwirrter Miene an. Gil streckte die Hand aus und legte sie auf Laras Finger.

»Tut mir leid. Es ist meine Schuld«, sagte Lara zu Trina. »Ich habe in letzter Zeit bis über beide Ohren in der Arbeit gesteckt und deshalb auf keinen seiner Anrufe reagiert.«

Als der Kellner erschien, um ihre Getränkebestellung aufzunehmen, wandte Gil sich Lara zu. »Du siehst ziemlich müde aus, Schatz. Soll ich dir sagen, was du brauchst? Ein anständiges Root Beer mit Vanilleeis.«

Laras Mundwinkel hob sich zu einem angedeuteten Lächeln. »Gute Idee«, sagte sie. »Hat er dir auch schon mal eines gemacht?«, fragte sie Trina.

»Nein.« Trina stieß Gil an.

»Tja, in diesem Fall steht dir noch einiges bevor«, erklärte Lara. »Allein für sein Root Beer mit Vanilleeis muss man ihn heiraten.«

Gil nickte. »Ich gebe ja nur ungern an, aber Lara hat recht.«

»Du?« Trina sah ihn fassungslos an. »Mr. ›Ich trinke nur Kräutertee und Mineralwasser‹?«

»Nur weil ich das Zeug nicht trinke, heißt das noch lange nicht, dass ich es nicht ganz hervorragend zubereiten kann. Macht euch auf etwas gefasst.« Gil rief den Kellner herbei und gab ihm exakte Instruktionen – inklusive eines Diagramms auf einer Cocktailserviette – für das richtige Mischungsverhältnis zwischen alkoholfreiem Bier und Eiscreme. Schließlich lud der Kellner Gil ein, ihm hinter die Bar zu folgen und die Herstellung höchstpersönlich zu überwachen, was Gil hocherfreut annahm.

Die beiden Frauen blieben allein am Tisch zurück. Trina streckte ihre Hand aus und betrachtete mit einem zufriedenen Seufzer den funkelnden Brillanten. »Du siehst genauso aus wie er«, erklärte sie.

Lara widersprach nicht. Sie mochte zwar Gils blaue

Augen und sein dichtes Haar geerbt haben, doch ihre Züge waren weniger ausdrucksvoll, außerdem fehlte ihr sein angeborenes Charisma. Ihr war völlig klar, dass Trina sie nicht so sah, wie sie wirklich war, sondern lediglich das Abbild des Mannes zu erkennen glaubte, in den sie bis über beide Ohren verliebt war.

Trina beugte sich vor. »Ich weiß, dass das alles reichlich überstürzt wirkt. Die Verlobung und all das, meine ich.«

Lara rutschte unbehaglich auf ihrem Platz herum. »Solange ihr beiden glücklich seid …«

»Das sind wir. Und wir haben Pläne, viele Pläne. Deshalb … wozu noch länger warten?«

»Stimmt.« Lara betrachtete die Oberlichter über ihrem Kopf. »Wie schön für euch.«

Das Gelächter der Mitarbeiter an der Bar drang herüber. Offenbar hatte Gil einen seiner berühmten Scherze gemacht. Trina lächelte. »Er muss ein wunderbarer Vater gewesen sein.«

»Er war …« Lara suchte nach dem richtigen Wort. »Lustig. Meine Erziehung mag nicht gerade konventionell gewesen sein, aber es hat Spaß gemacht, mit ihm zusammen zu sein. Er hat mich immer Kind sein lassen. Ich brauchte jemanden wie ihn in meinem Leben.« Gil hatte ihr erlaubt, ins Kino zu gehen, statt über ihrem Geschichtsreferat zu brüten, und hatte die Einverständniserklärung unterschrieben, damit sie sich mit fünfzehn ein Nabelpiercing stechen lassen konnte.

Natürlich war Justine diejenige gewesen, die später bei ihrem Geschichtslehrer wegen ihres schlecht vorbereiteten Referats die Kastanien aus dem Feuer holen musste. Und sie hatte Lara wortlos und mit grimmiger Miene sonntagabends mit ihrem eiternden Piercing in die Notaufnahme gebracht, weil sie die Wunde nicht ordnungsgemäß gesäubert hatte.

Schließlich kehrte Gil mit ihrem Root Beer mit Vanilleeis zurück, ließ mit viel Brimborium die zähe Flüssigkeit in der Blechtasse kreisen und roch daran, als hätte er einen der besten Weine von der Karte vor sich, ehe sie ihre Strohhalme auspacken und sich darüber hermachen durften. Kaum spürte Lara das kühle Prickeln auf der Zunge, fühlte sie sich schlagartig in ihre Kindheit zurückversetzt.

»Du meine Güte«, stieß Trina hervor. »Und das hast du mir vorenthalten!«

»Siehst du? Hab ich doch gleich gesagt«, meinte Lara. »Allein dafür muss man ihn heiraten.«

Plötzlich wirkte Gil verlegen, beinahe schüchtern, und fummelte am Verschluss seiner Uhr herum, während seine Verlobte und seine Tochter ihn begeistert anstrahlten.

»Nur das Allerbeste für meine Mädels«, sagte er schließlich. »Ich weiß ja, dass ich viele Fehler gemacht habe, trotzdem sind wir immer noch eine Familie. Ein Team, das immer zusammenhält.«

Und für einen kurzen Moment ließ Lara sich von dem Prickeln in ihrem Glas anstecken und gestattete sich, ihm zu glauben.

7

Lara entschied sich für Linus als Begleiter für ihren Auftritt in Claudia Brightlings Fernsehsendung. Angesichts Rufus Fluchttendenzen, Mavericks Hang zum Ungehorsam und Zsa Zsas Angewohnheit, in einer fremden Umgebung zu jaulen, schien der gelassene rotbraune Mischling genau der Richtige für diese Aufgabe zu sein. Bei ihm brauchte sie sich wenigstens keine Sorgen zu machen, dass er bellen, flüchten oder den Schoß der Moderatorin beschnüffeln würde, während alle Welt zusah.

Kaum betraten sie den Aufenthaltsraum des Studios, umschwärmten die Produktionsassistenten Linus, als wäre er ein berühmter Rockstar, und machten sich mit Leckerlis und Bauchkraulen lieb Kind bei ihm. Claudia sah kurz herein, um sie zu begrüßen. Als die Moderatorin ihr die Hand schüttelte, hatte Lara einen ihrer »Hellsehertanten-Momente«, wie Kerry sie immer bezeichnete.

»Haben Sie derzeit einen Hund?«, erkundigte sie sich beiläufig und schraubte den Deckel ihrer Mineralwasserflasche auf.

»Nein.« Claudias Lächeln geriet kurz ins Wanken. »Mein Beagle ist vor ein paar Monaten an Krebs gestorben.«

»Ich verstehe Sie vollkommen. Meinen Chihuahua hatte ich vierzehn Jahre lang. Es ist, als würde man ein Familienmitglied verlieren.« Das Prickeln, das stets mit ihrer Vorahnung einer potenziellen Partnerschaft einherging, verstärkte sich. »Hatten Sie schon mal einen Spaniel? Meine Freundin Kerry hat gerade eine wunderbare schwarze Cockerdame namens Lola gerettet – sie könnte sogar reinrassig sein –, und ich würde Sie beide einander sehr gern vorstellen.«

Claudia schüttelte den Kopf. »Stopp!«

Lara wich zurück und stolperte über Linus' Leine. »Ist es noch zu früh für einen anderen Hund? Tut mir leid. Ich wollte nicht unsensibel sein.«

»Nein, nein, überhaupt kein Problem«, antwortete Claudia, deren haselnussbraune Augen leuchteten. »Ich liebe Spaniels sogar, aber ich hätte gern, dass Sie sich diesen Teil für die Sendung reservieren.«

»Oh.«

»Am Ende unseres Gesprächs könnten Sie mich doch Ihrer gewohnten Vermittlungsüberprüfung unterziehen und dann einen neuen Hund für mich vorschlagen.« Claudia wandte sich der Redakteurin zu, die mit einem Klemmbrett und einem Kopfhörer auf dem Kopf neben ihnen stand. »Das wäre doch tolles Material, oder?«

Eine halbe Stunde später saß Lara mit Claudia auf einem grünen Zweiersofa. Linus hatte sich zu ihren Füßen zusammengerollt und schlief trotz der grellen Scheinwerfer und der allgemeinen Hektik um sie herum ein, kaum dass sie ihre Plätze eingenommen hatten.

»Unser Gast heute Morgen ist Lara Madigan, die Mitbegründerin der hiesigen Hunderettungsorganisation namens *Lucky Dogs*«, sagte Claudia in die Kamera. »Aber Lara rettet nicht nur Hunde, nein, sie arbeitet auch als Vermittlerin, die den passenden Hund für interessierte Tierliebhaber findet.« Sie blickte auf ihre Moderationskarten, dann wandte sie sich an Lara. »Worauf achten Sie genau bei der Auswahl eines Hundes für einen neuen Kunden?«

Lara holte tief Luft und bemühte sich, langsam und ganz deutlich zu sprechen. »Oh, auf eine ganze Menge Faktoren. Ich sehe mir die Abläufe innerhalb der Familie an. Ihre Lebensweise, ihre Aktivitäten, wie sie miteinander umgehen. Beispielsweise würde ich niemals einen ruhigen Hund wie unseren Linus hier einem Marathonläufer empfehlen oder ein eher nervöses Tier wie einen Dobermann in eine Familie mit viel Lärm und Trubel schicken.«

Wie auf ein Stichwort begann Linus laut zu schnarchen.

»Das heißt, Sie haben eine vorgefertigte Kriterienliste«, folgerte Claudia.

»Ja, aber letztlich lasse ich mich von meinem Bauchgefühl leiten.« Lara sah Claudia an. »Einen Hund mit einem neuen Besitzer zusammenzubringen ist so, als würde man den richtigen Wein zu einer Vorspeise wählen: Manchmal entpuppen sich die Kombinationen als die besten, von denen man es am wenigsten vermutet hätte. Als ich mit meiner Freundin Kerry – hi, Kerry – *Lucky Dogs* gegründet habe, wollte ich die Auswahl mit

Checklisten und eingehenden Gesprächen absichern. Aber nach einigen fehlgeschlagenen Zusammenführungen und frustrierenden Erlebnissen ist mir klar geworden, dass die Leute oft nicht genau sagen können, was sie von einem Hund erwarten. Letztlich ist es eben doch eine Frage der Chemie.«

Claudia beugte sich vor, um Linus zu tätscheln. »Und erstrecken sich Ihre Fähigkeiten auch auf die erfolgreiche Zusammenführung von Menschen? Haben Sie zum Beispiel all Ihren Freundinnen zu ihren Ehemännern verholfen?«

Lara lachte. »Nein, mein Talent beschränkt sich lediglich auf die Suche nach vierbeinigen Seelenverwandten.«

»Sie sind aber auch als Hundetrainerin tätig, richtig?«

Linus' warmer, fester Körper zu ihren Füßen hatte etwas Beruhigendes. Lara spürte, wie sie sich entspannte und den Umstand, ausnahmsweise einmal im Rampenlicht zu stehen, allmählich sogar genoss. »Ich bin keine ausgebildete Verhaltenstherapeutin, verfüge aber über mehrere Jahre Erfahrung im Hundetraining. Die meisten Verhaltensauffälligkeiten lassen sich ganz einfach herausfinden. Aber um das Problem zu lösen, muss man genau wissen, welche Ergebnisse man erzielen will, außerdem ist eine sehr enge Zusammenarbeit zwischen Trainer und Hund notwendig. Disziplin funktioniert ausschließlich im Team.«

Claudia blickte direkt in die Kamera. »Heute werden wir etwas ganz Besonderes ausprobieren. Ich habe Lara gebeten, ihre magischen Fähigkeiten auf mich anzuwenden und einen passenden Hund für mich zu finden, hier in der Sendung.«

Auf einen Schlag vergaß Lara die Scheinwerfer, die Kameras und die Werbepause, die in exakt sechzig Sekunden beginnen sollte. Sie kniff die Augen kaum merklich zusammen und versuchte, an Claudias schicker Seidenbluse, ihrem strahlenden Lächeln und ihrer Moderatorinnenfassade vorbeizuspähen. All das spielte für einen Hund keine Rolle. Vielmehr war es wichtig, einen Blick auf die darunter verborgene Seele zu erhaschen.

»Also, Claudia.« Lara ließ sich in die Kissen sinken. »Erzählen Sie mir von Ihrer Kindheit. Hatten Sie einen Hund und wenn ja, was für eine Rasse?«

»Tausend Dank«, sagte Claudia am Ende des Sendeabschnitts und drückte Lara kurz an sich. »Sie haben das ganz toll gemacht. Und ich kann es kaum erwarten, Lola kennenzulernen.«

»Sie beide werden ein wunderbares Gespann abgeben«, prophezeite Lara. »Das spüre ich.«

Die Redakteurin trat zu ihnen und reckte beide Daumen hoch. »Die ersten Anrufe von potenziellen Adoptiveltern für Linus gehen schon ein.«

»So schnell?« Lara zog den verschlafenen Linus auf die Füße und kraulte ihn hinter den Ohren. »Tja, sie werden sich um ihn streiten. Er ist so ein braver Junge. Na, wer ist mein braver Junge?«

Linus' Lefzen bebten, als er mit dem Schwanz wedelte.

»Wie läuft es eigentlich mit Peter?«, erkundigte sich Lara.

»Ganz gut bisher.« Claudia kreuzte die Finger. »Eigentlich ist er ja nicht unbedingt mein Typ, aber er tut mir gut. Er ist einfühlsam und ruht in sich. Und Murphy ist unglaublich. Glauben Sie, er und Lola werden sich verstehen?«

»Das weiß ich sogar ganz sicher. Bis vor zwei Wochen haben sie im selben Haushalt gelebt.«

Nachdem sie sich verabschiedet hatten, ging Lara hinaus auf den Parkplatz. Gerade als Linus auf den Rücksitz sprang, läutete ihr Handy. »Hallo?«

»Wieso hast du mir nicht erzählt, dass du im Fernsehen bist? Deine Brauen waren wie zwei dicke Balken in deinem Gesicht, und deine Nagelhäutchen sehen aus, als wärst du lebendig begraben worden und hättest versucht, dich aus der Erde zu wühlen.«

»Hi, Mom.« Eine düstere Vorahnung beschlich Lara. Justine rief sie exakt einmal pro Woche an: jeden Sonntag um Punkt acht Uhr abends, egal, was sie gerade tat oder in welcher Zeitzone sie sich aufhielt. Nur eine absolute Notsituation – oder, wie in diesem Fall, eine modische Entgleisung katastrophalen Ausmaßes – bewog sie zu einem Anruf an einem Wochentag.

»Und wie um Himmels willen warst du bloß wieder angezogen?« Sie klang, als hätte Lara sie mit ihrer Kleiderwahl persönlich beleidigt. »Hast du denn kein Bügeleisen?«

»Und, wie läuft es mit dem Ausbau des neuen Salons?«, wechselte Lara betont unbeschwert das Thema.

»Hör zu«, fuhr Justine im Tonfall eines Polizeipsychologen fort, der einen Selbstmörder davon abbringen will, von der Brücke zu springen. »Ich weiß ja, dass du dich selbst als Wildfang betrachtest, der ohne Kosmetik auskommt, aber ab einem gewissen Alter *musst* du anfangen, dich um dein Äußeres zu kümmern, sonst bist du im Handumdrehen alt und verwelkt.«

Lara zog ein Papiertaschentuch aus der Schachtel im Handschuhfach und wischte die feine Schicht Hundehaare vom Armaturenbrett. »Kein Mensch hat mich angesehen, Mom, sondern nur den Hund.«

»Blödsinn. Wenn du im Fernsehen bist, sehen dich die Leute sehr wohl an.« Das leise Klicken einer Tastatur drang durch die Leitung – offensichtlich arbeitete Justine nebenbei. »Aber das kriegen wir schon hin. Ich habe Jessica gebeten, morgen ein bisschen früher zu kommen und dich unter ihre Fittiche zu nehmen. Brauen waxen, Strähnchen, Gesichtsbehandlung, Maniküre …«

Lara verzog das Gesicht. »Aber ich muss morgen arbeiten.«

Das Tastaturgeklapper verstummte. »Du kannst doch so deinen Kunden nicht unter die Augen treten.«

»In der Hundebranche läuft es ein bisschen anders als in der Kosmetikbranche. Die meisten Pflegerinnen und Tierärztinnen, mit denen ich zu tun habe, kümmern sich noch weniger um ihr Äußeres als ich.«

»Deine Kundinnen können so nachlässig sein, wie sie wollen. Das ist ihr gutes Recht. *Du* bist diejenige, die eine Dienstleistung anbietet und etwas verkaufen will.

Also bist *du* auch diejenige, die professionell und tadellos aussehen muss.«

Laras Schmerzgrenze war erreicht. »Es war nett, wieder mal mit dir zu plaudern, aber ich kriege gerade ein Gespräch auf der anderen Leitung.«

»Du wirst kein anderes Gespräch annehmen, solange du mit mir telefonierst«, befahl Justine. »Das ist unhöflich. Also, wann hast du dir das letzte Mal die Oberlippe waxen lassen?«

Lara verfiel in die mürrische Einsilbigkeit eines Teenagers. »Keine Ahnung.«

»Und deine Nagelhäutchen zurückgeschoben?«

»Weiß ich nicht.«

»Deine Brauen gezupft?«

»Vorgestern!« Lara hob triumphierend den Kopf. »Eigenhändig!«

»Eigenhändig!« Justine seufzte. »Was habe ich nur falsch gemacht? Ich sollte Jessica *und* Diane früher kommen lassen.«

Lara raufte sich schon jetzt die Haare, noch bevor Justines Mitarbeiterinnen Gelegenheit hatten, sich ihrer anzunehmen. »Mom, lass es gut sein. Es waren nur die lokalen Morgennachrichten. Ich bin doch nicht bei *Good Morning, America* eingeladen.«

»Und mit dieser Einstellung wird es auch nie so weit kommen. Wie oft muss ich es dir noch sagen? Das äußere Erscheinungsbild ist alles! Dir mag es egal sein, wie du aussiehst, anderen aber nicht.«

Lara weigerte sich, die nachfolgende Stille zu beenden. Diese endlosen, bedeutungsschwangeren Gesprächspausen waren die Standardwaffe ihrer Mutter, doch diesmal würde sie sich nicht weichkochen lassen. Diesmal nicht.

»An wen würdest du dich eher wenden, wenn du einen Hund haben wolltest?«, fragte Justine schließlich eine Spur sanfter. »An eine gepflegte junge Frau mit einem schmeichelhaften Haarschnitt und hübschen Kleidern oder an ein katastrophal gekleidetes Mannweib mit Balkenaugenbrauen und großporiger Haut?«

Lara verdrehte die Augen. »Du willst damit also sagen, ich müsste allein schon wegen der Hunde in den Salon kommen, ja?«

»Genau. Ein nobles Opfer für einen übergeordneten Zweck.«

Ihre Mutter war schon immer die geborene Strategin gewesen. »Tja, wenn das so ist … sehen wir uns morgen früh.«

»Oh, ich selbst werde nicht da sein. Ich fliege nach Los Angeles, um mich mit potenziellen Investoren zu treffen. Wir wollten uns über die Expansion auf dem südkalifornischen Markt unterhalten.«

»Moment mal – für wen tue ich das dann überhaupt?«, hakte Lara nach. »Ich habe nur eingewilligt, um dir eine Freude zu machen.«

»Glaub mir, allein die Gewissheit, dass Jessica dich mit einer Waxing- und einer Dermaplanbehandlung auf Vordermann bringt, versetzt mich regelrecht in Ekstase, sogar über die Bundesstaatsgrenze hinweg.«

»Was ist Dermaplan?«

»Wir hören uns am Sonntagabend.« Justine legte auf.

»Bei der Dermaplanbehandlung wird die Haut zuerst mit Aceton eingesprüht und dann die gesamte oberste Schicht inklusive sämtlicher Härchen mit einer winzigen Rasierklinge abgeschabt«, erklärte Lara Kerry am nächsten Tag beim Brunch.

»Sind deine Wangen deshalb so fleckig?«, fragte Kerry.

Lara nickte und betastete vorsichtig ihr Gesicht. »Genau.«

»Brennt es? Es sieht nämlich ganz danach aus.«

»Ja.«

Kerry schob sich einen Bissen von ihrem Omelett in den Mund. »Aber deine Nägel sind echt klasse geworden.«

»Bevor ich gehen durfte, hat mir die Stylistin noch ein Maniküreset mit Überlack, Feile und einem Orangenholzstäbchen für die Nagelhaut für Zuhause mitgegeben.« Lara blickte auf ihre frisch gefeilten und polierten Nägel. »Ich frage dich: Wann haben wir, also die westliche Gesellschaft, beschlossen, dass ein winziges Hauträndchen die Wurzel allen Übels und Bösen ist? Was ist so schlimm an einem Nagelhäutchen? Es ist doch nur ein schmales Stück Haut!«

Kerry griff nach der Speisekarte. »Ich glaube, du brauchst dringend ein Stück Kuchen.«

»Und soll ich dir sagen, was das Schlimmste daran ist?« Lara kaute auf ihrer Unterlippe. »Obwohl meine Mutter heute Morgen noch nicht mal da war und ich sie wahrscheinlich sowieso erst zu Weihnachten wiedersehe, habe ich immer noch ein schlechtes Gewissen, weil ich sie enttäuscht habe. Ich bin eine Schande für sie.«

Kerry, die einen Kellner herangewinkt hatte, hielt inne und wandte sich Lara zu. »Das stimmt doch nicht.«

»Doch. Das war schon früher so.« Lara riss ihre Papierserviette in lange Streifen.

Da Justine sich in der Beautybranche einen Namen gemacht hatte, wurde sie von vielen als oberflächlich abgestempelt. Dabei verbarg sich unter dem makellosen Teint und dem glänzenden schwarzen Haar ein kompromissloses, gerissenes und überaus starrköpfiges Naturell. Vor Laras Geburt hatte Justine als Empfangsdame in einem schicken Schönheitssalon in Scottsdale gearbeitet, wo sie Kundinnen in Empfang genommen und Termine vereinbart hatte. Nach ihrer Scheidung von Gil hatte sie Kurse an der Abendschule belegt und sich über den Job als Stylistin zur Besitzerin mehrerer Salons hochgearbeitet, ohne sich ein einziges Mal zu beklagen, den Kopf hängen zu lassen oder einem Konflikt aus dem Weg zu gehen.

Selbst als sie und Lara in einem schäbigen Apartment neben dem Freeway gehaust und jeden Abend Sandwiches mit Scheiblettenkäse gegessen hatten, war Justine stets bemüht gewesen, die Aura der patenten Geschäftsfrau zu verströmen. Und ihr eiserner Wille war schließlich der Schlüssel zum Erfolg gewesen. Lara hatte stets »anständige« Sachen getragen und eine »anständige« Schule besucht. Kein Mensch wäre je auf die Idee gekommen, dass sie und Justine an der Armutsgrenze lebten.

Doch obwohl Justine alles und jeden um sich herum fest im Griff gehabt hatte, war es ihr nie gelungen, ihrer Tochter ihren Willen aufzuzwingen. Laras geflochtene Zöpfe hatten sich regelmäßig aufgelöst, und ihre Kleider hatten Flecke und Knitterfalten bekommen.

»Ich werde nie derselbe Typ Frau sein wie meine Mutter«, fuhr Lara fort. »Oder der Typ Frau, den sie gern als Tochter hätte.«

»Wieso solltest du das auch wollen?«, fragte Kerry. »Sie mag jede Menge Geld und Macht haben, kann aber weder das eine noch das andere wirklich genießen.«

»Das stimmt, aber wenn man es genau nimmt, verlangt sie nicht allzu viel von mir. Auf meine Nagelhäutchen zu achten wäre doch das Mindeste, was ich für sie tun kann.« Lara spreizte die Finger und begutachtete Jessicas Werk. Ihre Hand sah aus, als gehöre sie jemand anderem. Jemandem, der seine Tage damit verbrachte, Achtzehnhundert-Dollar-Taschen durch die Gegend zu tragen. »Und mir regelmäßig die Strähnchen nachfärben, die Brauen zupfen und meine Haut pflegen zu lassen.«

»Aber dann bliebe dir weniger Zeit, dich um die Hunde zu kümmern«, gab Kerry zu bedenken.

»Das stimmt.« Lara blies sich eine Haarsträhne aus dem Gesicht. »Deshalb sind meine Ansprüche auch so niedrig. Ich glaube eben, solange ich keine Zecken, Räude oder offene Wunden habe, kann ich mich überall zeigen. Im Vergleich zu Iro bin ich das reinste Supermodel.« Laras Züge erhellten sich, als der Kellner an ihren Tisch trat. »Wir hätten gern zwei Stück Kuchen.

Zitronen-Baiser für die junge Dame und für mich die Schokosahne.«

»Als hättest du meine Gedanken gelesen.« Seit dem Beginn des letzten Schwangerschaftsdrittels hatte Kerry ein unstillbares Verlangen nach allem, was Zitrone enthielt. »Wo wir gerade beim Thema Iro sind: Ich habe eine Anfrage für sie bekommen.«

»Über die Website?«

»Ja. Eine ältere Dame, die nach einem neuen Gefährten sucht, aber das erste Zusammentreffen war die reinste Katastrophe. Iro wollte noch nicht einmal herauskommen und Hallo sagen. Die arme Frau war den ganzen Weg von Sun City hergekommen, und Iro saß nur unterm Küchentisch, starrte sie finster an und pinkelte am Ende auch noch auf den Boden.«

Lara schüttelte den Kopf. »Wie dezent.« Ihr Handy läutete, doch sie wollte nicht mit vollem Mund an den Apparat gehen.

»Geh ran«, drängte Kerry. »Bestimmt ist es Oprah, die dir eine neue Talkshow anbieten will, jetzt, wo du deine Nagelhäutchen endlich im Griff hast.«

»Lara Madigan?«, sagte sie, noch immer lachend.

»Hallo-ho«, trillerte eine melodiöse, kultivierte Frauenstimme. »Hier spricht Cherie Chadwick. Ich habe Sie gestern im Fernsehen gesehen und möchte Sie gern engagieren.«

Lara nippte an ihrem Wasserglas und bemühte sich um einen professionellen Tonfall.

»Hi, Cherie, es freut mich sehr, dass Sie sich entschlossen haben, einen Fundhund zu adoptieren, und ich werde alles daransetzen, den perfekten Partner für Sie zu finden, allerdings können Sie mich nicht im herkömmlichen Sinne ›engagieren‹. Ihre Bezahlung besteht lediglich aus einer Spende an *Lucky Dogs,* nachdem Sie das Vergabeverfahren und die Besichtigung Ihres Zuhauses hinter sich gebracht haben.«

»Sie haben mich missverstanden. Ich habe bereits einen Hund. Einen reinrassigen Berner Sennenhund.« Lara warf Kerry einen verdutzten Blick zu. »Oh.«

»Ich würde gern mit ihr an Hundeschauen teilnehmen«, fuhr Cherie fort. »Und ich möchte Sie als Handlerin haben.«

»Sie sprechen von Zuchtschauen, womit ich leider keinerlei Erfahrung habe«, sagte Lara und versuchte, Cherie den Unterschied zwischen Rassehundeschauen, sprich, dem vierbeinigen Äquivalent von Misswahlen, und Obedience-Wettbewerben zu erläutern. »Ich biete nur Grundausbildungen für Hunde und spezielle Verhaltensmodifikationen an, aber keine Hundeschauen.«

»Das spielt für mich keine Rolle«, beharrte Cherie mit ungebrochenem Optimismus. »Ich will jemanden, der eine Ahnung von Hunden und Bühnenpräsenz hat. Und Sie haben beides. Ich wohne in Mayfair Estates. Kennen Sie die Gegend zufällig?«

Mayfair Estates war eine todschicke bewachte Wohnanlage in den Bergen von North Scottsdale, inmitten eines riesigen Naturschutzgebiets mit Häuserpreisen von zwei Millionen Dollar aufwärts. Allein die Mitgliedsbeiträge für den Country Club waren so hoch wie Laras Jahreseinkommen. Dort oben wohnten Profisportler, Vorstandsvorsitzende, reiche Erben … und Justine.

»Ja, ja«, antwortete Lara. »Meine Mutter wohnt auch dort.«

»Ihre Mutter.« Es entstand eine kurze Pause. »Sie sind Justine Madigans Tochter?«

»Das ist richtig, Ma'am.«

»Tatsächlich.« Ein ungläubiger Unterton schlich sich in Cheries Fröhlichkeit. »Darauf wäre ich nie im Leben gekommen.«

»Das höre ich häufiger.«

»Wie faszinierend«, bemerkte Cherie, ehe sie zur Sache kam. »Also, ich würde Sie gern morgen zum Kaffee hier begrüßen und Ihnen Eskie vorstellen.«

Lara schob sich einen winzigen Bissen Kuchen zur Stärkung in den Mund, um die Kontrolle über das Gespräch zurückzugewinnen. »Ich würde Ihnen schrecklich gern helfen, Mrs. Chadwick, aber ehrlich gesagt habe ich nicht die leiseste Ahnung, wie ich die Arbeit für eine Hundeschau überhaupt anlegen sollte. Aber wenn Sie möchten, kann ich mich gern umhören und Ihnen die Namen erfahrener Kollegen beschaffen.«

»Ich habe ein uneingeschränktes Budget zur Verfügung und bin bereit, Ihre Arbeit angemessen zu entlohnen«, erklärte Cherie, als hätte sie Laras Einwand nicht gehört.

Lara dachte an die Berge von Tierarztrechnungen, die sich in den vergangenen Monaten angesammelt hatten. »Na gut. Wir sehen uns morgen. Ist neun Uhr zu früh?«

»Nein, neun Uhr ist perfekt.«

»Wunderbar. Und, äh … Mrs. Chadwick?«

»Bitte nennen Sie mich Cherie.«

»Haben Sie meine Telefonnummer vom Sender bekommen?«

»Nein, natürlich nicht.«

»Aber wie haben Sie dann …«

Wieder drang das melodiöse Lachen durch die Leitung. »Oh, ich bekomme immer, was ich haben will. Das werden Sie noch sehen.«

8

»Wir haben ein Problem«, erklärte Evan, kaum dass Lara die Türschwelle überschritten hatte. »Ein Hundeproblem.«

»Geht es um die Kosten für Linus' Operation? Ich habe inzwischen sein Blutbild gesehen. Es ist völlig normal, deshalb meinte Jason …«

Evan schüttelte den Kopf. »Das Telefon läutet ununterbrochen, und alle fragen nach der ›Hundekupplerin‹. Als ich von der Arbeit nach Hause kam, waren schon sechs Nachrichten auf dem Anrufbeantworter.«

»Verdammt!« Allmählich wurde Lara sauer. »Im Fernsehen haben sie nur unsere Website gezeigt. Wie kann es sein, dass die Leute meine Privatnummer herausfinden?«

»Im digitalen Zeitalter existiert so etwas wie Privatsphäre nicht mehr.«

Fest entschlossen, das Ganze von der positiven Seite zu sehen, nickte Lara und streifte die Flipflops von ihren Füßen. »Na ja, eigentlich ist es ziemlich dreist, mich zu Hause anzurufen, aber immerhin wollen sie einen Hund adoptieren.«

Evan gab ein hohles Lachen von sich. »Irrtum. Die wollen keinen Hund adoptieren, sondern ihre eigenen loswerden. Ich bin gerade mal seit einer halben Stunde zu Hause und habe mit mehreren Wildfremden telefoniert, die wollen, dass du mithilfe deiner wundersamen Vermittlerfähigkeiten für einen neurotischen Anatolischen Hirtenhund, einen Pembroke Welsh Corgi, der auf andere Hunde losgeht, und einen Wurf Pitbull-Welpen ein neues Zuhause findest.«

»Hast du ihnen gesagt, dass wir im Moment keine neuen Hunde aufnehmen können?«

»Ja. Worauf sie natürlich die Schuldgefühlenummer abziehen nach dem Motto: Wenn Sie meinen kleinen Schatz nicht nehmen, bleibt mir nichts anderes übrig, als ihn ins Tierheim zu bringen.‹«

»Und was hast du dann gesagt?«

Evan zuckte die Achseln. »Dass es durchaus möglich sei, dass der Hund dort getötet würde, sie aber in diesem Fall wohl tun müssten, was sie nicht lassen könnten.«

»Evan!«

»Was denn?« Er kreuzte die Arme vor der Brust. »*Sie* haben doch *mich* angerufen. Deshalb habe ich keinerlei Verpflichtung, sie in ihrer Entscheidung auch noch zu unterstützen. Irgendeiner muss diesen Leuten schließlich die Meinung geigen.«

Lara seufzte. »Stimmt. Und es ist mir lieber, du übernimmst das.«

»Genau. Deshalb gehst du besser die nächsten Tage nicht ans Telefon.«

»Wahrscheinlich ist es das Beste.« Sie stellte ihre Tasche ab und trat vor den Kühlschrank, um ihn nach ein paar Zutaten fürs Abendessen zu durchforsten.

In diesem Moment läutete das Telefon.

Evan und Lara tauschten einen gespielt entsetzten Blick und klammerten sich verzweifelt aneinander fest, während die Hunde aufgeregt um ihre Beine herumliefen.

»Sie sind es«, flüsterte Evan. »Sie belagern uns.«

Lara lachte, doch dann läutete das Telefon zum zweiten und schließlich zum dritten Mal.

Evan, der spürte, wie ihre Entschlossenheit ins Wanken geriet, drückte ihren Arm. »Tu's nicht.« Er streckte die Hand aus und schaltete das Telefon ab.

Sie wusste ja, dass er recht hatte – sie konnte nicht jeden überforderten Hundebesitzer in Phoenix glücklich machen, außerdem würde ihre Popularitätswelle so schnell abflachen, wie sie aufgebrandet war –, trotzdem hatte sie ein schlechtes Gewissen. Die Hunde konnten sich den Luxus nicht leisten, einfach das Telefon abzuschalten und sich so aus der Affäre zu ziehen. Was würde aus ihnen werden?

»Denk gar nicht erst darüber nach«, befahl Evan. »Wir essen jetzt eine Pizza in diesem Laden auf der Greenway, den du so magst. Und wenn wir nach Hause kommen, machen wir alle einen schönen langen Spaziergang um den See.«

»Du kommst mit?«, fragte Lara. Normalerweise blieb Evan auf dem Sofa liegen, solange sie mit den Hunden ihre Abendrunde drehte.

»Ja«, versprach er. »Und gleich morgen früh rufe ich bei der Telefongesellschaft an und lasse unsere Nummer sperren.«

Am nächsten Morgen wurde Lara von Raggs und Zsa Zsa aus dem Schlaf gerissen, die jaulend zwischen dem Bett und dem Fenster hin und her liefen; etwas, was sie sonst nur taten, wenn der Laster der Müllabfuhr die Straße entlangrumpelte, doch heute wurde kein Müll abgeholt.

Mit zusammengekniffenen Augen sah sie auf den Wecker und tätschelte Raggs beruhigend den Kopf. »Was ist denn los, Kumpel?«

Der kleine Spaniel jaulte noch etwas lauter, stützte sich mit den Pfoten auf dem Fensterbrett ab und stieß mit der Nase gegen die weiß lackierten Holzjalousien.

»Ich kann nur für dich hoffen, dass du einen guten Grund für dein Gejaule hast.« Lara stand auf, öffnete die Jalousien und spähte auf den Rasen. Ein leiser Schrei drang über ihre Lippen. »O nein!«

Evan setzte sich im Bett auf. »Was ist denn?«

»Im Garten sitzt ein Wurf Pitbull-Welpen.«

»Sie müssen etwa acht Wochen alt sein«, vermutete Lara und sah den schwarz-weißen Welpen zu, die auf dem Boden herumkrabbelten, während Evan bei ein paar Tiefkühlwaffeln die Überschriften des *Wall Street Journal* überflog. Lara hob einen Welpen auf, um ihn auf Anzeichen von Würmern oder anderen Parasiten zu überprüfen, wobei Maverick mit der Nase ihren Ellbogen wegstieß, um sich einen besseren Blick auf die Neuankömmlinge zu verschaffen. »Und kerngesund scheinen sie auch zu sein. Auf dem Nachhauseweg besorge ich ein paar Injektionen, damit wir gleich mit dem Impfzyklus anfangen können.«

»Hmmm«, murmelte Evan, ohne den Blick von seiner Marktstudie zu lösen.

»Das Gute ist, dass sie noch klein und unglaublich süß sind. Deshalb kriegen wir sie bestimmt im Handumdrehen vermittelt.« Lara zuckte zusammen, als einer der Welpen seine rasiermesserscharfen Milchzähne in ihren Fingerknöchel grub. In der Viertelstunde, die sie im Haus war, hatte die Rasselbande bereits zweimal auf den Fliesenboden gepinkelt und sich eines der hölzernen Stuhlbeine vorgeknöpft. »Allerdings bedeuten Welpen eine Menge Arbeit, das ist dir bestimmt klar.«

»Eigentlich nicht.«

»Ich kann zwischen zwei Terminen nach Hause fahren und sie kurz rauslassen«, erklärte Lara. »Aber um sechs habe ich noch einen Kundentermin. Du kannst sie füttern, sobald du von der Arbeit nach Hause kommst …«

»Das geht nicht«, sagte Evan.

»Wieso nicht?«

»Heute ist Donnerstag.« Endlich löste er den Blick von seiner Zeitung und biss in seine Vollkornwaffel. »Fußballtraining.«

»Oh.« Lara schloss die Augen, hob den kleinen schwarzen Rowdy hoch und sog seinen beruhigenden süßen Welpengeruch tief in die Nase. *Besser als jeder Zug aus der Haschpfeife*, dachte sie und lächelte. »Könntest du das Spiel nicht ausnahmsweise sausen lassen? Bitte?«

»Nein.« Er spülte seine Waffel mit einem großen Glas Orangensaft hinunter.

Erschrocken hielt sie inne. Normalerweise war er nie so barsch. »Wieso nicht?«

»Weil ich nicht will.« Evan schien immun gegen den Charme des Welpen zu sein. »Ich habe den Jungs versprochen, dass ich mitspiele, also werde ich auch mitspielen.«

»Okay. Könntest du dann vielleicht zuerst nach Hause fahren, ihnen etwas zu fressen geben und anschließend Fußball spielen gehen? Es hat doch bestimmt niemand etwas dagegen, wenn du zwanzig Minuten später kommst.«

Evan trank seinen Orangensaft aus und stellte das Glas mit Nachdruck neben der Spüle ab. »Ich schon«, erwiderte er mürrisch.

Lara sah ihn an. »Wieso bist du so schlecht gelaunt?«

Mit großer Präzision faltete er die Zeitung zusammen.

Sie zeigte auf die Cocktailserviette am Kühlschrank. »Laut unserem Vertrag sind das auch deine Welpen.«

Einen Moment lang starrte er auf die Vereinbarung und schüttelte den Kopf. »Da steht etwas von *vollgeschlabberten* und *umgekippten Sachen*, aber nicht, dass ich mein Fußballtraining für einen wild gewordenen Haufen Promenadenmischungen sausen lassen muss, der systematisch meine Wohnungseinrichtung zerstört.«

Lara setzte den Welpen auf den Boden und richtete sich langsam auf. »Und was genau willst du damit sagen?«

»Ich sage Nein.« Eine eisige Monotonie hatte sich in seinen mühsam beherrschten Tonfall geschlichen. »Ihr Hundeliebhaber seid wie eine Sekte. Ihr steckt euer gesamtes Geld und Zeit in eure Hundesekte, aber trotzdem ist es nie genug. Weil es immer noch einen Hund gibt, der gerettet werden muss. Oder drei.«

Lara musste beinahe lachen. »Die Hundesekte.«

Wieder kreuzte er die Arme vor der Brust. »Aber mich bekehrt ihr nicht.«

»Evan, bitte. Ich habe die Kleinen doch nicht mit Absicht hergebracht. Jemand hat sie einfach über den Zaun in unseren Garten geworfen. Was soll ich denn machen?«

Er zuckte die Achseln und überprüfte seine makellos weißen Manschetten auf Flecke. »Ich mache dir keine Vorschriften, sondern sage nur, dass ich heute Abend mit meinen Freunden Fußball spielen gehe. Und zwar pünktlich.« Mit zusammengekniffenen Augen zupfte er ein braunes Hundehaar von seinem Ärmel. »Genug ist genug, Lara. Ich ziehe nur eine klare Grenze.«

Ihre Brauen schossen hoch. *»Genug ist genug?«*

Er nickte. »Das Thema Hunde ist für mich erledigt.«

»Was soll das denn bedeuten?«

Für den Bruchteil einer Sekunde presste er die Lippen zusammen. Offenbar hatte er Mühe, die Worte hinunterzuschlucken, die ihm auf der Zunge gelegen hatten. »Es bedeutet, dass ich gelogen habe. Ich bin kein Hundeliebhaber. Und ich werde auch nie einer sein.« Er riss die Cocktailserviette von der Kühlschranktür und warf sie in den Mülleimer.

Lara schnappte entsetzt nach Luft.

Zsa Zsa steckte ihren Kopf in den Mülleimer und begann, die Vereinbarung zu zerfetzen.

Evan ging ins Schlafzimmer und kehrte Momente später mit einer kleinen schwarzen Samtschatulle in der Hand zurück. »Seit du hier eingezogen bist, habe ich auf den richtigen Augenblick gewartet, dir den hier zu schenken. Auf den richtigen Augenblick für den perfekten Heiratsantrag.«

Lara schluckte. »Wieso sind da Bissspuren drauf?«

»Weil einer deiner Hunde die Schatulle als Beißspielzeug benutzt hat.«

»Wieso um alles in der Welt hast du sie nicht irgendwo hingelegt, wo die Hunde nicht drankommen? Ehrlich, Evan. Ich habe dir hundert Mal gesagt, du sollst sie einsperren, bevor du das Haus verlässt.«

»Da hätten wir es wieder mal. Das Opfer ist schuld!«

»Du liebst mich nicht«, erklärte Lara vorwurfsvoll.

»Hör auf damit. Du weißt genau, dass ich dich liebe.«

»Nein, du liebst die Frau, die du gern hättest«, blaffte sie. »Ich habe dir von Anfang an gesagt, dass ich eine durchgeknallte Hundeliebhaberin bin. Erinnerst du dich an unser erstes Date? Du hast mich nach dem Essen nach Hause gefahren, und Maverick hatte eine ganze Schachtel Papiertaschentücher gefressen und einen Darmverschluss davon bekommen. Du hast uns in die Tierklink gefahren und bist mir fünf Stunden nicht von der Seite gewichen. Trotz allem hast du mich angebettelt, bei dir einzuziehen, hast diesen Ring gekauft, und jetzt bist du auf einmal … keine Ahnung … Katzenliebhaber?«

Allein der Gedanke ließ ihn erschaudern. »Katzen sind ja noch schlimmer.«

»Also bist du nur jemand, der sämtliche Haustiere hasst?«

»Nicht jeder muss zwangsläufig Hunde- oder Katzenliebhaber sein. Vielleicht bin ich ja einfach Menschenliebhaber. Schon mal darüber nachgedacht?«

Lara wich zurück, als hätte er sie geschlagen. »Das ist doch krank.«

»Weißt du, was mich wirklich fertigmacht? Ich habe dieses Haus für uns gekauft – damit wir hier leben, heiraten und eine Familie gründen können.« Er schüttelte angewidert den Kopf und knallte die Schatulle auf die Arbeitsplatte. »Aber ich ertrage all das nicht mehr. Ich bin es leid, dass ständig alles vollgeschlabbert und umgekippt wird – Gott, am schlimmsten ist dieses Gesabber.«

Lara spürte, wie ihre Schockstarre blanker Wut wich. »Kein Wunder, dass Iro dich hasst. Hunde spüren genau, welche wahren Absichten sich hinter einer freundlichen Fassade verbergen.«

Evan schnaubte abfällig. »Iro hasst die ganze Welt!«

»Meine Hunde sind meine Familie.« Lara breitete die Arme in einer Geste aus, die Maverick, Rufus, Raggs, Zsa Zsa und die Pitbull-Rasselbande, die sich gegenseitig in der Wasserschüssel zu ertränken versuchte, einschloss. »Wenn man sie liebt, machen ein paar Fellbüschel und ein bisschen Gesabber doch nichts aus.«

»Aber ich liebe sie nicht.« Evan nahm seine Aktentasche und marschierte ins Fernsehzimmer. »Ich liebe dich, deshalb dachte ich, dass ich sie notgedrungen auch lieben muss.« Er deutete auf die Couch wie ein Staatsanwalt, der den Geschworenen Beweisstück A präsentiert. »Ich kann mich schon nicht mehr erinnern, wann ich mich das letzte Mal hingesetzt habe, ohne dass etwas unter mir quietschte.« Er steckte eine Hand zwischen die Sitzpolster und zog ein schlaffes graues Etwas heraus, bei dem es sich um ein Plüscheichhörnchen gehandelt hatte, bevor Maverick die Säume aufgeknabbert, den weißen Schaumstoff herausgezerrt und überall im Haus verteilt hatte. »Manchmal würde ich einfach nur gern nach Hause kommen, mich aufs Sofa setzen und mir in Ruhe die Playoffs ansehen, ohne mir Sorgen machen zu müssen, dass ein beschlabbertes, ausgeweidetes Plüscheichhörnchen meine beste Hose ruiniert.«

Beim Anblick des Eichhörnchens stürzte Maverick quer durch den Raum, kam schlitternd vor Evan zum Stehen und wartete voller Vorfreude darauf, dass er es wegwarf.

»Maverick liebt Mr. Hörnchen nun einmal. Er ist das einzige Spielzeug, das ihm von seinem alten Besitzer geblieben ist.« In einem Anfall von Solidarität trat Lara neben ihn, doch der stämmige Rottweiler nahm keine Notiz von ihr, sondern starrte weiter wie gebannt auf den Plüschleichnam.

»Dieses Ding ist ekelhaft. Ich will es nicht in meinem Haus haben!«

»Aber es ist unser Haus!«, schrie Lara so laut, dass die Spaniels die Flucht ergriffen.

Evan hielt den schmutzigen, stinkenden Plüschfetzen

in die Höhe und schwenkte ihn wie ein Fähnchen. »Schluss mit Mr. Hörnchen.«

Der Rottweiler hob die Vorderpfoten und stützte sich auf Evans Schultern ab, der prompt rückwärtstaumelte und auf dem Sofa landete, wobei er einen Stapel Bücher vom Couchtisch riss.

»Runter, Maverick«, befahl Lara.

Die Welpen kamen aus der Küche gelaufen, stürzten sich auf die Bücher und begannen, in einer wilden Rauferei die Seiten zu zerfetzen.

»Wohin willst du?«, rief Lara, als Evan sich aufrappelte und sich an ihr vorbeischob.

»Ich gehe jetzt und bringe diese ekelhafte Bakterienschleuder dorthin, wo sie hingehört.« Er ging in die Gästetoilette und ließ Mr. Hörnchen in die Schüssel fallen.

»Wage es nicht! Du bist doch auf mich sauer und nicht auf Maverick!«

»Ich bin auf euch beide sauer!«

»Nein!«, schrie Lara, doch es war zu spät.

Evan drückte die Spülung. Maverick jaulte.

Ein unheilvolles Gurgeln drang aus den Tiefen des Abflussrohrs.

»Ich kann nicht glauben, dass du das getan hast. Damit steht fest, dass ich dich niemals heiraten werde.«

Evan zuckte die Achseln, doch sie sah den Anflug von Scham und Zweifel in seinen Augen aufflackern, ehe er sie anschnauzte: »Wenn dir ein ausgeweidetes Hundespielzeug wichtiger ist als ich, kannst du den Ring gleich hinterherwerfen.«

Lara stürmte in die Küche, riss die Schatulle von der Arbeitsplatte und kehrte in die Toilette zurück.

Evan wurde blass. »Moment. Wir beruhigen uns jetzt erst einmal.«

Lara zögerte für den Bruchteil einer Sekunde, dann zog sie den Ring aus dem Samtschlitz und hielt ihn mit zitternden Fingern über die Toilettenschüssel. Das Licht spiegelte sich voller Verheißung in den Facetten des Edelsteins.

Maverick stützte sich mit beiden Vorderpfoten auf der Kloschüssel ab, spähte über den Rand und stieß ein langes gequältes Heulen aus.

Lara ließ den Ring in die Schüssel fallen und drückte die Spülung.

9

Cherie Chadwicks Haus – *Anwesen* traf es wohl besser – war ein weitläufiges hochmodernes Gebäude mit viel Glas und Beton, bei dessen Entwurf offenbar Frank Lloyd Wright Pate gestanden hatte. Es stand auf einem Hügel, von dem aus sich ein atemberaubender Ausblick auf die funkelnden Lichter der Stadt auf der einen und ein weitläufiges Naturschutzgebiet mit zahllosen Kakteen auf der anderen Seite bot. Lara war schon oft in dieser Gegend gewesen – ihre Mutter war während ihres zweiten Collegejahrs nach Mayfair Estates gezogen –, trotzdem hatte sie nie Zeit gefunden, die ruhigen gewundenen Wohnstraßen zu erkunden. Allem Anschein nach herrschte eine strikte Hierarchie in der Wohnanlage, und Cherie Chadwick stand ganz an der Spitze. Im Vergleich zu Cheries Zuhause wirkte Justines nach ihren Wünschen erbautes 350-qm-Haus wie eine zerfallene Crackhütte.

Lara musste sich über eine Sprechanlage an einem reich verzierten schmiedeeisernen Tor anmelden, was ihr ein wenig überkandidelt vorkam, da die Zufahrt zum Wohngebiet ohnehin rund um die Uhr mit einem Wachmann besetzt war.

Schließlich lenkte sie ihren alten, ramponierten

Kombi durch das Tor, stellte ihn in der Auffahrt mit dem Springbrunnen in der Mitte ab und blieb noch einen Moment sitzen, um sich zu sammeln. Na schön, sie hatte ihr Liebesleben soeben die Toilette hinuntergespült – im wahrsten Sinne des Wortes. Und Evan hatte wortlos das Haus verlassen. Es war zu spät, um es rückgängig zu machen. Die Würfel waren gefallen, der Ring lag in der Kanalisation.

Sie hatte das dumpfe Gefühl, dass sie sich in sehr naher Zukunft auf Wohnungssuche begeben sollte, deshalb käme ein bisschen Extrageld gerade recht.

Sie trat vor die schwere Holztür und läutete beklommen. In einem so feudalen Haus wurden die Besucher bestimmt von einem livrierten Butler mit britischem Akzent empfangen, doch stattdessen öffnete die Hausherrin, eine Frau mittleren Alters mit Apfelbäckchen, höchstpersönlich die Tür. Sie trug einen lavendelblauvioletten Blazer zu einer perfekt sitzenden grauen Hose, und um ihren Hals hing eine Kette mit einem Anhänger aus gelben und weißen Brillanten in Bienenform. Ihr silbergraues Haar war zu einer schmeichelhaften Bobfrisur geschnitten, außerdem war sie sorgfältig geschminkt und wirkte warmherzig und freundlich.

»Sie müssen Lara sein«, sagte sie und ergriff Laras Finger mit beiden Händen. »Vielen Dank, dass Sie gekommen sind. Ich brauche so schnell wie möglich einen Handler, und etwas sagt mir, dass Sie die Richtige für diese Aufgabe sind.«

Lara sah sich in dem sonnendurchfluteten, in raffiniert kontrastierenden Weiß- und Elfenbeintönen gehaltenen Eingangsbereich und dem angrenzenden Wohnzimmer um. Obwohl sie ihre schickste Arbeitskluft trug, hatte sie Angst, etwas schmutzig oder kaputt zu machen. Alles wirkte so edel, kostspielig und empfindlich, außerdem war weit und breit kein loses Hundehärchen zu entdecken. »Sie haben einen Berner Sennenhund, sagten Sie?«

»Ja, und eine Haushälterin, die zweimal am Tag Staub saugt«, erklärte Cherie zwinkernd. »Eskie ist im Fernsehzimmer. Kommen Sie, ich stelle sie Ihnen vor.«

Lara folgte Cherie durch einen langen Korridor. Ihre Stimme hallte von der hohen gewölbten Decke wider, während sie bewundernd den Blick über die Sammlung abstrakter Ölgemälde schweifen ließ.

»Was darf ich Ihnen anbieten?«, fragte Cherie, als sie an einer Küche vorbeikamen, die aussah, als sei sie soeben für die jüngste Ausgabe von *Architectural Digest* abgelichtet worden. »Kaffee? Tee? Ein Glas Sekt mit Orangensaft?«

»Oh, gar nichts. Vielen Dank.« Durch die Terrassentür erhaschte Lara einen Blick auf einen Pool mit dazugehörigem Wasserfall. »Wie gesagt, ich habe nie als Handlerin bei Ausstellungen gearbeitet – offen gestanden, habe ich nur ein- oder zweimal überhaupt eine besucht –, beantworte aber gern all Ihre Fragen.«

»Ich habe keine Fragen«, gab Cherie zurück und lächelte sie über die Schulter hinweg an. »Hier geht es auch nicht um mich. Eskie entscheidet, ob sie Sie mag oder nicht.«

Sie öffnete eine reich verzierte Flügeltür zu einem

behaglichen Fernsehzimmer, wo sie von einem riesigen flauschigen schwarz-weißen Hund mit ausdrucksvollen kastanienbraunen »Brauen«, zierlichen Pfoten mit weißen Spitzen und sanften braunen Augen erwartet wurden.

»Darf ich vorstellen: Miss Swiss Star's Evening Escapade.« Cherie presste eine Hand auf die Brust. »Und die Liebe meines Lebens.«

Eskie begrüßte Lara mit fast damenhaften Manieren – kein Hochspringen, kein Bellen, kein übertrieben enthusiastisches Schnuppern. Die Hündin wirkte freundlich und neugierig, aber nicht hysterisch oder unsicher. Stattdessen wartete sie, dass Lara den ersten Schritt machte.

Lara ließ sich von ihrer Unschuldsmiene nicht beirren. »Eskie, sitz«, befahl sie mit Nachdruck.

Eskie setzte sich.

Erst jetzt streckte Lara ihr die Hand hin, damit sie sie beschnüffeln und ablecken konnte. »Braves Mädchen.«

Mit funkelnden Augen verzog Eskie die Schnauze zum Hundependant eines Kicherns, während Lara sie weiter streichelte. Eskie, die immer noch auf demselben Fleck saß, genoss die Zuwendung sichtlich und streckte Lara zur Begrüßung die Pfote hin.

»Sie liebt Sie«, murmelte Cherie. »Hab ich's doch gewusst.«

»Sie ist ein toller Hund«, stellte Lara fest. Trotz ihrer Schwäche für Promenadenmischungen, mit denen rein optisch kein Blumentopf zu gewinnen war, konnte sie Eskies Schönheit nicht leugnen. Diese Hündin war der geborene Star. »Hat sie schon einmal an einem Obedience-Kurs teilgenommen?«

»Als ich sie letztes Jahr vom Züchter gekauft habe, war ich mit ihr in der Welpenschule. Sie beherrscht *Sitz, Lieg, Gib Pfötchen* und *Hol's*.«

»Und gab es Probleme bei der Sozialisierung?«, fragte Lara. »Oder im Kontakt mit anderen Hunden?«

»Aber nein, meine kleine Eskie ist ein gern gesehener Gast auf jeder Party. Sie versteht sich mit allen gut, stimmt's?«, säuselte Cherie.

Eskies Schwanz schlug rhythmisch auf den unbezahlbaren Perserteppich, so dass eine Wolke schwarzer Härchen aufstob. Während der folgenden Minuten streichelte und liebkoste Lara sie ausgiebig, worauf Eskie jeden Anschein von Würde über Bord warf und sich auf den Rücken rollte, damit Lara ihr den Bauch kraulen konnte.

Cherie klatschte vor Begeisterung in die Hände. »Tja, damit wäre das also geklärt. Sie sind die Richtige. Wie viel?«

Lara hob den Kopf. »Was?«

»Auf welche Summe soll ich den Scheck ausstellen? Ich will Sie exklusiv für Eskies Betreuung haben.«

Lara stützte sich mit den Händen auf den Oberschenkeln ab und stand auf. »Oh, ich kann mich nicht nur um einen Hund allein kümmern. Im Moment habe ich fünf Waisen zu Hause – offen gestanden, sind es seit heute Morgen sogar acht – und mehrere Kunden, die mit ihren Hunden zum Gehorsamkeitstraining zu mir kommen.«

Cherie winkte ab. »Ja, natürlich, Ihre ehrenamtlichen Tätigkeiten.«

»Außerdem habe ich einen Fulltime-Job«, fuhr Lara fort. »Ich arbeite als Referentin für Tierarzneimittel. Zwar habe ich keine normalen Bürozeiten, trotzdem gilt auch für mich die 40-Stunden-Woche.«

»Ja, ja, wunderbar.« Dies schien die Dame-der-Gesellschaft-Version von »Mir doch egal« zu sein. »Ich will nur nicht, dass Sie einen anderen Hund bei der Ausstellung betreuen.«

Beim Gedanken an Iro und Linus musste sie grinsen. »Keine Sorge. Die Hunde, mit denen ich normalerweise arbeite, sind definitiv keine Anwärter für einen Schönheitswettbewerb.«

»Perfekt. Dann lassen Sie uns so schnell wie möglich anfangen.«

Trotz allem fiel Lara auf, dass Cheries Entschlossenheit und Optimismus etwas leicht Gezwungenes hatten. Lara musterte sie forschend, um herauszufinden, was sich hinter der fröhlichen Fassade verbarg. »Sie haben noch nie an so einer Hundeschau teilgenommen?«

Cherie fummelte an ihrem Brillantohrring herum. »Nein.«

Lara nickte. »Darf ich fragen, weshalb Sie es ausgerechnet jetzt versuchen wollen?«

»Na ja, sehen Sie sich mein Mädchen bloß an! Ihre Fellzeichnung ist absolut perfekt, ihr Charakter tadellos. Und sie hat einen erstklassigen Stammbaum. Ihr Großvater hat bei der Westminster-Ausstellung eine Auszeichnung gewonnen. Es wäre die reinste Verschwendung, sie zu Hause herumsitzen zu lassen.« Cheries Lächeln geriet ein wenig ins Wanken.

Lara wartete.

Die ältere Frau seufzte. »Mein Mann war sein ganzes Berufsleben dienstlich unterwegs. Wir hatten uns immer all die Reisen ausgemalt und viele Pläne geschmiedet für die Zeit nach seiner Pensionierung.« Sie räusperte sich und legte ihre Handfläche auf Eskies Kopf. »Und jetzt, wo er endlich im Ruhestand ist, unternimmt er all die Reisen auch … mit einer achtundzwanzigjährigen Flugbegleiterin.«

Lara berührte behutsam Cheries Arm. »Das tut mir sehr leid.«

»Und ich will auch etwas Junges, Schönes um mich herum haben. Ich bin nicht bereit, mich von neuen Zielen, Plänen und Überraschungen zu verabschieden.«

»Wenn Sie sich das so sehr wünschen, dann machen wir es auch«, versprach Lara. »Wir drei bilden ab sofort ein Team. Aber da wir alle keine Erfahrung haben, könnte es sein, dass uns nicht nur angenehme Überraschungen ins Haus stehen.«

»Für mich ist das Ganze eher ein Abenteuer.« Cherie zog einen Scheck aus ihrer Tasche und überreichte ihn Lara. »Könnten Sie morgen Vormittag wieder herkommen? Um dieselbe Zeit?«

Beim Anblick der Summe bekam Lara beinahe weiche Knie. »Ich werde um neun hier sein.«

An diesem Abend machte Lara möglichst früh Schluss in der Hoffnung, das Nötigste gepackt und mit den

Hunden das Haus verlassen zu haben, bevor Evan vom Fußballtraining zurückkam.

Fehlanzeige.

Als sie das Garagentor öffnete, stand Evans Audi an seinem gewohnten Platz, und sie hörte die Hunde auf der anderen Seite der Tür, die es offenbar kaum erwarten konnten, sie unter lautem Gebell und viel Geschlabber zu begrüßen. Offenbar hatte Evan sie aus ihren Boxen gelassen.

Sie begrüßte Maverick, Zsa Zsa, Rufus, Raggs und Linus, ehe sie sich nach Evan umsah. Es war dunkel und still im Haus. Vielleicht war er ja doch nicht da, sondern hatte lediglich seinen Wagen in der Garage abgestellt und war mit einem Kumpel gefahren, um sich das ein oder andere Bier in den Pausen genehmigen zu können.

Mit einem erleichterten Seufzer ließ sie die Meute in die Küche, damit sie die Welpen begrüßen und eine Schmerztablette holen konnte. Die Kopfschmerzen hatten an diesem Morgen auf der Fahrt zu Cherie begonnen und sich seitdem zu einer mörderischen Migräne entwickelt. Sie brauchte einen Eimer voll Mineralwasser, eine kalte Kompresse und zwölf Stunden Schlaf, und zwar genau in dieser Reihenfolge. Aber vorher musste sie fünf Hunde und drei Welpen zu Kerry verfrachten, ehe sie sich morgen auf die Suche nach einer neuen Bleibe machen würde. Auch wenn es ihr noch so sehr widerstrebte, sich bei ihr einzuquartieren – noch dazu, wo Richard inzwischen von seiner Geschäftsreise zurückgekehrt war –, blieb ihr nichts anderes übrig, da es keine andere Anlaufstelle gab, wo sie so kurzfristig untergekommen wäre.

Sie hatte sich den ganzen Nachmittag das Hirn zermartert, zu ihrer Bestürzung jedoch festgestellt, dass Kerry so ziemlich die Einzige war, an die sie sich wenden konnte. Entweder sie kroch bei Kerry unter, oder sie brachte die Hunde ins Tierasyl und mietete sich in einem Hotel ein. Obwohl sie praktisch ihr ganzes Leben in Phoenix verbracht hatte und massenhaft Leute kannte, war die Zahl ihrer engen Freunde mehr als übersichtlich – zumindest derjenigen, die sie ohne Vorwarnung anrufen und um Asyl für sich und die Hunde bitten konnte. Die Erkenntnis traf sie wie ein Schlag in den Magen – waren all die Leute tatsächlich im Lauf der Jahre aus ihrem Leben verschwunden? Lag es an ihnen oder an ihr, weil sie so mit ihrer Hundesekte beschäftigt gewesen war, dass der Kontakt zu ihnen eingeschlafen war?

»Hey.«

Sie fuhr herum und verbarg das Tablettenröhrchen hinter ihrem Rücken, als wäre es ein Verbrechen, eine Kopfschmerztablette zu schlucken.

Evan saß am Küchentisch. Sein Gesicht war in den langen Schatten des Spätnachmittags kaum zu erkennen. Auf dem Tisch lagen zwei Plastiktüten – eine davon mit den aufgeweichten Überresten von Mr. Hörnchen, die andere mit dem Brillantring.

»Gott, hast du mich erschreckt!« Sie musterte ihn forschend, doch seine Miene verriet nichts. »Ich dachte, du wolltest Fußball spielen gehen.«

»Keine Lust. War früh zu Hause.«

Ihr Blick fiel auf die leeren Fressnäpfe, die nebeneinander an der Wand standen. »Du hast die Welpen gefüttert.«

Er quittierte ihre Feststellung mit einem widerstrebenden, kaum merklichen Nicken. »Aber das war nicht der Grund, weshalb ich hiergeblieben bin. Sondern weil ich den Klempner hereinlassen musste.«

Sie setzte sich ihm gegenüber an den Tisch. »Tja, anscheinend konnte er alles retten. Das ist doch schön, oder?«

»Ja, das Eichhörnchen hat das Rohr verstopft, deshalb war der Ring noch da«, erklärte er mit einem Nicken in Richtung des Brillantrings. »Allerdings bezweifle ich, dass der Juwelier ihn zurücknimmt.«

Verbitterung und Bedauern hingen wie eine schwere Wolke über dem Raum. Beklommen verzogen sich die Hunde ins Fernsehzimmer.

»Geht es dir gut?«, fragte Lara leise.

»Das kann ich nicht behaupten, nein.«

Sie holte tief Luft in der Hoffnung, dass irgendetwas über ihre Lippen kam, etwas Bedeutungsvolles, Aufschlussreiches. Etwas, das ihm zeigte, wie wichtig er ihr war, ohne ihn anzubetteln oder Zugeständnisse zu machen, zu denen sie in Wahrheit nicht bereit war.

»Was jetzt?«, fragte sie ruhig und mit neutraler Miene, als würden sie sich über irgendeine Alltäglichkeit unterhalten. Linus, der ihren Kummer möglicherweise gespürt hatte, kam in die Küche getappt und legte den Kopf auf ihren Schoß. »Ich ziehe erst einmal zu Kerry.«

»Aber so muss es nicht ablaufen«, murmelte er. »Du kannst genauso gut hierbleiben, bis du etwas gefunden hast.«

Sie starrte auf die funkelnde Zeitbombe, die auf dem Tisch zwischen ihnen tickte. »Nein, das kann ich nicht.«

Ihre Worte schienen ihn aus seiner Erstarrung zu reißen. Er schob seinen Stuhl zurück, rammte die Fäuste in die Hosentaschen und ging hinaus in die Garage.

Sie hörte, wie der Motor seines Audis startete und das Garagentor hochfuhr. Der Ring lag immer noch auf dem Tisch.

Unwillkürlich streckte sie ihre rechte Hand aus, doch gerade als ihre Finger die Plastiktüte berührten, streifte etwas ihr Bein. Maverick saß neben Linus und musterte sie aus seinen seelenvollen braunen Augen.

Sie riss ihre Hand zurück, sprang auf, ging nach oben und zerrte ihre Koffer aus dem Kleiderschrank.

Zsa Zsa kam angelaufen und setzte sich neben sie, als sie den Reißverschluss des ersten Koffers öffnete.

»Keine Angst«, beruhigte sie die Hündin. »Ihr kommt alle mit.«

Sie stapelte ihr Gepäck und die Hundeboxen auf der Treppe und verfrachtete die Tiere nebst Knochen, Fressen und Spielsachen im hinteren Teil des Kombis. Die Welpen hatte sie in einen Karton gesetzt, den sie auf den Vordersitz stellte, wodurch ihr großzügige dreißig Quadratzentimeter für ihre eigenen Habseligkeiten blieben.

Am Ende packte sie das ausgeweidete Plüschhörnchen ein und ließ den Ring auf dem Küchentisch liegen.

»Ach Süße.« Kerry nahm sie mit einer ausgiebigen Umarmung und einem Glas Rotwein in Empfang. »Fühl dich wie zu Hause.«

»Du rettest mir das Leben«, sagt Lara. »Morgen früh um sieben habe ich den ersten Besichtigungstermin für eine Wohnung. Ich bleibe nur eine Nacht, versprochen.«

»Mach dir darüber keine Gedanken. Mein Haus ist dein Haus.« Kerry hatte sich selbst und das Haus einer fundamentalen »Richard-Transformation« unterzogen, wie Lara es insgeheim nannte: Kerry hatte sich die Haare glatt geföhnt und Wimperntusche aufgetragen, und was gestern noch einer Mischung aus Junggesellenbude und Tierasyl geglichen hatte, sah nun aus wie ein Heim aus dem Einrichtungskatalog.

Lediglich die liebeskummergebeutelte beste Freundin mit ihrer Horde Promenadenmischungen und Nagelhäutchen, bei deren Anblick sich Elizabeth Arden im Grabe umdrehen würde, passte nicht recht ins Bild. »Achtundvierzig Stunden«, beteuerte Lara. »Du wirst nicht einmal merken, dass ich da bin.«

»Sei nicht albern. Du kannst so lange bleiben, wie du möchtest. Oh, und wenn du morgen früh vielleicht die Hunde füttern könntest.« Kerry nahm einen kleinen Spiegel aus ihrer Handtasche und trug eine frische Schicht Lipgloss auf.

»Klar. Aber wieso? Wohin gehst du denn?«

»Ins Krankenhaus.« Kerry grinste und nahm Richards Hand, der mit ihrem Köfferchen das Schlafzimmer betrat. »Meine Fruchtblase ist gerade geplatzt. Ich glaube, diesmal wird es ernst.«

10

»Sehr nett.« Erschöpft sah Lara sich in der in Beigetönen gehaltenen Dreizimmerwohnung um. »Kann ich sofort einziehen?« Sie unterdrückte ein Gähnen, was der Immobilienmaklerin jedoch nicht entging.

»Lange Nacht gehabt?«, erkundigte sie sich mitfühlend.

»Meine beste Freundin hat heute Nacht ihr Baby zur Welt gebracht.« Kurz vor Tagesanbruch hatte Cynthia Grace, ein 3200 Gramm schweres Mädchen mit Pausbacken und bemerkenswert kräftiger Lunge, im Krankenhaus das Licht der Welt erblickt.

»Ich glaube, wir haben es hier mit einer kleinen Opernsängerin zu tun«, hatte die Ärztin bemerkt, als Cynthia beim Wiegen ihrem Unmut lautstark Luft gemacht hatte.

Die Schwestern waren ebenfalls beeindruckt gewesen. »Ein Babyphon brauchen Sie mit der Kleinen jedenfalls nicht, so viel steht fest.«

Kerry hatte darauf bestanden, dass Lara während der gesamten Geburt an ihrer Seite blieb, doch als die kleine Cynthia gewickelt und Kerry auf die Brust gelegt worden war, hatte Lara sich zurückgezogen, um der frischgebackenen Familie Gelegenheit zu geben, einander kennenzulernen.

Sie war zurück zu Kerry gefahren, hatte sich um die Hunde gekümmert und das Haus vom Keller bis zum Dach makellos sauber geputzt. Kerry würde frühestens am nächsten Morgen entlassen werden, und Lara war fest entschlossen, bis dahin eine neue Bleibe zu haben.

»Ach, wie schön!«, ereiferte sich die Maklerin. »Junge oder Mädchen?«

»Ein Mädchen.« Lara überflog das Exposé, das die Maklerin ihr in die Hand gedrückt hatte. Die Miete und die Nebenkosten waren in Ordnung, außerdem gab es einen weitläufigen Park in der Nähe. »Schaffen Sie es, meine Kreditfähigkeit zu überprüfen, damit ich heute noch den Vertrag unterschreiben kann?«

»Das sollte klappen.« Die Maklerin wirkte ein wenig verblüfft. »Aber ich habe noch fünf weitere Objekte, die ich Ihnen gern gezeigt hätte. Sind Sie sicher …«

»Ja, bin ich.« Lara sah auf die Uhr auf ihrem Handy. Vielleicht blieb sogar noch Zeit für ein kleines Nickerchen im Wagen, bevor sie sich bei Cherie Chadwick zum Dienst meldete. »Ich hätte gern erst einmal einen Vertrag über sechs Monate, wenn das möglich wäre. Ach ja, und Sie sagten, der Vermieter hätte nichts gegen Haustiere einzuwenden, ja?« Sie bemühte sich um einen beiläufigen Tonfall.

Die Maklerin nickte und sah in ihre Unterlagen. »Lassen Sie mich mal sehen … Ja, hier steht, dass Hunde- und Katzenhaltung erlaubt sind.«

»Fantastisch.«

»Maximal zwei Tiere unter vierzehn Kilo.« Das

Lächeln der Maklerin verflog beim Anblick von Laras Miene. »Oje. Ist das ein Problem?«

»Ich habe fünf Hunde zur Pflege«, sagte Lara. »Und der größte wiegt über vierzig Kilo. Aber das habe ich gestern bereits Ihrer Mitarbeiterin am Telefon gesagt.«

Die Maklerin blinzelte ungläubig. »Fünf?«

»Na ja, ehrlich gesagt, sind es im Moment sogar acht, aber am Wochenende fahre ich zu einer Hundevermittlungsbörse, deshalb werden drei von ihnen wohl bald ein neues Zuhause haben.«

»Acht Hunde«, wiederholte die Maklerin.

»Fünf«, korrigierte Lara. »Die drei anderen zählen in Wahrheit nicht.«

»Das ändert natürlich einiges.« Die Maklerin setzte ihre Brille auf und überflog die restlichen Objekte in ihrer Mappe. »Sind Sie zufällig in der glücklichen Lage, ein Objekt zu kaufen? Denn das wäre angesichts Ihrer Lebensumstände eindeutig die beste Möglichkeit, etwas Passendes zu finden.«

Lara massierte sich die Stirn und begann zu rechnen. »In ein paar Monaten oder einem Jahr vielleicht schon, aber ich brauche jetzt sofort etwas. Genauer gesagt, heute noch.«

Während der folgenden Stunde versuchte die Maklerin, verschiedene Vermieter zu überreden, eine überzeugte Tierliebhaberin als neue Mieterin zu akzeptieren, während Lara die Immobilienseiten der Zeitungen abtelefonierte. Die Reaktionen waren stets dieselben:

»Wie viele Hunde haben Sie?«

»Ein Rottweiler? Nein.«

»Pitbull-Welpen? Auf keinen Fall.«

»Aber sie sind zuckersüß«, argumentierte Lara. »Außerdem kann ich erstklassige Referenzen liefern. Und ich würde eine sehr großzügige Kaution hinterlegen.«

»Lady, von dem, was ich Ihnen als Kaution abknöpfen würde, könnten Sie sich ein Mehrfamilienhaus kaufen. Rufen Sie mich wieder an, wenn Sie eine kleine Katze oder einen Chihuahua haben.«

Klick.

Cheries Blick fiel über Laras Schulter auf ihren vollgepackten Kombi, als sie ihr die Tür öffnete. »Ziehen Sie gerade um, meine Liebe?«

»Ich versuche es zumindest. Also, wo ist Eskie?«

Cherie runzelte die Stirn. »Ich hoffe bloß, Sie bleiben auf dieser Seite der Stadt. Je näher, umso besser.«

»Ich bin noch nicht sicher«, erwiderte Lara und bemühte sich um einen lässigen Tonfall. »Ich habe noch ein paar Besichtigungstermine. Aber egal. Ich habe ein bisschen herumtelefoniert und herausgefunden, welche Verhaltensweisen von den Hunden bei Schauen verlangt werden, und bin zu dem Schluss gelangt, dass Eskie und ich …«

»Wieso haben Sie mir nicht erzählt, dass Sie eine Wohnung suchen?« Cherie rieb sich freudig die Hände. »Unser Gästehaus steht leer. Sie können gern dort wohnen, solange Sie mit Eskie arbeiten.«

Laras Augen weiteten sich. »Das ist sehr großzügig von Ihnen, aber das kann ich auf keinen Fall annehmen.«

»Wieso nicht?«

»Na ja …«

Abgesehen davon, dass Cherie massive Probleme damit hatte, die Grenzen anderer Leute zu respektieren, und Lara gewissermaßen ihre Bedienstete wäre, wenn sie hier leben würde? Tja, was sollte schon schiefgehen?

»Es wäre die perfekte Lösung. Sie und Eskie könnten Freunde werden.« Cherie zog Lara ins Haus. »Wir haben das Gästehaus komplett renovieren lassen. Sie können auf der Stelle einziehen.« Eskie gesellte sich zu ihnen und unterzog Laras Schuhe einer eingehenden Prüfung.

»Aber ich habe … mehrere Hunde«, wandte Lara ein. »Ist das ein Problem?«

»Sie sind Hundetrainerin, deshalb gehe ich davon aus, dass Ihre Tiere gut erzogen sind.«

Lara musste an die Welpen denken, die das Stuhlbein traktiert hatten, und an Mavericks Versuch, Evan zu attackieren. »Das sollte man annehmen.«

»Dann ist die Sache geritzt. Bevor Sie gehen, gebe ich Ihnen die Schlüssel und den Code für das Eingangstor.«

Sämtliche Alarmglocken begannen in Laras Kopf zu schrillen. »Wenn Sie ganz sicher sind …«

»Ich bestehe darauf.«

»Es wäre nur für ein paar Wochen«, sagte Lara, eher um sich selbst zu beruhigen als ihre neue Arbeitgeberin.

»Hervorragend. Wunderbar! Ich werde meine Anwälte sofort einen Mietvertrag aufsetzen lassen. Und jetzt setzen Sie sich und lassen Sie uns über die Hundeschauen reden.« Cherie deutete auf ein mit Seidenstoff bezogenes Sofa in dem luxuriösen, in Elfenbein gehaltenen Wohnzimmer.

Lara setzte sich. Eskie folgte ihrem Beispiel.

Cherie verschwand in die Küche und kehrte mit zwei Bechern Kaffee und einem Stapel Hochglanzmagazine zurück, die sie Lara in die Hand drückte. »Wir müssen dringend eine Strategie für unsere Kampagne festlegen.«

»Tut mir leid, aber ich kann Ihnen nicht recht folgen. Strategie? Kampagne?«

»Sehen Sie sich diese Zeitschriften an. Sie werden an jeden verschickt, der in der Hundeschaubranche Rang und Namen hat.«

Lara warf einen Blick auf die Zeitschriften: *Dogs in Review, Canine Chronicle, Dog News,* auf deren Titelblättern ein Pharaonenhund, eine Tibetdogge und ein Norwich Terrier abgebildet waren. Bei genauerer Betrachtung stellte sie fest, dass neben dem Namen und der Zuchtstätte der Tiere auch Besitzer, Züchter und Handler angegeben waren.

»Achten Sie auf die Fotos.«

Gehorsam blätterte Lara die Zeitschriften durch, die die gesamte Palette von minimalistischen Schwarzweißporträts bis hin zu Aufnahmen der Hunde in Aktion umfassten. Jeder Hund war sorgfältig fotografiert, damit seine Zuchteigenschaften bestmöglich zur Geltung kamen: Jagdhunde, die das Gelände durchstreiften, Pudel mit Strasshalsbändern und Schleifchen im Haar, portugiesische Wasserhunde, die ausgelassen im See planschten. »Das ist wie die *Glamour* für Deutsche Doggen.«

»Der *Bazaar* für Berner Sennenhunde«, warf Cherie lächelnd ein. »Sehen Sie nicht auch meine Eskie bereits auf dem Titelbild? Sie hat eindeutig das Zeug zum Supermodel.«

»Das heißt, man muss sich eine Kampagne ausdenken, wie man seinen Hund aufs Titelblatt bekommt?«

»Nein, nein, die Seite muss man kaufen. Für so ein Titelfoto, selbst wenn es nur das Rückseitenfoto ist, muss man mindestens dreitausend Dollar hinblättern.«

Laras Brauen schossen hoch.

Cherie lächelte. »Wenn man gewinnen will, muss man sich an die Spielregeln halten. Mit einer wohldurchdachten PR-Kampagne lassen sich zwei Dinge erreichen: Der Titel ›Best in Breed‹ für den besten Hund einer bestimmten Rasse und ›Best in Show‹, der dem Gewinner einer Ausstellung verliehen wird.«

Lara löste den Blick von den Anzeigen und Ankündigungen und sah Cherie an, um sich zu vergewissern, dass sie es ernst meinte. »Heiliger Strohsack. Diese Hunde haben sogar ihr eigenes Facebook-Profil?«

»Die Promotion kann entscheidend dafür sein, ob ein Hund es ganz nach oben schafft oder scheitert.«

Kopfschüttelnd legte Lara die Zeitschriften beiseite. »Sie wollen damit sagen, dass ein Hund Champion werden kann, solange er nur die richtige PR-Kampagne im Rücken hat? Und dass Schönheit beim Schönheitswettbewerb zweitrangig ist?«

»Natürlich ist Schönheit auch wichtig. Aber ein bisschen Extra-Hype kann nicht schaden. Sie werden merken, dass die Leute sich bei der Verkündung der Ausstellungsgewinner bei den Juroren namentlich bedanken.«

Lara hatte das dumpfe Gefühl, dass sich ihr Vorhaben weitaus komplexer gestalten könnte als angenommen. »Ich muss zugeben, dass es all solche Dinge bei Agility- und sonstigen Hundewettbewerben nicht gibt. Wir schicken die Hunde einfach los und hoffen, dass sie nicht disqualifiziert werden, weil sie bei einer Übung, bei der sie sitzen bleiben sollen, weglaufen. Wenn Sie ernsthaft vorhaben, mit Eskie einen Titel bei einer Hundeschau zu gewinnen«, sagte Lara mit einem Blick auf die Zeitschriften, »was Sie allem Anschein nach tun, sollten Sie vielleicht lieber eine Handlerin mit deutlich mehr Erfahrung engagieren. Besser gesagt, jemanden, der wenigstens ein bisschen Erfahrung mitbringt.«

»Sie kriegen das schon hin.« Cherie kraulte Eskies Ohren und lächelte nachsichtig, als die Hündin auf ihr makelloses weißes Sofa sabberte. »Sie bringen genau das richtige Aussehen für eine Handlerin mit – attraktiv, aber nicht so atemberaubend schön, dass alle nur noch Augen für Sie haben. So spektakulär meine Eskie auch sein mag, sehen sich Berner Sennenhunde aus der Entfernung ziemlich ähnlich. Deshalb werden sich die Juroren eher an eine Handlerin als an den Hund selbst erinnern. Sie sind groß, was immer ein Vorteil ist, außerdem haben Sie einen guten Knochenbau.« Cherie musterte Lara mit schief gelegtem Kopf, als wäre sie ein Terrier im Showring. »Ich werde ein Fotoshooting für Sie und Eskie arrangieren. Würde Montag passen?«

Lara zog ihr Telefon heraus und überprüfte ihre Termine. »Zwischen zehn und halb zwölf habe ich Zeit.«

Cherie machte sich eine Notiz. »Natürlich müssten Sie sich für das Shooting und die Veranstaltungen angemessen kleiden.«

Lara wurde rot. Ihre Klamotten mochten nicht von Armani stammen, aber so schäbig waren sie nun auch wieder nicht. »Kein Problem. Ich habe ein klassisches schwarzes Kostüm.«

»Ich glaube nicht, dass schwarz die ideale Farbe ist«, wandte Cherie ein und zeigte auf ein paar Fotos von Handlern in einer der Zeitschriften. »Natürlich darf das Augenmerk nicht vom Hund abgelenkt werden, trotzdem ist Individualität wichtig. Vielleicht ein pflaumenblauer Samtblazer oder etwas Schickes aus braunem Tweed. Ich werde fürs Wochenende einen Termin mit meiner Einkaufsberaterin bei Neiman Marcus für Sie vereinbaren. Welche Größe haben Sie?«

»Amerikanisch oder europäisch?«, fragte Lara automatisch. Die jahrelange Shoppingerfahrung mit Justine war nicht ohne Wirkung geblieben.

Cherie schien erfreut darüber zu sein. »Sagen Sie mir beide, den Rest übernimmt dann meine Einkaufsberaterin. Und natürlich dürfen Sie neben Ihrem Honorar auch die Preisgelder behalten, die Eskie bei den Ausstellungen bekommt. Das ist so üblich.«

Lara riss die Augen auf. »Moment mal. Aber das bedeutet ja, dass mit Hundeausstellungen keinerlei Geld zu verdienen ist?«

»Nein, es sei denn, man gewinnt Westminster oder die Eukanuba National Championship.« Cherie umfasste Eskies Schnauze und drückte der Hündin einen Schmatz auf die Nase.

»Aber all die Anzeigen, das Training und die Pflege kosten ein Vermögen! Selbst wenn Sie selbst züchten und eine ordentliche Stange Geld für die Welpen verlangen würden, zahlt sich das nie im Leben aus!«

Cherie legte ihre Wange auf Eskies breiten flauschigen Kopf. »Hier geht es nicht ums Geld. Sondern um mein Mädchen, das mich auch ohne all diesen Luxus noch lieben würde.«

Wieder ließ Lara den Blick durch das geschmackvolle, eindeutig aus Profihand stammende Interieur schweifen und stellte fest, dass es abgesehen von Eskies Hecheln mucksmäuschenstill war.

»Ich bin sicher, wir verbringen eine tolle Zeit zusammen«, beteuerte sie. »Außerdem haben wir jede Menge Arbeit. Also, legen wir los. Ich würde gern mit Eskie einen Spaziergang machen, damit wir uns besser kennenlernen und ein Team werden können.«

Sie folgte Cherie zur Haustür. »Ich bin in zwanzig Minuten wieder da.«

Cherie winkte ihnen hinterher, als wäre Lara ein Kind auf dem Weg zu seinem ersten Schultag. »Viel Spaß, ihr zwei. Und grüßt Ivory schön von mir.«

»Wer ist Ivory?«, rief Lara.

»Sie ist sozusagen unser Nachbarschafts-Empfangskomitee.« Cherie lachte beim Anblick von Laras verwirrter Miene. »Sie werden sie schon erkennen, wenn Sie sie sehen.«

An diesem Nachmittag rief Justine an; das zweite Mal innerhalb einer Woche vor ihrem heiligen Sonntagabendanruf. Entweder stand die Apokalypse unmittelbar bevor, oder Lara hatte ernsthaft Mist gebaut.

Unwillkürlich duckte Lara sich, doch bevor auch nur ein »Hallo« über ihre Lippen kam, begann Justine mit ihrem Verhör.

»Stimmt es, dass du obdachlos bist und dir eine neue Bleibe suchst?«

»Hi, Mom. Wie immer, die Meisterin der Übertreibung.«

»Beantworte meine Frage.«

»Ich bin nicht obdachlos. Ich habe …« *Ich habe mich von Evan getrennt*, wollte sie sagen, doch die Worte wollten nicht über ihre Lippen kommen. Sie war einfach noch nicht bereit, darüber zu reden. Und schon gar nicht, sich Justines obligatorisches »Ich habe es dir ja gleich gesagt« anzuhören. »Ich wohne für ein paar Tage bei Kerry und versuche, jemanden zu finden, der eine Mieterin mit fünf Hunden akzeptiert. Aber heute Nacht kam das Baby …«

»Und wieso erfahre ich das von Cherie Chadwick?«, unterbrach Justine.

»Ich wusste gar nicht, dass du Cherie Chadwick kennst.«

»Ich kenne jeden hier«, erklärte Justine. »Außerdem

sind einige von Cheries Freundinnen Stammkundinnen im Coterie. Wenn du eine Bleibe brauchst, kommst du selbstverständlich zu mir.«

»Äh … Das ist sehr nett von dir, und ich weiß es auch sehr zu schätzen, aber ich bin nicht sicher …«

»Wann kann ich mit dir rechnen?«

Lara holte tief Luft. »Mom, ich bin neunundzwanzig Jahre alt und werde bestimmt nicht wieder bei meiner Mutter einziehen.«

»Auch ich bin keineswegs scharf darauf, dich hier zu haben, aber was bleibt mir anderes übrig?« Justines Tonfall ließ keinen Widerspruch zu. »Denk doch mal praktisch, Lara. Du hast es selbst gerade gesagt: Wie willst du jemals einen Vermieter finden, der fünf Hunde akzeptiert?«

»Ehrlich gesagt, sind es im Moment sogar acht.« Lara schilderte die mitternächtliche Abladeaktion der Welpen, was Justine mit einem ungehaltenen und zugleich ungeduldigen Schnauben quittierte.

»Siehst du? Ich bin noch nicht mal da, und schon bist du sauer auf die Hunde«, stellte Lara fest.

»Das hat doch mit den Hunden nichts zu tun. Es geht um dich«, widersprach Justine mit knapper, eisiger Stimme. »Ich verstehe nicht, wie du dich überhaupt in diese Lage manövrieren konntest. Ich habe dich doch zu einem selbstständigen Menschen erzogen. Man darf sich niemals in die Abhängigkeit eines Mannes begeben.«

Lara zwang sich zur Ruhe und wählte ihre Worte mit Bedacht. »Ich habe mich nicht in die Abhängigkeit eines

Mannes begeben. Evan und ich waren ein Team. Er hat die Hypothek bezahlt, ich die Nebenkosten.«

»Ein Team«, schnaubte Justine abfällig. »Klar. Und jetzt, wo alles den Bach runtergegangen ist, sitzt er schön in seinem hübschen Haus, und du stehst auf der Straße. Wie oft muss ich es dir noch sagen? Auch wenn du einen Mann noch so sehr liebst und er beteuert, dass er dich liebt, wird er dich über kurz oder lang hängen lassen.«

Lara schloss die Augen und grub ihre Nägel in die Handflächen. »Wenn du schon wieder damit anfängst, lege ich auf.«

»Erstens wirst du nicht auflegen und zweitens nicht in Cherie Chadwicks Gästehaus ziehen. Ich bin ein angesehenes Mitglied der Mayfair-Estates-Gemeinschaft, habe Kundinnen hier in der Gegend und eine gewisse gesellschaftliche Stellung. Wie sieht das denn aus, wenn meine Tochter im Gästehaus einer Nachbarin wohnt, als sei sie eine Hausangestellte?«

Lara öffnete die Augen wieder. »Was kümmert es dich, wie das aussieht? Es ist mein Leben.«

»Aber das äußere Erscheinungsbild ist nun mal alles.«

»Ich hasse es, wenn du so redest.«

»Das heißt noch lange nicht, dass es falsch ist. Wenn du in Cheries Gästehaus wohnst und nicht bei mir, werden die Leute klatschen.« Am liebsten hätte Lara ihr an den Kopf geworfen, dass sie sie zu nichts zwingen könne und sie ihr keinen blinden Gehorsam schulde.

Doch dann dachte sie an all die Opfer, die ihre Mutter

für sie gebracht hatte, als sie noch arm gewesen waren, nur damit es Lara an nichts mangelte; an die Unsummen für die Privatschule und das College, die ihre Mutter vom Gewinn aus dem Salon bezahlt hatte.

Lara schuldete ihrer Mutter eine ganze Menge, und bislang war sie nichts als eine riesige Enttäuschung für sie gewesen.

»Gut. Ich krieche bei dir unter, bis ich eine eigene Bleibe gefunden habe. Aber nur für sehr kurze Zeit, außerdem werde ich Miete bezahlen.«

»Wenn du unbedingt willst. Außerdem behalte ich eine Kaution ein. Wir wissen schließlich beide, wie unberechenbar und destruktiv deine Hunde sein können.« Ihr Tonfall ließ Lara ahnen, dass sie von dem Vorfall mit der Prada-Handtasche erfahren hatte. »Wann kann ich mit dir rechnen?«

»Lass uns das beim Abendessen besprechen«, schlug Lara vor. »Hast du Zeit?«

Justine stieß geräuschvoll den Atem aus. »Ich bin sehr beschäftigt. Ich lasse dich zwar gern bei mir wohnen, aber du kannst nicht erwarten, dass ich alles stehen und liegen lasse, nur weil du plötzlich auf der Matte stehst.«

»Mutter, du kränkst mich«, sagte Lara als Versuch, den Stich, den ihr Justines Bemerkung versetzte, mit einem halbherzigen Scherz zu mildern. »Ich habe deiner Anweisung Folge geleistet und mir die Augenbrauen zupfen lassen, und trotzdem schämst du dich, mit mir in der Öffentlichkeit gesehen zu werden?«

Einen Moment lang herrschte Schweigen in der Leitung. »Es geht nicht immer nur um dich«, sagte Justine dann.

»Das weiß ich, Mom. Tut mir leid.« Laras Stimme brach. Verzweifelt rang sie um Fassung. Tränen waren Justine noch mehr verhasst als rissige Nagelhäutchen und Härchen auf der Oberlippe. »Ich wollte nicht …«

»Ich muss jetzt Schluss machen«, unterbrach Justine.

»Warte, ich will doch nur …«

»Ich habe dafür jetzt keine Zeit, Lara. Wir reden weiter, wenn du kommst. Auf Wiederhören.«

11

»Hallo, meine Süße.« Shelly, Justines Haushälterin, begrüßte sie mit einem warmherzigen Lächeln. »Ich freue mich ja so, dass du hier bist. Es ist eine halbe Ewigkeit her, seit wir uns das letzte Mal gesehen haben. Wie geht es dir?«

Shelly, eine geradezu zwanghaft durchorganisierte geschiedene Mutter von zwei erwachsenen Kindern, arbeitete seit fünfzehn Jahren für Justine und kümmerte sich um alles, wofür sie selbst keine Zeit fand: Einkaufen, die Zubereitung des Abendessens und die Pflege des Wagens, des Gartens und des Pools. Als Lara auf der Highschool war, hatte Shelly ihre Zahnarzttermine vereinbart und sie zu Schulorchesterproben und Schwimmbadausflügen gefahren.

»Ich bin Justines Ehe- und Vollzeithausfrau«, hatte Shelly stets gescherzt.

»Nur mit bezahltem Urlaub und Überstunden, was die meisten Ehefrauen nicht bekommen«, hatte Lara trocken gekontert.

»Hi.« Lara umarmte sie und sog ihren Geruch nach Lavendel-Weichspüler und frisch gebackenem Brot ein.

»Sie ist nicht da«, sagte Shelly und kam damit Laras Frage zuvor, »sondern immer noch bei der Arbeit.«

»Aber es ist fast zehn.«

Shelly hob in einer »Erzähl das nicht mir«-Geste die Hände. »Seit Wochen vergräbt sie sich in ihrem Büro. Ich habe sie mindestens einen Monat lang nicht gesehen. Wir kommunizieren nur noch per E-Mail. Sie arbeitet zu viel. Du solltest ihr sagen, dass sie es ein bisschen langsamer angehen muss.«

»Ja, klar. Weil sie auch so großen Wert auf meine Meinung legt.« Lara verdrehte die Augen und betrat die Diele.

Als Erstes fiel ihr der neue Fußboden auf. In Justines Zuhause wurde ständig irgendetwas renoviert – neue Wandfarbe, neue Möbel, neue Terrassenfliesen –, doch sie hatte nicht erzählt, dass sie den Marmor im Flur herausgerissen und durch einen dunklen, satt glänzenden Parkettboden hatte ersetzen lassen.

»Wow.« Lara beugte sich vor und nahm die von einem dunklen glatten Material durchbrochenen Kirschholzdielen in Augenschein. »Ist das Leder?«

Shelly nickte. »Wahnsinn, was? Der Handwerker meinte, das sei der neueste Trend im Luxus-Parkettbereich.«

»Sieht toll aus.« Mit einer Mischung aus Ehrfurcht und Panik ließ Lara den Blick über den glänzenden eleganten Fußboden schweifen. Allein bei der Vorstellung, wie Hundekrallen über die Ledereinsätze scharrten, wurde ihr ganz anders. »Könntest du das Garagentor aufmachen? Ich glaube, ich bringe die Hunde lieber durch den Seiteneingang herein.«

»Klar, Schatz.« Shelly ging vor ihr her in die Küche.

Sämtliche Oberflächen im Haus waren hart und glänzend – schimmernder Granit, rostfreier Stahl, auf Hochglanz poliertes Glas –, doch Shelly gelang es, mit geschickt platzierten Schüsseln voll frischem Obst und Blumenvasen eine heimelige Atmosphäre zu schaffen. »Es ist gut, dass du hier bist. Eigentlich habe ich ja ab heute zwei Wochen Urlaub, bin aber hiergeblieben, bis du kommst. Ich mache mir Sorgen um sie.«

Lara nahm im Vorbeigehen einen Apfel aus einer Schale. »Meine Mutter kommt auch gut allein zurecht.«

»Das weiß ich, aber …« Shelly zuckte die Achseln. »Sie vermisst dich. Natürlich würde sie es nie zugeben, aber ich weiß es trotzdem.«

»Ich bin hier, in ihrer Küche, aber sie ist nicht gekommen, um mich willkommen zu heißen«, wandte Lara ein.

»Na ja«, gab Shelly mit einem leichten Lächeln zurück, »sie lässt dir eben gern deinen Freiraum.« Ihre Miene wurde ernst. »Ich habe gehört, du und Evan habt euch getrennt.«

Lara drehte den Stängel ihres Apfels heraus. »Ja.«

»Wenn du reden willst …«

»Nein, will ich nicht.« Sie unterbrach sich, als ihr bewusst wurde, dass ihr Tonfall schärfer geklungen hatte als beabsichtigt. »Noch nicht. Aber danke für dein Angebot.«

Mit einem mitfühlenden Blick zog Shelly sie abermals an sich. »Du kommst schon darüber hinweg«, beteuerte sie, »und danach wirst du stärker sein als vorher. Also, da du ja länger bleibst und die Hunde Zugang zum Garten brauchen, habe ich beschlossen, anstelle deines alten Zimmers gleich den ganzen Ostflügel für dich herzurichten.«

»Der Ostflügel. Das klingt ja, als wären wir hier im Weißen Haus.«

»Na ja, die Gästezimmer sind fast so groß wie das Hauptschlafzimmer, außerdem haben wir ja letztes Jahr die Terrassentüren einbauen lassen. Ich habe den Gärtner sogar gebeten, einen Teil des Gartens einzuzäunen, damit die Hunde hinauskönnen, ohne dass die Oleandersträucher kaputtgehen.« Shelly hielt einen Moment inne. »Wie viele Hunde hast du denn im Moment in Pflege?«

Lara strich sich das Haar über die Schulter. »Ach, so viele sind es gar nicht.«

»Definier das bitte für mich.«

»Fünf ausgewachsene und drei Welpen.« Beim Anblick von Shellys Miene lachte sie. »Wahrscheinlich haben die Welpen nach dem Wochenende schon ein neues Zuhause.« In diesem Moment kam ihr ein Gedanke. »Wo wir gerade dabei sind …«

»Nein«, unterbrach Shelly.

»Sag nicht Nein, bevor du sie kennengelernt hast. Der Rüde ist ein echter Schatz. Und so süß mit seinen rosa Flecken auf der Nase.«

»Meine Katze würde ausflippen«, erklärte Shelly mit fester Stimme. »Und der Kleine würde keinen Tag überleben.« Sie führte Lara ins Gästezimmer mit angrenzendem Bad im hinteren Teil des Hauses. Es war ein großer sonnendurchfluteter Raum, in dem Justine allerdings nur im Notfall Gäste unterbrachte, da sich unmittelbar auf der anderen Seite der Hauswand die Filteranlage für den Pool befand.

Das Bett war mit weiß gemusterter Bettwäsche bezogen, und auf dem Waschbeckenrand im Badezimmer lag ein Stapel Extrahandtücher bereit. Lara machte sich sofort daran, die Bettwäsche und die Tagesdecke abzuziehen.

»Was tust du da?«, rief Shelly. »Die Bettwäsche ist nagelneu!«

»Und genau aus diesem Grund werden die Hunde sich kein Kuschelnest daraus bauen. Ich habe ein paar alte Decken im Wagen.«

Mit gerunzelter Stirn nahm Shelly das Bündel ägyptischer Baumwolle in Empfang. »Das wird Justine gar nicht gefallen. Sie hat eine sehr genaue Vorstellung davon, wie die Zimmer auszusehen haben.«

»›Das äußere Erscheinungsbild ist alles!‹«, zitierte Lara im Singsang. »Keine Sorge, ich werde ihr sagen, dass du versucht hast, mich daran zu hindern.«

Shelly wandte sich zum Gehen, doch Lara hielt sie zurück. »Ich hole die Kartons und die Hunde. Es ist schon spät. Du brauchst meinetwegen nicht aufzubleiben, schließlich hast du Urlaub.«

»Ich bleibe auf, weil ich es gern will, nicht deinetwegen«, wiegelte Shelly ab. »Und gleich morgen früh kratze ich die Kurve. Während du die Hunde hereinholst, mache ich dir etwas zu essen. Ich habe noch einen Topf selbstgemachte Hühnersuppe im Kühlschrank.« Sie unterzog Lara einer kritischen Musterung. »Und so wie du aussiehst, könntest du eher zwei Teller vertragen. Du wirst immer dünner. Aber so ist das nun mal, wenn man Liebeskummer hat. Und jetzt mach es dir gemütlich und sag Bescheid, wenn du etwas brauchst.«

Allein beim Gedanken an Shellys herrliche Suppe lief Lara das Wasser im Munde zusammen. »Danke, Mom.«

Shelly warf ihr einen warnenden Blick zu. »Darüber macht man keine Witze.«

Instinktiv ließ Lara die Schultern sinken und stand da wie ein Teenager nach einer Gardinenpredigt. »Tut mir leid.«

»Ihr kommt bestimmt gut zurecht, du und Justine. Es wird euch guttun, etwas Zeit miteinander zu verbringen.« Shelly ging in die Küche zurück. »Ich wollte mir später eine Folge *True Blood* ansehen. Hast du Lust?«

Sie setzten sich vor den Fernseher, verfolgten das Treiben der unverschämt attraktiven Südstaaten-Vampire und verfütterten Hühnerstücke an die Hunde. Später taute Shelley den Schoko-Käsekuchen auf, den Justine für unerwartete Gäste in der Tiefkühltruhe aufbewahrte. Zum ersten Mal, seit sie Evans Verlobungsring die Toilette hinuntergespült hatte, konnte Lara sich vorstellen, wie ihr Leben verlaufen würde, wenn der Schmerz in ihrem Herzen erst einmal abgeklungen wäre. Allmählich wuchs ihre Zuversicht, dass die Wunde eines Tages doch wieder heilen und sie ihre letzte Chance auf ein bisschen Glück nicht vertan hatte.

»Es ist so schön, zu Hause zu sein«, murmelte sie zwischen zwei Bissen.

Erst als sie gegen Mitternacht, eingezwängt zwischen

Maverick und Linus auf der Taschenfederkernmatratze, einschlief, fiel ihr auf, dass sie ihre Mutter nach wie vor weder gesehen noch mit ihr gesprochen hatte.

»Eskie, steh!«

Wedel, wedel, wedel.

»Steh!«

Hüpf, hüpf, hüpf.

»Eskie …« Lara sah zu, wie die quirlige schwarz-weiße Hündin sich in Position brachte, um die Aufmerksamkeit von zwei Joggern auf sich zu ziehen. Lachend – und wohl wissend, dass sie gegen sämtliche selbst auferlegten Trainingsregeln verstieß – sah Lara in die vergnügt blitzenden Augen der Hündin und wiederholte ihren Befehl. »Steh!«

Eskie fuhr ihr mit der Zunge über die Lippen.

»Ja, und damit sind wir offiziell ein Paar.« Lara wischte sich mit dem Jackenärmel den Mund ab. »Bilde dir bloß nicht ein, dass du mit ein paar nassen Küssen davonkommst, Missy.« Sie zog an Eskies Leine und führte sie weiter die Sackgasse entlang. Nach wenigen Metern machte sie kehrt, um die Konzentration des Hundes wieder auf die bevorstehende Aufgabe zu lenken. Eskie blieb dicht neben ihr.

Zwanzig Minuten später hatte Lara einige neue Trainingsbegriffe eingeführt, und schon jetzt stand fest, dass Eskie eine Musterschülerin war … sofern sie Lust hatte. Doch die Hündin war dem Welpenalter frisch entwachsen, und der Versuch, ihr den so genannten »Stack« – reglos, mit leicht gereckter Nase, während

Lara sie festhielt und ihre Füße in eine aussagekräftige Showposition schob – beizubringen, entpuppte sich als schwieriger als angenommen.

Obwohl sie sich dank des Umzugs in Justines Haus nicht länger durch den morgendlichen Berufsverkehr quälen musste, war Lara extra früh aufgestanden, um ihre Mutter zu sehen, bevor sie zur Arbeit fuhr. Aber offenbar war Justine erst nach Mitternacht heimgekommen und in der Morgendämmerung bereits aufgebrochen – lediglich der flüchtige Kaffeeduft bewies, dass sie überhaupt da gewesen war.

Lara bemühte sich, es nicht persönlich zu nehmen, dass ihre Mutter ihr offenbar aus dem Weg ging.

»Okay, einmal noch, dann können wir ein bisschen laufen.« Sie blieb stehen, ließ Eskie vor sich treten und lenkte mit einem Leckerli ihre Aufmerksamkeit auf sich.

»Steh.«

Eskie gehorchte. Ohne mit der Wimper zu zucken, nahm die Hündin eine Position ein, die eines Titelbilds auf dem *Canine Chronicle* würdig gewesen wäre.

»Braves Mädchen!« Lara drückte den Clicker, um Eskie zu vermitteln, dass sie alles richtig gemacht hatte, doch bevor sie ihr das Leckerli geben konnte, drang ein hohes Jaulen herüber.

Eskie löste sich aus ihrer Position und zerrte an der Leine.

Ein winziges weißes Malteserweibchen steuerte geradewegs auf sie zu und blieb erst stehen, als sie sich unmittelbar vor Lara befand. Sie war nicht angeleint, und von ihrem Besitzer war weit und breit nichts zu sehen. Die kleine Hündin hob den Kopf und wartete auf eine überschwängliche Begrüßung.

Gehorsam kraulte Lara ihr die Ohren, während sie nach einer Hundemarke oder einem sonstigen Identifikationsmerkmal Ausschau hielt, jedoch nichts entdecken konnte.

»Hast du dich verlaufen?«, fragte sie.

Doch die kleine Malteserdame machte keineswegs den Eindruck; stattdessen schienen sie und Eskie höchst erfreut über die Begegnung zu sein. Sie beschnüffelten einander kurz zur Begrüßung, ehe sie eine wilde Verfolgungsjagd vom Zaun brachen. Obwohl die kleine Hündin neben Eskie wie ein Spielzeug aussah, zeigte sie keinerlei Furcht, sondern flitzte zwischen den Beinen der Sennenhündin hindurch und kauerte sich auffordernd vor sie hin.

»Oh, da bist du ja! Heute bist du aber spät dran!« Eine vollbusige gebräunte Endzwanzigerin stand in ihrer Einfahrt, winkte herüber und überquerte mit einem blechernen Wassernapf in der einen und einer Tüte Leckerlis in der anderen Hand die Straße. Mit ihren hohen Keil-Espadrilles, dem aufreizenden rosa Kleidchen und den langen, platinblonden Extensions hätte sie die perfekte Siegerkandidatin für *The Real Housewives of Scottsdale* abgegeben.

»Hallo, meine Süße!« Die Frau beugte sich hinunter und schürzte erwartungsvoll die Lippen, während die Malteser-Hündin schwanzwedelnd vor ihr umhertänzelte. »Sieh mal, heute habe ich dein Lieblingsfressie dabei: Hühnchen.« Sie riss die Tüte auf und begann, sie mit den Leckerlis zu füttern. Augenblicklich drängte Eskie sich vor in der Hoffnung, einen der Leckerbissen zu erhaschen.

»Ist das Ihr Hund?«, fragte Lara.

»Nein, das ist Ivory. Sie dreht jeden Morgen ihre Runde hier.« Die Frau hob den Malteser hoch und drückte ihn an sich. »Sie ist immer dort, wo etwas los ist. Und sie liebt Eskie heiß und innig.«

Lara ließ den Blick die Straße entlangschweifen. »Und wo ist ihr Besitzer?«

»Tja, das weiß ich auch nicht so genau. Ich weiß noch nicht einmal, wem sie gehört, aber offensichtlich kümmert man sich gut um sie, denn sie hat immer einen perfekten Haarschnitt.«

»Sie frei herumlaufen zu lassen kann man wohl kaum als ›gut um sie kümmern‹ bezeichnen.« Lara war stinkwütend. »Ein Kojote könnte sie reißen, oder sie könnte von einem Auto überfahren werden …«

»Hi, Eskie.« Die Frau tätschelte Eskies riesigen schwarz-weißen Kopf und sah Lara mit neu erwachtem Interesse an. »Sie müssen die Alphafrau sein.«

Lara starrte sie verblüfft an. »Die *was*?«

»So nennt Cherie Sie. Sie hätten eine ganz besondere Gabe, mit Hunden umzugehen, heißt es.« Die Blondine zupfte an ihrem Rocksaum, als eine Brise aufkam. »Hätten Sie noch Kapazität für neue Kunden? Meine Freundin Kayla braucht Hilfe bei ihrem Hund.«

»Was für ein Problem hat sie?«

»Ich schätze, das sollte sie Ihnen lieber selbst erzählen. Könnten Sie mir Ihre Nummer geben?«

Lara zog eine Visitenkarte aus der Tasche und reichte sie der Blondine. Unterdessen war Ivory auf die andere Straßenseite gelaufen und trabte mit wedelndem Schwänzchen davon.

»Bis dann, Ivory. Wir sehen uns morgen«, rief die Blondine ihr hinterher, ehe sie sich wieder Lara zuwandte.

»Reiche Leute können schon seltsam sein«, sagte Lara zu Eskie, als sie gemeinsam den Hügel zum Chadwick-Anwesen erklommen. »Frei herumlaufende Malteser, PR-Kampagnen für Hundeshows, die in die Hunderttausende gehen, mir den Spitznamen Alphafrau geben. Andererseits sind ihre Schecks gedeckt, deshalb kann ich mich wohl nicht beschweren. Das soll noch einer verstehen!«

Beim Klang des Wortes »Verstehen!« blieb Eskie abrupt stehen und warf sich in eine majestätische Positur, die jeden Kampfrichter beim Westminster Kennel Club vom Hocker gerissen hätte.

Lara lachte und drückte den Clicker. »Braves Mädchen!«

12

»Und, wie läuft es so als frischgebackene Mutter?«, fragte Lara und ließ den Blick durch Kerrys Wohnzimmer schweifen. Sie hatte beim Chinesen etwas zum Abendessen besorgt, ehe sie auf einen Sprung vorbeigefahren war, um sich den neuesten Bericht von der Babyfront anzuhören.

»Na ja, wenn ich mal davon absehe, dass sie pausenlos schreit, ich pausenlos heulen muss, nicht genug Schlaf bekomme, meine Hormone komplett verrücktspielen, mein Bauch von all den Nährsalzinfusionen aufgebläht ist wie ein Fußball, jeder Blödmann auf der Straße glaubt, er müsse mir kluge Ratschläge erteilen, und meine Brustwarzen entzündet sind, ist es der blanke Wahnsinn. Und unglaublich erfüllend.« Kerry nahm einen weiteren Keks aus der Schachtel auf dem Couchtisch. Inzwischen diente das Sofa als Baby-Kommandozentrale, und der Fußboden ringsum war mit Feuchttüchern, Schnullern, Baumwolllätzchen, Strampelanzügen und Milchpumpen-Utensilien übersät. Trotz problemlos erreichbarer Snacks und Baumwolllappen, die sich perfekt zum Zerfetzen eigneten, war von den Hunden weit und breit nichts zu sehen: Sie waren ins Schlafzimmer geflüchtet, nachdem Cynthia eine Kostprobe ihrer beeindruckenden Lungenkapazität gegeben hatte. »Und diese Kekse sind natürlich auch hervorragend geeignet, meine Babypfunde loszuwerden. Ach ja, und Richard geht am Dienstag wieder auf Dienstreise.«

»Er lässt dich ganz allein hier?«, fragte Lara entsetzt.

»Nein, nein, seine Mutter kommt für eine Woche zu Besuch. Und meine auch. Gleichzeitig. Im selben Haus. Bitte, halt mich fest, ich habe solche Angst.« Kerry verlagerte das Gewicht und zuckte vor Schmerz zusammen. »Aua. Ich bin so eine Idiotin. Der Arzt hat mir Percocet gegen die Schmerzen angeboten, aber ich musste ja darauf bestehen, dass ich nichts Stärkeres als Advil will. Da sieht man mal wieder, wie man sich von diesen Schwangerschaftsbüchern beeinflussen lässt. Die reinste Gehirnwäsche!«

»Kann ich dir irgendwie helfen? Soll ich Cynthia für ein paar Stunden nehmen, damit du eine Mütze voll Schlaf bekommst und hinterher in Ruhe duschen kannst?« Ein Anflug von Panik überkam sie, als sie das zappelnde rosa Bündel in die Arme nahm.

»Danke für das Angebot, aber es geht schon.« Kerry ließ den Kopf in die Kissen sinken. »Ich bin völlig geschafft vom Stillen und dem ständigen Herumschleppen, aber allein bei der Vorstellung, sie auch nur eine Minute aus den Augen zu lassen, kriege ich Zustände. Das lässt doch bestimmt irgendwann nach, oder? Los, schwör mir sofort, dass das nachlässt.«

Laras Augen wurden mit jeder Silbe größer. »Es … Es lässt irgendwann nach.«

»O Gott, ich werde nie wieder Schlaf bekommen.«

»Doch, natürlich. Und jetzt mal im Ernst. Sag mir, wie ich dir helfen kann. Soll ich die Hunde für eine Weile nehmen?«

»Nein, nein, nein. Ich habe versprochen, dass ich die Hunde nicht wegen des Babys im Stich lasse. Ich hasse Menschen, die so etwas tun. Ich habe die Hunde aufgenommen, und dabei bleibt es. Wir sehen uns am Sonntag bei der Vermittlungsbörse.«

Lara schüttelte den Kopf. »Wo du ganz bestimmt nicht hingehen wirst.«

»O doch, das werde ich.«

»Aber du …«

»Ich weiß, ich weiß. Aber Richard sagt, ich brauche ein bisschen frische Luft und eine kleine Babypause. Na ja, ehrlich gesagt, ist das auf dem Mist seiner Mutter gewachsen, deshalb sieht er es natürlich genauso. Deshalb werde ich meine erste Flasche Milch abpumpen und mich ins Getümmel stürzen.« Angewidert sah sie an sich hinunter. Ihre Jogginghose war ausgeleiert und löchrig, und ihr T-Shirt zierten getrocknete Milchflecke. »Aber wer würde von mir schon einen Hund adoptieren wollen?«

»Du siehst toll aus.« Lara nahm ihre Freunde grundsätzlich in Schutz, selbst vor ihrer eigenen Selbstkritik.

»Ja, ja, dich selbst kannst du gern belügen, aber mich nicht. Hey, vielleicht könnten wir nach der Vermittlungsbörse ja versuchen, irgendwo in einer abgelegenen Gasse einen kleinen Vorrat Schmerzmittel zu beschaffen.« Kerry tätschelte Cynthia den Rücken, bis sie ein Bäuerchen machte und einschlief. »Aber jetzt lass uns bitte über etwas anderes reden als über Schlafrhythmen, Stillen und Erbrochenes, ich flehe dich an. Was gibt es Neues bei dir? Hast du noch mal mit Evan geredet, seit du ausgezogen bist?«

»Kein Wort.« Lara setzte sich neben Kerry und nahm sich einen Keks. »Keine Anrufe, keine SMS, keine Mails. Nichts. Der Mann ist fertig mit mir.«

Kerry hob eine Braue. »Hast du dich denn bei ihm gemeldet?«

»Nein. Was sollte ich ihm auch sagen?«

»›Tut mir leid, dass ich deinen Verlobungsring die Toilette runtergespült habe. Lass uns eine Flasche Desinfektionsmittel kaufen und es noch mal miteinander versuchen‹ vielleicht?«

Lara kreuzte die Arme vor der Brust. »Er hat angefangen. Er war derjenige, der mich mit einer PowerPoint-Präsentation überredet hat, bei ihm einzuziehen, und dann plötzlich gemerkt hat, dass er Hunde nicht mag und auch nie mögen wird.«

»Das ist übel«, räumte Kelly ein.

»Ich zitiere ›Ich bin kein Hundeliebhaber, sondern ein Menschenliebhaber.‹«

Kerry fiel die Kinnlade herunter. »Wow. Da glaubt man immer, man kennt einen Menschen ...«

Lara schob sich noch einen Keks in den Mund und reckte die Faust. »Wenn ich mir unbedingt Kritik über meinen Lebensstil anhören will, rufe ich meine Mutter an. Ich brauche nicht auch noch einen Freund, der glaubt, er müsste mich einer Komplettveränderung unterziehen.«

»Apropos – wie lebt es sich chez Justine?«

»Einsam. Ich bin noch nicht mal sicher, ob meine Mutter überhaupt dort wohnt. Sie kommt jeden Abend nach Hause, nachdem ich schon schlafe, und verlässt das Haus, bevor ich aufstehe.«

»Du hast sie noch gar nicht gesehen?«

»Nein. Sie ist wie ein Phantom. Nicht mal die Hunde bekommen etwas von ihr mit.«

»Geht sie dir aus dem Weg?«

»Ich habe sie gestern angerufen und ihr genau dieselbe Frage gestellt. Sie hat mich angeschnauzt, ich solle mich nicht so wichtigmachen. ›Es geht nicht immer nur um dich‹, das ist ihr Standardspruch.«

»Deine Mom macht mir echt Angst.« Kerry betrachtete ihr zerknautschtes rosiges Baby. »Ich kann mir beim besten Willen nicht vorstellen, dass ich mein Kind jemals so behandeln werde.«

»Und mir erst«, sagte Lara. »Dabei kann ich ihr noch nicht einmal einen Vorwurf machen. Ich habe sie dazu getrieben. All die Jahre hat sie versucht, eine selbstbewusste, souveräne Geschäftsfrau aus mir zu machen, die eines Tages ihr Imperium übernimmt, und stattdessen muss sie sich mit einer Alphafrau begnügen. Ach ja, das ist übrigens mein neuer Spitzname in Mayfair Estates.«

»Diese Reichen sind so was von abgedreht«, stellte Kerry fest. »Und mir ist es egal, welche Pläne sie für dich hatte. Du bist eine wunderbare Tochter, die sie bedingungslos lieben sollte.«

»Sie liebt mich auch. Nur kann sie mich eben nicht

sonderlich gut leiden. Aber so ist sie nun mal. Sie kann niemanden leiden. Irgendetwas ist im Busch, aber sie will es mir nicht verraten. Aber das ist nur ein umso größerer Ansporn, möglichst schnell eine eigene Bleibe zu finden. Hast du Lust, nächste Woche ein paar Apartments mit mir zu besichtigen?«

»Klar. Solange es dir nichts ausmacht, dass ich alle vierzig Minuten mein neugeborenes Kind stillen muss.«

Kerry nahm sich noch einen Keks.

Lara stand auf, goss ein Glas Milch ein und reichte es ihr. »Du brauchst dringend Proteine. Und Vitamin D und was weiß ich noch.«

Kerry verdrehte die Augen, trank aber trotzdem einen Schluck. »Und? Was hast du heute Abend vor? Ein Date mit einem gut aussehenden Tierarzt in der Planung?«

Lara griff nach einem rosa Strampelanzug und betrachtete ihn. »Ich wollte bei Evan vorbeifahren.«

»Ah ja.«

»Ja, ich habe die Wurmkur für die Hunde im Schrank vergessen und wollte sie holen. Die nächste Dosis ist bald fällig.«

Kerry legte den Kopf in den Nacken und gähnte.

»Die letzte liegt schon einen Monat zurück. Ich erfinde keine Ausreden, um bei ihm vorbeizufahren. Ehrlich gesagt, hoffe ich sogar, dass er nicht zu Hause ist.«

»Lara. Sieh mich an. Sehe ich aus, als würde es mich auch nur einen Pfifferling scheren, mit welchen Hintergedanken du bei deinem Exfreund vorbeifährst?«

Laras Blick schweifte über Kerrys müde Augen, den

aufgeknöpften Still-BH und die Kekskrümel auf ihrer Brust.

»Nein.«

»Na, siehst du. Lass uns das Thema wechseln.«

»Trotzdem will ich nur klarstellen, dass es keine Hintergedanken gibt.«

»Ja, ja, schon gut.« Kerry begleitete Lara nach draußen und wartete, bis sie die Tür ihres Wagens zugeschlagen hatte. »Viel Spaß beim Stalking!«, rief sie.

Doch Lara konnte noch nicht einmal so tun, als ärgere sie sich darüber, weil Kerry zum ersten Mal an diesem Nachmittag aus vollem Herzen lachte.

Evans Haus hatte sich seit ihrem Auszug vor einer Woche nicht verändert.

Aber was hatte der süße weiße VW Polo in der Einfahrt zu suchen? Mit dem herzförmigen Glitzer-Sticker an der hinteren Scheibe. Das war ja etwas ganz Neues.

Einen Moment lang starrte Lara wie betäubt den Wagen an.

Ich hätte es wissen müssen, dachte sie. *Meinen alten, rostigen Kombi mit den Fellbüscheln auf den Sitzen wollte er in Wahrheit gar nie. Und kaum habe ich meinen Platz in der Garage freigeräumt, hat er die Lücke auch schon gefüllt. Mit einem schicken Kleinwagen. Schon verstanden, Mr. Ich bin ein Menschenliebhaber.*

Aber Moment mal. Es gab keinerlei Veranlassung, voreilige Schlüsse zu ziehen. Ihr fielen spontan eine Million plausibler Erklärungen ein: Der kleine VW gehörte Evans … Putzfrau. Die er gleich nach ihrem Auszug engagiert hatte. Und die um sieben Uhr abends an einem Freitagabend zum Saubermachen kam. Oder seiner Schwester. Die als Produzentin von Independentfilmen in New York arbeitete und sich eher eine Glatze scheren lassen würde, als ihre Habseligkeiten mit einem Glitzerherzen zu verzieren.

Lara drückte aufs Gaspedal.

Mit hämmerndem Herzen fuhr sie um die Ecke, als ihr Telefon läutete. Beim Anblick des Namens eines hiesigen Krankenhauses beschleunigte sich ihr Puls neuerlich.

»Spreche ich mit Lara Madigan?«, fragte eine ruhige Frauenstimme.

»Ja.«

»Sie sind Justine Madigans Tochter?«

Wieder bestätigte Lara. »Was ist passiert? Geht es ihr gut?«, fragte sie dann.

»Hier spricht Jeannette Viteri vom McDowell Medical Center. Ihre Mutter ist zu uns gekommen, weil sie Schmerzen in der Brust hatte. Wir führen gerade ein paar Untersuchungen durch, aber ich hielt es trotzdem für besser, Sie anzurufen und …«

»Ich bin sofort da.«

13

»Es geht mir gut.« Justine löste kaum den Blick von ihrem BlackBerry, als Lara inmitten des Trubels der Notaufnahme den Vorhang um ihr Bett zurückzog. »Geh wieder zur Arbeit.«

Entsetzt schlug Lara sich die Hand vor den Mund. Justine war stets perfekt zurechtgemacht. Ihr olivenfarbener Teint war glatt und makellos, ihr dichtes schwarzes Haar kunstvoll durchgestuft und ihr Körper straff und drahtig. Es war mindestens zehn Jahre her, seit Lara sie das letzte Mal ohne Lippenstift gesehen hatte.

Sie nun so – mit finsterer Miene in einem zerknitterten viel zu großen Krankenhausnachthemd – zu sehen war ein Schock. Noch alarmierender jedoch war ihr Gesicht: Große, unregelmäßig gefärbte Pigmentflecke bedeckten Justines Wangen und Stirn, deren Existenz sich selbst beim besten Willen nicht leugnen ließen.

»O Gott«, stieß Lara schließlich hervor. »Was ist denn passiert?«

Justine stieß einen genervten Seufzer aus, legte ihr Telefon beiseite und sah Lara trotzig in die Augen. »Ich kann dir genau sagen, was passiert ist. Diese so genannten Experten hier haben eine völlig unangemessene

Menge an Zeit und Ressourcen vergeudet und dich völlig grundlos in Panik versetzt. Das ist passiert.«

»Die gute Nachricht ist, dass das Herz Ihrer Mutter einwandfrei arbeitet«, erklärte eine Schwester mit entschlossener Freundlichkeit und trat zu ihnen.

»Ich leide unter einer Kostochondritis«, erklärte Justine. »Das ist eine harmlose Entzündung des Rippenknorpels. Ich hatte Schmerzen in der Brust, die allerdings nichts mit dem Herzen zu tun hatten.«

»Zur Sicherheit haben wir ein EKG und eine Röntgenaufnahme gemacht«, fügte die Schwester hinzu.

Justine griff nach ihrem Telefon und begann wieder darauf einzuhämmern wie ein Zehnjähriger auf seinen Gameboy. »Darf ich jetzt wieder nach Hause?«

»Sobald uns die Ergebnisse Ihrer Blutuntersuchung vorliegen«, antwortete die Schwester, noch immer lächelnd.

»Also ist mit deinem Herzen alles in Ordnung?« Lara setzte sich ans Fußende von Justines Bett.

»Es könnte nicht besser sein. Ich habe den Blutdruck eines Teenagers.«

»So hat der Arzt das aber nicht ausgedrückt«, widersprach die Schwester. »Er hat gesagt, Sie stünden unter viel zu großem Stress und müssten sich ausruhen, sonst drohe Ihnen tatsächlich ein Infarkt. Was Sie gerade erleben, ist ein Warnschuss Ihres Körpers.«

Dies war der Augenblick, in dem Mutter und Tochter einander in die Arme sinken und vielleicht ein paar Tränen vergießen würden, doch Lara gelang es noch nicht einmal, Justines Aufmerksamkeit zu gewinnen, von einer tränenfeuchten Umarmung ganz zu schweigen. Also blieb sie weiter am Fußende sitzen.

»Was ist mit deinem Gesicht passiert?« Erst in diesem Moment fiel ihr auf, dass auch Justines Haar anders aussah als sonst, irgendwie glänzender und borstiger. »Was ist hier los?«

Justine wandte sich ab und hob eine Schulter, um ihr Gesicht vor Laras durchdringendem Blick zu schützen. »Ich habe doch gerade gesagt, dass alles in Ordnung ist.«

Lara starrte wie gebannt auf die unpigmentierte Stelle auf Justines Wange. »Aber was verursacht diese Kosto… wie auch immer es heißt.«

»Gar nichts«, erklärte Justine mit fester Stimme. »Es ist reiner Zufall.«

»Häufig hängt es mit Stress zusammen«, warf die Schwester ein.

»Mom.« Lara zögerte kurz, dann streckte sie die Hand aus und drückte Justines Finger. Sie fühlten sich kalt und schlaff an. »Du musst kürzertreten. Du arbeitest dich zu Tode. Im wahrsten Sinne des Wortes.«

Ihre Mutter riss ihre Hand weg. »Sag du mir nicht, was ich zu tun habe!«

»Das tue ich doch gar …«

Die Schwester wandte sich an Lara. »Die Ärzte haben ihr bereits erklärt, dass sie einiges ändern muss. Sie wird sich eine Auszeit nehmen. Mit sofortiger Wirkung.«

»Und zwar eine sehr kurze.« Justine strich sich das Haar glatt, wobei ihr Scheitel leicht verrutschte. Trug sie etwa eine *Perücke*? »Gegen meinen Willen. Mit mir ist alles in Ordnung.«

Lara verspürte Schuldgefühle. Hätte sie Justines Masterplan befolgt, würde ihre Mutter jetzt nicht hier liegen mit stressbedingten Brustschmerzen und voller Sorge, wie die Salons ohne sie weiterlaufen sollten. Stattdessen wäre Lara zur Stelle gewesen, um ihr zu helfen. Sie hätte alles übernehmen können.

Justine schloss frustriert die Augen. »Ich will nur hier raus.«

»Dein Gesicht«, flüsterte Lara. »Sag mir die Wahrheit. Was ist damit?«

Justines eisige Fassade begann zu bröckeln, und für den Bruchteil einer Sekunde wirkte sie verletzlich und klein. Dann wandte sie sich abermals ab und bedeckte ihre Wangen mit den Händen. »Hör gefälligst auf, mich anzustarren.«

Doch Lara konnte nicht. Vor ihr saß eine Frau, die ihr völlig fremd war.

Rings um sie herum piepsten Maschinen, man hörte das Quietschen von Gummisohlen auf Linoleum und das Murmeln von Patienten und ihren Familien, während sie auf einer Insel der Stille gefangen zu sein schienen.

»Vitiligo«, gestand Justine schließlich. »So lautet die offizielle Diagnose. Ich war schon bei drei Hautärzten und einem Spezialisten für Autoimmunerkrankungen, und sie sagen alle dasselbe.«

Wegen Justines straffem Zeitplan und ihres angespannten Verhältnisses sah Lara ihre Mutter nur sehr selten. Trotzdem lag ihr letztes gemeinsames Abendessen gerade einmal drei Monate zurück. »Hattest du das auch schon, als wir uns letztes Mal gesehen haben?«

»Ja, damals fing es gerade an, aber ich konnte es noch mit Make-up kaschieren.«

»Wieso hast du mir nicht gesagt, dass es dir nicht gut geht?«

»Es ist eine Hautkrankheit, und ich muss mich darauf gefasst machen, dass mich die Leute für den Rest meines Lebens deswegen anstarren werden«, gab Justine scharf zurück. »Ansonsten hat sie keinerlei gesundheitliche Auswirkungen. Vermutlich.«

Lara runzelte die Stirn. »Vermutlich.«

»Die Diagnose Vitiligo erklärt zwar, weshalb mein Gesicht so schrecklich aussieht, aber nicht, wieso mir die Haare ausfallen.«

»Was sagen die Ärzte dazu?«

»Dass es am Stress liegen könnte. Oder hormonell bedingt ist. Oder eine Reaktion auf Umwelteinflüsse. Mit anderen Worten – sie haben nicht die leiseste Ahnung, aber ihretwegen kann ich keinen Fuß mehr in meine Salons setzen.«

Lara schwieg. Sie konnte sich Justine beim besten Willen nicht ohne die Coterie-Salons vorstellen. Ihr gesamtes Leben hatte sie ihrer Karriere gewidmet. »Und was willst du jetzt machen? Verreisen?«

Allein die Vorstellung schien Justine ganz krank zu machen. »Nein.« Sie zog sich den Stoff ihres Krankenhausnachthemds über die Schulter. »Ich werde nach Hause gehen und mich vergraben, hässlich wie ich bin.«

»Mom.«

»Und hör endlich auf, mich anzustarren!«

Lara gehorchte.

»Du wirst mich nicht ansehen, meine Entscheidungen nicht verurteilen und schon gar nicht so tun, als hättest du auch nur die leiseste Ahnung, was ich durchmache. Und jetzt muss ich ein paar wichtige Anrufe erledigen. Auf Wiedersehen, Lara.« Justine entließ sie mit einem knappen Nicken.

»Ich werde nicht gehen.«

»Doch, du gehst jetzt. Wir sehen uns zu Hause.«

Wieder bekam Lara ihre Mutter zu Hause nicht zu sehen. Sie hörte zwar gegen Mitternacht ihren Wagen in die Garage fahren, doch bis sie die endlosen Korridore durchquert hatte, war Justine bereits in ihrem Schlafzimmer verschwunden. Am Samstagmorgen stand sie früh auf in der Hoffnung, ihre Mutter mit Pfannkuchen und frisch gepresstem Orangensaft herauszulocken, doch Justine reagierte nicht auf ihr Klopfen.

Also aß Lara allein im Stehen in der Küche und verfütterte die Reste an die Hunde. Maverick, der Mr. Hörnchen seit seiner Rettung aus der Rohrleitung nicht mehr loslassen wollte, legte das Plüschtier gerade so lange ab, um ein paar Bissen hinunterzuschlingen.

»Keine Sorge, mein Freund«, beruhigte Lara ihn. »Keiner spült ihn noch mal die Toilette hinunter. Nicht solange ich dabei bin.« Sie hatte Mr. Hörnchen mehreren Wasch- und Trocknergängen unterzogen, was an seiner Schmuddeligkeit jedoch nichts geändert hatte.

Da es ein kühler sonniger Morgen war, schlüpfte sie in ihre Jeans und Turnschuhe und zog eine Fleece-Kapuzenjacke über, ehe sie sich auf den Weg zu Cherie Chadwicks Haus machte, das etwa eine Meile entfernt lag. Nach der Trainingseinheit mit Eskie ging sie den Hügel wieder hinunter, um sich mit Kayla, der Freundin der Blondine zu treffen, die Lara ihren neuen Spitznamen in der Gegend verraten hatte.

Als sie den Kensington Court erreichte, erspähte sie Ivory, die neben einer älteren Frau mit ihrem Scottish Terrier hertrabte. Noch immer war weit und breit nichts von einem Besitzer zu sehen, doch Lara hatte keine Zeit, der Sache auf den Grund zu gehen. Sie war ohnehin spät dran.

Schließlich stand sie vor der angegebenen Adresse. Das Haus war ebenfalls im spanischen Stil gehalten und besaß denselben sorgsam gepflegten Garten.

Und eine weitere atemberaubend attraktive Besitzerin öffnete ihr die Tür: Die große gertenschlanke Brünette hatte ihr glänzendes Haar zu einem tief sitzenden Zopf im Nacken zusammengebunden und stand trotz der frühen Uhrzeit geschminkt, mit sorgfältig manikürten Nägeln und perfekt gezupften Brauen vor ihr. Ihr eng anliegendes rosa Top und die graue Yogahose verrieten einen durchtrainierten Körper – aller Wahrscheinlichkeit nach das Ergebnis jahrelangen Pilates- oder Tanztrainings.

Genau die Frau, die meine Mutter immer aus mir machen wollte, dachte Lara.

»Sind Sie Lara?«, fragte sie mit einer Mischung aus

Schuldbewusstsein und Erleichterung. »Ich bin ja so dankbar, dass Sie gekommen sind. Ich bin völlig verzweifelt.«

Lara lächelte. »Das höre ich oft.«

»Ich bin Kayla Ramirez. Und das« – sie zeigte auf einen schnarchenden gelben Fellklops auf dem Treppenabsatz – »ist Roo.« Sie klatschte in die Hände. »Roo! Los, aufwachen! Hierher, mein Freund.«

Roo schlug ein Auge auf, was Kayla mit der Begeisterung einer Cheerleaderin belohnte.

Das Haus war unübersehbar von einem Innenarchitekten eingerichtet worden und blitzsauber. Jede Vase, jede Topfpflanze und jedes Hochzeitsfoto war mit großer Sorgfalt platziert. Selbst der Geruch war einladend – ein dezentes Aroma nach Vanille und Zimt, das Lara an noch warme Schnecken frisch aus dem Ofen denken ließ.

Auf Kaylas Drängen hin hievte Roo sich schließlich hoch und kam die Treppe heruntergeschlurft, wo er halbherzig Laras Schuhe beschnüffelte und sich dann mit einem Schnauben auf den Boden plumpsen ließ.

»Ich weiß, dass er zu dick ist«, sagte Kayla und starrte auf den Fliesenboden. »Inzwischen bezeichnen wir ihn als unseren gelben Fettbrador. Er ist ein wirklich braver Junge, aber er hat ständig Hunger.«

»Das ist typisch für Labradore.« Lara ging in die Hocke, um einen besseren Blick auf den Hund werfen zu können. »Wie alt ist er?«

»Fast sechs.«

»Und wie lange ist er schon fettleibig?«

Kayla zuckte bei dem Wort zusammen, doch Leugnen war zwecklos. »Seit etwa zwei Jahren, glaube ich. Er war schon als Welpe ziemlich moppelig, aber sehr lebhaft. Wir haben ihn tagsüber sogar in die Hundebetreuung gegeben, um ihn müde zu machen. Als er älter wurde, wollte er am liebsten den ganzen Tag in seinem Körbchen liegen, und wir haben es zugelassen, weil es nach all dem Bellen, Buddeln, Herumspringen und Nagen eine echte Wohltat war. Und jetzt …« Kayla ließ ihre Stimme verklingen. »Bitte, schimpfen Sie nicht mit mir.«

Lara sah sie verblüfft an. »Ich bin nicht hier, um mit Ihnen zu schimpfen. Sondern um Ihnen und Roo zu helfen, ein paar Veränderungen vorzunehmen.«

»Ich weiß ja, dass es ungesund für ihn ist.« Kayla ließ den Kopf hängen. »Und ich weiß auch, dass es meine Schuld ist. Aber er ist … Na ja, ich bin …«

»Schuldzuweisungen sind reine Zeit- und Energieverschwendung«, erklärte Lara mit fester Stimme. »Wir fangen einfach noch mal ganz von vorn an. Sie und ich stellen einen Plan auf, aber letztlich sind Sie diejenige, die ihn in die Tat umsetzen muss.«

»Definitiv.« Kayla nickte, trotzdem spürte Lara einen gewissen Mangel an Entschlossenheit – etwas, was ihr an reichen Leuten schon häufiger aufgefallen war: Sie wollten, dass Lara zu ihnen nach Hause kam, sie ihr einen Scheck ausstellen und das Problem damit als erledigt betrachten konnten. Aber Roo würde auf dieselbe Weise an Gewicht verlieren müssen, wie er zugelegt hatte: langsam und beständig, mit Unterstützung seiner Besitzerin.

»Wann war er das letzte Mal beim Tierarzt?«, fragte Lara.

»Vergangene Woche«, antwortete Kayla und zupfte am Saum ihres Tops herum. »Er hat mir ziemlich ins Gewissen geredet. Deshalb habe ich Sie auch angerufen.«

»Hat er eine Blutuntersuchung gemacht?«

»Soweit ich mich erinnere, wollte er ein kleines Blutbild machen. Wieso?«

»Als Erstes muss ich eine Schilddrüsen- oder Stoffwechselerkrankung ausschließen.« Lara erhob sich. »Bekommt er Medikamente? Steroide wie Prednison?«

Kayla schüttelte den Kopf. »Nein, er ist topfit. Wie ein Fisch im Wasser.« Sie bückte sich, um Roos feisten Bauch zu kraulen. »Mein kleiner fetter Fisch.«

»Okay.« Lara zog ein Notizbuch und einen Stift aus der Tasche. »Dann machen wir uns an die Arbeit. Wie viel geben Sie ihm im Moment zu fressen?«

»Zwei Tassen Trockenfutter, eine morgens, eine abends.« Kayla hob die Finger zum Schwur. »Früher hat er regelmäßig Leckerlis und Essen vom Tisch bekommen, aber das haben wir drastisch reduziert. Ich zumindest.«

Laras Blick fiel auf Roos mit einem Monogramm versehenen Napf, der aussah, als würden mindestens fünf Tassen Futter hineinpassen. »Darf ich bitte mal die Tasse sehen?«

»Klar.« Kayla öffnete die Tür zur Vorratskammer und schwenkte eine Plastiktasse von der Größe eines Eimers.

»Tja, genau da liegt das erste Problem. Die Tasse ist wesentlich größer als eine normale Tasse.« Lara bat

Kayla, als Vergleich einen Messbecher zu holen. »Außerdem muss er sich bewegen, aber gehen Sie es langsam an. Es darf ihn nicht überfordern. Machen Sie langsame, kurze Spaziergänge mit ihm. In den ersten Wochen hilft jeder Meter, den er geht. Aber einen Gewichtsverlust erreicht man zu siebzig Prozent durch die Ernährung und nur zu dreißig Prozent durch Bewegung.«

»Das ist mir bewusst.« Kayla lächelte sarkastisch und legte beide Hände auf ihren straffen Bauch. »Ich könnte Ernährungsseminare abhalten.«

»Wir werden folgendermaßen vorgehen«, fuhr Lara fort und machte sich Notizen. »Er bekommt zweimal am Tag je eine halbe Tasse Trockenfutter, vermischt mit Pintobohnen und braunem Reis.«

»Das ist alles?«

»Ja. Das bekommt er einen Monat lang und dazu ein Multivitaminpräparat. Danach erweitern wir die Mahlzeiten mit Huhn, grünen Bohnen, Karotten und Erbsen.«

Kayla sah sie zögerlich an. »Ich soll ihm also kein Diätfutter geben?«

»Ich bin kein großer Fan von kalorienreduziertem Trockenfutter«, meinte Lara, »geben Sie ihm lieber richtiges Futter. Das Wichtigste ist aber die richtige Menge in Verbindung mit der Bewegung.«

»Portionskontrolle«, murmelte Kayla.

»Genau. Labradore brauchen nur zwei Tassen am Tag, maximal zweieinhalb.«

Kaylas Blick fiel auf den Messbecher in ihrer Hand.

»Es ist, als würden Sie von mir verlangen, dass ich ihn verhungern lasse.«

»Deshalb fangen wir ja mit ganz kleinen Schritten an«, erklärte Lara beruhigend. »Wir nehmen ihm in Wahrheit nichts weg, sondern helfen ihm, sich bald besser zu fühlen.«

Kayla wich ein paar Schritte zurück und kreuzte die Arme vor der Brust.

»Sie sehen aus, als wären Sie nicht glücklich damit«, stellte Lara fest.

»Tut mir leid. Es ist nur …« Kayla ging neben Roo in die Hocke, worauf er sich auf den Rücken rollte. »Als ich meinen Mann kennengelernt habe, war ich Model. Er mag es, dass ich eine gute Figur habe, und mir geht es genauso. Ich weiß, was ich tun muss, um in Form zu bleiben – Dehnübungen, Cardio- und Hanteltraining –, und tue auch alles dafür. Ich gehe an sechs Tagen pro Woche ins Fitness-Studio, zähle Kalorien und esse nur gesunde, unverarbeitete Lebensmittel. Ich bin sehr diszipliniert, aber ich kann mich nicht überwinden, dasselbe Konzept auch bei meinem armen Jungen anzuwenden.« Sie und Roo tauschten einen Blick innigen Verstehens. »Mir selbst gegenüber darf ich keine Nachsicht üben, deshalb tue ich es bei ihm. Und mir ist völlig klar, wie verrückt das klingt.«

»Nein, gar nicht«, wiegelte Lara ab. »Wenn Ihnen erst einmal bewusst wird, wie es zu diesem Verhaltensmuster gekommen ist, finden Sie umso schneller einen Weg, es zu verändern.«

Kayla legte ihre Hand flach auf Roos gut gepolsterten Brustkasten. »Ich verstehe, was Sie meinen, und bin auch bereit, es zu versuchen. Aber ich weiß, wie es sich anfühlt, wenn man nur noch einen Bissen essen möchte … Wenn man sich regelrecht danach sehnt, und wenn er mich dann mit diesen traurigen, hoffnungsvollen Augen ansieht, kann ich einfach nicht Nein sagen.«

Lara dachte einen Moment über ihre Worte nach. »Ich habe eine Idee. Sie könnten gemeinsam an diesem Problem arbeiten. Roo braucht ein wenig mehr Disziplin in seiner Ernährung und Sie offenbar ein bisschen weniger, wenn ich es richtig sehe. Wie wäre es, wenn Sie beide sich jeden Tag eine kleine Belohnung gönnen? Nur eine winzig kleine Schwindelei, von der niemand etwas erfahren wird?«

»Das kann ich nicht machen.« Kaylas Augen weiteten sich. »Wenn ich nur einen Schluck Wein trinke, kippe ich gleich das ganze Glas hinunter. Oder wenn ich nur einmal von einem Brownie abbeiße, muss ich ihn ganz haben.«

Allmählich begriff Lara die psychologische Bedeutung des Plastikeimerchens für Roos Fressen.

»Okay«, sagte sie und bemühte sich um einen beruhigenden, vernünftigen Tonfall. »Dann trinken Sie eben einmal pro Woche ein Glas Wein. Oder essen einen Brownie. Probieren Sie es einfach aus. Einen Monat lang. Und wenn ich wiederkomme, werden wir sehen, was passiert ist.«

Kaylas Tapferkeit wich aufrichtiger Furcht. »Ich werde so fett sein wie Roo.«

»Von einem Brownie pro Woche? Das bezweifle ich.

Ich gehe jede Wette ein, dass Sie kein Gramm zunehmen.«

Bekümmert kaute Kayla auf ihrer Unterlippe.

Lara nahm bewusst eine entspannte Körperhaltung ein und wartete darauf, dass ihre Kundin es ihr gleichtat. »Ich kann Sie nur bitten, es zu versuchen. Das heißt ja nicht, dass Sie sich ab sofort von Zucker ernähren und Ihre Essgewohnheiten komplett verändern sollen. Ich bitte Sie nur, sich an meine Ernährungsvorgaben zu halten, Sie beide. Und wenn Ihnen ein Monat zu lang vorkommt, dann machen wir eben eine Woche daraus. Ich komme einfach nächsten Montag vorbei und sehe, wie es läuft. Wie klingt das?«

»Und ich mache jeden Tag einen Spaziergang mit ihm?«

»Ja, aber nur einen kurzen«, erklärte Lara. »Nur ein- oder zweimal um den Block.«

»Das schaffe ich.« Kayla holte tief Luft. »Vielleicht bekomme ich ja auch meinen Mann dazu, uns zu begleiten.«

»Tolle Idee. Schließlich ist es eine Art Familienprojekt.«

Kaylas Züge hellten sich auf. »Er ist zwar kein Gourmetkoch, aber Pintobohnen und Kartoffeln bekommt er hin. Und nächstes Wochenende können wir zu McDonald's gehen, und mein Süßer bekommt einen Big Mac.«

Lara lachte. »Ich dachte eher an einen fettarmen Naturjoghurt.«

»Aber ich bekomme doch ein Schokocroissant, oder?«

»Definitiv.«

Lara hatte ein gutes Gefühl, als sie den Scheck in ihrer Tasche verstaute, und ein noch besseres beim Gedanken an Roos Zukunft. Das Hochgefühl nach einer erfolgreichen Beratung konnte regelrecht süchtig machen. Hierbei kritisierte sie niemand oder verlangte von ihr, ihr Seelenleben nach außen zu kehren. Sie hatte ihre Arbeit erledigt, Anerkennung bekommen und war ein Hoffnungsschimmer in der Welt der Fettbradore.

Auf dem Rückweg begegnete sie erneut Ivory, die sie mit einem kurzen freundlichen Bellen begrüßte.

»Ganz genau«, sagte Lara und ging mit federnden Schritten weiter. »Ich bin die Alphafrau. Vergiss das nicht.«

14

»Mom?« Es war später Sonntagmorgen. Lara klopfte leise an die massive Flügeltür, die Justines Schlafzimmer vom Rest der Welt trennte. »Bist du wach?«

Mit angehaltenem Atem lauschte sie auf ein Lebenszeichen, doch abgesehen vom leisen Murmeln des Fernsehers herrschte völlige Stille.

»Mom?« Sie klopfte abermals, diesmal lauter, und drehte den Türknauf. Abgeschlossen.

Allmählich wurde dieses Theater lächerlich! Aber auch unheimlich. Zu wissen, dass Justine im Haus war, sie aber nie zu Gesicht zu bekommen machte ihr Angst. Selbst die Hunde beschleunigten ihre Schritte, wenn sie an Justines Tür vorbeigingen, als könnte jederzeit eine schuppige Klaue vorschnellen und sie packen.

Außerdem war Justine kein Mensch, der sich verkroch, sondern sie blühte erst richtig auf, wenn das Chaos um sie herum tobte. Sie genoss es, in einer Krise ihren Mann zu stehen, Befehle zu erteilen und Strategien zu ersinnen.

Lara nahm ihr Handy und wählte.

Beim fünften Läuten nahm Justine ab. »Hallo?«

»Hi, Mom. Hier ist Lara. Erinnerst du dich an mich? Ich bin deine Tochter und stehe vor deiner Tür.«

»Was willst du?« Justines Stimme klang belegt und kehlig, als wäre sie gerade erst aufgewacht.

»Nur ein bisschen plaudern. Darf ich reinkommen?«

Lange Pause.

»Mom?«

»Ja?«

Lara legte die Finger um den Türknauf. »Lass mich rein.«

Wieder herrschte lange Zeit Schweigen, dann bewegte sich der Türknauf, und die Tür schwang nach innen auf. Ihre Mutter stand in einem zerknitterten türkisfarbenen Seidenpyjama mit vor der Brust gekreuzten Armen im abgedunkelten Raum. Lara brauchte eine ganze Weile, bis sie erkennen konnte, dass Justine kein Make-up trug und ihr einst dichtes Haar, dem sie früher mit der Ausdünnschere zu Leibe gerückt war, so spärlich war, dass ihre rosige Kopfhaut durchschimmerte. Unter ihren Augen lagen dunkle Ränder, und Lara entdeckte feine Falten um ihren Mund, ihre Augen und auf ihrer Stirn.

Vergeblich versuchte sie, sich ihr Entsetzen und ihr Mitgefühl nicht anmerken zu lassen, was Justines Wut nur noch schürte. Sie drückte die Schultern durch und bedeckte ihre Wangen mit gespreizten Händen, um die Pigmentflecken zu verbergen. »Siehst du? Genau aus diesem Grund kann ich keinen Fuß vor die Tür setzen. Ich will nicht, dass die Leute mich so anstarren.«

»Es ist nicht wegen deines Gesichts.« Die Lüge kam so schnell über Laras Lippen, dass sie selbst in ihren eigenen Ohren unaufrichtig klang. »Sondern … weil es fast Mittag ist und du immer noch deinen Schlafanzug anhast.«

»Na und?« Justine wandte sich ab und trat zu ihrem breiten Doppelbett mit üppigen Kissen und einer blauen Seidentagesdecke.

In Momenten wie diesem wünschte sich Lara, Geschwister zu haben. Sie war sich nicht sicher, ob sie sich ernsthaft Sorgen machen musste, und es wäre gut, jemanden zu haben, mit dem man sich austauschen konnte. »Ach, du weißt doch, wie sie ist. Die fängt sich schon wieder«, oder »So habe ich sie noch nie gesehen, deshalb ist deine Sorge berechtigt.«

Justine war ihr Privatleben – besser gesagt, der Mangel daran – absolut heilig, deshalb würde sie den Vorschlag, sich mit einer Therapie oder im Rahmen einer Selbsthilfegruppe helfen zu lassen, höhnisch vom Tisch fegen.

Der einzige Mensch, der Erfahrung mit einer Situation wie dieser haben könnte, war Gil, doch ihn einzuweihen war völlig ausgeschlossen, da es für Justine dem ultimativen Verrat gleichkäme. Für Gil war seine Exfrau gegen alles und jeden gefeit. Noch heute, all die Jahre nach ihrer Scheidung, sprach er mit einer Mischung aus Ehrfurcht und Bewunderung von ihr.

»Wie kann ich dir helfen?« Justine schob die Füße unter die Decke und ließ sich in die Kissen sinken.

»Eigentlich wollte ich fragen, wie ich dir helfen kann«, erwiderte Lara mit einer Geste auf den kalten, ungelüfteten, dunklen Raum. »Das ist doch nicht gesund.«

»Bist du hier, um mich aufzumuntern? Falls ja, erspar es mir bitte. Ich möchte jetzt gern ein Schläfchen machen.«

»Du tust seit Freitag nichts anderes. Mir ist klar, dass einige ... große Veränderungen auf dich zukommen, aber du solltest dich hier nicht im Dunkeln verkriechen.«

»Die Ärzte sagen, UV-Strahlung sei nicht gut für mein Gesicht.«

»Dann cremst du dich eben mit Sonnenschutz ein und setzt einen Hut auf. Keiner hat dir geraten, den ganzen Tag vor dem Fernseher zu sitzen und deine Zeit mit ...« Lara kniff die Augen zusammen. »Was siehst du dir da überhaupt an?«

»Die *Sopranos*. Alle Folgen an einem Stück. Als die Serie im Fernsehen ausgestrahlt wurde, hatte ich keine Zeit, sie mir anzusehen.«

»Kein Wunder, dass du deprimiert bist.«

Justine reckte das Kinn. »Ich bin nicht deprimiert. Ich bekomme keine Depressionen.«

Lara warf ihr einen Blick zu. »Erst gestern habe ich klinische Depression gegoogelt, und du zeigst jedes einzelne Symptom: übermäßiges Schlafbedürfnis, Rückzug aus dem Leben, Appetitverlust, Reizbarkeit ...«

»Reizbar bin ich sonst auch.« Justine drückte den Pausenknopf und ließ die Fernbedienung aufs Bett fallen, als sei es ihr zu anstrengend, sie in der Hand zu halten. »Bist du hier, um mich mit deiner Hausfrauenpsychologie zu therapieren?«

»Nein, ich versuche nur, dir zu helfen. Weil ich mir Sorgen um dich mache.«

»Mach dir lieber Sorgen um dich. Ich konnte bisher gut auf mich selbst aufpassen und werde auch weiterhin dazu in der Lage sein. Immer.« Justines Stimme schwoll mit jedem Wort an, als wolle sie andeuten, dass Laras Zukunft bei Weitem nicht so rosig aussähe.

Lara ignorierte den bissigen Kommentar und sah ihre Mutter mitfühlend an. »Wann hast du das letzte Mal etwas gegessen?«

Justine kniff die Augen zusammen. »Rede nicht so mit mir. Und sei nicht so überheblich. Das hier ist mein Haus. Ich bin eine erwachsene Frau, und wenn ich Lust habe, das ganze verdammte Wochenende durchzuschlafen, wird mich niemand daran hindern. Kümmere dich um deine eigenen Angelegenheiten.«

Ihre eisige Feindseligkeit ließ Lara zusammenzucken, doch sie ließ sich nicht beirren. »Ich mache jetzt jedenfalls Mittagessen. Du kannst mir entweder sagen, was du essen willst, oder es gibt ein Sandwich mit Erdnussbutter.«

»Ich hasse Erdnussbutter, das weißt du ganz genau!«

Sie hatte völlig recht – Lara wusste, dass ihre Mutter lieber Sashimi und Jakobsmuscheln aß.

»Tja, meine Kochkünste beschränken sich aber leider auf Sandwich mit Erdnussbutter und Johannisbeergelee, Müsli aus der Schachtel, Fertig-Pfannkuchen und Nudeln. Du hast die Wahl.«

»Geh raus und lass mich in Ruhe«, befahl Justine mit einer gebieterischen Geste in Richtung Tür. »Ich bin keines deiner Barmherzigkeitsprojekte. Heb dir deinen Mutter-Teresa-Komplex gefälligst für deine Hunde auf.«

»Das ist kein Mutter-Teresa-Komplex, sondern hier geht es nur um ein einfaches Mittagessen. Also … Pfannkuchen, Nudeln oder Sandwich mit Erdnussbutter, was willst du haben?«

»Ich habe seit einer Ewigkeit keine Nudeln mehr gegessen, aber es klingt gut«, räumte Justine ein. »Das ist auch so ein Punkt bei den *Sopranos* – sämtliche Figuren stopfen sich ständig mit Kohlenhydraten voll.«

»Perfekt. Mir bleibt noch eine Stunde, bevor ich zur Vermittlungsmesse muss. Lass uns Spaghetti machen.«

»Kochen? Auf dem Herd?«, fragte Justine fassungslos. »Ruf doch im Nick's an und bestelle etwas.«

»Nein, Mom. Wir können uns selbst etwas kochen. Deine Küche ist mit allen Schikanen ausgestattet.«

»Aber nur wegen der Ästhetik und des Wiederverkaufswerts. Ich weiß noch nicht mal, wie der Herd angeht.«

»Ich bin sicher, das finden wir heraus.«

»Aber mir geht es gut hier drin.«

Lara stemmte die Hände in die Hüften. »Du kannst nicht den ganzen Tag im Bett bleiben. Du musst endlich aus diesem Schlafanzug raus und dir etwas anziehen. Und während ich in der Küche bin, gehst du duschen.« Sie öffnete die Holzläden, um die Sonne hereinzulassen. »Oh, und such dir ein anderes Programm. All diese Mafiamorde schlagen einem ja aufs Gemüt.«

Justine schnappte die Fernbedienung, drückte auf »Play« und drehte die Lautstärke auf. »Komisch, aber als ich das letzte Mal nachgesehen habe, stand ich noch nicht auf deiner Gehaltsliste, also hast du auch kein Recht, mir zu sagen, was ich zu tun und zu lassen habe.«

»Es ist nur zu deinem eigenen Besten.« Lara trat in das große Badezimmer und drehte die Dusche auf. »Los, mach schon.«

Als sie zwanzig Minuten später mit zwei Portionen Linguine mit Tomatensoße und Salat wieder ins Zimmer kam, kämmte Justine sich gerade die nassen Haare aus. Sie hatte ihren Schlafanzug gegen einen grünen Pulli mit Wasserfallkragen und eine schwarze Baumwollhose mit Tunnelzug getauscht, die verdächtig nach Schlafanzug aussah.

Lara beäugte sie argwöhnisch. »Ich dachte, wir hätten uns darauf geeinigt, dass du keinen Schlafanzug trägst.«

»Das ist kein Schlafanzug«, widersprach Justine, »sondern Homewear.«

»Du bist so was von stur.«

»Du meinst, verhandeln gehört zu meinen Stärken.«

Lara stellte das Tablett auf dem Nachttisch ab und reichte ihrer Mutter eine weiße Leinenserviette, eine Gabel und ein Kristallglas mit eisgekühltem Wasser.

Justine rümpfte die Nase. »Ich hätte lieber ein schönes Glas Cabernet, wenn's geht.«

»Am Vormittag? Wohl kaum.«

Justine schob sich einen winzigen Bissen Pasta in den Mund und verzog das Gesicht. »Ist das Tomatensoße aus der Dose?«

Lara nickte. »Ich habe die gesamte Tiefkühltruhe durchsucht, konnte aber nirgendwo Shellys selbst gemachte Soße finden.«

»Hast du wenigstens frischen Parmesan gehobelt?«

»Ja, Euer Majestät.«

Justine stellte ihren Teller beiseite und ließ sich in die Kissen sinken. »Ich weiß, was du denkst. Du hältst mich für eitel und oberflächlich.«

Lara gab keine Antwort, sondern saß reglos da in der Hoffnung, die Stille würde ihre Mutter ermutigen fortzufahren.

»Seit ich denken kann, bin ich von Menschen umgeben, die sich darauf verlassen, dass ich da bin. Natürlich weil ich sie bezahle, aber auch weil ich ihnen sage, wo es langgeht. Ich bin diejenige, die immer eine Lösung parat hat. Die die unschönen Entscheidungen trifft. Und ich komme bestens damit klar. Das gehört nun einmal zum Leben einer Geschäftsfrau dazu. Aber jetzt … Mein Gesicht ist meine Identität. Es ist das, was mich ausmacht. Und jetzt ist es ruiniert.«

»Dein Gesicht ist doch nicht das, was dich ausmacht«, widersprach Lara. »Was ist mit all den Sprichwörtern wie ›Der Schein trügt‹ oder ›Schönheit liegt im Auge des Betrachters‹?«

»Sie stammen allesamt von Leuten, die ihr Geld nicht in der Kosmetikbranche verdienen. Mir ist es egal, ob die Leute mich mögen. Ich schere mich keinen Pfifferling darum, was meine Angestellten von mir halten, solange sie Respekt vor mir haben. Aber dieses Mitleid, die heimlichen Blicke, das Flüstern und die Art und Weise, wie mit mir ›umgegangen‹ wird …« Sie schüttelte den Kopf. »Am liebsten würde ich mich hier in diesem leeren Haus verbarrikadieren. Mein Kardiologe hat mir den perfekten Vorwand geliefert, Schwäche zu zeigen, und genau das tue ich jetzt.«

»Schwäche ist so ziemlich das letzte Wort, das ich im Zusammenhang mit dir in den Mund nehmen würde. Du bist so stark, dass es einem fast Angst macht. Und dein Haus ist nicht leer«, erklärte Lara. »Deine ledige, nicht ausgelastete Tochter lebt auch hier.«

»Ja. Das ist allerdings ein enormer Trost.«

Lara sah ihre große Chance gekommen. »Und wo ich schon mal hier bin – wenn auch nur für kurze Zeit –, sollten wir auch etwas gemeinsam machen.«

Justine nickte in Richtung ihres Tellers und des Fernsehers. »Das tun wir doch gerade.«

»Nein, ich meine etwas Richtiges. Oh, jetzt fällt mir etwas ein. Wir könnten ins Kino gehen.«

Justine schüttelte sich. »Ich hasse Kinos. Die klebrigen Fußböden, das ständige Handygeklingel …«

»Wir könnten auch Tennis spielen. Wir warten einfach, bis die Sonne untergeht.«

Justine betrachtete ihre Beine, als hätte sie Zweifel, dass sie ihr Gewicht tragen würden. »Dafür bringe ich heute nicht die Energie auf.«

»Wenn du erst mal auf dem Platz stehst, klappt es vielleicht besser, als du denkst.«

Justine nippte an ihrem Wasser. »Ich habe dich bereits einmal gebeten, mich nicht herumzukommandieren. Wenn ich es ein zweites Mal tun muss, ist das Mittagessen beendet.«

Lara blieb nichts anderes übrig, als ihre Trumpfkarte auszuspielen. »Ich gehe mit dir shoppen.«

Justine horchte auf. »Du meine Güte, dir liegt ja mächtig viel daran, eine Bindung zu mir aufzubauen.«

»Stimmt. Jetzt bekommst du sie endlich – die Gelegenheit, mich einem Komplettumstyling zu unterziehen. Ich kann dir zwar nicht versprechen, dass ich etwas kaufen werde, aber ich probiere zumindest alles an, was du für mich aussuchst.«

Justine dachte einen Moment lang darüber nach, dann schüttelte sie den Kopf. »Ich kann jetzt nicht shoppen gehen. Neiman Marcus, Barneys, Saks, da sind überall Leute, die mich kennen.«

Lara hob die Hände. »Nicht so schnell. Ich hatte eher an Old Navy und Target gedacht.«

Justine starrte sie an, als spräche sie plötzlich Suaheli.

»Na gut, ich geb's auf. Du hast gewonnen. Wir werden unsere Bindung nicht vertiefen.« Lara schob sich eine Gabel Salat in den Mund und kaute wütend darauf herum. »Aber bei Target gibt es wirklich süße Sachen.«

Justine deutete auf eine der Nachttischschubladen. »Mach sie bitte auf.«

Mit einem Anflug von Beklommenheit öffnete Lara die Schublade, doch statt der Promi-Zeitschriften oder unartigen Sexspielzeuge, die sie zu entdecken befürchtet hatte, lag ein glänzender dunkelblauer Laptop darin.

Sie reichte ihn Justine, die ihn hochfuhr. »Also gut«, murmelte sie und setzte sich eine modische Brille auf. »Wir nehmen Neiman Marcus. Fangen wir mit den Jeans an.«

»Nein, nein, nein.« Lara schüttelte den Kopf. »Ich wollte mit dir zusammen einkaufen gehen. Shoppen im

Sinne von ›Das Haus verlassen‹. Von Online-Shoppen war nie die Rede.«

»Du hast weder den Ort noch die Methode spezifiziert.« Der semantische Sieg schien Justine mit neuer Energie zu erfüllen. »Es ist höchste Zeit, dass das 21. Jahrhundert in deinem Kleiderschrank Einzug hält.«

»Was siehst du dir da an, Mom? Nein! Ich brauche eine Jeans, in der ich Hunde trainieren kann«, protestierte Lara. »Und keine, bei der jedes Mal mein Hintern heraushängt, wenn ich mich vorbeuge, um Eskie beizubringen, dass sie stehen bleiben soll.«

»Wie wär's mit der hier?« Justine deutete auf eine hautenge Jeans mit dunkelblauer Waschung.

Laras Blick fiel auf den Preis. »Hundertfünfundachtzig Dollar? Wenn du schon so viel ausgeben willst, hätte ich lieber einen Scheck für *Lucky Dogs*.«

»Genau das ist der Grund, weshalb ich dir zu Weihnachten und zum Geburtstag kein Geld schenke. Du kaufst dir nie etwas für dich, sondern läufst lieber in diesen grauenhaften Bootcut-Dingern herum wie eine Aushilfe auf einer Pferdefarm und gibst deinen letzten Cent für eine Zahnreinigung irgendeines verlausten Köters aus. Irgendwann überschreitet diese Selbstlosigkeit die Schwelle des Edelmuts zur Dummheit. Die meisten Töchter wären außer sich vor Freude über das Angebot ihrer Mutter, ihnen eine komplett neue Garderobe zu kaufen. Was stimmt bloß nicht mit dir? Wer schlägt schon eine Gratis-Designerjeans aus?«

»Tut mir leid.« Lara senkte den Kopf. Sie wusste, dass nicht ihre Mutter allein für diese Kluft zwischen ihnen verantwortlich war. Im Lauf der Jahre hatten sich die Fronten zwischen ihnen so sehr verhärtet, dass es keinerlei Gemeinsamkeiten mehr zwischen ihnen gab. Und jeder Versuch, ihre Bindung zu verstärken, kam seltsamerweise einem Eingeständnis von Schwäche gleich.

Justine musterte sie immer noch durchdringend. »Wenn ich das Haus nicht verlassen kann und du dich weigerst, online etwas zu kaufen, was sollen wir deiner Meinung nach dann sonst tun?«

»Wir könnten etwas spielen. Du könntest dir Solitär oder Minesweeper herunterladen. Oder Scrabble.«

»Scrabble.« Justines Frostschicht schien um ein, zwei Grad zu schmelzen. »Weißt du noch, wie wir das immer in Pauls Hütte in Sedona gespielt haben?«

Während der langen, unerträglich heißen Sommer, für die Phoenix berüchtigt war, hatte Justine sämtliche gesellschaftlichen Kontakte genutzt, um der Hitze für eine Weile zu entfliehen. Auf diese Weise hatten sie eine Woche in San Diego im Apartment eines Kunden oder drei Tage bei einem Seminar für die neuesten Haarfärbemethoden verbracht. Paul, einer von Justines Mentoren aus ihren Anfangsjahren, hatte sie in sein Sommerhaus in Sedona eingeladen, wo es kein Fernsehen und nur punktuell eine Telefonverbindung, dafür jedoch eine ganze Schublade alter, halb zerfledderter Gesellschaftsspiele gab. Lara und Justine hatten ihre Tage mit Wandern und Schwimmen und die Abende mit Scrabble-Marathons zugebracht. Justine hatte Lara niemals gewinnen lassen. »Im richtigen Leben wird man auch nicht verhätschelt, deshalb sollte man es als Mutter auch nicht tun.« Sie hatte ihre Tochter ein ums andere Mal gnadenlos geschlagen, trotzdem hatte Lara unermüdlich Revanche gefordert.

Lara nickte. »Ich bin seither wesentlich besser geworden und kann nicht nur *Hund* und *Es* bilden.«

»Nachdem ich dich jahrelang auf diese geradezu obszön teuren Privatschulen geschickt habe, möchte ich das auch schwer hoffen.«

»Gut.« Lara nahm den Computer und öffnete eine Website. »Wir richten dir einen Account ein, und ich fange mit einem Spiel an. Wir können sogar übers Handy spielen und müssen uns dafür noch nicht einmal im selben Raum aufhalten.«

»Wenn du unbedingt willst. Ich hoffe nur, ich demütige dich nicht allzu sehr.« Justine nahm ihre Brille ab und legte sie auf den Nachttisch. »Ich freue mich schon auf unser erstes Spiel. Gleich nachdem ich ein Nickerchen gemacht habe.«

»Aber du bist doch gerade erst aufgestanden.«

»Gute Nacht.«

»Aber du …«

»Zieh die Vorhänge vor, wenn du gehst, ja? Und bitte sieh zu, dass die Hunde keinen Lärm machen.« Justine vergrub sich unter den Decken.

Resigniert zog Lara die Vorhänge zu und löschte die Lichter. Sie drückte ein paar Tasten auf ihrem Telefon, betrachtete die Buchstabentäfelchen auf dem Display und gab das einzige Wort ein, das sich daraus bilden ließ: WÄNDE.

Dann wartete sie auf Justines Gegenzug. Und wartete und wartete und wartete.

Eine halbe Stunde später, als sie sich auf dem Weg zur Vermittlungsbörse befand, summte ihr Handy. An der nächsten roten Ampel checkte sie ihre Nachrichten und sah, dass ihre Mutter aus ihrem WÄNDE ein längeres Wort gebildet hatte, das ihr mehr Punkte brachte: WINKEN.

Das Spiel war eröffnet.

15

»Wir möchten den dort haben.« Das Ehepaar mittleren Alters stand mit erwartungsvoll lächelnden Gesichtern vor Lara.

Lara gelang es, ernst zu bleiben, doch Kerry bekam prompt einen Hustenanfall. Wochenend-Vermittlungsbörsen waren grundsätzlich ein hartes Stück Arbeit, aber heute war es besonders hektisch gewesen. Um zwölf waren sie mit sämtlichen Hunden im Schlepptau auf dem Platz eingetroffen, um halb eins hatte es zu nieseln begonnen, und als sie endlich eine behelfsmäßige Plane über den Hundezwinger gespannt hatten, war der Rasen bereits völlig durchweicht und matschig gewesen. Lara war nass bis auf die Knochen, deprimiert und durchgefroren, während Kerry, die sich offenbar im Würgegriff eines akuten Anfalls mütterlicher Ängstlichkeit befand, im Zwei-Minuten-Takt ihr Handy checkte und ihre Mutter anrief, um zu fragen, ob mit Cynthia alles in Ordnung sei. Doch obwohl Lara ihr ins Gewissen redete, Schluss zu machen und nach Hause zu fahren, weigerte Kerry sich strikt.

»Ich lasse dich nicht im Stich«, erklärte sie. »Und ich weigere mich, mich von diesem hormonellen Tsunami platt walzen zu lassen.«

»Sei doch nicht so streng mit dir«, meinte Lara. »Du hast vor gerade mal einer Woche entbunden.«

»Alle sagen, dass ich dringend eine Pause von ihr brauche. Meine Mom, Richard, seine Mom …«

»Aber das ist keine Pause, sondern ein Nervenzusammenbruch. Zwei Stunden ohne Cynthia sind mehr als genug. Los, verschwinde.«

»Vergiss es.« Ein stählerner Ausdruck trat in Kerrys Augen. »Ich bin für diese Hunde verantwortlich, deshalb bleibe ich hier.« Sie hielt inne. »Es sei denn, meine Milchdrüsen verstopfen, und ich muss abpumpen. In diesem Fall kann ich für nichts mehr garantieren.«

Für die Pitbull-Welpen fand sich innerhalb der ersten Stunde ein neues Zuhause, aber seither war kein ernsthafter Interessent mehr aufgetaucht.

Bis jetzt.

»Welchen denn?« Lara hoffte inbrünstig, dass sich ihre Befürchtungen nicht bestätigten und sie nicht den Hund meinten, den sie im Sinn hatte.

Die Frau ließ die Hand ihres Mannes los und zeigte auf den Hund. »Das süße weiße Fellknäuel dahinten.«

»Ah.« Lara holte tief Luft. »Sie meinen Iro.«

Die Frau wandte sich ihrem Mann zu und tätschelte ihm den Arm. »Keine Sorge, seinen Namen können wir immer noch ändern.«

»Ehrlich gesagt, ist es eine *sie*. Iro ist ein Shih-Tzu-Mix, fünf Jahre alt und gehört zu unseren Problemhunden.«

»Sie ist ja so niedlich.« Die Frau bückte sich, streckte einen Finger durch das Gitter und versuchte, Iro zu sich zu locken. Iro, ohnehin empört über die Würdelosigkeit, mit einem Haufen in der Rangordnung eindeutig unterlegener Hunde eingesperrt zu sein, rollte sich noch mehr zusammen und ignorierte demonstrativ die Einladung dieses albernen Menschengeschöpfs.

»Sie ist noch jung und in einem einigermaßen guten Zustand, hatte allerdings gesundheitliche Probleme, als sie zu uns kam«, fuhr Lara fort. »Sie ist auf einem Auge fast blind, hasst es, wenn man ihre Pfoten anfasst, und es könnte sein, dass diese kahlen Stellen nicht mehr zuwachsen.«

»Blind?« Die Frau schmolz förmlich dahin. »Wie traurig. Bestimmt wurde sie misshandelt.«

»Wir wissen nicht genau, was mit ihr passiert ist«, antwortete Lara mit einem Seitenblick in Kerrys Richtung. »Und in diesen Fällen versuchen wir auch, uns mit Mutmaßungen zurückzuhalten. Ihre Augenprobleme könnten angeboren oder das Ergebnis einer nicht behandelten Infektion sein. Jedenfalls kommt sie gut damit zurecht, und es ist wichtig, sie nicht zu verhätscheln und ihr nicht durchgehen zu lassen, wenn sie sich danebenbenimmt.«

Doch die Frau hörte ihr gar nicht zu, weil sie viel zu beschäftigt damit war, Iro zu besäuseln. »Ach, du armes Würmchen. Sie braucht nur jemanden, der sie lieb hat.«

Iro hob die Lefze zu einem lautlosen Knurren.

Lara gab es auf und wandte sich an den Ehemann. »Erzählen Sie mir doch ein bisschen von sich. Wieso glauben Sie, dass es Zeit sei, einen neuen Hund in Ihrer Familie aufzunehmen?«

Er rieb sich seinen grauen, sorgfältig gestutzten Bart und nickte in Richtung seiner besseren Hälfte. »Pam ist leidenschaftliche Tierliebhaberin und mag Katzen, Kaninchen, Pferde, alles, was vier Beine hat. Und wir hatten auch jahrelang einen Hund. Einen kleinen flauschigen wie … äh … wie Iro.«

»Meine einzigartige Petty.« Die Frau bekam feuchte Augen. »Was für ein wunderbarer Hund. Sie konnte Gedanken lesen. Am Ende litt sie an Nierenversagen, deshalb mussten wir sie einschläfern lassen, und ich habe Stein und Bein geschworen, dass mir nie wieder ein Hund ins Haus kommt.«

Der Ehemann zwinkerte Lara zu. »Das ist jetzt zwei Monate her.«

Pam winkte ab. »Aber mit Katzen ist es einfach nicht dasselbe. Und dieses kleine Schätzchen hier hat etwas an sich, was mich an unsere Petty erinnert.«

Als Pam sich über das Gehege beugte, um Iro etwas ins Ohr zu flüstern, schüttelte die Hündin unwirsch den Kopf. Dann lehnte sie sich mit heraushängender Zunge vor, doch statt Pams Hand abzulecken …

»Sie hat mich angespuckt!« Pam riss abrupt ihre Hand zurück.

»Unsinn«, widersprach ihr Mann, »Hunde können nicht spucken.«

Iro verzog sich ans andere Ende des Geheges und ließ sich dort auf den Boden fallen.

»Kleines Miststück«, murmelte Kerry.

»Erzählen Sie mir von Petty«, forderte Lara sie auf. »Was war so besonders an ihr?«

Ein wehmütiges Lächeln trat auf Pams Züge. »Alles. Sie war so klug und witzig. Sie konnte alle möglichen Kunststücke. Aber vor allem war sie mein Schmusebärchen. Wir haben immer zusammen ferngesehen, und sie hat mir beim Sticken Gesellschaft geleistet und mir zugehört.«

»Das heißt, Sie suchen nach einem anhänglichen Hund, der den engen Kontakt zu seinen Menschen genießt.«

Das Ehepaar nickte.

Lara warf Kerry einen hilfesuchenden Blick zu, doch die war viel zu beschäftigt damit, den Wassernapf zu füllen. »Ich mache Ihnen einen Vorschlag: Iro kann ein bisschen … distanziert sein. Sie braucht sehr lange, um mit Menschen warm zu werden, und ist auch nicht sonderlich verschmust. Wenn Sie einen echten Goldschatz haben wollen, käme Zsa Zsa vielleicht eher für Sie in Frage.« Lara klatschte in die Hände, worauf die Pudeldame mit funkelnden Augen und wedelndem Schwanz angelaufen kam.

Pam würdigte sie kaum eines Blickes. »Oh, ich weiß genau, was ich will. Ich hatte im Lauf der Jahre schon einige Shih Tzus und liebe diese Rasse, obwohl sie ziemlich launisch sein können. Pudel sind nicht mit ihnen zu vergleichen.«

»Wir werden ihr ein schönes Zuhause geben. Ich kann Ihnen auch gern Referenzen nennen, wenn Sie wollen. Unser Tierarzt, unser Hundefriseur – sie alle werden es Ihnen bestätigen«, warf der Ehemann mit ruhiger Gelassenheit ein.

Lara strich sich ein paar feuchte Locken aus dem Gesicht und machte sich auf die Suche nach Kerry.

»Dieses nette normale Paar möchte Iro adoptieren. Was soll ich jetzt tun?«

Kerry zuckte die Achseln. »Lass sie ein Vermittlungsformular ausfüllen und vereinbare einen Besichtigungstermin mit ihnen.«

»Aber sie sind nicht die Richtigen für sie. Du hast doch gesehen, wie sie die beiden abgekanzelt hat.«

Kerry stellte den Napf auf den Boden und trat zur Seite, als die Hunde angelaufen kamen und sich daraufstürzten. »Eine Frage: Wieso sollte ich Iro überhaupt herschleppen, wenn du in Wahrheit gar nicht willst, dass jemand sie adoptiert?«

»Das … stimmt doch nicht«, stammelte Lara. »Aber sie braucht nun einmal einen sehr speziellen Besitzer. Und ich kann mir nicht vorstellen, dass diese beiden mit Iro und ihren Eigenheiten zurechtkommen. Sie sind viel zu nett. Zu normal. Zwei Wochen, dann stehen sie mit ihr wieder vor der Tür. Das weißt du genauso gut wie ich.«

»Gib ihnen doch wenigstens eine Chance.« Kerry rieb sich die Augen. »Und das sage ich nicht nur, weil ich völlig überfordert und übermüdet bin und Iro mir ins Ohr kläfft, sobald ich mich endlich hinlegen und ein bisschen schlafen kann.«

»Hm.«

»Iro bekommt eine Familie und ich meine Ruhe und meinen Seelenfrieden. Also hat jeder etwas davon, Süße.«

»Oh.« Lara warf einen Blick auf ihr Handy. »Ich bin dran und muss ein Wort finden.« Sie erzählte Kerry von ihrem Scrabble-Duell mit Justine.

»Das ist also deine Vorstellung einer engen Mutter-Tochter-Beziehung, ja?«, frotzelte Kerry. »Jede sitzt allein in ihrer Ecke und versucht, die andere beim Scrabble zu schlagen?«

Lara nickte. »Es macht Spaß, ist kostenlos und lehrreich noch dazu.«

»Großer Gott. Kein Wunder, dass du lieber mit Hunden zusammen bist als mit Menschen.«

»Menschen haben durchaus ihre Vorteile«, räumte Lara ein und zuckte zusammen, als sie sah, dass Justines neues Wort – KASTEN – ihr die doppelte Punktzahl einbrachte. »Hunde können nicht buchstabieren. Ihnen fällt wohl kaum ein Wort wie KÖNIGLICH mit dreifachem Wert ein. Na, einem Border Collie vielleicht.«

»Und wie ist Ihre Entscheidung ausgefallen?«, rief Pam von der anderen Seite des Geheges herüber. »Dürfen wir sie mitnehmen?«

»Ich suche gerade die Vermittlungsunterlagen zusammen«, antwortete Lara.

»Oh, danke. Vielen Dank. Ich weiß, dass wir die Familie sind, auf die sie gewartet hat.« Pam ging in die Hocke und rief Iros Namen.

Iro trottete hinüber, drehte ihr das Hinterteil zu und begann mit den Hinterpfoten den weichen Boden zu bearbeiten, so dass Pam Grasbüschel und Erdklumpen ins Gesicht flogen.

Pam schnappte nach Luft und wich erschrocken zurück.

»Tut mir leid.« Kerry eilte mit einer Rolle Küchenpapier zu Hilfe.

»Nehmen Sie es nicht persönlich.« Lara hob Iro hoch und bedachte den kleinen Satansbraten mit einem warnenden Blick. »Wie gesagt, sie braucht eine ganze Weile, um mit Menschen warm zu werden.«

Zsa Zsa, die Pams Bestürzung spürte, stupste sie an und sah mit ihren mitfühlenden »Komm, erzähl mir alles«-Augen zu ihr hoch.

»Zsa Zsa ist unsere Fürsorgliche«, erklärte Lara. »Und die perfekte Lady. Sie würde Ihnen nie Schmutz ins Gesicht buddeln.«

Pam wischte sich die Erde ab, während ihr Mann Zsa Zsa tätschelte. Augenblicklich schmiegte sich die Hündin an sein Bein und schloss genüsslich die Augen.

»Ich mag sie«, sagte er.

»Na ja, sie ist zwar größer als meine früheren Hunde, aber süß scheint sie trotzdem zu sein.« Pam wandte sich der Pudeldame zu, während Iro mit einem missmutigen Grollen gegen Laras Griff protestierte.

»Lassen Sie sich von den langen Beinen nicht täuschen. Zsa Zsa ist in Wahrheit ein Schoßhündchen«, beteuerte Lara. »Sie wird Ihnen auf Schritt und Tritt folgen. Selbst wenn Sie die Leine abmachen, läuft sie nicht weg.«

Pam, die immer noch ziemlich mitgenommen von Iros barscher Ablehnung war, zögerte.

Zsa Zsa machte Sitz und blickte das Ehepaar mit

gereckter Nase und aufgestellten Ohren an. Dann hob sie eine Pfote als Aufforderung, sie zu schütteln.

Pam ging im nassen Gras in die Hocke, öffnete das Türchen und schlang die Arme um die Hündin. Glücklich legte Zsa Zsa ihre Nase auf Pams Schulter.

»Hey, und was ist mit mir?«, fragte der Mann. »Sie ist doch auch mein Hund!«

Lara spürte das eindeutige *Klick*, wie immer, wenn sich ein perfektes Paar oder, wie in diesem Fall, Trio gefunden hatte.

Sie trat zurück, wischte sich den Schmutz von den Händen und ließ ihre sich neu gefundenen Seelenverwandten allein, damit sie einander besser kennenlernen konnten. »Hier kann ich nichts mehr tun.«

Noch immer auf einer Woge des Glücks über ihren Vermittlungserfolg schwebend, fuhr sie zurück nach Mayfair Estates, als ihr Handy läutete. Der Anblick des Namens auf dem Display war wie eine eiskalte Dusche: Evan.

Während der vergangenen zweieinhalb Wochen hatte sie sich eingeredet, dass es ihr egal sei, wenn sie nie wieder von ihm hören würde, doch ihre Nerven sagten etwas anderes – der Schweiß brach ihr aus sämtlichen Poren, sie bekam keine Luft mehr und spürte eine Woge Adrenalin durch ihre Adern rauschen.

Sie wartete einige Momente ab, ehe sie sich mit einem kühlen »Hallo?« meldete.

»Lara? Hier ist Evan.«

Sie schwieg.

»Wie geht es dir?«, fragte sie dann.

»Gut.« So fröhlich und energiegeladen hätte er nun auch wieder nicht klingen müssen.

»Schön zu hören.«

»Hör mal, ich …« Er räusperte sich. »Ich habe deine restlichen Sachen zusammengepackt und wollte fragen, wann du sie abholen könntest.«

Die Lässigkeit, mit der die Worte über seine Lippen kamen, traf sie wie ein Schlag ins Gesicht. »Du hast all meine Sachen zusammengepackt.«

»Ja, ich habe die Schränke und Schubladen durchgesehen und alles in Kartons gepackt, was ich finden konnte. Und auch alle Hundespielsachen.«

Sie rang um Fassung. »Also hast du dich entschieden, die Sachen doch nicht die Toilette hinunterzuspülen, ja?« Es gelang ihr, einen ebenso lässigen Tonfall anzuschlagen. »Deine Selbstbeherrschung ist ja wirklich beeindruckend.«

»Das hatte nichts mit Selbstbeherrschung zu tun«, gab er zurück. »Ich war nur zu geizig, den Klempner noch mal kommen zu lassen.«

»Ah. Mein Fehler.«

»Also, willst du nun deine Sachen haben oder nicht?«

»Ja, will ich. Wie wär's, wenn ich am Montagmorgen, wenn du im Büro bist, kurz vorbeikomme und sie abhole? So ist es wohl am angenehmsten für alle Beteiligten.«

»Nein.« Eine Spur Trotz lag in seiner Stimme. »Das geht nicht. Ich habe die Schlösser austauschen lassen.«

»Ehrlich? Und würdest du mir auch verraten, wieso?«

Ihre Wangen glühten beim Gedanken an ihren kleinen Abstecher zu seinem Haus vergangene Woche. Vielleicht glaubte er ja, dass sie ihn verfolgte.

»Wann arbeitest du am Montag?«, fuhr er fort, ohne ihre Frage zu beantworten. »Ich könnte die Kartons auf die Veranda stellen, und du holst sie dann auf dem Nachhauseweg ab.«

»Ich komme um halb sieben vorbei.«

»Gut.«

»Gut. Wir sehen uns …« Lara hielt inne. »Na ja, eher nicht.«

»Okay.« Evan hörte sich an, als sei er mit den Gedanken bereits ganz woanders. »Bis dann.«

Und damit war das Gespräch beendet. Einen Moment lang saß sie mit dem Handy am Ohr da – wütend auf Evan, weil er sie offenbar mühelos aus seinem Leben verbannen konnte, und auf sich selbst, weil sie nicht dazu in der Lage war. Erst in diesem Moment stellte sie fest, dass Evan nicht aufgelegt hatte. Sie hörte ein Rascheln und ein Platschen, als wäre jemand in einen Pool gesprungen.

Einen Moment lang gestattete sie sich den Gedanken, dass auch er Zweifel an der Richtigkeit ihrer Trennung hatte. Dass er bereute, was vorgefallen war, und die Entscheidung ebenso gern rückgängig machen wollte wie sie. Sie öffnete den Mund. »Ich vermisse dich«, lag ihr auf der Zunge.

In diesem Moment hörte sie Evans Stimme, leise, aber klar und deutlich. »Okay, Honey, das wäre geklärt. Und jetzt besorgen wir uns etwas zum Abendessen.«

16

Lara machte einen ausgedehnten Abendspaziergang mit den Hunden und holte nach einer Nacht, in der sie vor Wut kein Auge zugetan hatte, Eskie am nächsten Morgen zu einer anstrengenden Wanderung ab.

»Ich werde ihn umbringen«, blaffte sie in ihr Handy. »Eiskalt ermorden.«

»Nein, das wirst du nicht«, versuchte Kerry, sie zu beschwichtigen. »Ich bin im Moment nicht in der Verfassung, als Kronzeugin in einem Mordprozess aufzutreten. Ich mache dir einen Vorschlag: Sobald ich meine Babypfunde verloren habe und Cynthia nachts durchschläft, darfst du ihn umbringen. Okay?«

»Dieser Mistkerl will all meine Sachen einfach auf die Veranda stellen, statt mir unter die Augen zu treten. Und dann schmiert er mir noch aufs Brot, dass er die Schlösser ausgewechselt hat. Als wäre ich eine durchgeknallte Stalkerin! Das hätte er wohl gern!« Auf dem Rückweg zu Cherie stapfte sie grußlos an Ivory vorbei, was die kleine Hündin mit einem empörten Kläffen quittierte. »Statt des Verlobungsrings hätte ich seine kostbare Schweizer Uhr in die Toilette werfen sollen. Damit hätte ich ihn dort getroffen, wo es am meisten wehtut. Oder sein beschissenes *Der Zorn des*

Khan-Poster mit dem Autogramm von William Shatner.«

Kerry schnappte nach Luft. »Sein *was*?«

»Evan war leidenschaftlicher Trekkie auf der Highschool. Er ist sogar zu Conventions gegangen. Und soll ich dir etwas sagen? Ich habe ihn trotzdem geliebt. Und habe ihn als den Menschen akzeptiert, der er ist.« Lara blieb stehen, um ihre Wadenmuskulatur zu dehnen und Eskie einen Schluck Wasser aus ihrer Trinkflasche zu geben. »Ich bin gerade mal zwei Wochen weg, und schon gibt es eine andere Frau, die er ›Honey‹ nennt?«

»Ein klassischer Fall von Ersatzbeziehung, um sich über die Trennung hinwegzutrösten«, sagte Kerry.

»Wie auch immer. Mir ist es egal. Ich hoffe sogar, die beiden werden sehr glücklich miteinander. Hoffentlich heiraten sie. Und hoffentlich schenkt er ihr meinen Toilettenring, den sie die nächsten fünfzig Jahre tragen muss.«

»Bloß gut, dass du nicht verbittert bist.«

»Dafür bin ich viel zu beschäftigt.« Lara legte den Kopf in den Nacken und sog tief die frische Bergluft in ihre Lunge, ehe sie ihren Terminkalender überflog. »Gerade mache ich eine spontane Trainingseinheit mit Eskie, danach muss ich kurz nach Roo sehen …«

»Wer ist Roo?«

»Der Fettbrador.«

»Ach ja. Dein Personal-Training-Kunde.«

»Der seit letzter Woche schon zweihundert Gramm abgenommen hat.«

»Ich glaube, mit diesem Hundediätplan hast du eine

echte Marktlücke gefunden«, meinte Kerry. »Mit einer Werbesendung im Spätprogramm, wie man Hunde wieder in Form bringt, könntest du Millionen verdienen.«

»Danach muss ich mich mit einer neuen potenziellen Kundin treffen, und anschließend gehe ich mit dem Leiter einer Tierklinik mittagessen. Aber wenn du willst, sehe ich gern zum Abendessen bei dir vorbei. Sagen wir, um sieben?«

»Nein, nein, ich komme schon klar. Richard ist heute wieder von seiner Geschäftsreise zurück, und die beiden Mütter reisen ab.«

»Gott sei Dank. Das heißt, bei euch kehrt wieder so etwas wie ein normales Familienleben ein?«

»Ja, für achtundvierzig Stunden. Am Mittwoch fliegt er schon wieder nach Atlanta.« Lara hörte die Anspannung in Kerrys Stimme.

»Ach, mach dir deswegen keine Gedanken. Tante Lara kommt gern zum Babysitten und Gassi gehen vorbei, damit du in Ruhe duschen kannst.«

»Mein Baby macht dir Angst«, erinnerte Kerry sie.

»Dir doch auch.«

»Gutes Argument«, stimmte Kerry zu. »Bis Mittwoch.«

Der restliche Vormittag verging wie im Flug – die Trainingseinheit mit Eskie, eine Stippvisite bei Kayla, um ihr zu Roos Fortschritten zu gratulieren, dann der Termin bei ihrer potenziellen Neukundin, die fünf Blocks entfernt wohnte. Und dazwischen arbeitete sie fieberhaft am Scrabble-Spiel mit ihrer Mutter.

KARMIN
FEZ
PFIFF
CHI

Die Geschwindigkeit, mit der Justines Wörter auf ihrem Handy eintrafen, bestätigte Laras Verdacht, dass ihre Mutter immer noch in ihrem Zimmer hockte, wahrscheinlich sogar bei zugezogenen Vorhängen. Nachdem sie dreißig Jahre auf der Überholspur gelebt hatte, war sie nun abrupt an ihre Grenzen gestoßen. Lara wusste, dass Justine dieser Rückzug nicht guttat, sondern sie wahrscheinlich bloß in eine noch tiefere, längere Depression stürzen würde. Doch ihr war auch klar, dass sie erst wieder aus der Versenkung auftauchen würde, wenn sie bereit dafür war – trotz aller Verführungskünste, eingeredeter Schulgefühle oder liebevoller Strenge von Laras Seite. Gegen Justines Dickkopf war sie machtlos, auch wenn sie sich noch so sehr ins Zeug legte.

Und auch beim Scrabble behielt Justine die Oberhand, Depression hin oder her, während Lara immer noch bei mickrigen fünfundsiebzig Punkten herumkrebste.

Sie arrangierte ihre Buchstabentäfelchen auf dem Display und versuchte, das Wort zusammenzufügen, das ihr am meisten Punkte einbrachte: GAUNER.

Auf den ersten Blick unterschied sich das Haus am Collingsworth Circle nicht von den anderen Anwesen im spanischen Stil: Der Vorgarten war sehr gepflegt, die

Stuckverzierungen und die Pflastersteine in der Einfahrt waren makellos sauber. Trotzdem spürte Lara, dass das Haus irgendwie ungewöhnlich war, obwohl sie nicht genau sagen konnte, woran es lag – bis ihr Blick auf den reich verzierten Messingtürklopfer in der Form eines Sphinxkopfes fiel.

Ohrenbetäubendes Geheul drang aus dem Haus, als sie läutete. Es hörte sich an, als streite sich eine Meute Werwölfe bis aufs Blut.

Das Getöse endete so abrupt, wie es begonnen hatte. Augenblicke später wurde die Tür geöffnet, und Lara stand einer Frau mittleren Alters mit wirren Locken und freundlichen haselnussbraunen Augen gegenüber.

Lara streckte ihr die Hand entgegen und stellte sich vor.

»Die Alphafrau. Wir haben schon so viel von Ihnen gehört.« Die Frau bat sie herein. »Willkommen. Ich bin Helen Years.«

Mit einem Nicken in Richtung des Türklopfers trat Lara ein. »Was für ein schönes Stück. Ist er antik?«

»Allerdings. Er stammt aus der Londoner Regency-Ära.« Helen schien entzückt über Laras Interesse zu sein. »Er ist ein bisschen protzig, ich weiß, aber ich finde ihn wunderschön. Ich konnte noch nie nachvollziehen, weshalb Frauen so verrückt nach Handtaschen und Schuhen sind, aber bei Regency-Artefakten kann ich nicht widerstehen. So hat eben jeder seine Macken.«

Mrs. Years trug zwar eine modische dunkelrote Bluse zu einer schwarzen Hose, doch ihr Einrichtungsgeschmack schien sich eher im Zeitalter der Tournüren und Umhänge zu bewegen. Lara fühlte sich, als sei die Zeit zurückgedreht worden: An den Wänden hingen Ölgemälde und schwere Brokatteppiche, außerdem standen überall kleine Gefäße und Miniaturstatuen herum. Ihr Blick streifte eine riesige Harfe in der Ecke und wanderte weiter zu einem kleinen Holzinstrument mit Elfenbeintasten, das einen Ehrenplatz vor dem Panoramafenster einnahm.

»Ist das ein Piano?«, erkundigte sie sich.

»Ein Pianoforte«, antwortete Helen.

»Es ist wunderschön. Ist es auch antik?«

»Ja, im Prinzip schon, aber natürlich mussten wir es restaurieren lassen. Ein Teil des Holzes wurde erst kürzlich ersetzt. Mein Mann und ich sind leidenschaftliche Jane-Austen-Fans.« Ein Anflug von Trotz schlich sich in Helens Blick. »Mir ist klar, dass viele Leute das ziemlich schrullig finden.«

Lara zuckte die Achseln. »Ich habe mein gesamtes letztes Monatsgehalt für die Augenoperation einer Hündin namens Iro ausgegeben, die mich auf den Tod nicht ausstehen kann. Folglich steht es mir wohl kaum zu, über die Hobbys anderer Leute zu urteilen.«

»Tja, leider sind nicht alle so tolerant wie Sie. Mein Mann und ich verkehren nicht in denselben Kreisen wie die meisten anderen in der Nachbarschaft – der Country Club ist einfach nicht unser Ding –, und wir mussten uns im Lauf der Jahre so einige bissige Kommentare anhören. Dieses Haus ist exakt nach unseren Wünschen und Vorstellungen gebaut worden. Natürlich musste es von außen den Vorgaben der Eigentümerversammlung entsprechen, aber die Inneneinrichtung ist allein meine Angelegenheit. Ich muss zugeben, dass meine Leidenschaft vielleicht ein klein wenig mit mir durchgegangen ist. Ich wollte die Atmosphäre eines Herrenhauses wie Pemberley oder Delaford heraufbeschwören.«

Lara, die Mühe hatte, die Begriffe einzuordnen, nickte.

»So heißen die Anwesen von Mr. Darcy in *Stolz und Vorurteil* und von Colonel Brandon in *Sinn und Sinnlichkeit*«, erklärte der große, schlaksige Mann, der hinter Helen getreten war, mit einer angedeuteten Verbeugung und streckte ihr die Hand hin. »Frank Years.«

Lara erwiderte sein Lächeln. In diesem Moment ertönte neuerlich ein lautes Heulen, das alle zusammenfahren ließ.

»Und das sind unsere Hunde«, sagte Helen seufzend. »Frank, lass die Bestien frei.«

Frank ging den Korridor hinunter. Sekunden später hörte Lara, wie ein Riegel klickte, gefolgt vom Scharren von Krallen auf dem Marmorboden, als zwei Hunde derselben Rasse hereingestürmt kamen.

Sie stand da, gewappnet für die Wucht des Aufpralls, als die beiden an ihr hochsprangen und sie voller Begeisterung ableckten.

»Runter!«, rief Helen mit schriller Stimme. »Runter, runter, sofort runter!«

Doch die Hunde beachteten sie gar nicht, sondern stupsten Lara in der Hoffnung auf eine Streicheleinheit mit den Nasen an, während ihre Schwänze gegen ihre Beine klatschten.

»Frederic, Elfrida!«, befahl Frank mit leiser, strenger Stimme, worauf die beiden Hunde zumindest ein Stück zurückwichen, wenn auch immer noch heftig wedelnd und mit strahlenden Gesichtern. »Wir haben sie nach Figuren aus einem von Jane Austens Frühwerken benannt«, erklärte er. »Elizabeth und Darcy erschienen uns zu offensichtlich.«

»Sie sind bildschön«, bemerkte Lara mit einem bewundernden Blick auf ihre verschmitzt funkelnden braunen Augen, die muskulösen Flanken und das glänzende schwarz-braun-weiße Fell. »Und absolut hinreißend.«

»Na ja, aber sie sind eben …«, Helen räusperte sich kurz, »… äußerst lebhaft. Ihre Energie scheint grenzenlos zu sein.«

»Wie alt sind sie?«

»Dreizehn Monate.«

Lara nickte. »Mit der Zeit werden sie ruhiger.«

»Und wann wird das sein?«

»Na ja, in sechs bis sieben Jahren«, antwortete Lara und lachte beim Anblick von Helens entsetzter Miene. »Ich nehme an, sie sind reinrassig?«

»Selbstverständlich«, antwortete Frank. »English Foxhounds, genau wie Sir John Middletons Jagdhunde.«

»Wieder *Sinn und Sinnlichkeit*«, raunte Helen.

»Sherry und Sport – erst das macht den Mann zum Mann.« Frank stemmte die Hände in die Hüften, als sei er im Begriff, sich in den Sattel zu schwingen und sich auf die Jagd zu begeben.

Lara hob die Brauen. »Ich weiß nicht recht, ob ich die

Fuchsjagd als Sport durchgehen lassen würde, aber den Hunden verlangt sie jedenfalls einiges an Durchhaltevermögen ab.«

Helen tätschelte beruhigend Laras Arm. »Offen gestanden, geht er gar nicht auf die Jagd, meine Liebe. Aber wenn die Eigentümerversammlung nichts dagegen hätte, würde er am liebsten Pferdeställe im Garten bauen und ein paar Hannoveraner anschaffen.«

»Helen …« Ein warnender Unterton schwang in Franks Stimme mit.

»Ich würde Folgendes vorschlagen«, schaltete Lara sich eilig ein. »Foxhounds sind sehr beharrliche und lebhafte Hunde mit viel Energie. Das mag bei der Jagd von Vorteil sein, kann aber zum Problem werden, wenn die Hunde den ganzen Tag über im Haus eingesperrt sind.«

»Meine Worte«, warf Helen ein. »›Wir wohnen in einem Vorort‹, habe ich zu ihm gesagt. ›Leg dir einen Mops zu.‹«

»Einen Mops!«, wiederholte Frank angewidert. »Wie Lady Bertram in *Mansfield Park*! Wofür hältst du mich? Für einen elenden Weichling?«

»Zu Janes Zeiten waren Möpse durchaus beliebt«, gab Helen zurück, als sei sie ein häufig gesehener Gast an der Dinnertafel der berühmten Autorin gewesen. »Möpse, Dalmatiner und Bulldoggen. Aber nein, er musste ja Tausende Dollar nicht nur für einen, sondern gleich für zwei unerziehbare Englische Foxhound-Welpen hinblättern, nur um sein männliches Ego aufzupolieren.«

»Was ein Klacks im Vergleich dazu ist, was du für historisch authentische Kleider und Schmuck ausgegeben hast«, gab Frank zurück. »Wie viele breitkrempige Hauben hast du schon Maß anfertigen lassen? Wie viele Broschen in Schmetterlingsform, Bernsteinkreuze und sogar Brillant- und Smaragdohrstecker, obwohl wir beide wissen, dass sie in der noblen Gesellschaft als vulgär galten?«

»Ich habe wegen meiner Brillant- und Smaragdohrstecker jedenfalls nie Beschwerdebriefe von der Eigentümerversammlung von Mayfair Estate bekommen«, schoss Helen zurück.

Lara überlegte gerade, wie sie möglichst höflich den Rückzug antreten sollte, als Frederic und Elfrida erneut anhoben. Ihr Heulen hallte von den hohen Decken und den auf Hochglanz polierten Fußböden wider. Lara hätte schwören können, dass jeder Knochen in ihrem Leib vibrierte.

Helen schlug sich die Hände auf die Ohren, während Lara die beiden Hunde bei den Halsbändern packte und kräftig daran zog. Augenblicklich verstummten die Hunde und begannen wieder zu hecheln und mit den Schwänzen zu wedeln.

»Wieso müssen sie das ständig tun?«, fragte Helen mit schmerzverzerrter Miene.

»Was löst das Bellen Ihrer Meinung nach aus?«, wollte Lara wissen. »Spannungen? Streit?«

»Alles.« Frank schüttelte verzweifelt den Kopf. »Die Türglocke. Das Klappern ihrer Näpfe. Der Müllwagen, der draußen vorbeifährt. Das Telefon.«

»Der Fernseher«, warf Helen ein. »Der Wecker. Das Rauschen der Lüftung im Badezimmer.«

»Wahrscheinlich dient es nur dem Stressabbau«, vermutete Lara. »Wenn sie heulen können, fühlen sie sich besser.«

»Und sie erreichen damit, dass sie aus dem Wohnviertel verbannt werden.« Resigniert runzelte Frank die Stirn. »Inzwischen sehe ich ja ein, dass es töricht von mir war, sie ins Haus zu holen. Ich hatte dabei nicht ihr Glück im Sinn, sondern nur mein eigenes. Jane hätte diesen Schritt gewiss nicht gebilligt.«

»Aber sie sind ja noch jung«, sagte Helen. »Bestimmt können sie auf einer Ranch, wo sie genug Auslauf haben, sehr glücklich werden.« Sie wandte sich mit hoffnungsvoller Miene an Lara. »Vielleicht kennen Sie ja jemanden mit einem großen Grundstück.«

Lara wählte ihre Worte mit Bedacht. Sie sah zuerst Helen an, dann Frank. »Ich möchte Ihnen eine Frage stellen. Mögen Sie Ihre Hunde?«

»Sehr sogar«, antwortete Frank wie aus der Pistole geschossen. »Ich weiß, dass sie ihre Fehler haben, aber sie sind unglaublich loyal und würden keiner Fliege etwas zuleide tun.«

Sie blickte Helen an, die nach kurzem Zögern meinte: »Noch lieber würde ich sie mögen, wenn sie aufhören würden, mich mit ihrem Gebell um mein Gehör und den Verstand zu bringen. Ich versuche gerade, meinen eigenen Jane-Austen-Newsletter zu entwerfen, und muss ungestört arbeiten können.«

Lara wandte sich wieder an Frank. »Wir können mit

Frederic und Elfrida arbeiten, daran besteht kein Zweifel, aber die beiden brauchen definitiv Beschäftigung. Sie und ich müssen etwas finden, womit ihr Instinkt befriedigt wird.«

Franks Züge erhellten sich. »Sie meinen, ich soll die Idee mit den Ställen und den Pferden weiterverfolgen?«

»Nein! Ich meine, dass die Regency-Ära auf die moderne Welt prallen wird. Ein bekannter Tierarzt hat mir gerade von einem neuen urbanen Hundesport erzählt: Geruchsarbeit. Dabei lernen die Hunde, bestimmte Gerüche zu identifizieren und ihre Besitzer durch Gebäude oder um Autos herum zu führen. Allerdings wird sich einer von Ihnen beiden« – sie warf Frank einen vielsagenden Blick zu – »als Hundeführer zur Verfügung stellen und mit ihnen trainieren müssen.«

»Urbane Geruchsarbeit.« Frank schien begeistert zu sein. »Gehören dazu auch Sprengstoff, Betäubungsmittel und Leichen?«

Lara lachte. »Eher so etwas wie Birkenholz oder Salbeiöle.« Sie lächelte auf die beiden Hunde hinab, die geschäftig ihre Handtasche beschnupperten. Offenbar hatten sie die Hundekekskrümel in den Seitentaschen gerochen. »Ich bin sicher, Ihre beiden Problemkinder entwickeln sich zu Wunderkindern.«

17

GEFLACHST lockte Justine schließlich aus ihrem Versteck. Lara war sich durchaus bewusst, welchen Köder sie ihr damit vor die Füße warf, trotzdem gab sie das Wort ein und drückte auf »Play«, während sie allein über ihrer Müslischale in der Küche saß.

Sekunden später ertönte ein Heulen, das Frederic und Elfrida mühelos in den Schatten stellte.

Dann knallte eine Tür, und Justine stürmte in einem dunkelblauen Kaschmirmorgenmantel und Hausschuhen mit ihrem aufgeklappten Laptop in der Hand aus ihrem Zimmer.

»Geflachst?« Sie knallte den Laptop auf die Arbeitsplatte und zeigte vorwurfsvoll mit dem Finger auf Lara. »Fünfundsechzig Punkte für GEFLACHST? Das ist doch Blödsinn.«

Lara, die sich einen Löffel voll aufgeweichter Weizenflocken in den Mund schieben wollte, hielt mitten in der Bewegung inne und starrte sie an.

»Also?« Justines Nasenflügel blähten sich. »Was soll das?«

»Ich hatte beschissene Buchstaben?«, schlug Lara vor. »Und ich wollte mehr haben als GLEIS und FLACH.«

»Aber GEFLACHST ist ja noch nicht einmal ein Wort.«

»Laut Computer schon«, widersprach Lara. »Und mit dem Doppelwort-Bonus und all dem …«

»Du hast geschummelt!«

»Das stimmt nicht.« Lara amüsierte der Dialog eher, als dass sie sich von Justines Vorwürfen gekränkt fühlte. »Du bist bloß sauer, weil ich dich ein einziges Mal geschlagen habe.«

Eine kleine blaue Vene auf Justines Stirn begann zu pulsieren. »Du hast mich nur geschlagen, weil du geschummelt hast.«

»Atmen, Mom, atmen. GEFLACHST mag nicht gerade ein gängiges Wort sein, aber es ist definitiv ein Wort. Du solltest nicht deinen Gegenspieler hassen, sondern das Spiel.« Erst jetzt bemerkte sie den Stoff, der unter Justines Morgenrock herausragte. »Trägst du etwa eine Jogginghose?«

»Versuch nicht, das Thema zu wechseln. Ich verlange von dir, dass du GEFLACHST zurücknimmst.«

»Ich wusste nicht mal, dass du überhaupt Jogginghosen besitzt. Sind die von Gucci? Mit eingearbeiteten Platinfäden und Einhornhaar?«

Justine stand blinzelnd im morgendlichen Licht wie ein desorientiertes Waldgeschöpf, das nach monatelangem Winterschlaf das erste Mal ins Sonnenlicht tritt. »Wer um alles in der Welt hat dir das angetan?«

Lara sah sich verwirrt um. »Was meinst du?«

»Diese Strähnchen.« Justine ging um Lara herum, umfasste ihren Kopf mit beiden Händen und beugte sich vor. »Die Farbe ist so gesättigt, dass die Haare am Ansatz fast violett sind.«

»Das heißt, du verlangst doch nicht von mir, dass ich GEFLACHST rausnehme?«

Doch Justine schien sie nicht gehört zu haben. »Das ist inakzeptabel. Unverzeihlich.«

Lara versuchte, sich aus Justines Griff zu befreien, doch sie hielt ihren Kopf immer noch wie ein Schraubstock umfangen. »Krieg dich wieder ein. Es sind doch nur Haare.«

Schließlich ließ Justine sie los und musterte sie mit zusammengekniffenen Augen. »Ich will einen Namen. Wer hat dir am Tag nach diesem Fernsehinterview diese Farbe verpasst?«

»Das habe ich vergessen«, log Lara. »Ich schwöre.«

»Dir ist klar, dass ich problemlos im Salon anrufen und den Namen herausfinden kann.«

»Dann tu's doch.« Lara reckte trotzig das Kinn. »Ich werde mich jedenfalls nicht zur Komplizin am Mord einer armen Stylistin machen.«

»Mach dich nicht lächerlich«, schnaubte Justine. »Ich werde niemanden umbringen.« Sie lächelte dünn. »Sondern sie nur verstümmeln. Und zwar ganz, ganz langsam.«

Lara wandte sich wieder ihrem Müsli zu. »Ich werde einfach die Autoschlüssel verstecken, während du eines deiner Nickerchen machst.«

Justine schlug mit der Faust auf den Tisch. »Aha. Du gibst also zu, dass du weißt, wer es war.«

Lara verschluckte sich fast an ihrem Essen. »Ich gebe überhaupt nichts zu. Und würdest du dich jetzt endlich hinsetzen und auch etwas essen?«

Justine rührte sich nicht vom Fleck. »Na ja, einen Kaffee könnte ich ja trinken.«

»Nein, Mom. Du brauchst etwas Richtiges. Was willst du haben? Eier? Bagel? Quiche?«

Justines Züge erhellten sich augenblicklich. »Wir haben Quiche?«

»Nein, aber wenn du aufhörst, so ein Theater wegen meiner Haare zu machen, lerne ich auf der Stelle, wie man eine backt.« Lara trat zum Kühlschrank, schenkte ein Glas Orangensaft ein und servierte es ihr zusammen mit einer Multivitamintablette. »Prost.«

Justine nippte daran und schluckte die Tablette, winkte jedoch ab, als Lara ihr etwas zu essen hinschob. Stattdessen unterzog sie Laras Haar einer neuerlichen Musterung. »Der Farbton ist viel zu warm für deinen Teint, und die Spitzen der vorderen Stufen sind völlig ausgefranst.«

»Ich fand es ganz nett. Außerdem haben sie mir nichts dafür berechnet, damit wären wir wohl quitt.«

»Geh raus und setz dich hin«, befahl Justine, öffnete die Terrassentür und trat in den Sonnenschein.

Mit angehaltenem Atem wartete Lara, ob ihre Mutter zu Staub zerfallen würde.

Aber es geschah nichts. Justine zog einen der Terrassenstühle aus Teakholz heran. »Sofort, junge Dame. Ich werde jetzt dein Haar in Ordnung bringen.«

»Jetzt? Aber du bist doch seit Jahren aus dem aktiven Geschäft heraus. Wann hast du das letzte Mal jemandem die Haare geschnitten und gefärbt?«

»Setz dich hin«, befahl Justine.

Lara gehorchte mit einem trotzigen Seufzen und rutschte auf ihrem Stuhl hin und her, während ihre Mutter die Finger durch die langen Strähnen gleiten ließ.

»Ich will aber keine radikale Veränderung«, erklärte sie. »Und nichts Ausgeflipptes. Ich föhne nicht, ich verwende keine Styling-Produkte und besitze noch nicht mal ein Glätteisen.«

»Das weiß ich doch alles. Du sträubst dich gegen alles, was dir helfen würde, dein wahres Potenzial zu entfalten.«

»Ich brauche etwas Praktisches. Waschen, auskämmen, trocknen und Schluss.«

»Hör auf, mir zu erklären, wie ich meine Arbeit machen soll, und sei froh, dass ich mich um dich kümmere. Hast du eine Ahnung, was ich für meine Dienste verlangen müsste?« Justine hatte ihre Inspektion offenbar beendet. »Jetzt geh duschen, kämm dir die Haare aus und komm wieder her. Und zwar flott.«

Als Lara auf die Terrasse zurückkehrte, machte Justine sich ans Werk, hob Haarsträhnen an, schnippelte fachkundig daran herum und ließ sie wieder zurückfallen. Lara schloss die Augen, streckte die Beine aus, so dass die sanfte Brise über ihre Zehen strich, und dachte an die zahllosen Haarschnitte, die ihre Mutter ihr im Lauf der Jahre verpasst hatte. Justine wäre lieber gestorben, als ihre Tochter mit dem Kinder-Einheitstopfschnitt oder auch nur einem nicht perfekt gestutzten Pony aus dem Haus gehen zu lassen. Jeden Morgen hatte Lara auf dem Toilettendeckel gesessen und heulend gewartet, bis Justine sämtliche Knoten aus ihrem Haar frisiert und die schlaffen braunen Locken mit dem Lockenstab und Satinschleifen in eine halbwegs akzeptable Frisur verwandelt hatte.

Auf der Mittelschule hatte Lara verkündet, sie sei zu cool, um sich von ihrer Mutter noch länger sagen zu lassen, welche Frisur sie tragen solle – damit hatte sie die düstere Ära der Haarspray-Exzesse und des »Katastrophenponys« eingeläutet, die in einer Dauerwelle (während eines Wochenendes bei Gil) gegipfelt hatten, gefolgt von einem selbst zurechtgesäbelten Bob (dies war das einzige Mal, dass Lara ihre Mutter den Tränen nahe erlebt hatte) und dem lässigen Pferdeschwanz, wie sie ihn bis heute trug.

»Weißt du noch, wie du mir immer die Haare ausgekämmt hast?«, fragte Lara.

Justine schnalzte mit der Zunge. »Wie könnte ich das jemals vergessen? Du hast so laut geheult und gezetert, dass ich Angst hatte, die Nachbarn schalten das Jugendamt ein.«

»Was soll ich sagen? Ich hatte eben nie dein modisches Gespür.«

Justine verteilte eine goldfarbene Pampe auf Laras Kopfhaut. »Mir fällt auf, dass all deine Hunde sehr gepflegt aussehen.«

»Und?«

»Und wieso achtest du mehr auf die Pflege deiner Hunde als auf deine eigene?«

Während Lara noch über eine Antwort nachdachte, stellte Justine die Plastikflasche beiseite und setzte sich auf den Stuhl neben sie. »Ich habe gerade die Gewinn- und Verlustrechnung der Salons für die letzte Woche bekommen.«

Lara sah ihre Mutter mit halb geschlossenen Lidern an. »Und?«

Justine berührte ihre fleckigen Wangen und dürftigen Brauen, als müsse sie sich rückversichern, dass sie noch vorhanden waren. »Und alles sieht prima aus. Wir stehen sogar besser da als letztes Jahr um diese Zeit. Das Management-Team, das ich mit der Leitung beauftragt habe, macht seine Sache ganz ausgezeichnet.«

»Das ist ja toll.«

Doch Justine schien nicht allzu glücklich darüber zu sein. »Wenn ich wollte, könnte ich mich morgen aus dem Geschäft zurückziehen und die Salons einer Investmentfirma in L.A. verkaufen. Sie haben mir ein unglaublich großzügiges Angebot gemacht.« Justine schwieg einige Momente lang. »Und was dann?«

»Was meinst du damit?«

»Wer bin ich, wenn mich in der Firma niemand mehr braucht? Was mache ich dann?«

»Na ja, du …« Lara verlagerte das Gewicht auf dem Stuhl. »Du hast doch massenhaft Geld, oder?«

»Ja.«

»Deshalb sehe ich nicht ganz, wo dein Problem liegt.«

»Das Problem ist, dass ich bis vor zwei Wochen noch die Gründerin und Geschäftsführerin der Coterie-Salons war. Keiner kam an mir vorbei. Und jetzt bin ich nur noch eine alte Frau mit einer Perücke, zu viel Make-up und Botox im Gesicht.« Ein trauriger Ausdruck lag in Justines dunklen Augen. »Dieses Haus, all die Kleider im Schrank … Wen interessiert das schon? Ist das alles, worauf ich mich in meinem Leben noch freuen kann? Einen schicken deutschen Wagen in der Garage und regelmäßig ein Päckchen von Neiman Marcus in der Post? Das soll die Bestätigung meiner Existenz sein?«

»Mom.«

»Nicht dass der Aufbau einer erfolgreichen Kette von Nobel-Schönheitssalons damit vergleichbar wäre, arme Waisen zu retten oder Obdachlosen zu helfen.« Justine hob die Hände. »Aber zumindest hatte ich mir ein Ziel gesetzt. Wenn ich all das jetzt aufgeben müsste, wäre ich …«

»Frei«, schlug Lara vor.

»Nutzlos«, sagte Justine.

Mutter und Tochter saßen nebeneinander auf der Terrasse, genossen die warme Sonne und sahen den Wassersprengern zu, wie sie den Golfplatz hinter dem Pool wässerten.

»Weißt du, was du brauchst?«, durchbrach Lara schließlich das Schweigen.

Justine warf ihr einen warnenden Blick zu. »Wenn du jetzt ›einen Mann‹ sagst, stehst du eine Minute später vor der Tür.«

»Einen Hund. Lass uns einfach ins Tierheim fahren und sehen, ob es bei irgendeinem klick macht.« Lara versuchte, sich den passenden Hund für ihre Mutter vorzustellen. »Aber ich wette, du entscheidest dich am Ende für einen reinrassigen Hund mit Stammbaum.

Irgendetwas Exotisches und Schickes wie einen Tschechischen Terrier.«

»Ich mache dir einen Vorschlag: Ich nehme einen Hund, wenn du dir Extensions machen und die Haare aschblond färben lässt.«

»Wir könnten auch einfach nur ein Müsli essen und uns weiter zanken, ob GEFLACHST ein Wort ist.«

Diesmal war Justines Lächeln aufrichtig. »Klingt gut.«

18

Lara war noch nie zuvor einer Dänischen Dogge in einer Toilette begegnet.

Andererseits standen ihr heute allerlei Premieren bevor, dachte sie, als sie die Damentoilette im Ausstellungsbereich der Landwirtschaftsmesse der Arizona State Fairgrounds betrat. In einer halben Stunde würde sie ihr Debüt bei einer offiziellen Rassehundeausstellung geben und sich im Wettbewerb mit sechs anderen Berner Sennenhunden um die »Best in Breed«-Auszeichnung messen.

Sie war sehr früh eingetroffen, lange vor Cherie, um sich nach der Registrierung ein wenig umzusehen, bevor die Schau begann. Es sei nur eine kleine Veranstaltung, hatte Cherie gemeint, deshalb hatte Lara mit einer Mischung aus Erstaunen und Beklommenheit registriert, wie viele Teilnehmer und Zuschauer sich eingefunden hatten. Der Parkplatz war bis auf den letzten Platz besetzt – Transporter und Luxus-Wohnmobile mit aufgeklebten Züchterlogos, so weit das Auge reichte. Außerdem gab es an jeder Ecke Stände für Tierfutter, Spielsachen und Spezialhalsbänder, zwischen denen Kinder mit Eistüten und Popcorn-Bechern herumwuselten.

Sämtliche Hunde hatten ausgezeichnete Manieren –

das war ihr erster Gedanke gewesen, als sie den kleinen Showring betreten hatte und ihr der Geruch nach nassem Fell und Hundeshampoo mit Blütenduft entgegengeschlagen war. Obwohl vom Jack Russell bis zum Schottischen Deerhound sämtliche Rassen vertreten waren, ging es erstaunlich ruhig und gesittet zu. Kein Gebell, kein Knurren oder gegenseitiges Schnappen.

Die riesige Harlekin-Dogge saß mit gespitzten Ohren, ansonsten jedoch reglos vor einer der beiden Kabinen und wartete geduldig. Sie warf Lara lediglich einen flüchtigen Seitenblick zu, als sie hereinkam, ehe sie ihre gesamte Aufmerksamkeit wieder auf den Türriegel richtete.

Toilettenspülungen rauschten, dann traten zwei Frauen – eine rothaarig, die andere brünett – aus den Kabinen und nahmen ihre Unterhaltung wieder auf. Lara bemerkte, dass ihre Kleidung mit schwarzen Hundehaaren übersät war.

»Ja, du hast völlig recht. Westminster nervt wirklich«, sagte die Brünette. »Deshalb waren wir dieses Jahr auch nicht dort.«

»Die Bench-Shows sind echt hart«, bestätigte die Rothaarige. »Bismarck macht die Warterei in der Box dermaßen verrückt, dass er nicht mehr frisst, und wenn ein Zwergpinscher eine Mahlzeit auslässt, ist er ungenießbar.«

Ohne jede Eile zog Lara ein Papierhandtuch aus dem Halter und trocknete sich die Hände ab, während sie weiter lauschte. Die beiden Frauen sahen herüber, bemerkten ihr Handler-Armbändchen und ihre panische Miene und lächelten freundlich.

»Haben Sie dieses Jahr an der Westminster teilgenommen?«

Lara schluckte. »Nein. Ehrlich gesagt, ist dies mein erster Einsatz als Handlerin.«

»Ach, das wird schon«, sagte die Rothaarige beruhigend. »Mit welcher Rasse treten Sie denn an?«

»Berner Sennenhund.«

Die Brünette beäugte Laras hellbraunen Tweedrock. »Ihr Hund muss eine erstklassige Rückenlinie haben.«

»Woher wissen Sie das?«

»Na ja, bei dunkelfelligen Rassen wie Berner Sennenhunden tragen die Handler manchmal schwarze Sachen, um ein durchhängendes Rückgrat zu kaschieren. Will man hingegen ein besonders gut ausgebildetes Rückgrat betonen, trägt man etwas Helles.«

»Und wer ist der Richter Ihrer Gruppe?«, fragte die Rothaarige.

Lara rief sich den Namen ins Gedächtnis. »Herb Faxton.«

Die beiden Frauen lachten. »Pepe, das Stinktier.«

»Er badet jeden Morgen in Eau de Cologne«, erklärte die Brünette. »Das macht manchen Hunden Angst. Als er den Neufundländer-Welpen meiner Freundin begutachtet hat, grauste es dem armen kleinen Kerl so sehr, dass er sich beinahe mit der Leine stranguliert hätte, nur um von ihm wegzukommen.«

»Und wenn dein Aftershave sogar einen Neufundländer zum Würgen bringt, weißt du, dass es Zeit ist, einen Gang runterzuschalten.« Wieder lachten die beiden.

»Lassen Sie sich nicht verrückt machen, sondern versuchen Sie, Spaß bei der Sache zu haben, dann hat Ihr Hund ihn auch«, riet die Rothaarige. »Und machen Sie sich keine Gedanken, wenn etwas schiefgeht. Ich werde meine erste Ausstellung nie vergessen. Kaum hatte ich den Ring betreten, pflanzte sich mein Hund direkt vor den Richter und setzte einen riesigen Haufen hin. Ich dachte, ich versinke vor Scham im Boden.«

»Und was ist dann passiert?«, fragte Lara.

Die Frau zuckte die Achseln. »Ich habe mir eine Plastiktüte und ein paar Feuchttücher geholt und alles aufgewischt. Die Richterin war zum Glück sehr nachsichtig. Sie hätte uns problemlos disqualifizieren können.«

Die Brünette schüttelte den Kopf.

»Und wie haben Sie am Ende abgeschnitten?«, wollte Lara wissen.

»Ich glaube, wir sind Letzte geworden.« Die beiden Frauen brachen in schallendes Gelächter aus, ehe sie mit der Dänischen Dogge im Schlepptau die Toilette verließen. »Hals- und Beinbruch.«

»Hals- und Beinbruch«, echote Lara schwach, drehte den Hahn bis zum Anschlag auf und spritzte sich kaltes Wasser ins Gesicht.

»Hat Eskie heute schon ein großes Geschäft gemacht?«, fragte Lara, kaum dass Cherie in ihrem auf Hochglanz polierten silberfarbenen Mercedes Geländewagen vorgefahren war.

Cherie musterte sie verblüfft. »Ich glaube schon. Zumindest ist sie nach dem Frühstück zu ihrer gewohnten Stelle gelaufen.«

»Sind Sie sicher? Absolut sicher?«

Cherie lehnte sich aus dem Fenster und zupfte ein loses Haar von Laras maßgeschneidertem Tweedjackett mit Samteinfassung. »Sie wirken so angespannt, Lara. Was ist denn passiert?«

Lara schilderte ihre Unterhaltung mit den beiden Frauen auf der Toilette. »Hier laufen Handler herum, die schon an der Westminster-Ausstellung teilgenommen haben und den Richtern boshafte Spitznamen geben! Das ist einfach nicht meine Liga. Sie hätten sich eine etablierte Handlerin suchen müssen, die weiß, was sie tut.«

»Werden Sie bloß nicht panisch«, gab Cherie mit nervtötender Gelassenheit zurück. »Heute geht es nur darum, Erfahrungen zu sammeln. Wir haben das doch alles x-mal besprochen. Niemand erwartet von Ihnen, dass Sie gleich beim ersten Mal den ›Best in Show‹ gewinnen.« Sie stieg aus und tänzelte auf ihren schwarzen Stiletto-Stiefeln zur Heckklappe ihres Geländewagens. »Und jetzt hören Sie auf, sich verrückt zu machen, sondern konzentrieren Sie sich darauf, möglichst charmant zu wirken. Eskie hat den ganzen Morgen damit zugebracht, sich in Schale zu werfen.«

Cherie öffnete die Klappe und ließ Eskie herausspringen, die noch würdevoller wirkte als sonst. Ihr Fell schimmerte in der Sonne, und kein einziges Speicheltröpfchen glitzerte an ihrer Schnauze.

»Nur noch der letzte Feinschliff, dann sind wir fertig.« Cherie zog ein Plastikfläschchen aus ihrer Jackentasche und verteilte eine dunkle, süßlich riechende Creme auf Eskies Nase.

»Was machen Sie da?«

»Das ist schwarze Vaseline. Haben Sie noch nie davon gehört? Normalerweise wird sie bei Pferden verwendet, aber man kann sie auch bei Hunden benutzen, um ihre Nase schön feucht und glänzend aussehen zu lassen.«

Laras Blick fiel auf eine leuchtend rote Spraydose mit der Aufschrift SEXY HAIR auf dem Rücksitz. »Ist das etwa Frisierschaum?«

»Nein, Volumenspray. Damit ihr Fell schön flauschig aussieht.«

Lara schwieg einen Moment. »Aber im Regelverzeichnis steht, dass Berner Sennenhunde mit ›natürlichem Fell‹ vorgestellt werden sollen.«

Cherie lachte über Laras Naivität. »Und kein Mensch hält sich daran. Ich habe mit mehreren Tierfriseuren telefoniert, die mir den Tipp gegeben haben. Schwarze Vaseline und Volumenspray sind überhaupt kein Problem. Schließlich färben wir nicht ihr Brustfell oder übermalen die Sommersprossen auf ihrer Schnauze.«

»Oh, außerdem habe ich erfahren, dass ich keinen hellen Rock tragen sollte, wenn ihre Rückenlinie irgendwelche Makel aufweist.«

»Ein Glück, dass Eskies Rückenlinie absolut vorbildlich ist.« Cherie strahlte vor Stolz und drückte Lara die Leine in die Hand. »Machen Sie sich wegen der kosmetischen Kleinigkeiten keine Gedanken. Es ist meine Aufgabe, dafür zu sorgen, dass sie hübsch ist, und Ihre, unseren kleinen Star strahlen zu lassen.«

Und Lara bemühte sich nach Kräften. Sie drehte mit

Eskie eine Runde auf dem Parkplatz, damit sie in Ruhe alles beschnüffeln konnte, ehe sie sie zu einem kurzen, aber anstrengenden Spiel animierte, um ihre übersprudelnde Lebendigkeit ein wenig zu dämpfen. Schließlich stopfte sie sich einen großzügigen Vorrat an Leckerlis in die Jackentaschen und führte sie in den Übungsring, wo sie noch einmal korrektes Sitzen, Stehen und Laufen durchgingen.

Sie betraten gerade noch rechtzeitig den Ring, um mitzubekommen, wie ein imposanter Riesenschnauzer die blaue Schleife in der Seniorengruppe der sieben- bis neunjährigen Hunde gewann. Nach einem donnernden Applaus begannen die Vorführungen der Berner Sennenhunde, angeführt von der Gruppe der sechs- bis zwölfmonatigen Welpen.

»Wir sind als Nächstes an der Reihe«, zwitscherte Cherie und drückte aufgeregt Laras Hand. In diesem Moment rief der Richter die Gruppe der zwölf- bis achtzehnmonatigen Junghunde auf, so dass Lara gar keine Zeit blieb, nervös zu sein.

Sie betrat mit Eskie den Ring. Der Richter nickte den Handlern zu und sagte: »Bitte bringen Sie Ihre Hunde in Position.« Die nächsten Minuten zogen in einem Nebel aus Laufen, Posieren und dem Versuch, den hochmotivierten, vierzig Kilo schweren »Star« unter Kontrolle zu halten, an Lara vorbei.

Einige Hunde schien der Druck nervös und fahrig zu machen, doch Eskie war völlig in ihrem Element. Sie trabte neben Lara her, hob selbstbewusst den Kopf und flirtete mit dem Publikum.

Am Ende der dreiminütigen Präsentation hatte Lara ihre Angst überwunden, auf dem glatten Betonboden auszurutschen, und konnte ihren Auftritt sogar ein klein wenig genießen. Allerdings stieg ihr eine geradezu betäubende Old-Spice-Wolke in die Nase, als sich der Richter vorbeugte, um Eskies Zähne in Augenschein zu nehmen.

Als er sich zurückzog, um sich mit seinen Beisitzern zu beraten, kauerte Eskie sich halb auf den Boden und versuchte, den Hund neben sich zum Spielen zu animieren. Eilig versuchte Lara, sie wieder hochzuziehen und in Position zu bringen, und bekam erst mit, dass die letzten Punkte vergeben worden waren, als die anderen Hunde den Ring verließen und der Richter ihr die Schleife für den dritten Platz in die Hand drückte.

Platz drei von sieben Teilnehmern. Lara war am Boden zerstört. All die Arbeit, die Trainingseinheiten, die Kampagnenfotos und Schecks …

Cherie hingegen war völlig aus dem Häuschen, als hätten sie die »Best in Show«-Auszeichnung bei der berüchtigten Westminster-Hundeschau gewonnen.

»Hier ist ein kleines Leckerli für meinen Schatz«, sagte sie, gab Eskie einen dicken Kuss und zog ein großes Stück gefriergetrocknete Leber heraus. Dann ließ sie ein kleines Päckchen in Laras Jackentasche gleiten und zwinkerte. »Und eines für Sie.«

»Ich kann nichts dafür, aber ich komme mir ein klein wenig wie eine Prostituierte vor«, sagte Lara, als sie Kerry später an diesem Tag den brillantbesetzten Anhänger in Knochenform beschrieb. »Wie eine Dame aus dem Fell-Gewerbe.«

Kerry lachte. »Woraus ist der Anhänger denn? Aus Silber?«

»Weißgold, vielleicht auch Platin. Keine Ahnung.«

»Obwohl du nur den dritten Platz gemacht hast? Stell dir bloß vor, was du für einen Sieg bekommst!«

Lara hörte, wie Kerry ihre quengelnde Tochter zu beruhigen versuchte, während im Hintergrund offenbar ein ganzer Säuglingschor zum Gebrüll angesetzt hatte. »Wo bist du überhaupt?«

»Im Wartezimmer des Gastroenterologen. Meine Kinderärztin befürchtet, Cynthia könnte an Säurereflux leiden, deshalb hat sie uns hierhergeschickt, um ein paar Untersuchungen durchführen zu lassen und eine zweite Meinung einzuholen.«

»O Gott. Glaubst du, sie wird wieder gesund?«

»Davon gehe ich aus. Offen gestanden, *hoffe* ich sogar, dass es Reflux ist, weil es zumindest dieses ständige Schreien erklären würde. Wenn nicht, bin ich eine schlechte Mami, und mein Kind hasst mich wie die Pest.« Kerry klang so niedergeschlagen, dass Lara aus reinem Mitgefühl die Tränen kamen.

»Du bist eine tolle Mom, und Cynthia liebt dich über alles«, widersprach sie mit fester Stimme.

Wie auf ein Stichwort begann Cynthia aus Leibeskräften zu brüllen.

»Bleib kurz dran.« Lara hörte ein Rascheln, dann war Kelly wieder am Apparat. »Okay. Erzähl mir mehr über dein neues Leben als Leibeigene.«

Lara drehte den Anhänger zwischen den Fingern hin und her. »Cherie sagt, er soll mein Glücksbringer sein. Und ich bin ihr sehr dankbar für ihre Großzügigkeit, trotzdem komme ich mir seltsam dabei vor. ›Und hier ist Ihr Leckerli‹? Das klingt, als sei ich auf ihre Gnade angewiesen.«

»Wenn es zu erniedrigend für dich ist – ich springe liebend gern ein und nehme ihn.«

»Ich könnte ihn dir noch nicht einmal schenken, wenn ich wollte, weil sie von mir erwartet, dass ich ihn bei jeder Hundeschau trage, an der ich mit Eskie teilnehme.« Lara schüttelte den Kopf. »Wie ist das alles möglich? Gestern noch habe ich in den Ritzen zwischen den Sofakissen nach Kleingeld gesucht, um die Tierarztrechnungen bezahlen zu können, und heute bin ich die Hundeflüsterin von Mayfair Estates, eine Art weiblicher Cesar Millan.«

»Die Alphafrau«, korrigierte Kerry. »Und jetzt sogar noch mit Brillantanhänger. Das bedeutet aber, dass die Leute, die ihre Hunde regelmäßig bei Schauen zeigen, massenhaft Geld haben müssen, oder?«

»Allerdings. Allein für die PR-Kampagnen kann man locker hundert Riesen im Jahr hinblättern«, antwortete Lara. »Dazu kommen die Reisekosten, Hotelübernachtungen, Eintrittsgelder, Kosten für den Unterhalt und die Pflege … Es ist, als würde man Rennpferde züchten, nur dass die Leute am Ende kein Geld auf sie setzen und sich die Ausgaben damit wieder rechnen.«

»Und? Wie sieht es an der Männerfront aus? Waren

irgendwelche heißen Typen dabei?«, fragte Kerry unverblümt.

»Klares Nein. Allesamt verheiratet, schwul oder reif fürs Altersheim.« Lara seufzte. »Außerdem bin ich sowieso noch nicht bereit für etwas Neues. Ich vermisse Evan immer noch sehr, auch wenn mir klar ist, dass es keine Zukunft mit ihm gibt.«

»Keiner verlangt von dir, dass es gleich etwas Ernstes sein muss«, erklärte Kerry, »aber du musst über die Trennung hinwegkommen. Es geht doch nur darum, sich ein bisschen zu amüsieren und sich daran zu gewöhnen, wieder auf dem Markt zu sein.«

»Wo soll ich denn jemanden finden, der meine Interessen teilt? Lass uns den Tatsachen ins Auge sehen – die meisten Männer haben keine Lust, ihre Samstage bei einer Hundeausstellung zu verbringen, und ihr Bett mit einem schlabbernden Rottweiler zu teilen, schon gar nicht. Oder ihr Sofa mit Mr. Hörnchen. Beweisstück A: Mr. Evan Walker.«

»Das stimmt«, räumte Kerry ein. »Du brauchst einen Mann wie Richard. Jemanden, der dich regelmäßig mehrere Wochen am Stück hängen lässt und acht Stunden ungestörten Schlaf und eine hübsche warme Mahlzeit vom Roomservice bekommt.« Kerrys Stimme troff vor Sarkasmus.

»Oje«, stöhnte Lara. »Was ist denn bei euch los?«

»Gar nichts.«

»Du lügst.«

»Ich lüge. Aber ich kann im Moment nicht darüber reden.«

»Dann komme ich heute Abend zum Essen vorbei.«

»Geht nicht.«

»Wieso nicht?«

»Das erzähle ich dir später. Oh, die Sprechstundenhilfe hat uns gerade aufgerufen. Ich muss Schluss machen. Noch mal herzlichen Glückwunsch zu deinem großen Sieg.«

»Es war der dritte Platz. Von sieben.«

»Du musst positiv denken: Du warst in der oberen Hälfte. Außerdem hast du zur Belohnung ein Schmuckstück geschenkt bekommen. Das ist ein Sieg!«

»Wie ist dein Tag gelaufen?«, fragte Justine, als Lara sich abends an den Tisch setzte. Da Shelly nach wie vor im Urlaub war und keine von ihnen eingekauft hatte, bestand ihr Abendessen aus einer ernährungsphysiologisch fragwürdigen Kombination aus Joghurt, Obstsalat und Baguette. Lara hatte vorgeschlagen essen zu gehen, doch Justine hatte sich geweigert. »Was ist das?«

Lara blinzelte. »Was meinst du?«

»Dieses alberne Grinsen.« Reflexartig ging ihre Mutter in die Defensive, weil sie annahm, Lara lache sie aus. »Starrst du mein Haar an? Oder mein Gesicht?«

»Nein, Mom. Ich habe nur gerade versucht, mich zu erinnern, wann wir das letzte Mal zusammen beim Abendessen gesessen haben; Weihnachten, Thanksgiving oder offizielle Anlässe in einem Vbadsternerestaurant einmal ausgenommen.«

»Keine Ahnung. Und was willst du mir damit sagen?«

»Gar nichts. Es ist nur schön, ganz normal mit der Familie zusammen zu Abend zu essen.«

Justine zog die Folie von ihrem fettfreien Joghurt ab und stellte ihn auf einen Porzellanteller. »Wann waren wir schon jemals eine normale Familie?«

»Keine Ahnung, aber wir könnten eine sein. Wir könnten gleich jetzt damit anfangen.«

»Mach dir bloß keine allzu großen Hoffnungen. Ich mag in einem Vorort wohnen und ans Haus gefesselt sein, aber wenn du glaubst, ich fange plötzlich an, in Highheels und einer Perlenkette um den Hals Hackbraten zu machen oder Staub zu saugen, wirst du eine bittere Enttäuschung erleben.«

Lara setzte sich auf ihrem Stuhl zurück und kreuzte die Arme vor der Brust. »Wieso musst du eigentlich immer so sein?«

»Wie bin ich denn? Und wieso musst du immer so überempfindlich sein? Ich habe doch nur gesagt …«

»Vergiss es.« Lara wandte sich ihrem Essen zu. »Apropos Perlenkette: Ich habe heute eine Halskette geschenkt bekommen.« Sie schlug ihren Blusenkragen auseinander, unter dem der brillantbesetzte Hundeknochen zum Vorschein kam. »Cherie Chadwick hat sie mir als Belohnung für die Hundeausstellung geschenkt.«

Sie wartete darauf, dass Justine über Grenzen, Etikette und die Bedeutung des äußeren Erscheinungsbilds zu zetern begann, doch Justine musterte das Schmuckstück nur. »Hm, ein bisschen kitschig, aber man kann damit leben.«

»Findest du die Geste nicht unangemessen?«, fragte Lara.

»Weshalb sollte ich?«

»Weil ich die Frau so gut wie gar nicht kenne und sie mir teure Geschenke macht und mich behandelt, als sei ich ihr neuer Welpe.«

Justine zuckte die Achseln. »Du hast doch die Geschenke gesehen, die ich im Lauf der Jahre von meinen Kundinnen bekommen habe. In meiner aktiven Zeit als Friseurin haben mir meine Stammkundinnen alle möglichen Sachen geschenkt. Bücher, die sie besonders gern gelesen haben, und eine hat mir sogar ihre Sammlung alter Hermès-Tücher geschenkt. Sie haben sich vertrauensvoll in meine Hände als Friseurin begeben, und Haare sind nun mal etwas sehr Persönliches.«

»Kann sein«, meinte Lara. »Immerhin fasst man die Leute am Kopf an.«

»Wenn man genauer darüber nachdenkt, ist der Kontakt mit den Menschen sehr intim«, fuhr Justine fort. »Viele haben geweint, während sie bei mir auf dem Stuhl saßen, und haben mir Geschichten anvertraut, die ich niemals weitererzählt habe. Einige hatten sonst niemanden, mit dem sie reden konnten und der ihnen uneingeschränkte Aufmerksamkeit schenkte. Ich habe all ihre Geheimnisse für mich behalten und werde sie auch mit ins Grab nehmen.«

»Das klingt ja sehr pikant.« Lara schob ihren Teller beiseite und beugte sich interessiert vor. »Gib mir nur ein paar winzige Hinweise. Du brauchst ja nicht die

Namen preiszugeben, sondern nur Andeutungen zu machen so wie in den Klatschkolumnen.«

»Mit ins Grab«, wiederholte Justine, ehe erneut das angedeutete Lächeln auf ihren Zügen erschien. »Aber vielleicht hast du ja Glück, und ich lasse mich in meinem Testament zu ein paar Andeutungen hinreißen.«

»Okay, trotzdem bleibt es, wie es ist: Ich bin nicht Cheries Friseurin.«

»Du kümmerst dich um ihren Hund, was möglicherweise noch persönlicher ist als Haareschneiden.«

»Kann sein. Eskie ist wie ihr Baby.«

»Behalt die Halskette. Du brauchst deswegen keine Gewissensbisse zu haben. Denk daran: Es geht hier nicht um dich, sondern darum, welches Gefühl du deinen Kunden vermittelst.« Justine schenkte sich Eistee nach. »Apropos Kunden: Ich gehe doch davon aus, dass deine Geschäftsunterlagen in Ordnung sind? Gewerbeanmeldung, Steuererklärung, all diese Dinge?«

Lara nahm sich noch ein Stück Brot. »Was meinst du damit?«

»Alles, was die Hundebetreuung betrifft.«

»Das würde ich wohl kaum als Geschäft bezeichnen, sondern das ist nur ein kleiner Nebenverdienst.«

»Das Finanzamt sieht das bestimmt anders.« Justine hob eine ihrer bleistiftdünn gezupften Brauen. »Führst du wenigstens über deine Einkünfte Buch?«

»Na ja, grob.«

Justine schüttelte den Kopf und richtete den Blick gen Himmel. »Was habe ich nur falsch gemacht? Halt dir morgen früh ein paar Stunden frei, damit wir deine

Kontoauszüge durchgehen können. Ein gutes Geschäft steht und fällt mit einer sauberen Organisation.«

»Das geht nicht. Ich habe morgen früh mehrere Kundentermine und bin bis sechs Uhr abends ausgebucht.«

»Dann machen wir es morgen Abend. Du hast doch nichts vor, oder?«

»Absolut nichts«, antwortete Lara. »Meine Verabredungen beschränken sich im Moment auf die Hunde. Vielleicht bin ich ja auf dem besten Weg, eine alte Jungfer zu werden.«

Justines rubinbesetzter Armreif schimmerte im Dämmerlicht, als sie einen Löffel Joghurt zum Mund führte. »So wie du es sagst, klingt es, als sei das etwas Schlimmes.«

Beim Anblick des Schmucks kam Lara zu dem Schluss, Justines Bereitschaft, Schmuck zu tragen, als positives Zeichen zu werten. In der Diele scharrten die Hunde bereits ungeduldig an der Tür, und in der Ferne ertönte ein leises Bellen – Ivory sehnte sich offenbar nach Gesellschaft auf ihrer Abendrunde. »Die Meute wartet schon. Wir drehen eine Runde durch die Nachbarschaft. Hast du Lust mitzukommen?«

Justine blieb auf ihrem Stuhl sitzen und blickte zum Fenster, in dem sich die Kücheneinrichtung spiegelte. »Du meinst, ich soll meinen mit Schlafen und Scrabble vollgestopften Terminkalender durcheinanderbringen? Vergiss es.«

»Irgendwann musst du wieder vor die Tür. Du kannst es nicht ewig hinauszögern.«

»Ewig nicht, aber heute schon.«

19

»Gott sei Dank, dass Sie gekommen sind.« Melissa O'Brien, eine zierliche Blondine mit rosigen Wangen, fuhr sich mit der Hand durch ihr kurz geschnittenes Haar. »In meinem Haus herrscht das reinste Chaos, und meine Stiefkinder hassen mich wie die Pest. Bitte helfen Sie mir, ich flehe Sie an.«

Lara wich einen Schritt zurück. Während ihres ersten Gesprächs mit Melissa hatten immer wieder Funklöcher die Leitung gestört, doch sie hätte geschworen, dass lediglich von einem »Tierheimhund« und nicht von »chaotischen Teenagern« die Rede gewesen war. »Oh, ich arbeite nicht mit Kindern, Ma'am. Davon verstehe ich nichts.«

»Warten Sie! Bitte verlassen Sie mich nicht!« Melissa hielt Laras Hand fest. Für eine so zierliche Frau hatte sie erstaunlich viel Kraft. »Die Kinder sind nicht das Problem – zumindest nicht Ihres.« Sie zog Lara in die Diele, wo sie prompt über ein Skateboard stolperte, das mitten im Weg lag.

»Robbie!«, schrie die hübsche Blondine so laut, dass Lara vor Schreck zusammenfuhr. Melissa packte das Geländer mit beiden Händen und brüllte aus Leibeskräften: »Ich habe dir schon vorhin gesagt, du sollst endlich deinen Krempel aufräumen. Komm sofort herunter!«

Keine Antwort.

»Robbie!«

Lara hielt sich die Ohren zu.

»Los! Auf der Stelle!«

»Mein Gott. Kannst du vielleicht mal aufhören, so herumzubrüllen?« Träger Singsang drang aus dem Fernsehzimmer, wo drei Ledersofas um einen riesigen Fernseher gruppiert waren. »Ich versuche hier gerade, *Gossip Girl* anzusehen!«

»Portia, ich dachte, ich hätte dir gesagt, du sollst dich anziehen. Du kannst nicht den ganzen Tag im Schlafanzug herumlaufen.«

Als Reaktion drehte Portia den Fernseher lauter, und Lara hörte das leise Klicken von Handytasten.

»Portia!«, schrie Melissa, jedoch ohne etwas von ihrem Strahlen einzubüßen.

Laras Nerven hielten nicht länger stand. Sie legte Melissa die Hand auf die Schulter und drückte behutsam zu – dieselbe Technik, die sie auch bei Rufus oder Maverick anwendete, um ihre Aufmerksamkeit auf sich zu lenken. »Passt es gerade schlecht? Ich kann auch gern später noch mal kommen.«

Melissa senkte ihre Stimme um mehrere Dezibel zu einem verzweifelten Flüstern. »Es passt immer schlecht.«

Lara wartete auf eine weitere Erklärung.

Mit einem vielsagenden Blick auf den mürrischen Teenager im Fernsehzimmer führte Melissa Lara in die Küche, nahm eine volle Glaskanne von der Heizplatte der Kaffeemaschine, schenkte zwei Becher voll ein und kippte mit gierigen Schlucken die Hälfte ihrer Kolumbienmischung hinunter, noch bevor Lara auch nur daran genippt hatte. »Als mein Mann und ich zusammengekommen sind, habe ich mich super mit den Kindern verstanden. Sie haben mir erzählt, wie es in der Schule und mit ihren Freunden läuft, und wir sind zusammen ins Kino gegangen. Ich habe mich wie eine große Schwester gefühlt, was wirklich toll war. Aber vor einem halben Jahr haben Keith und ich geheiratet, und seither sind sie bockig und hören nicht mehr auf mich. Von einem Tag auf den anderen. Na ja, Patchworkfamilien brauchen eben etwas Zeit, um zusammenzuwachsen. Schon klar.« Melissa kippte den Rest ihres Kaffees hinunter, als sei es ein Tequila zur Cocktailstunde.

»Mir ist ja klar, dass ich nicht ihre Mutter bin. Und ich *versuche* es auch gar nicht, aber ich gebe mir alle Mühe, nett zu ihnen zu sein, und verdiene ein Minimum an Respekt, finde ich. Sie versuchen, mich in den Wahnsinn zu treiben, und es gelingt ihnen verdammt noch mal auch.« Melissa schien am Ende ihrer Kräfte zu sein.

Lara war bewusst, dass sie sie trösten sollte. Sie sollte irgendetwas Kluges, Aufmunterndes sagen; etwas, um die arme Frau zu beruhigen und ihr Selbstwertgefühl wieder aufzubauen.

Aber ihr fiel nichts ein. Genau das war der Grund, weshalb sie mit Hunden arbeitete und nicht mit Menschen.

Gerade als das Schweigen peinlich zu werden begann, erblickte Lara einen schwarz-weißen Hund vor der Terrassentür und ging erleichtert hinüber.

»Das muss der Hund sein, dessentwegen Sie mich angerufen haben.«

Die Falten auf Melissas Stirn vertieften sich. »Ah. Ja, Cleo.«

»Was für ein süßer Hund. Ist das ein Border Collie?«

»Ich bin nicht ganz sicher. Wir haben sie aus dem Tierheim geholt. Aber soweit ich mich erinnere, meinte der Tierarzt, sie sei ein Border Collie, vielleicht auch mit einem Schuss Beagle drin. Die Kinder nennen sie ›Begollie‹.«

Lara lachte. »Das ist wohl die neueste Designerrasse.«

»Sie wollten unbedingt einen Hund haben.« Eine einzelne Träne löste sich aus Melissas rechtem Augenwinkel. »Sie haben uns regelrecht angebettelt. Keith und ich haben ihnen erklärt, dass ein Hund eine Menge Verantwortung bedeutet – Gassi gehen, füttern, bürsten und Staub saugen. Aber sie haben Stein und Bein geschworen, zu helfen.«

Lara kannte diese Geschichten in- und auswendig. »Aber dann hat die Begeisterung nachgelassen, und jetzt halten sie ihr Versprechen nicht.«

Melissa nickte. »Sie ignorieren mich, sie ignorieren den Hund, und jetzt habe ich ein drittes Stiefkind, das nicht auf mich hört.«

Lara zog ihren Notizblock und einen Stift heraus. »Was genau an Cleos Verhalten bereitet Ihnen denn Probleme?«

Melissa rang verzweifelt die Hände. »Es wäre einfacher, Ihnen die Punkte aufzuzählen, die *keine* Probleme machen. Wenn dieser Hund nicht gerade schläft oder frisst, stellt er etwas an. Sie bellt, kaut alles an, buddelt Löcher in den Garten, beißt Löcher in den Rasensprenger, kackt in die Blumenbeete, mopst Schuhe von der Matte im Flur …«

Lara nickte. »Sie sagten vorhin, Sie hätten sie aus dem Tierheim geholt. Was hat Ihnen ursprünglich an ihr gefallen?«

»Wie Sie selbst festgestellt haben, ist sie ein sehr hübscher Hund. Und freundlich. Sie ist gleich an den Zaun gekommen und hat ihre Nase durch die Maschen gestreckt, um uns zu begrüßen. Der Pfleger im Tierheim hat gesagt, sie sei ein sehr lebhafter Hund, deshalb dachte ich, das passt gut zu den Kindern.«

»Lebhaft«, wiederholte Lara. »Genau das ist der entscheidende Punkt. Border Collies gehören zu den Rassen, die sehr stark polarisieren – entweder man liebt sie, oder sie bringen einen um den Verstand. Sie sind sehr temperamentvoll, aber auch sehr klug. Was eine ziemlich fiese Kombination sein kann, wenn sie in einem Vorstadtgarten gehalten werden. Wenn sie geistig und körperlich nicht gefordert werden, finden sie eine Möglichkeit, sich selbst zu beschäftigen. Diese Erfahrung machen Sie selbst gerade jeden Tag aufs Neue.« Lara öffnete die Tür und trat hinaus. »Darf ich Hallo sagen?«

Cleo begrüßte Lara höflich, setzte sich hin und betrachtete sie mit schief gelegtem Kopf und funkelnden braunen Augen. Sie war klein und zierlich mit kurzen Beinen, schwarzen Sommersprossen auf der weißen Schnauze und einem flauschigen Brustfell.

»Das ist alles nur Show«, erklärte Melissa. »Fallen Sie bloß nicht darauf herein. Normalerweise rennt sie hier herum wie ein Eichhörnchen auf Speed.«

»Eine Simulantin also?« Grinsend musste Lara an Linus' vermeintliche Schlafmarathons denken. »Von der Sorte habe ich auch einen zu Hause.«

»Also habe ich den Schwarzen Peter gezogen.« Melissa verschränkte die Arme vor der Brust. »Wenn sie noch länger hierbleibt, wird sie meine Rosensträucher ruinieren. Wenn ich den Kindern sage, sie sollen sich gefälligst an ihren Teil unserer Vereinbarung halten, und sie dann ins Tierheim zurückbringe, weil sie es nicht tun, wird sie wahrscheinlich eingeschläfert, weil sich so schnell niemand findet, der sie bei sich aufnimmt. Egal was ich tue, ich bin immer das Monster.«

»Na ja, Sie haben mich angerufen, das ist schon ein Schritt in die richtige Richtung.« Lara wartete einen Moment, bis Melissa sich ein wenig beruhigt hatte. »Eine Frage: Mögen Sie Cleo?«

Melissa ließ sich einen Moment Zeit mit ihrer Antwort. »Im Moment nicht, nein. Aber ich glaube, ich könnte sie mögen. Ich bin frustriert, aber das liegt eher an der Situation mit den Kindern.«

»Also steht Cleo mitten im emotionalen Kreuzfeuer.«

»Das stimmt.«

»Das merkt sie natürlich, und es wirkt sich massiv

auf ihr Verhalten aus, das garantiere ich Ihnen«, fuhr Lara fort. »Aber das ist okay. Im Team können wir versuchen, etwas daran zu ändern.«

Melissa sah sie skeptisch an. »Wer ist ›wir‹?«

»Wir alle. Sie, Ihr Mann, Cleo und die Kinder müssen sich zusammenraufen. Sie sind ein Team, und ich bin Ihr Coach.«

»Und am Ende laufen wir Händchen haltend über eine Wiese in den Alpen und singen ein Lied wie in der *Trapp-Familie*?«

Lara lachte. »Hoffentlich.«

»Tja, ich bin zu ziemlich allem bereit, wenn ich damit unseren Rasensprenger retten kann. Also, wie lautet der Plan?«

Pampige Teenager zähmen oder unartige Hunde unter Kontrolle bringen – wahrscheinlich war der Unterschied in Wirklichkeit gar nicht so groß, dachte Lara. »Als Erstes müssen Sie aufhören, sich vorzuwerfen, dass Sie die Böse sind. Sie haben es auf die nette Tour versucht, die Kinder sind aber nicht darauf angesprungen, also können Sie ab sofort streng sein. Zweitens müssen Sie aufhören zu schreien. Mit Schreien erreichen Sie gar nichts.«

Melissa seufzte. »Außerdem hören sie ja sowieso nicht zu.«

»Sie hören nicht zu, weil sie es nicht müssen. Was tun Sie, wenn Sie die beiden anschreien, sie aber keinerlei Reaktion zeigen?«

»Noch lauter schreien«, gestand Melissa mit einem schiefen Lächeln. »Abends erzählen sie meinem Mann, was für eine Furie ich bin, und dann geraten mein Mann und ich uns in die Haare.«

»Logisch. Wenn mich jemand fragt, wie man einem Welpen am besten Gehorsam beibringt, rate ich immer dazu, sparsam mit Befehlen umzugehen. Einmal sagen und es dann auch so meinen, so lautet meine Devise.«

»Aber was passiert, wenn sie beim ersten Mal nicht gehorchen?«, fragte Melissa.

»Dann hat das Konsequenzen. Klare, unmissverständliche Folgen. Das Skateboard steht seit einer Ewigkeit in der Diele herum? Bitten Sie Robbie einmal höflich, es wegzuräumen. Einmal. Wenn nicht, werfen Sie es weg.«

Melissa runzelte die Stirn. »Sie meinen, ich verstecke es für eine Weile in die Garage, behaupte aber, ich hätte es weggeworfen?«

»Nein, ich meine, Sie bringen es zu Goodwill und spenden es«, sagte Lara bestimmt. »Adieu, bis bald und Auf Wiedersehen!«

Melissas Augen weiteten sich. »Aber er wird ausflippen.«

»Wahrscheinlich.« Lara zuckte die Achseln. »Aber wenn Sie ihn das nächste Mal bitten, seine Sachen wegzuräumen, macht er es.«

Melissa dachte einen Moment über den Vorschlag nach, dann verdüsterte sich ihre Miene. »Aber er wird sich bei seiner Mutter über mich beschweren. Und sie kauft ihm einfach ein neues und benutzt die ganze Situation als Waffe gegen mich.«

»Das Verhalten seiner Mutter können Sie natürlich nicht beeinflussen. Trotzdem müssen Sie klare, konsequente Regeln für Ihr Zuhause einführen, an die sich jeder – auch Sie – halten muss. Mag sein, dass Hunde und Teenager so tun, als würden sie bestimmen, wo es langgeht, aber das ist nicht so. Dafür sind sie noch nicht bereit, auch wenn sie das Gegenteil behaupten.«

»Was Sie sagen, leuchtet mir vollkommen ein. Wirklich«, sagte Melissa und schürzte besorgt die Lippen. »Aber denken Sie nicht, dass Cleo noch ein bisschen Zeit zum Eingewöhnen braucht? Wann immer sie einen Stock oder einen Besenstiel sieht, zieht das arme Ding den Schwanz ein und verkriecht sich. Was, wenn sie als Welpe misshandelt wurde? Ich will sie nicht terrorisieren.«

»Das tun Sie nicht. Sie stellen nur klare Regeln auf. Machen Sie sich wegen des Besenstiels keine Sorgen. Sie werden nie erfahren, was Cleo erlebt hat, bevor sie zu Ihnen gekommen ist, und eigentlich spielt es auch keine Rolle. Bemitleiden Sie sie nicht und versuchen Sie auch nicht, alles, was in ihrem alten Leben passiert ist, wiedergutzumachen. Sie müssen von Anfang an hohe Anforderungen an sie stellen, dann wird der Hund automatisch versuchen, sie zu erfüllen.« Lara steckte ihren Notizblock wieder ein. »Sie haben sich Cleo ins Haus geholt, weil Sie ein Bindeglied für die Familie wollten, richtig? Also werden wir uns jetzt eine Aktivität überlegen, die allen Spaß macht. Etwas, das alle geistig, körperlich und emotional fordert.«

»Wenn Sie ihr nicht beibringen können, Wii zu spielen oder im Einkaufszentrum shoppen zu gehen, sehe ich schwarz.«

»Und Regel Nummer drei lautet: Schluss mit der negativen Denkweise. Man nennt mich nicht umsonst die Alphafrau.« Laras Blick fiel auf den riesigen Pool im Garten. Sie zog ihr Handy heraus und wählte eine Nummer. »Hi, Kayla. Wie läuft es mit Roo? Schon wieder ein knappes Pfund verloren? Wie schön! Haben Sie zufällig Lust auf eine Runde schwimmen?«

Nichts bringt mehr Schwung in die Familiendynamik als ein heißes Exmodel.

Wenig später lief Kayla in einem superknappen Bikini und einer riesigen Sonnenbrille ein. Melissas Stiefkinder standen so schnell auf der Matte, dass Lara fast ein Schleudertrauma erlitt.

Robbie hatte seine Spielekonsole beiseitegelegt und kam nach draußen gelaufen, dicht gefolgt von Portia, die sich in einen nicht minder knappen Bikini gezwängt hatte. Das Mädchen beäugte Kayla mit einer Mischung aus Neid und Bewunderung und begann kaum merklich die Körperhaltung und Sprechweise des Exmodels zu imitieren.

Lara überließ die vier ihrem Schicksal und ging zu den Hunden. Der »Begollie« und der »Fettbrador« umkreisten sich schnüffelnd und schwanzwedelnd, ehe sie in ein ausgelassenes Jagdspiel verfielen.

»Okay«, rief Lara Kayla und Melissa zu. »Waren die beiden schon mal schwimmen?«

Kayla nickte, während Melissa den Kopf schüttelte. »Cleo will nicht ins Wasser. Sie traut sich nicht mal an den Beckenrand.«

»Dann gehen Sie jetzt bitte mit Roo ans flache Ende des Pools, Kayla. Er sieht übrigens richtig schlank aus.«

Kayla strahlte. »Ja, der veränderte Lebensstil hilft gewaltig.« Ein wenig verlegen warf sie sich das Haar über die Schulter. »Ich bezeichne das, was wir hier tun, als veränderten Lebensstil. Diät klingt so brutal.«

»Ich bin sehr stolz auf Sie beide.« Lara tätschelte Roos Flanke. »Und Sie gönnen sich beide jede Woche Ihre kleine Belohnung, stimmt's?«

»Heute Nachmittag gibt es einen Frozen Yoghurt.« Kayla, die sich ihrer Wirkung auf ihr Publikum sehr wohl bewusst war, sah sich um. »Hey, habt ihr Lust mitzukommen?«

»Ich liebe diese Frau«, murmelte Melissa. »Selbst wenn Sie Ihr Honorar verdoppeln würden, wäre es das immer noch wert.«

»Danke, aber freuen Sie sich nicht zu früh«, warnte Lara leise. »Teenagern ein bisschen Dampf zu machen ist definitiv der einfachere Teil. Bei einem Border Collie ist das nicht ganz so leicht.« Sie wandte sich Kayla zu und reichte ihr einen Tennisball. »Also gut, Roo. Los geht's.«

Kayla beugte sich gaaaanz weit nach vorn und packte Roo am Halsband. Robbie sah aus, als erleide er jede Sekunde einen Herzanfall. Dann schleuderte die gebräunte Göttin den Tennisball ins Wasser, worauf sich der Hund mit einem Platscher in den Pool warf, so dass alle fünf Zuschauer am Beckenrand klatschnass wurden. Breit grinsend paddelte der riesige Hund im Wasser herum, während Kayla sich langsam über den Beckenrand hineingleiten ließ. Fest entschlossen, sich nicht die Schau stehlen zu lassen, schlenderte Portia zum Pool.

»Komm schon, Cleo.« Sie schnippte mit den Fingern und packte die Hündin am Halsband. »Los, komm.«

Cleo stemmte sich mit allen vier Pfoten in den Boden.

»Du darfst sie nicht zwingen«, mahnte Lara und löste Portias Finger. »Wir wollen erreichen, dass sie freiwillig hineingeht.«

»Aber wie soll das jemals funktionieren?« Ein Anflug von Verzweiflung stand in Robbies Augen. »Wir müssen ins Wasser!«

Lara verkniff sich ein Grinsen. »Bisher habe ich immer mit Schwimmwesten gearbeitet, aber wir haben leider keine, deshalb müssen wir etwas anderes finden, das sie motiviert. Hat sie zufällig Spielsachen, die schwimmen?«

»Sie steht auf Frisbeescheiben«, antwortete Robbie.

Melissa sah ihn verblüfft an. »Ehrlich?«

»Ja. Ich hab gestern im Garten gespielt. Sie ist komplett ausgeflippt.«

»Und was ist ihr Lieblingsleckerli?«

»Ich habe ihr heute Morgen einen Hundekuchen gegeben, den hat sie mit einem Bissen verschlungen.«

»Aber am liebsten frisst sie getrocknete Blaubeeren«, informierte Portia sie mit lebensüberdrüssiger Teenie-Autorität. »Als ich letzte Woche mein Pausenbrot geschmiert habe, ist mir aus Versehen die Tüte runtergefallen. Die mag sie sogar noch lieber als Hundekuchen.«

»Getrocknete Blaubeeren? Ehrlich?«, fragte Lara verblüfft.

»Sind die schädlich für Hunde?«, fragte Melissa.

»Nein, in Maßen darf sie sie ruhig fressen, aber es wundert mich nur. Die meisten Hunde mögen lieber Leckerlis, die nach Fleisch schmecken.«

»Cleo nicht. Sie ist ein gesundheitsbewusster Hund. Ich habe es sogar geschafft, ihr damit ein Kunststück beizubringen.« Portias gelangweilte Fassade begann zu bröckeln, als sie sich Cleo mit gespieltem Entsetzen zuwandte. »Cleo, wir werden gepapt!«

Cleo warf sich auf den Boden und schlug sich beide Pfoten über die Nase. Portia brach in schallendes Gelächter aus. »Braves Mädchen!«

Melissa und Lara tauschten einen verwirrten Blick. »Was um alles in der Welt bedeutet ›gepapt‹?«

»Das kommt von Paparazzi. Sie versucht, sich vor den Kameras zu verstecken.« Portia ließ ihre Kaugummiblase zerplatzen.

»Wie lange hast du gebraucht, um ihr das beizubringen?«, fragte Melissa.

Portia zuckte die Achseln. »Keine Ahnung, eine halbe Stunde vielleicht. Zuerst haben wir das Hinlegen geübt und dann den Teil mit den Pfoten. Echt Wahnsinn, womit man sich die Zeit vertreiben kann, wenn man eigentlich Geometriehausaufgaben machen sollte.« Ihre Wangen röteten sich, als sie vergeblich versuchte, sich nicht anmerken zu lassen, wie stolz sie auf ihre Fähigkeiten als Hundetrainerin war.

Lara war beeindruckt. Kein Wunder, dass Portia sich ausgerechnet für einen Border Collie entschieden hatte – die beiden hatten eine Menge gemeinsam: Hinter ihrer trügerisch niedlichen und hübschen Fassade verbargen sich ein beharrlicher, ausdauernder Charakter und eine gute Portion Schläue.

»Wir haben Glück«, meinte sie. »Getrocknete Blaubeeren schwimmen im Wasser. Könntest du die Tüte aus der Küche holen, Portia?«

Melissa sah ihr kopfschüttelnd nach, als sie ins Haus ging. »Ich fasse es nicht, dass sie Cleo ein Kunststück beigebracht hat. Ich schwöre, dieses Mädchen legt sein Handy nur aus der Hand, wenn Keith ihm beim Abendessen droht, es ihm wegzunehmen.« Wenig später kehrte Portia mit einer kleinen Tüte Blaubeeren zurück. Lara nahm sie ihr aus der Hand und warf ein paar Früchte in den Pool. »Los, Cleo, hol sie.«

Cleo robbte ein Stück in Richtung Beckenrand.

»Ist schon gut.« Lara warf noch eine Blaubeere ins Wasser. »Los, spring rein.«

Robbie stöhnte und machte Anstalten, Cleo ins Wasser zu ziehen, doch Lara gebot ihm mit einem strengen Blick Einhalt.

Cleo, die offenbar beschlossen hatte, das Melodrama weidlich auszunutzen, robbte demonstrativ zentimeterweise vorwärts, nur um in letzter Sekunde wieder zurückzuweichen. Wann immer ein Wassertropfen ihre Nase benetzte, jaulte sie, als zwinge man sie, über glühende Kohlen zu laufen.

So ging es etwa zehn Minuten lang. Robbie watete ans flache Ende des Pools und starrte Kayla an, während Roo vergnügt umherpaddelte. Melissa, Lara und Portia versuchten unterdessen, Cleo, die die Aufmerksamkeit sichtlich genoss, ins Wasser zu locken.

Dann fraß Roo eine der Blaubeeren.

Cleo bellte, rannte zur Pooltreppe und streckte vorsichtig eine ihrer zierlichen weißen Zehen ins Wasser.

Alle warteten mit angehaltenem Atem.

Roo war so begeistert von den Wellen gewesen, die er mit seinen großen Pfoten schlug, dass er danach zu schnappen versuchte. Dabei hatte er versehentlich die Blaubeere verschluckt. Es dauerte einige Sekunden, bis er begriff, welcher Genuss ihm soeben zuteilgeworden war, dann erspähte er eine weitere Frucht im Wasser und paddelte zügig darauf zu.

Cleo sprang ins Wasser und begann wild zu paddeln.

»Portia«, sagte Lara. »Geh rein und stütz sie mit einer Hand unterm Bauch ab, bis sie begriffen hat, wie sie ihre Beine koordinieren muss.«

Portia gehorchte, und nach einigen Momenten überwand Cleo ihre Panik und schwamm ohne jede Hilfe auf die Blaubeeren zu. Erst als sie die letzte Frucht im Pool verschlungen hatte, würdigte sie Roo wieder eines Blickes.

»Sie ist klug, sie kann schwimmen, und sie misst sich gern. Ich sehe eine große, strahlende Zukunft im Wasserweitspringen, einer tollen Sportart für Hunde.«

»Was ist denn das?«, fragte Melissa.

»Dabei bringt man dem Hund bei, mit Karacho über eine Rampe zu laufen, in ein längliches Wasserbecken zu springen und ein Spielzeug herauszuholen. Die Hunde haben ihren Spaß und bekommen eine Belohnung, außerdem gibt es nichts Besseres, um sie müde zu machen. Sie könnten mit Cleo hingehen und mitmachen, alle drei. Ich gebe Ihnen die Nummer eines Klubs in Scottsdale, wo Sie ein oder zwei Probestunden ausmachen können.«

Robbie wandte sich an Kayla. »Roo schwimmt doch auch so gern!«

»Genau! Kommt ihr beiden auch mit?«, fragte Portia.

Kayla warf Melissa einen Blick zu und verzog das Gesicht zu ihrem strahlenden Modellächeln. »Klar. Wieso nicht? Das wäre noch eine Neuerung seines Lebensstils.«

»Na also. Ich schicke Ihnen eine Mail mit allen Details.« Lara stand auf und wrang den Saum ihres T-Shirts aus. »Und immer schön weiterüben, ja? Ich komme in ein paar Tagen vorbei und sehe mir die Fortschritte an.«

»Sie vollbringen wahre Wunder.« Melissa drückte ihr einen Scheck in die Hand, dann umarmte sie sie und zog sie an sich.

Verlegen tätschelte Lara Melissas Rücken. »Die Täler entlang klingt das Lied der Berge …«

20

»Du musst Iro nehmen.« Mit geröteten, verquollenen Augen und hängenden Schultern saß Kerry auf dem Sofa und stillte Cynthia. Laras Blick fiel auf ihre dick angeschwollenen Füße. Nichts erinnerte an die Kerry, die sie kannte – es war, als sei ihre gewohnte Lebhaftigkeit über Nacht erloschen. »Es tut mir leid, aber ich schaffe das alles einfach nicht.«

Lara stand mit einer Tüte vom Lieferservice und einigen Babysachen im Türrahmen des Fernsehzimmers und ließ den Blick über das Chaos schweifen. Die Hunde schlurften vorbei, hechelnd und mit struppigem Fell. Sie bemerkte, dass der Wassernapf leer war, stellte die Tüten ab und füllte ihn, dann schenkte sie Kerry ebenfalls ein großes Glas ein.

»Du musst besser auf dich achten!«, schimpfte sie.

»Das sagt ja genau die Richtige.«

Lara streckte die Arme nach Cynthia aus, und Kerry reichte sie ihr erleichtert.

Sie nippte an ihrem Wasserglas und schlang sich eine Wolldecke um die Schultern. »Du weißt ja, wie ich über Leute denke, die sich nicht mehr um ihre Hunde kümmern, sobald sie ein Baby haben.«

»Ich glaube, du hast es ein- oder zweimal erwähnt.«

Kerrys Unterlippe bebte, dann brach sie in Tränen aus. »Aber das … Ich hatte keine Ahnung, Lara. Ich kann so einfach nicht weitermachen. Ich bin so müde. Sie hat alle zwei Stunden Hunger, rund um die Uhr. Und wenn sie endlich eingeschlafen ist, bin ich so aufgedreht, dass ich keinen Schlaf finde. Ich liege zähneknirschend da und fürchte mich vor dem Moment, wenn sie aufwacht und wieder schreit.«

Vorsichtig, um das Baby nicht anzurempeln, legte Lara ihr den Arm um die Schultern. »Ach Süße.«

»Inzwischen habe ich mit der Behandlung gegen den Säurereflux angefangen, aber das Medikament wirkt noch nicht, und ich bin auch nicht sicher, ob es jemals wirkt. Gestern Abend hat sie vier Stunden am Stück gebrüllt, das ist keine Übertreibung. Ich habe alles versucht – den Staubsauger laufen lassen, den Fön, den Ventilator. Ich habe sie in den Kindersitz gesetzt und bin mit ihr um den Block gefahren, aber das hat es nur noch schlimmer gemacht. Ich komme mir wie die letzte Versagerin vor.«

»Du bist keine Versagerin.«

»Doch, das bin ich. Ich bin eine grauenhafte Mutter. Am liebsten würde ich nach Mexiko abhauen und erst wieder zurückkommen, wenn sie durchschläft.«

Lara lachte. »Ich komme gern mit, falls du jemanden brauchst, der mit dir am Strand Margaritas schlürft.«

»Nein, das ist mein voller Ernst. Inzwischen bin ich an einem Punkt angekommen, an dem die Idee, das Land zu verlassen, nach einer durchaus vernünftigen Alternative klingt. Richard und meine Mom würden es viel besser hinkriegen als ich. Verdammt, sogar die Hunde würden das.«

Laras Besorgnis wuchs. »Hast du schon mal mit deiner Ärztin darüber geredet?«

»Ja, sie meint, meine Hormone würden im Moment nur verrücktspielen. Das sei völlig normal. Ich soll in ein oder zwei Wochen noch mal anrufen, falls es nicht besser wird. Aber mir ist aufgefallen, dass sie mir nicht widersprochen hat, als ich gesagt habe, dass selbst die Hunde meinen Alltag besser geregelt bekämen als ich.«

Beide betrachteten das friedlich schlummernde rosige Baby, das die Augen so fest zugekniffen hatte, dass seine Lider wie die einer alten Frau aussahen.

»Das liegt nur am Schlafmangel und an der Hormonachterbahn«, erklärte Lara schließlich mit fester Stimme. »Ich verstehe ja nichts von Babys, aber so kann es jedenfalls nicht weitergehen. Dieses Kind muss doch irgendwann einmal schlafen.«

»Vielleicht ja auch nicht.« Wieder begann Kerry zu schniefen. »Heute kam meine Nachbarin vorbei, um mir einen Auflauf zu bringen. Ich habe sie gefragt, wie lange es bei ihren Töchtern gedauert habe, bis sie durchgeschlafen haben. Soll ich dir verraten, was sie gesagt hat?« Kerry hielt inne. »›Meine Jüngste ist zweieinhalb und schläft bis heute noch nicht durch.‹«

Lara schnappte entsetzt nach Luft. »Das ist das Fieseste, was ich je gehört habe. Pfeif auf die Frau. Du brauchst eine Mütze voll Schlaf und eine Dusche, und danach gönnst du dir eine schöne Pediküre oder so etwas.«

»Das mache ich. Gleich nachdem Cynthia ihren Highschool-Abschluss in der Tasche hat.«

»Ende der Debatte.« Lara stand auf und hob das Baby hoch, als wäre es eine hochexplosive Bombe. »Ich sage dir, was wir jetzt machen: Ich verfrachte Iro ins Auto, dann hole ich Cynthia und ihre Sachen.«

»Lara …«

»Keine Widerrede.«

»Du musst das nicht tun.«

»Zu spät.« Lara ließ den Blick über die mit getrocknetem Erbrochenen verkrusteten Abfälle auf dem Boden schweifen. »Hast du ein bisschen Milch abgepumpt?«

»Genug, um sie einmal zu füttern.«

»Gut, dann nehme ich die auch gleich mit.« Sie gab Cynthia ihrer Mutter zurück und begann Iros Sachen einzupacken.

»Du hast keine Ahnung, was du dir damit antust. Sie wird die ganze Zeit brüllen wie am Spieß.«

»Kein Problem. Tante Lara hat einen Schnuller und Ohrstöpsel dabei.«

»Aber was ist mit …«

Lara brachte sie mit einer knappen Geste zum Schweigen. »Ich an deiner Stelle würde meine Zeit nicht mit Widerspruch vergeuden, sondern lieber schlafen.« Sie hob Iro hoch, die augenblicklich in passivem Protest erschlaffte, und trug sie zur Haustür. »Schließlich sind wir in der Rettungsbranche, oder nicht?«

»Gütiger Himmel, was für ein Geschrei ist das?« Justine fiel die Kinnlade herunter, als sie Lara mit dem Baby auf dem Arm dastehen sah. »Erzähl mir nicht, dass du jetzt auch noch Findelkinder von der Straße aufsammelst?«

Lara zog die Ohrstöpsel aus den Ohren und musste warten, bis Cynthia zwischen zwei Schreien Atem schöpfte, ehe sie antworten konnte. Die hohen Decken und langen kahlen Flure schufen eine regelrechte Echokammer, in denen die Schreie des kolikgeplagten Babys ohrenbetäubend laut widerhallten.

»Das ist Kerrys Baby.« Lara streckte Justine das Baby entgegen, doch sie wich zurück und schüttelte den Kopf. »Sie heißt Cynthia und hat nur eine kleine Kolik.«

»Eine Kolik?« Justine musterte sie zweifelnd. »Es hört sich an, als wäre dieses Kind vom Teufel besessen.«

»Kerry ist völlig fertig, deshalb bin ich eingesprungen, damit sie ein paar Stunden ausruhen kann.«

»Das wundert mich nicht. Ich habe dir erlaubt, mit deiner ungezogenen Hundemeute hier einzuziehen, aber von kleinen Kindern war nie die Rede. Babys gehören nicht zu meinem Repertoire, Lara. Sie sind …« Justines Miene verriet eine Mischung aus Bestürzung und Furcht.

»Mir geht es ganz genauso«, beschwichtigte Lara sie. »Das wird nicht zur Gewohnheit werden. Aber Kerrys Mann ist ständig auf Geschäftsreise, und ihre Mutter konnte nur eine Woche bleiben. Die Ärmste ist völlig überfordert.«

Justines Züge wurden eine Spur weicher. »So kurz nach der Geburt ist es wirklich hart. Eine echte Feuerprobe.«

»Warst du mit mir auch überfordert?«, fragte Lara, obwohl sie die Antwort bereits kannte, noch bevor die Worte über ihre Lippen gekommen waren. Justine konnte nichts überfordern, niemals. »Wie alt war ich, als Dad ausgezogen ist? Zwei oder drei Monate?«

Justine schien allein die Frage als Beleidigung zu empfinden. »Ich konnte mir damals den Luxus nicht erlauben, herumzusitzen und mir zu überlegen, wie ich mich fühle. Ich habe getan, was getan werden muss. So ist das nun mal als Mutter. Und so ist das Leben.«

»Egal.« Lara seufzte. »Vergiss einfach, dass ich gefragt habe.«

»Ich will damit sagen, dass ich mich nicht erinnern kann, dich jemals so schreien gehört zu haben«, fügte Justine etwas weicher hinzu. »Aber auch du hattest Momente, in denen du in Hochform warst.«

Lara wippte auf den Fersen, worauf Cynthias Schreie in ein leises Gurgeln umschlugen. Augenblicklich entspannten sich alle.

»Mach weiter«, befahl Justine. »Notfalls den ganzen Tag und die ganze Nacht.« Sie wandte sich ab und marschierte mit entschlossenen Schritten den Korridor hinunter. »Was hast du heute vor?«, rief Lara ihr hinterher.

»Das geht dich nichts an.«

»Ich schließe daraus, dass es noch eine Runde Scrabble und Fernsehen bedeutet.«

Justine ging weiter, ohne sie zu beachten. Lara sah das Baby an, dann auf die Uhr in der Hoffnung, dass genug Zeit vergangen war, um Cynthia zurück zu ihrer

Mutter bringen zu können. Sie fühlte sich, als trage sie die Kleine seit einer halben Ewigkeit den Flur auf und ab.

Es waren gerade einmal zwanzig Minuten vergangen.

»Hey, Mom«, rief sie, als Justine um die Ecke bog. »Wenn ich je ein Baby kriege, kommst du dann auch und hilfst mir?«

Justine spähte um die Ecke. »Das käme wahrscheinlich auf meinen Terminkalender an. Aber eines kann ich dir versprechen: Ich würde die beste Nachtschwester engagieren, die man kriegen kann.«

Lara nickte. Trotzdem stand ihr offenbar die Enttäuschung ins Gesicht geschrieben, denn Justine stemmte eine Hand in die Hüfte.

»Was gibt es daran auszusetzen?«

»Gar nichts«, antwortete Lara. »Ich bin nur ein bisschen gekränkt, weil du lieber eine Schwester engagieren würdest, als Oma zu sein.«

Justines Miene blieb ausdruckslos. »Wieso musst du mir mit deinen Ansprüchen ständig das Gefühl geben, versagt zu haben?«

»Aber das …«

»Lass mich bitte ausreden. Eine Nachtschwester könnte dir viel besser helfen als ich. Und du solltest ja inzwischen mitbekommen haben, dass ich nicht gerade der mütterliche Typ bin.«

»Wie kannst du so etwas sagen?« Lara legte sich das Baby an die Schulter und tätschelte den warmen kleinen Rücken. »Du schenkst mir teure Handtaschen und

Gratis-Beautybehandlungen. Die meisten würden das als perfekte Mutter bezeichnen.«

»Aber du nicht. Wann bist du jemals aus freien Stücken in den Salon gekommen, Lara? Was stellst du mit all den Handtaschen an?«

»Äh …«

Die Furchen auf Justines Stirn vertieften sich. »Du wolltest doch all meine Geschenke in Wahrheit gar nicht.«

»Aber *du* bist diejenige von uns, die normal ist«, sagte Lara. »Es ist nicht deine Schuld, dass du eine moderesistente Hundeliebhaberin als Tochter bekommen hast. Dir muss doch bewusst sein, dass du eine gute Mutter warst. Sogar eine ganz hervorragende. Du hast dafür gesorgt, dass ich immer nur das Beste von allem bekommen habe.«

»Bis auf eine richtige Familie.« Als Justine sich abwandte, sah Lara an einigen Stellen ihre Kopfhaut durch das dünne Haar schimmern. »Bei der wichtigsten Aufgabe als Mutter habe ich versagt. Ich habe den falschen Vater für dich ausgesucht.«

In Justines Stimme schwangen dieselben Zweifel und Selbstvorwürfe mit, die sie vorhin erst bei Kerry gehört hatte.

»Aber weshalb solltest du dir die Schuld daran geben, dass Dad uns verlassen hat? Wenn wir jemandem die Schuld geben müssen, können wir ebenso gut mich nehmen. Alles war doch in bester Ordnung, bis ich auf die Welt kam.«

Justine wandte sich ihr zu. Die alte Entschlossenheit

und Härte zeichneten sich auf ihren Zügen ab. »Das stimmt doch nicht.«

»Wie bitte? Du willst damit sagen, du hast ihn nie wirklich geliebt? Auch nicht vor meiner Geburt?«

»Oh, ich habe ihn sehr wohl geliebt.« Der Ausdruck in Justines Augen verriet Lara, welche Überwindung es sie kostete, es zuzugeben. »Ich habe mich kopfüber in diese Beziehung gestürzt, obwohl ich hätte wissen müssen, dass es schiefgeht. Ich habe mich mit dem falschen Mann eingelassen, und du bist diejenige, die es ihr ganzes Leben lang ausbaden muss.«

Am liebsten hätte Lara ihre Mutter in die Arme geschlossen, doch sie wollte das Risiko einer Zurückweisung nicht eingehen, deshalb unterdrückte sie den Impuls. »Aber wie hättest du das denn ahnen sollen? Wir wissen beide, wie unglaublich charmant er sein kann.«

»Ja, allerdings.«

»Vor ein paar Wochen hat er mich angerufen«, gestand Lara. »Um sich mit mir zum Abendessen zu treffen.«

Justine musterte sie schweigend.

»Er hat dieses Jahr sogar an meinen Geburtstag gedacht und mir einen Dyson-Staubsauger geschenkt.« Lara senkte die Stimme. »Ich glaube, er will etwas. Irgendetwas Wichtiges«, raunte sie mit gespieltem Sarkasmus.

In gewisser Weise wünschte sie sich beinahe, dass ihre Mutter ihre schlimmsten Befürchtungen bestätigte, doch Justine schwieg immer noch.

»Er will wieder heiraten.«

Ein Muskel in Justines Wange zuckte. »Das wusste ich nicht.«

»Ja. Sie ist jung, scheint aber ganz nett zu sein. Er sagt, er möchte, dass wir uns bald wiedersehen.« Beschämt registrierte sie den hoffnungsvollen Unterton in ihrer Stimme.

Noch immer sagte Justine kein Wort.

»Wieso sagst du nichts?«, fragte sie schließlich.

Endlich gelang es Justine, den Muskel unter Kontrolle zu bekommen. Das Zucken hörte auf. »Erwartest du von mir, dass ich etwas dazu sage?«

»Ja! Sag: ›Sei doch nicht so blöd.‹ Sag: ›Wir wissen doch, wie das enden wird.‹ Sag: ›Wie oft habe ich dich davor gewarnt, bloß nie einem Mann zu vertrauen.‹«

Endlich zeichnete sich so etwas wie eine Gefühlsregung auf Justines Miene ab: eine Mischung aus Schock und Wut. »Wann habe ich je gesagt, du sollst bloß keinem Mann vertrauen?«

»Hm. Lass mich mal überlegen.« Lara blickte zur Zimmerdecke und tat so, als würde sie scharf nachdenken. »Ach ja, die ganze Zeit!«

Justine schüttelte den Kopf. »Ich habe gesagt, du sollst dich nie von einem Mann abhängig machen. Das ist etwas völlig anderes. Denn nur wer unabhängig ist, kann selbst entscheiden, wem er vertrauen will, was ein echter Luxus ist. Du solltest mit jemandem zusammen sein, weil du ihn liebst, und nicht, weil du ihn brauchst.«

Lara dachte darüber nach. »Aber Evan habe ich geliebt *und* gebraucht. Bis zu dem Moment, als ich den Verlobungsring die Toilette hinuntergespült habe.«

Justine streckte die Hand aus und strich ihr eine Haarsträhne aus dem Gesicht. Lara war so verblüfft über die spontane Zuneigungsbekundung, dass sie Mühe hatte, nicht zurückzuweichen.

»Du bist unglaublich großzügig«, sagte ihre Mutter. »Das ist deine schönste Eigenschaft, aber gleichzeitig auch dein größer Makel, weil du immer bereit bist, den Leuten noch eine Chance zu geben. Aber manche Menschen verdienen diese Chance nicht.« Lara fragte sich, was Justine ihr damit sagen wollte. »Du meinst also, ich soll nicht mit Dad Mittagessen gehen?«

»Ich sage, dass Zeit etwas sehr Kostbares ist. Zeit, Geld und Energie. *Du* bist etwas sehr Kostbares. Und solange dir das nicht bewusst ist, verbrauchst du deine Ressourcen, bis du eines Tages nichts mehr geben kannst.«

»Aber das klingt, als müsste ich … geizig damit umgehen.«

»Nur solange du nicht der Überzeugung bist, dass du es wert bist.« Justine nickte, ein Zeichen, dass die Unterhaltung damit beendet war. »Außerdem klebt an deinen Schuhen und überall auf dem Boden Erbrochenes. Bitte such dir eine Stelle, wo Teppich liegt. Magensäure verätzt die Holzpolitur.«

»Und du behauptest, kein mütterlicher Typ zu sein.« Lachend nahm Lara ein Geschirrtuch und versuchte, sich das Erbrochene abzuwischen, während sie das Baby weiter beruhigte. »Leugnen ist zwecklos, Mom. Du bist gewissermaßen Mary Poppins.«

21

Der Wecker riss Lara um Punkt sechs Uhr am Montagmorgen aus dem Tiefschlaf. Widerstrebend streckte sie ihre Hand unter der warmen Decke hervor und drückte auf die Schlummertaste, obwohl sie genau wusste, dass sie eigentlich aufstehen sollte. Justine mochte ihre Fehler haben, aber wie man ein Gästezimmer behaglich einrichtete, wusste sie. Es war so herrlich dunkel und kuschelig unter der Decke, so ruhig …

Lara rappelte sich auf. Im Zimmer herrschte vollkommene Stille. Lediglich der leise Luftzug in den Abzugsrohren neben der Badezimmertür war zu hören.

Kein Schnuppern. Kein Scharren. Kein Schnarchen.

»Iro?«, flüsterte sie und schwang die Beine über die Bettkante.

Linus, der neben ihr auf dem Bett lag, hob den Kopf, ließ ihn jedoch sofort wieder sinken und schlief mit einem tiefen, grummelnden Seufzer wieder ein. Rufus und Raggs gaben noch nicht einmal ein Lebenszeichen von sich.

Sie lauschte angestrengt, doch von Iros verdrossenem Schnaufen und Grollen war nichts zu hören.

In diesem Moment bemerkte sie den schmalen silbrigen Lichtkegel an der Tür, gerade breit genug, dass sich ein neugieriger kleiner Hund hinausstehlen konnte – auf verbotenes Terrain.

Der Dielenboden.

Lara spürte ihr Blut in den Ohren rauschen, als sie in Richtung Diele rannte. Schlitternd kam sie zum Stehen und untersuchte die schimmernden Holzdielen mit den Ledereinsätzen auf Spuren von Krallen oder Zähnen.

»Lara?« Justines Stimme drang aus der Küche. »Bist du das?«

»Ja.« Lara schluckte und folgte dem köstlichen Duft nach frisch gemahlenen Espressobohnen in die Küche. Ihre Mutter stand am Tresen und goss Magermilch in ihren Kaffee. Iro lag mit heraushängender Zunge mitten auf dem Küchenboden.

»Ich nehme an, du bist für dieses« – Justine hielt inne und warf einen Blick auf Iro – »Geschöpf dort verantwortlich?«

Stumm vor Entsetzen nickte Lara.

»Es ist mitten in der Nacht zu mir ins Bett gekommen. Zu meinem Gesicht, genauer gesagt. Ich wurde noch nie von einer schlabbernden Hundezunge geweckt und bin nicht scharf darauf, diese Erfahrung noch einmal zu machen.«

»Das verstehe ich vollkommen, Mom, und es tut mir aufrichtig leid. Bald sind wir weg hier, ich schwöre. Ich werde heute noch einen Termin mit einem Makler fürs Wochenende vereinbaren und darauf achten, dass meine Zimmertür ab sofort immer geschlossen ist.«

»Wie heißt dieses bedauernswerte Vieh noch mal?«

»Iro, wegen ihrer Irokesenfrisur.«

»Für jeden Friseur auf der Welt ein Schlag ins Gesicht.« Noch immer starrte Justine die Hündin an, als sei sie regelrecht hypnotisiert von ihrer schieren Hässlichkeit. »Wieso sieht das Vieh so zerrupft aus?«

»Sie hatte ein schweres Schicksal«, erklärte Lara trotzig. »Ihr Fell war so verfilzt, dass wir sie kahl scheren mussten. Außerdem ist Iro ein Mädchen.«

»Ah.« Justine ging in großem Bogen um Iro herum und trat zu Lara, worauf die Hündin sich auf die Füße hievte und ihr schnaufend folgte.

Mit geradezu oscarreifer Gleichgültigkeit umkreisten die beiden Diven einander, ohne auch nur einen Blick zu tauschen.

Lara warf einen Blick auf die Uhr. »Es ist noch sehr früh. Hast du Lust, mich auf meiner Morgenrunde mit den Hunden zu begleiten?«

»Nein danke.«

»Ach, komm schon. Es ist noch fast dunkel draußen. Du riskierst keinen Sonnenbrand und wirst auch niemandem begegnen, der dich kennt. Los, ziehen wir uns Turnschuhe an.«

»Wie bitte? Die halbe Nachbarschaft ist um diese Zeit beim Joggen oder Walken oder fährt zur Arbeit. Vergiss es.« Justine schnappte sich eine Zeitschrift und wandte sich zum Gehen.

»Mom, wann immer ich versuche, dich vor die Tür zu bekommen, sagst du Nein.«

Justine machte keine Anstalten stehen zu bleiben. »Und trotzdem fragst du immer wieder.«

»Jetzt bin ich aber doch neugierig.« Lara folgte ihr. »Was müsste ich tun, damit du mitkommst?«

»Gar nichts. Vergiss es.«

»Es muss doch irgendetwas geben, damit du deine Meinung änderst. Du sagst doch selbst immer, dass jeder seinen Preis hat.«

Justine straffte die Schultern. »Du willst also wissen, was nötig wäre, damit ich mich freiwillig dem Gespött und Mitleid der Leute, die mich nicht kennen, und der Schadenfreude all derer aussetze, die mich kennen?«

»Nein, ich will wissen, was nötig wäre, damit du in den verdammten Supermarkt gehst und Lebensmittel einkaufst«, gab Lara zurück.

»Hm.« Nachdenklich nippte Justine an ihrem Kaffee. »Vielleicht habe ich ja tatsächlich einen Preis. Du suchst doch nach einem Haus, stimmt's?«

»Ja.« Ein Grinsen erschien auf Laras Zügen. »Die Suche nach einem Haus, das ich mit allen Hunden beziehen kann, ist ein absoluter Albtraum. Aber da ich nicht viele Ersparnisse habe, dachte ich, ein Kaufobjekt kommt nicht in Frage. Tja, aber es hat sich herausgestellt, dass Melissa O'Brien – du weißt schon, die mit dem Begollie, der mit dem Wasserweitsprung anfängt …«

»Wovon um alles in der Welt redest du?«

»Egal. Jedenfalls hat sich herausgestellt, dass ihr Mann ein hohes Tier bei der Bank ist und mir helfen will, eine Hypothek zu bekommen.«

Justines Miene blieb neutral. »Tatsächlich.«

»Ja, tatsächlich! Und als Alphafrau von Mayfair Estates verdiene ich genug, um die Raten bequem abzuzahlen.

Es wird sogar billiger, als wenn ich zur Miete wohne. Stell dir das bloß vor – ich bin jetzt Unternehmerin, genauso wie du!«

Justine sah Lara nur an. Und Lara sah Justine an.

»Sehr gut. Wenn du mich zu den Besichtigungsterminen mitnimmst, gehe ich danach auch einkaufen.«

Lara kniff die Augen zusammen. »Wieso willst du mich zu den Besichtigungsterminen begleiten?«

»Das ist nebensächlich. Du hast nach meinem Preis gefragt, und ich habe ihn dir genannt. Nimm das Angebot an oder lass es bleiben.«

Lara maulte und murrte und stampfte mit dem Fuß auf, doch am Ende fügte sie sich. »Na gut, aber du behältst deine Meinung für dich. Und du wirst nicht das Haus aussuchen, das ich kaufe.«

»Das werden wir dann sehen.« Ein triumphierendes Lächeln erschien auf Justines Zügen, ehe sie die Tür zu ihrem Schlafzimmer öffnete.

Lara hörte das Klicken von Krallen auf den Fliesen. Augenblicke später kam Iro um die Ecke geschossen und flitzte geradewegs in Justines Zimmer. »Will sie etwa mit dir in diesem Zimmer bleiben?«

Justine starrte die Shih-Tzu-Hündin finster an. »Das sehe ich nicht so.«

»Iro!«, rief Lara. »Hey, los, Zeit für einen Spaziergang. Gassi. Hallo?«

Alle anderen Hunde kamen angelaufen, doch Iro ignorierte sie.

»Ich lasse sie später in den Garten hinaus«, schlug Justine vor. »Aber danach geht sie wieder in dein Zimmer. Bei dem ständigen Geschnaufe kann ich mich nicht auf mein Scrabble-Spiel konzentrieren.«

»Freunde dich lieber nicht mit ihr an«, warnte Lara. »Sie hasst alles und jeden.«

»Dann passen wir ja perfekt zusammen.«

»Ich habe einen Neuling für dich«, sagte Jason, als Lara zu ihrem Termin mit dem Leiter der Tierklinik erschien. »Hündin. Boxermischling. Etwa zwei Jahre alt.«

»Und wie lautet die schlechte Nachricht?«

»Es gibt keine.« Mit unschuldiger Miene breitete Jason die Arme aus. »Sie ist jung, kerngesund und sogar sterilisiert.«

»So, so.« Lara blieb skeptisch. »Und was ist passiert?«

»Die Besitzer können sie nicht länger behalten. Sie sind verheiratet, und die Frau ist eifersüchtig.«

»Auf den Hund?«

»Ja. Sie sagt, sie hätten sie gemeinsam ausgesucht, aber jetzt sei die Hündin völlig auf ihren Mann fixiert und zerstöre ›die Intimität ihrer Ehe‹.«

»Willst du mich auf den Arm nehmen?«

»Ich weiß, ich konnte mir auch kaum das Lachen verkneifen«, meinte Jason.

»Das muss ja ein Wahnsinnshund sein. Aggressionsneigungen?«

»Nein, sie ist ein echter Schatz. Allerdings habe ich den Eindruck, dass sie tatsächlich mit Männern besser zurechtkommt. Ich habe sie heute Morgen den anderen Teammitgliedern vorgestellt und festgestellt, dass sie die Frauen so gut wie gar nicht beachtet.«

»Oje«, stöhnte Lara. »Haben wir etwa eine zweite Iro am Hals?«

»Ausgeschlossen.« Jason war dem Charme der Boxerdame eindeutig bereits erlegen. »Sie steht eben auf Jungs.«

»Okay, ich setze mich gleich an ihre Vita für die Webseite.« Jeder Hund bei *Lucky Dogs* bekam sein eigenes Profil mit schmeichelhaften Bildern und Überschriften, die sich wie die Anzeigen einer Partnervermittlung lasen – »Liebenswürdige Kuschelverrückte sucht eingefleischten Junggesellen für ausgiebige Joggingrunden im Park. Hingebungsvoll und loyal bis zum Abwinken.«

»Wie heißt sie überhaupt?«

»Lucy.« Jason machte eine dramatische Pause. »Lucy Pelzstück.«

Lara brach in Gelächter aus. »Du lügst.«

»Nein. Der Mann hat sie Lucy getauft, und von der Frau hat sie den Namen Pelzstück bekommen. So etwas könnte ich nie im Leben erfinden.«

»Wann lerne ich denn die kleine Femme fatale kennen?«

»Wie wär's morgen Abend im Park? Du könntest Maverick und die Spaniels mitbringen.«

»Das geht leider nicht«, antwortete Lara. »Am Wochenende steht die nächste Hundeschau an, deshalb muss ich mit Eskie jeden Tag zwei Trainingseinheiten absolvieren. Außerdem habe ich ein Training mit Roo, dem Fettbrador, Schwimmtraining mit Cleo, dem Begollie-Mädchen, und Geruchstraining mit den beiden Jane-Austen-Hunden. Ach ja, und dann muss ich mir mit meiner Mutter ein paar Häuser ansehen. Ich bin komplett ausgebucht.«

»Dann kommt doch morgen über Mittag vorbei«, schlug Jason vor. »Eine Viertelstunde oder auch nur zehn Minuten.«

»Ich versuche es«, versprach Lara. »Aber ich habe so viel Arbeit, dass ich durchdrehe, wenn nur noch ein Termin dazukommt.«

Wie auf ein Stichwort läutete ihr Handy. Wider besseres Wissen nahm sie ab.

»Hey, La-la.« Ihr Vater schien so aus dem Häuschen und stolz auf sich zu sein, dass sie grinsen musste. »Was machst du gerade? Wir haben eine Überraschung für dich.«

»Bitte entschuldigt, dass ich so spät komme.« Lara tupfte sich mit einem Papiertaschentuch den Schweiß von der Stirn, als sie die Rasenfläche vor der städtischen Bibliothek überquerte. »Mein letzter Termin hat sich ewig hingezogen, und der Verkehr war fürchterlich. Ich hoffe, du …« Ihre Stimme verklang beim Anblick des zappelnden schwarz-braunen Welpen auf Trinas Arm.

Gil erhob sich von der Parkbank und gab ihr einen Kuss auf die Wange. »Darf ich dir unser neuestes Familienmitglied vorstellen?«

»Das ist Teddy«, verkündete Trina mit dem Stolz einer frischgebackenen Mutter. »Wir haben ihn gestern gekauft.«

Lara, die sich vorgebeugt hatte, um den Hund zu begrüßen, fuhr abrupt hoch.

»Er ist ein toller Hund«, erklärte ihr Vater eine Spur zu schnell und zu laut. »Aber ich habe im Internet gelesen, dass Rottweiler manchmal stur sind und unbedingt ihren Kopf durchsetzen wollen, deshalb dachte ich, du könntest uns ein paar Erziehungstipps geben.«

Lara strich sich das Haar hinter die Ohren und versuchte, sich ihre Verärgerung nicht anmerken zu lassen. »Entschuldige, aber hast du gerade ›gekauft‹ gesagt?«

Trina, die ihre Anspannung nicht zu bemerken schien, nickte. »Ja, ich habe ihn in der Zoohandlung gesehen und mich Hals über Kopf in ihn verliebt.«

Gil lächelte nachsichtig und streichelte Trinas Rücken. »Sie musste ihn unbedingt haben.«

»Aber …« Lara sah ihren Vater verwirrt an. »Ich hatte keine Ahnung, dass ihr euch einen Hund zulegen wollt. Wieso hast du mich nicht gefragt?«

»Das habe ich auch erst gemerkt, als ich Teddy gesehen habe.« Trina presste den kleinen Hund gegen ihre Wange. »Und dann kam kein anderer mehr in Frage.«

»Reg dich nicht auf, Schatz«, versuchte Gil, Lara zu beschwichtigen. »Ich weiß ja, wie du über den Welpenverkauf in Zoohandlungen denkst.«

»Nein«, widersprach Lara. »Ich glaube, das weißt du nicht.«

»Ich weiß, dass du so etwas strikt ablehnst.«

»Das stimmt, aber weißt du auch, wieso?« Lara holte Luft, um zu einem ihrer Vorträge über Welpenfabriken anzuheben – verantwortungslose Zuchtverfahren, nicht artgerechte Haltebedingungen und die daraus resultierenden gesundheitlichen und Verhaltensprobleme.

Doch beim Anblick von Trinas verzückter Miene beschloss sie, sich den Aufwand zu sparen. Trina würde ihr ohnehin nicht zuhören, weil sie auf einer Wolke der Seligkeit schwebte und nichts als weiches Fell und den köstlichen süßen Welpenduft wahrnahm.

Als Lara den beiden zusah, musste sie zugeben, dass sie ziemlich gut zueinanderzupassen schienen. Die Chemie stimmte eindeutig zwischen ihnen, auch wenn Teddy in puncto Aussehen einige Defizite aufwies.

Vielleicht war Lara nach ihrem Ausflug in den Ausstellungsring überkritisch, doch es stand außer Frage, dass Teddy in wesentlichen Punkten des Rassestandards jämmerlich versagte: Seine Schnauze war zu lang und spitz, seine Augen standen zu eng, und der Winkel seiner Schulterknochen und -muskulatur stimmte nicht.

Dieser knuddelige Welpe war ein genetischer Albtraum und würde in den nächsten Jahren wahrscheinlich schmerzhafte orthopädische Probleme bekommen, die mit teuren Operationen behoben werden mussten.

Aber Lara behielt ihre Befürchtungen für sich. Sie sah die glücklichen Gesichter von Trina und ihrem Vater und rang sich ein mühsames »Herzlichen Glückwunsch« ab.

»Teddy wird bei unserer Hochzeit dabei sein«, gestand Trina. »Ich habe die Floristin gebeten, einen kleinen Kranz für ihn zu flechten, den wir ihm um den Hals binden.« Sie zog die Nase kraus. »Ich hoffe bloß, wir bekommen ihn bis dahin stubenrein.«

»Na ja, bis zur Hochzeit sind es ja noch ein paar Monate, oder?«, erwiderte Lara. »Es bleibt also noch genug Zeit.«

»Ehrlich gesagt, findet die Hochzeit schon sehr bald statt«, verkündete ihr Vater. »Wir haben beschlossen, auf die förmliche Zeremonie, den schicken Empfang und all den Kram zu verzichten und es einfach über die Bühne zu bringen.«

»Mir ist all das sowieso nicht wichtig«, stimmte Trina zu, obwohl ihr wehmütiger Tonfall Laras Verdacht heraufbeschwor, dass sie sich sehr wohl eine feierliche Zeremonie und das ganze Brimborium gewünscht hatte. »Die Ehe zählt, nicht die Hochzeit.«

In diesem Moment fiel der Groschen: Der Welpe war ein Trostpflaster für Trina. Gil hatte seinen Kopf durchgesetzt, was die Hochzeit anging, aber Trina schwelgte trotzdem in der Gewissheit, dass ihr Verlobter ihr alle Spinnereien durchgehen ließ.

»Bekommst du wenigstens ein schönes Kleid?«, erkundigte sich Lara.

Das Wort »Kleid« riss Trina aus ihrer Welpen-Seligkeitsblase und katapultierte sie geradewegs in die Braut-Seligkeitsblase. »Letzte Woche habe ich ein wunderschönes Kleid im Ausverkauf erstanden. Es ist eigentlich ein Cocktailkleid, aber aus einem duftigen cremefarbenen Chiffon mit Blumenmuster …«

»Ermutige sie nicht auch noch, sonst stehen wir am Ende mit einem Brautkleid mit Schleier, Zwei-Meter-Schleppe und zwölf Brautjungfern vor dem Altar.« Gil lachte. »Nein, wir wollten nur eine schlichte standesamtliche Trauung und danach die engsten Freunde und Familienmitglieder zum Mittagessen einladen. Nichts Großes. Aber dich möchten wir natürlich dabeihaben.«

»Definitiv.« Trinas Strahlen wurde noch eine Spur breiter. »Und wir wollten dich um etwas bitten.«

Gil schüttelte kaum merklich den Kopf.

»Geht es um Teddy?«, fragte Lara.

»Ach, das kann doch warten«, erklärte Gil. »Eins nach dem anderen.«

»Wie beispielsweise die Frage, wie wir ihn stubenrein kriegen.« Trina zuckte zusammen, als Teddy seine Zähne in ihren Fingerknöchel grub. »Ich bin für jeden Ratschlag dankbar.«

»Erstens: Das darfst du ihm nicht durchgehen lassen.« Behutsam löste Lara Teddys Gebiss von Trinas Finger. »Eines Tages ist er ein großer Hund, und noch dazu von einer Rasse, die in der Öffentlichkeit nicht gerade den besten Ruf genießt. Deshalb musst du sofort anfangen, das Beißverbot mit ihm zu üben. Knabbern ist nichts Niedliches, sondern ein inakzeptables Verhalten.«

Trina nickte mit weit aufgerissenen Augen. »Und wie rufe ich ihn zur Ordnung?«

Am liebsten hätte sie ihr an den Kopf geworfen, dass es eigentlich die Aufgabe der Mutter sei, die diesen Part jedoch nicht hatte übernehmen können, weil ihr die Welpen viel zu früh weggenommen worden seien. »Du schiebst ihn entschlossen und konsequent zur Seite«, antwortete sie jedoch nur. »Außerdem ist er im Moment in einer sehr wichtigen Phase, was die Sozialisierung angeht, deshalb müsst ihr jeden Tag mit ihm raus. Ihr müsst ihm eine große Bandbreite an Erfahrungen bieten, weil er mit zunehmendem Alter nicht mehr so offen für diese Einflüsse ist. Wenn ihr wollt, dass er schwimmen lernt, geht jetzt mit ihm in den Pool. Wenn er sich mit anderen Tieren gut verstehen soll, bringt ihn so schnell wie möglich mit Katzen zusammen.«

»Okay.« Trina streichelte Teddys Kopf, der sich bereits wieder an ihrem Handgelenk zu schaffen machte. »Aber wie kriege ich ihn dazu, dass er nicht mehr auf den Teppich pinkelt?«

Seufzend streckte Lara die Hand aus und löste Teddys Gebiss von Trinas Arm. »Habt ihr eine Hundebox?«

»Nein.« Gil lächelte entschuldigend. »Wir hatten gehofft, du könntest uns eine leihen.«

»Was gebt ihr ihm zu fressen?«, fragte Lara weiter.

»Im Moment noch die Probepackungen, die sie uns in der Zoohandlung mitgegeben haben«, antwortete Trina.

Lara ratterte eine Liste hochwertiger Trockenfuttersorten herunter. »Rottweiler können tolle Hunde sein, aber man muss sich von Anfang an sehr konsequent um ihre Erziehung kümmern. Sagt euch das NILIF-Trainingskonzept etwas? Es ist die Abkürzung für ›Nothing In Life is Free‹.«

Verständnislose Mienen.

»Die Entscheidung, uns einen Hund zuzulegen, war ziemlich spontan«, gestand Gil.

»Ja, das sehe ich.« Offenbar war Laras Unmut nicht zu übersehen, denn ihr Vater schlüpfte reflexartig in seine Rolle als besänftigender Schlichter.

»Reg dich nicht auf, alles wird gut.«

»Ja, natürlich. Weil *ich* mich um alles kümmern werde«, herrschte sie ihn an. Kaum waren die Worte über ihre Lippen gekommen, bereute sie sie bereits. »Tut mir leid«, sagte sie zu Trina.

»Hey.« Gil lächelte immer noch, auch wenn sich eine hörbare Schärfe in seinen Tonfall geschlichen hatte. »Nur die Ruhe, Schatz. Es ist nur ein Welpe, keine große Sache. Seit wann bist du denn so kratzbürstig und hyperkorrekt?« Er wandte sich Trina zu. »Das muss an Justines Einfluss liegen.«

Lara wurde stocksteif. »Lass Mom aus dem Spiel, okay?«

»Gute Idee«, stimmte Gil zu. »Lass uns nicht streiten. Ich bin doch auf deiner Seite, Kleines, und außerdem derjenige, der für den Spaß zuständig ist.«

Lara sah die Kränkung in seinen Augen und wandte beschämt den Blick ab. Er hatte ja recht. Gil hatte sie stets in ihren Entscheidungen unterstützt, und sie hatte ihn nie enttäuscht, weil er niemals Forderungen an sie gestellt hatte. Seine Liebe zu ihr war bedingungslos. Verdiente er nicht dasselbe?

Also riss sie sich zusammen und entschuldigte sich ein weiteres Mal bei ihm, und als sie wenig später zum Parkplatz zurückging, stellte sie im Geiste bereits eine Liste dringender Erledigungen zusammen: einen Transportkorb für Dad besorgen, Dad einen Tierarzt empfehlen, sich für Dads neuen Hund Zeit für ein paar Gratis-Trainingseinheiten aus den Rippen schneiden und herausfinden, wie man einen Rottweiler-Welpen in höchstens sieben Tagen stubenrein bekommt …

Ziemlich viel Arbeit für einen »Elternteil, der für den Spaß zuständig ist«.

22

Als Lara am Freitagabend nach Hause kam, erwartete ihre Mutter sie bereits am Küchentisch.

»Komm schon, beeil dich, wir müssen los.« Justine erhob sich und nahm ihre Handtasche und die Wagenschlüssel. »Wir sind spät dran.«

»Spät wofür?« Lara breitete die Arme aus wie ein Verdächtiger, der von der Polizei gefilzt wird, während Justine ihr die schwarze Aktentasche abnahm und mit einer Fusselbürste über ihren Blazer und ihre Wollhose fuhr.

»Ich habe einen Termin für eine Hausbesichtigung vereinbart. Eigentlich hätten wir schon vor fünf Minuten dort sein sollen.« Justine zog eines von Laras Hosenbeinen zurecht, schnappte sich ein Geschirrtuch und begann, an einem Fleck auf ihrem Schuh herumzurubbeln. »Es ist unhöflich, andere Leute warten zu lassen.«

»Mein letzter Termin hat sich so lange hingezogen«, erklärte Lara und ging automatisch in die Defensive. »Und ich erinnere mich nicht, dass ich dich gebeten habe, einen Besichtigungstermin zu vereinbaren.«

»Jemand musste die Dinge endlich in die Hand nehmen. Wenn man das erste Mal ein Haus kauft, braucht man eine Maklerin, die ihr Handwerk versteht. Sandra hat mir bei diesem Haus geholfen. Sie ist eine hervorragende Geschäftsfrau mit einem guten Auge fürs Detail, außerdem hat sie keine Angst davor, auch mal mit harten Bandagen zu kämpfen.«

»Aber Mom ...«

Justine packte sie beim Ellbogen und bugsierte sie den Korridor entlang und in die Garage. Sie öffnete die Fahrertür und setzte sich eine riesige Sonnenbrille auf, während das Tor schnurrend hochglitt. »Was ist?«, fragte sie und warf Lara einen warnenden Blick über den Rand ihrer Brille hinweg zu, während sie einstieg.

Lara klappte den Mund auf, um dagegen zu protestieren, wie ein Kleinkind behandelt zu werden, und eine Serie von Argumenten herunterzurattern, weshalb das Ganze zum Scheitern verurteilt sei. Doch dann beobachtete sie, wie ihre Mutter sich anschnallte und ungeduldig mit den Fingern auf das lederbezogene Steuer trommelte.

Dies war das erste Mal seit Wochen, dass Justine das Haus verließ, ohne eine Spur Angst oder Verbitterung zu zeigen – sie war viel zu beschäftigt damit, das Leben ihrer Tochter zu managen, um über ihre eigenen Probleme nachzugrübeln. Zumindest für den Moment.

»Gar nichts.« Lara presste die Lippen aufeinander und setzte sich auf den Beifahrersitz. »Lass uns fahren.«

Sie warf ihrer Mutter einen verstohlenen Blick zu, als sie rückwärts mit dem Mercedes aus der Garage in die Einfahrt stieß, doch die Spätnachmittagssonne schien ihr nichts anzuhaben, als sie wieder in die reale Welt eintauchte. Justine sah kurz nach links und rechts, dann trat sie aufs Gaspedal.

»Also, denk daran«, warnte sie Lara, als sie den Hügel hinauffuhr und darauf wartete, dass das hohe schmiedeeiserne Tor von Mayfair Estates aufschwang. »Überlass mir das Reden.«

»Und? Wie gefällt es Ihnen?«

Lara stemmte die Hände in die Hüften und sah sich nickend im Wohnzimmer um. »Es hat Potenzial.«

Justine schnaubte abfällig. »Ich bitte dich. Das ist eine Bruchbude.«

»Aber nein. Mit moderneren Lichtschaltern und einer frischen Schicht Farbe …«

»Ist es immer noch eine schimmlige Bruchbude«, warf Justine ein und wandte sich an Sandra. »Sie sollten den Interessenten Schutzmasken und Overalls zum Exposé dazugeben.«

Sandra zog sich in die Küche zurück. »Ich gebe Ihnen etwas Zeit, um sich in Ruhe auszutauschen.«

Lara schüttelte den Kopf. »Mom, soll ich dir sagen, was noch unhöflicher ist, als zu spät zu kommen? Von Schutzmasken und Overalls anzufangen, wenn jemand einem eine Immobilie aus seinem Bestand zeigt.«

Justine winkte ab. »Dieses Haus gehört nicht zu ihrem Bestand. Igitt. Sandra würde lieber sterben, als einen Verkäufer dieses Kalibers zu vertreten.«

»Wieso sind wir dann hier?«

»Weil ihr bei dem lächerlichen Budget, das du willkürlich vorgegeben hast, keine andere Wahl bleibt, als so ein Objekt zu zeigen.«

»Mein Budget mag ein bisschen niedrig angesetzt sein«, räumte Lara ein, »aber willkürlich festgelegt ist es nicht. Ich weiß, wie viel ich jeden Monat für die Hypothekenrückzahlung ausgeben kann, und wollte den Betrag auf keinen Fall übersteigen. Ich bin einfach nur vernünftig. Du solltest stolz auf mich sein.«

»Du bist geizig«, gab Justine zurück. »Wenn du mir erlauben würdest, dir unter die Arme zu greifen, könntest du dir ein viel schöneres Haus in einer viel schöneren Gegend leisten.«

»Ich will es aber allein schaffen. Ich bin dir sehr dankbar für dein Angebot, ehrlich, aber es ist Zeit, dass ich auf eigenen Füßen stehe. Das solltest du doch besser verstehen als jeder andere.«

»Aber diese Bruchbude!«, stöhnte Justine beim Anblick der Sprühputz-Zimmerdecke. »Der Teppichboden ist steinalt. Sieh dir bloß die Flecken an. Wenn ich nur an die Bakterien und den Schmutz denke, wird mir ganz anders; außerdem will ich mir lieber gar nicht erst vorstellen, wie es hinter den Badezimmerwänden aussieht.«

»Es ist nicht perfekt, aber es hat Potenzial.«

»Ja. Das Potenzial, in sich zusammenzufallen.«

»Nicht jeder braucht einen Landschaftsgärtner, Seidentapeten an den Wänden und eine Dusche von der Größe eines Gemischtwarenladens zum Glücklichsein.«

»Doch«, widersprach Justine. »Die Leute sind nur sich selbst gegenüber nicht ehrlich genug, um es zuzugeben.«

Einen Moment lang starrten sie sich finster an. Lara hörte Sandra in der Küche mit ihren Unterlagen rascheln.

Schließlich trat Justine einen Schritt näher. »Ich habe nicht die letzten dreißig Jahre damit verbracht, neunzig Stunden in der Woche zu arbeiten, damit mein einziges Kind in einer solchen …« – sie breitete die Arme aus – »… Absteige leben muss.«

»Doch, hast du.« Lara reckte trotzig das Kinn. »Du hast mir jeden Tag aufs Neue gezeigt, wie wichtig es ist, sich Ziele zu setzen und sich dann den Hintern aufzureißen, um sie zu erreichen. Du hast von niemandem erwartet, dass er dir etwas schenkt, und dasselbe gilt auch für mich.«

Justine presste sich beide Zeigefinger gegen die Schläfen. »Wieso musst du immer bloß so stur sein?«

»Ich kann nicht anders. Das liegt mir im Blut.«

Sandra streckte den Kopf ins Wohnzimmer. »Und, Ladys? Wie lautet das Urteil?«

»Setzen wir es auf die Liste der Häuser, die vielleicht in Frage kommen.« Lara faltete die Liste zusammen und steckte sie in die Tasche.

»Inakzeptabel«, erklärte Justine. »Wir brauchen etwas mit mehr Quadratmetern, einem besseren Grundriss und einem größeren Garten.«

Sandras Blick schweifte zwischen Mutter und Tochter hin und her, ehe sie sich auf Justines Seite schlug.

»Definitiv. Ich habe auch schon etwas im Auge. Es ist gerade hereingekommen.«

»Hervorragend«, sagte Justine. »Wie viele Bäder hat es?«

»Zweieinhalb«, antwortete Sandra.

»Und die Badewannen? Standardgröße oder etwas Anständiges?«

Justine und Sandra gingen vor Lara her zu Sandras Limousine, die vor dem Haus geparkt war. Lara wurde auf den Rücksitz verfrachtet, wo sie wie ein mürrischer Teenager stumm vor sich hin brütete. Während die beiden älteren Frauen über Hypothekenraten, Eigenkapital und bevorzugte Wohnlagen diskutierten, kramte Lara ein uraltes Päckchen Kaugummi aus der Tasche, schob sich einen in den Mund und begann Blasen zu machen.

Justine hingegen war voll und ganz in ihrem Element. Die Aussicht auf ein Schnäppchen schien sie mit neuer Energie und Lebensfreude zu erfüllen. Ein fleckiger Teppichboden und das Versprechen auf riesige Badewannen hatten geschafft, was Lara nicht gelungen war – ihre Mutter aus der Abgeschiedenheit ihres Hauses zu locken.

Und das, sinnierte Lara, war es allemal wert, die eine oder andere überflüssige Besichtigungstour über sich ergehen zu lassen.

23

»Heute werden wir die blaue Schleife holen«, verkündete Cherie Chadwick zur Begrüßung vor dem Kongresszentrum von Scottsdale.

»Wir tun unser Bestes«, erwiderte Lara, nahm Eskies Leine und kraulte die Hündin hinter den Ohren. »Stimmt's, mein Mädchen?«

»Ich habe eine Karte an alle Richter geschickt und sie über unseren dritten Platz informiert. Ich habe sie sogar von einem Profi entwerfen lassen.«

»An welche Richter?«, fragte Lara. »Die von der letzten Schau?«

»Nein, nein, an die heutigen.« Cheries Brillantohrstecker funkelten im Sonnenlicht, als sie sich vorbeugte, um ihre Hündin zu küssen. »Heute sieht mein kleines Schätzchen ganz besonders hinreißend aus, muss ich sagen. Genauso wie Sie – dieses Kostüm steht Ihnen ausgezeichnet.« Sie strich das Revers von Laras fransenbesetztem Blazer glatt.

Das Kostüm aus schwarz-weiß-türkisfarbenem Bouclé hatte über tausendfünfhundert Dollar gekostet. Cherie hatte Lara am Samstagmorgen zu ihrer persönlichen Einkaufsberaterin geschleppt. Lara wäre beim Anblick des Preisschilds in der Umkleidekabine zwar beinahe in Ohnmacht gefallen, aber Cherie hatte darauf bestanden, dass sie es anprobierte, in den verspiegelten Vorraum trat und vor ihr auf und ab ging wie ein Rassehund, der den Kampfrichtern seine Vorzüge präsentiert.

Prompt hatte Cherie ihre Kreditkarte gezückt und das Kostüm, ohne mit der Wimper zu zucken, gekauft – ein Kostüm, das bis auf die wenigen Gelegenheiten, wenn Lara einen Hund in den Ring führte, ungenutzt im Schrank hängen würde. Aber das gehörte offenbar dazu, wenn man sich in der Welt der Hundeschauen bewegte. Lara war bewusst, dass Eskies Bewertung eher von gutem Aussehen und dem persönlichen Geschmack der Kampfrichter abhing als von einem tadellosen Körperbau und perfektem Gehorsam.

»Heute ist ein hervorragender Tag zum Siegen«, trällerte Cherie, als sie am Parkplatzrand darauf warteten, dass Eskie zum letzten Mal vor der Schau ihr Geschäft erledigte. »Es geht doch nichts über eine blaue Schleife als Accessoire.«

»Los geht's, mein Mädchen.« Lara nahm die Leine und ging mit Eskie eine Handvoll Befehle durch. »Holen wir uns das Ding.«

Und genau das taten sie auch. Lara konnte nicht genau sagen, ob es an der besonderen Atmosphäre in der Kongresshalle, an ihrem nagelneuen Kostüm, das sich von Eskies schwarzem Fell abhob, oder an Cheries großzügigem Einsatz von Volumenspray lag, doch es schien alles wie geschmiert zu laufen. Statt wie beim letzten Mal die anderen Hunde zum Spielen zu animieren und jedes vorbeikommende Lebewesen freundlich zu begrüßen, richtete sie ihre Aufmerksamkeit auf die Richter und absolvierte ihre Aufgaben mit derselben Ruhe und Konzentration wie Lara. Sie trabte auf und ab, machte brav Sitz und zeigte mit einem gesitteten Hundelächeln ihre Zähne.

»Braves Mädchen«, murmelte Lara, als die Richter sich zur Beratung zurückzogen, und belohnte sie mit einem Stück getrocknetem Rindfleisch.

Die Richterin musste sehr angetan von ihrer Vorstellung gewesen sein, denn sie gab Eskie den ersten Platz. Strahlend schüttelte Lara ihr die Hand und verließ den Ring.

»Mission erfüllt«, verkündete sie und überreichte Cherie die blaue Schleife, worauf diese ihr einen verschlossenen Umschlag in die Hand drückte – zweifellos ein neuerliches »Leckerli«.

»Ich wusste es! Mein Baby ist die geborene Siegerin, und ich wusste auch, dass Sie die Richtige für sie sind.« Cherie warf die Arme um Eskie und bedeckte ihre flauschige weiße Hundeschnauze mit Küssen. »Oh, ich liebe es, wenn ich recht behalte! Und jetzt holen wir uns noch den ›Best in Group‹, und dann nehmen wir den ›Best in Show‹ in Angriff. Mein Schatz wird ein nationaler Champion!«

»Eins nach dem anderen«, versuchte Lara ihren Enthusiasmus zu zügeln.

»Ich kann es kaum erwarten, allen von unserem Erfolg zu erzählen! Los, gehen Sie zurück in den Ring und holen Sie die Richterin. Ich muss unbedingt noch ein paar Fotos für die Kampagne schießen.« Lara und Eskie lächelten in die Kamera, während Cherie Fotos machte und der Richterin zu ihrem erstklassigen Geschmack gratulierte.

Da der »Best in Group«-Titel erst am Ende der Präsentationen sämtlicher Rassen verliehen wurde, blieb ihnen jede Menge Zeit. Cherie ging mit Eskie zum Wagen zurück, um sie noch einmal zu bürsten und eine frische Schicht schwarze Vaseline aufzutragen, ehe sie sie Lara übergab.

»Sie sollten sie eine Weile nehmen«, gestand sie verlegen. »Ich bin so überdreht, dass ich sie nervös mache, glaube ich.«

»Kein Problem.« Lara drehte mit Eskie ein paar Runden auf dem Gelände. Anfangs schien Eskie noch ein wenig hektisch zu sein und hechelte und sabberte, doch dann entspannte sie sich, schnüffelte auf dem Boden herum und leckte die Müllbehälter ab.

Als Lara einer Gruppe Belgischer Schäferhunde zusah, bemerkte sie, dass ein Mann von der anderen Seite des Rings zu ihr herüberlächelte. Er sah so gut aus und schien sie so eindringlich zu betrachten, dass sie den Impuls unterdrücken musste, sich umzudrehen und nachzusehen, ob irgendeine atemberaubende Schönheit hinter ihr stand.

Dann fiel der Groschen. *Er sieht Eskie an.* Bei einer Veranstaltung wie dieser erregte ein bildschöner Berner Sennenhund mehr Aufmerksamkeit als ein Supermodel.

Doch der Typ sah ihr direkt ins Gesicht und kam zu ihnen herüber, kaum dass sie Blickkontakt aufgenommen hatten.

Aufgeregt wischte sie sich die Handflächen am Rock ab und sandte ein kurzes Dankgebet gen Himmel, dass Justine ihr verboten hatte, ohne Wimperntusche, Puder und Lippenstift das Haus zu verlassen.

Trotz ihrer gespannten Erregung konnte sie einen Anflug von Enttäuschung und Illoyalität nicht leugnen, schob jedoch entschlossen sämtliche Gedanken an Evan beiseite.

Vergeblich.

Der Fremde war groß und schlank und hatte ein jungenhaftes Grübchen am Kinn. Lara erwiderte sein Lächeln.

Bevor einer von ihnen etwas sagen konnte, schob Eskie sich zwischen sie, setzte sich mitten auf seine Schuhe und lehnte sich gegen seine Schienbeine.

Er taumelte einen Schritt rückwärts, fing sich jedoch lachend wieder.

»Tut mir leid.« Lara befahl Eskie, Sitz zu machen und sich nicht von der Stelle zu rühren. »Das ist Eskie. Sie mag Sie offenbar. Das habe ich noch nie bei ihr erlebt.«

»Sie ist bildhübsch.« Er beugte sich vor, um ihren Kopf zu tätscheln, hielt jedoch inne und warf Lara einen fragenden Blick zu. »Darf ich?«

»Gern. Sie lernt gern neue Leute kennen.« Was sich als blanke Untertreibung entpuppte. Eskie setzte sich auf die Hinterbeine und legte ihre Pfoten in seine Hände, ehe sie unvermittelt vorschnellte und sein Gesicht ableckte.

Erfreut registrierte Lara, dass er nicht vor Schreck zurückwich oder angewidert das Gesicht verzog. Stattdessen setzte er Eskies Pfoten behutsam nacheinander auf den Boden und richtete sich auf.

Lara zog ein Papiertaschentuch aus ihrer Jackentasche und tupfte ihm den Hundespeichel ab. »Tja, jetzt kennen Sie mein Geheimnis: Ich bin die schlechteste Hundetrainerin der Welt.«

»Ganz im Gegenteil.« Seine Finger streiften ihre Hand, als er ihr das Taschentuch abnahm und sich das Gesicht abtrocknete. »Ich sehe, dass sie Sie respektiert und fürchtet.«

Lara brach in Gelächter aus, während Eskie zum nächsten Frontalangriff ansetzte und schwanzwedelnd eine Pfote hob, um mit ihrem neuesten Schwarm Händchen zu halten. Lara sah förmlich die roten Cartoon-Herzen vor ihren Augen pulsieren.

»Ich bin Tim.« Zu Eskies Leidwesen ließ er ihre Pfote los und reichte stattdessen Lara die Hand.

»Hi, Tim, ich bin Lara.« Sie schüttelten einander die Hände – einen Moment länger, als unbedingt notwendig gewesen wäre. »Präsentieren Sie auch Ihren Hund heute?«

»Nein, ich bin mit meiner Schwester hergekommen, die mit einigen ihrer Jack Russells antritt. Ich habe ihr geholfen, den Zwinger einzurichten und ein Auge auf die Hunde zu haben, die gerade nicht im Ring sind.« Er spannte seinen Bizeps an. »Ich bin sozusagen der Jack-Russell-Roadie.«

»Und ein netter Bruder.«

»Na ja, ich stehe bis zum heutigen Tag in ihrer Schuld, weil ich früher ihre Barbies skalpiert habe. Aber jetzt sind wir fertig, und …« Zum ersten Mal schien er etwas verunsichert zu sein. »Mir fällt nichts Geistreiches ein, deshalb frage ich einfach rundheraus: Besteht irgendeine Möglichkeit, Sie und Eskie zum Abendessen einzuladen?«

Flirten hatte noch nie zu Laras Stärken gehört. Sie stieß einen Laut aus, der irgendwo zwischen einem Lachen und einem Seufzer lag. »Sehr gern, aber wir müssen hierbleiben, bis die ›Best in Group‹-Titel vergeben werden.«

»Dann vielleicht morgen?«

Lara zögerte, obwohl sie wusste, dass sie eigentlich Ja sagen sollte. »Na ja …«

»Nächste Woche?« Er strahlte, worauf ein Grübchen an seinem Kinn erschien. »Sagen Sie es mir, wenn ich anfange, verzweifelt zu klingen.«

»Sie klingen, als wären Sie sehr nett«, sagte sie. »Allerdings muss ich Ihnen vorher eine Frage stellen: Sind Sie ein Hundemensch?«

»Absolut«, antwortete er wie aus der Pistole geschossen. »Ich liebe Hunde. Ich habe zwar im Moment selbst keinen, aber nur, weil es in meinem Leben kürzlich ein paar Veränderungen gegeben hat.«

Lara beugte sich vor. »Was für Veränderungen denn?«

»Ich schlage vor, ich gebe Ihnen meine Visitenkarte. Rufen Sie mich an, wenn Sie Lust haben, sich mit mir zu treffen.«

Er drückte ihr seine Karte in die Hand, wobei er erneut ihre Finger einen Moment länger umschlossen hielt, ehe er ein letztes Mal Eskies Kopf tätschelte und davonging.

Leise sabbernd sahen Lara und Eskie ihm nach.

Sie spürte, wie sich ein langsames, verblüfftes Lächeln auf ihrem Gesicht ausbreitete.

Evan wer?

O Gott, Evan Walker!

Lara hatte sich bereit erklärt, am Sonntagnachmittag Helen und Frank Years und ihre beiden Hunde zu einem Geruchstraining zu begleiten. Der Kurs fand in einem öffentlichen Park neben einem großen Einkaufszentrum statt, dessen Parkplatz brechend voll war. Lara fuhr den ganzen Parkplatz von Target, dem Pecto-Tiersupermarkt und dem Baumarkt ab, bis sie endlich eine Lücke fand. Als sie den Asphalt überquerte, bemerkte sie einen Mann in einer der Fahrzeugreihen neben ihr. Einen Mann, der verdächtig wie Evan aussah.

Sie blieb abrupt stehen.

Es *war* Evan.

Sie erstarrte und sog so scharf den Atem ein, dass er – der Mann, mit dem sie das Bett geteilt und sich ein gemeinsames Leben bis zum Tod ausgemalt hatte – den Kopf wandte und zu ihr herübersah.

Evan erstarrte ebenfalls. Dann tauchte er ab, machte auf dem Absatz kehrt und rannte wie von der Tarantel gestochen zu seinem Wagen zurück.

Lara starrte stur geradeaus und zwang ihre Gesichtsmuskeln zu einer, wie sie hoffte, neutralen Miene, doch sie spürte bereits, wie ihre anfängliche Kränkung in blanke Wut umschlug. Wie konnte er es wagen, sie zu ignorieren? Und einfach abzuhauen? Nach allem, was sie gemeinsam erlebt hatten, verdiente sie es nicht, so behandelt zu werden …

»Lara?«, ertönte seine Stimme, leicht atemlos und nervtötend jovial, hinter ihr.

Sie weigerte sich, sich zu ihm umzudrehen. »Ich bin auf dem Weg zu einem Kurs. Du?«

»Ich muss in den Baumarkt.«

»Brauchst du neues Klempnerwerkzeug?« Sie konnte sich den Seitenhieb nicht verkneifen.

Er bemühte sich um ein Lachen. »Nein. Ich muss nur ein Loch in der Rigipswand in Ordnung bringen.«

Sie schloss die Augen in der Erwartung einer bissigen Bemerkung, dass er immer noch mit der Reparatur der Schäden beschäftigt sei, die *ihre* Hunde in *seinem* Haus angerichtet hatten, doch zu ihrer Verblüffung wechselte er das Thema.

»Wie geht es dir?«

»Gut«, antwortete sie in ebenso fröhlichem Tonfall. »Ich überlege, mir ein Haus zu kaufen.«

»Tatsächlich?« Seine Freude schien etwas gedämpft zu sein. »Wie schön für dich. Im Moment ist es ein sehr guter Zeitpunkt zum Kaufen.« Er zögerte. »Wohnst du noch bei Kerry?«

Lara schüttelte den Kopf. »Nein, bei meiner Mom.«

»Du meine Güte. Wie soll *das* denn funktionieren?«

Sein Tonfall ärgerte sie. »Sehr gut sogar. Wir vertiefen unsere Beziehung zueinander.«

»Du? Und deine Mutter? Vertieft eure Beziehung zueinander?«

»Genau. Ich wohne in ihrem Gästezimmer, bis ich

etwas gefunden habe. Keine Ahnung, wie das ging, aber ich bin die Alphafrau von Mayfair Estates geworden.«

Er lachte. »Was um alles in der Welt ist eine Alphafrau?«

»Du erzählst mir, welches Problem du mit deinem Hund hast, und ich löse es, egal, was es ist.« Endlich wandte sie sich zu ihm um und schilderte ihm einige ihrer abenteuerlichsten Aufträge.

Er lehnte sich gegen den Laternenpfahl und lauschte konzentriert, wobei er ihr tief in die Augen sah. Lara entging nicht, dass sie an denselben Stellen ihrer Schilderung lachen mussten.

»Du solltest diese Fernsehmoderatorin noch mal anrufen und ihr sagen, dass du dringend eine eigene Sendung brauchst«, meinte er, als sie geendet hatte.

Unwillkürlich waren sie immer dichter zusammengerückt und lächelten einander im spätnachmittäglichen Licht zu. Als eine Brise Lara das Haar ins Gesicht wehte, streckte Evan die Hand aus und strich die Strähnen zurück, wobei seine Hand behutsam über ihre Wange glitt.

In diesem Augenblick läutete ihr Handy. Erschrocken und ein wenig verlegen wichen sie voneinander zurück.

»Ich gehe nicht ran«, murmelte sie.

Doch Evan räusperte sich. »Los, nimm ruhig ab.«

Sie schob sich eine Strähne hinters Ohr. »Nein, nein, das kann warten.«

»Lara, ich bitte dich. Ein Karton voller Pitbull-Welpen

oder ein Sheltie, der sich nach einer Operation einen Faden abgeknabbert hat, oder sonst ein Hundenotfall könnte deine Aufmerksamkeit verlangen.« Er sah sie wissend an. »Und? Liege ich richtig?«

Sie kniff die Augen zusammen. »Versuchst du etwa, Streit mit mir anzufangen?«

»Nein, ich rate dir nur, das zu tun, was du machen möchtest.« Achselzuckend steckte er die Hände in die Hosentaschen. »Jetzt brauchst du ja kein schlechtes Gewissen mehr zu haben. Wir sind getrennt. Du kannst machen, was du willst.«

»Ja, das ist mir bewusst.«

»Wieso siehst du dann so sauer aus?«

Sie kaufte ihm seine Unschuldsnummer nicht ab. »Du scheinst ja ganz genau zu wissen, womit ich meine Zeit so verbringe. Aber was ist mit dir? Was stellst du mit all der freien Zeit an?«

Er lief rot an. »Ach, ich arbeite. Das Semesterende steht vor der Tür. Das Übliche.«

Sie nickte. »Du hast dich ja mächtig angestrengt, dein Haus bis auf das letzte Molekül von meinen Habseligkeiten zu befreien.«

»Gern geschehen.« Offenbar fasste er ihre Bemerkung fälschlicherweise als Kompliment auf.

»Und die Schlösser hast du auch ausgewechselt.« Sie hielt inne. »Ich nehme an, du führst bereits Bewerbungsgespräche für meine Nachfolge.«

Er starrte sie an. Sie erwiderte seinen Blick.

»Lass uns nicht so miteinander reden«, sagte er ganz langsam und leise.

»Zu spät«, gab sie zurück. »Du hast beim letzten Mal den Hörer nicht aufgelegt.«

Seine entsetzte Miene bestätigte ihre schlimmsten Befürchtungen. »Und was hast du gehört?«

»Genug, um zu wissen, dass du entweder in Rekordzeit eine andere gefunden oder mich bereits während unserer gemeinsamen Zeit betrogen hast.« Sie kreuzte die Arme vor der Brust. »Und? Was davon trifft zu?«

»Du weißt ganz genau, dass ich dich nie betrügen würde.«

»Nein, das weiß ich nicht. Ich wusste nicht, dass du so wütend auf mich bist. Ich wusste nicht, dass du Hunde hasst. In Wahrheit wusste ich gar nichts über dich.«

Er zuckte zusammen. »Lass die Hunde aus dem Spiel, ja?«

»Du hast gesagt, dass du mich liebst, Evan. Und mich heiraten willst. Wie zum Teufel kannst du einfach so losziehen und sofort einen Ersatz für mich finden?« Sie schnippte mit den Fingern.

»Du wolltest mich nicht«, erklärte er. »Du hast meinen Ring die Toilette hinuntergespült.« Er vergrub die Hände noch tiefer in den Taschen und starrte auf ein Kaugummipapier vor ihm auf dem Boden. »Was kümmert es dich also, ob es jemand Neues in meinem Leben gibt? Soll ich den Rest meines Lebens damit zubringen, dir nachzutrauern?«

»Nein.« *Ja, genau.* »Na ja, nicht den Rest deines Lebens, aber zumindest vielleicht eine Weile? Schon mal etwas von einer angemessenen Trauerphase gehört?«

Er hob abrupt den Kopf. »Vielleicht bin ich ja gar nicht traurig.«

»Tja, ich vielleicht auch nicht«, blaffte sie.

»Sehr gut.«

»Wunderbar.«

Sie fuhren beide herum und stapften davon. Nach wenigen Metern zog Lara den Reißverschluss ihrer Handtasche auf. »Warte!«, rief er ihr hinterher.

Sie blieb stehen und drehte sich um, während sie sich im Geiste für den winzigen Hoffnungsschimmer ohrfeigte, der in ihrem Herzen aufglomm.

»Kann ich …« Er fuhr sich mit der Hand durchs Haar. »Können wir …«

Sie sah ihm in die Augen. »Bevor du deine Frage stellst, denk an deine ›Honey‹, durch die du mich ersetzt hast.«

Er erstarrte. »Ich habe dich nicht …«, stammelte er, als er seine Fassung wiedererlangt hatte.

»Bringst du diesen Satz auch nicht über die Lippen?« Sie wartete einen Moment, dann wandte sie sich ab. »Auf Wiedersehen, Evan.«

Sie kramte in ihrer Handtasche, bis sie die Visitenkarte gefunden hatte. Als sie den Park betrat, verdrängte sie ihre Wut und ihre Reue und wählte mit zitternden Fingern die Nummer.

»Hi, Tim, hier ist Lara. Ich habe noch einmal über Ihre Einladung nachgedacht. Es wäre schön, wenn wir essen gehen würden. Wie wär's am Samstagabend?«

24

»Am Samstag habe ich ein Date«, verkündete Lara, als sie mit Justine zum Einkaufen fuhr – das zweite Mal innerhalb weniger Tage, dass Justine das Haus verließ. »Mit einem Mann, den ich bei der Hundeschau letztes Wochenende kennengelernt habe.«

Justines flache Atemzüge und ihre ineinander verkrallten Finger verrieten, dass sie sich am Rande einer Panikattacke befand, und Lara hoffte, sie mit einem Einblick in das Liebesleben ihrer Tochter ein wenig abzulenken.

Und siehe da. Kaum war das Wort »Date« über Laras Lippen gekommen, schien Justines Angst vergessen zu sein.

»O nein, Lara. Jetzt, wo du endlich ein bisschen Erfolg als Hundetrainerin hast, willst du dich doch nicht von so etwas wie ›Liebe‹ und ›Romantik‹ ablenken lassen, oder?« Justine zeichnete Anführungszeichen in die Luft. »Hast du denn gar nichts aus deiner letzten Beziehung gelernt?«

»Ich habe nicht behauptet, dass ich eine neue *Beziehung* eingegangen bin«, gab Lara zurück und bog auf den Parkplatz des Supermarkts ein. »Schließlich habe ich nicht vor, bei dem Typen einzuziehen, sondern gehe bloß mit ihm essen. In Wahrheit ist es sogar ein Vergeltungsdate.«

»Was ist denn ein Vergeltungsdate?«

»Ein Date, bei dem man mit Absicht mit einem superheißen Typen ausgeht, nur um seinem Ex zu beweisen, dass man sich einen Mann geangelt hat, der tausend Mal besser ist, sein Leben in vollen Zügen genießt und deshalb heilfroh über die Trennung sein kann, während er in die Röhre guckt.«

»Verstehe. Das klingt doch sehr vielversprechend.«

»Ja, nicht wahr?« Lara löste ihren Sicherheitsgurt. »Okay, gehen wir.«

Justine rührte sich nicht vom Fleck. »Ich schaffe das nicht.«

»Natürlich schaffst du das. Wir sind doch nicht hergekommen, um deine Vorratskammer aufzustocken, sondern gehen einfach rein, stellen uns an der Salattheke einen Salat zusammen und gehen wieder hinaus. Das Ganze dauert nicht mal fünf Minuten.«

»Ich mache dir einen Vorschlag. Ich sage dir, was ich haben will, und du gehst rein und stellst alles für mich zusammen.« Justine nickte in Richtung ihrer Designerhandtasche. »Nimm dir Geld aus meiner Börse, völlig egal wie viel.«

»Netter Versuch.« Lara zog den Zündschlüssel ab. »Aber mit Bestechung kommst du nicht weiter. Du hast mich gezwungen, dich zu den Besichtigungsterminen mitzunehmen, und jetzt gehst du mit mir einen Salat kaufen.«

»Wann bist du denn so aggressiv geworden?« Zum

zwanzigsten Mal überprüfte Justine ihren Lippenstift im Rückspiegel, dann setzte sie ihre Sonnenbrille auf, schlang sich einen italienischen Seidenschal um den Kopf und öffnete die Tür. »Sei ehrlich – wie sehe ich aus?«

»Wie eine glamouröse internationale Spionin, die dringend einen Rucolasalat und ein paar Radieschen braucht.«

Justine hastete hinter Lara her in den blitzsauberen Bio-und-Fairtrade-zertifizierten, sündhaft teuren Supermarkt. Sie hatten ihren Ausflug bewusst auf den Nachmittag gelegt, zwischen den Massen, die fürs Mittagbeziehungsweise das Abendessen einkauften. Deshalb waren die Gänge in der Obst- und Gemüseabteilung nahezu verwaist bis auf ein paar junge Mütter mit ihren Kinderwagen. Als Justine sicher war, dass sie keine Gefahr lief, erkannt zu werden, nahm sie ihre Sonnenbrille ab und löste den Schal um ihren Kopf.

»Ohhh, sieh nur.« Bewundernd blieb Lara vor einem Regal voll exotischer Früchte stehen. »Mangos.«

Justine schob sie weiter in Richtung Salattheke im hinteren Teil des Ladens. »Los, geh weiter. Wir sind nicht zum Herumschlendern hier.«

Lara lachte. »Da hätten wir's. So bin ich aggressiv geworden.«

Sie nahmen zwei Plastikschalen und füllten sie mit Blattsalaten, Oliven und Schafskäse. Justine packte eine Möhrenscheibe mit der Plastikzange und nahm sie in Augenschein, ehe sie die Nase rümpfte und das schlaffe Gemüsestück wieder zurücklegte.

In diesem Moment entdeckte Lara den Mann, der ihre Mutter anstarrte.

»Psst.« Sie drängte sich neben Justine.

Justine schob sie zur Seite. »Rück mir doch nicht so auf die Pelle, Lara. Ich bin gleich fertig, dann kannst du dir deinen Tofu nehmen.«

Lara stieß sie noch einmal an. »Der Typ da drüben sieht die ganze Zeit her.«

»Was?«

»Heißer Typ auf neun Uhr.«

Justine hob abrupt den Kopf. »Wo?«

»Nicht hinsehen!«, zischte Lara. »Der Typ da drüben bei der Feinkost. Der in der Lederjacke mit dem markanten Kiefer«, murmelte Lara, während Justine sich wieder dem Salat zuwandte.

»Der?« Justine unterzog den Mann einer kritischen Blitzmusterung. »Der ist zu klein für mich.«

»Aber er ist bestimmt eins achtzig.«

»Ich ziehe aber eins fünfundachtzig oder größer vor.«

»Früher habe ich mich immer gefragt, ob irgendetwas auf der Welt gut genug für dich ist. Jetzt kenne ich endlich die Antwort: NEIN.« Lara sog scharf den Atem ein, als der Mann geradewegs auf sie zusteuerte. »Er kommt herüber. Ich gehe rüber zu den Milchprodukten, damit ihr euch allein unterhalten könnt.«

Justine schnappte nach Luft. »Wage es nicht, mich allein hier stehen zu lassen. Wir haben eine Abmachung!«

»Zu spät.« Lara flitzte los, um sich einen griechischen Joghurt zu holen, wobei sie dem Mann ein ermutigendes Lächeln zuwarf.

Zwei Minuten später ertönte das unverkennbare Klackern von Justines Highheels hinter ihr. Als Lara sich umdrehte, sah sie Justine mit einer schwarz geränderten Visitenkarte in der Hand auf sich zukommen.

Aufgeregt verschränkte Lara die Finger. »Und?«

Justine setzte ihre Sonnenbrille wieder auf. »Er heißt Dale, arbeitet als Anwalt und hat sich gerade ein Haus hier in der Gegend gekauft.«

»Und er hat dich gefragt, ob du mit ihm ausgehst.« Ihre Begeisterung verflog beim Anblick von Justines Miene. »Oje. Hat er nicht?«

Justine zog ihren Schal heraus und schlang ihn sich um den Kopf, während sie in Richtung Kasse gingen. »Er ist Anwalt für Schadenersatzfälle, Lara. Und er wollte nicht mit mir ausgehen, sondern hat mich gefragt, was mit meinem Gesicht passiert sei und ob es jemanden gäbe, den wir verklagen könnten.«

»Beruhige dich, Mom. Wir sollten nicht überreagieren.« Lara folgte Justine durch die Garage ins Haus. Auf dem Weg in die Küche öffnete sie die Tür zum Gästezimmer und ließ die Hunde heraus.

»Ich überreagiere nicht«, gab Justine zurück und warf ihre Handtasche auf den Küchentresen, statt sie wie gewohnt sorgsam im Schrank zu verstauen. »Ich will nur telefonieren.«

»Und wen rufst du an?«, fragte Lara mit angstgeweiteten Augen.

»Die Investmentfirma in Los Angeles. Ich werde die Salons verkaufen.«

»Mom!«

»Nein, Lara, das war's. Wenn einen die Leute schon im Supermarkt ansprechen und fragen, wen sie wegen meines Gesichts verklagen können, ist es Zeit, der Kosmetikindustrie Adieu zu sagen.«

»Aber das ist doch völlig verrückt. Du kannst die Salons nicht verkaufen.«

»Und wie ich das kann.«

Lara öffnete den Kühlschrank, nahm eine Flasche Weißwein heraus und schenkte zwei Gläser ein. »Aber der Salon ist dein Lebenswerk. Dein Baby.«

»Er *war* mein Baby.« Justine zupfte ein Papiertaschentuch aus einer Schachtel und rieb sich den Lippenstift ab, ehe sie das Weinglas entgegennahm und einen großen Schluck trank. »Das Management-Team kommt wunderbar ohne mich zurecht. Sie brauchen mich nicht mehr.«

»Aber du solltest die Entscheidung nicht übers Knie brechen. Denk doch erst noch einmal darüber nach. Vierundzwanzig Stunden.«

Justine sah sie über den Rand des Glases hinweg an. »Ich habe dich nicht nach deiner Meinung gefragt.«

Lara warf Linus einen warnenden Blick zu, als er eine große rotbraune Pfote auf den Holzboden legte. Eilig zog er den Kopf ein und kehrte in die Küche zurück. »Ich schwöre, Mom, dein Gesicht ist nicht …«

»Lass es gut sein, Lara. Ich weiß genau, wie ich aussehe.«

Lara wusste nicht, was sie noch sagen sollte, deshalb streckte sie die Hand aus und legte sie auf Justines Finger.

»Es tut mir leid«, sagte sie leise. »Ich hätte dich nicht zwingen sollen, in den Laden zu gehen.«

»Ich bitte dich.« Justine warf den Kopf zurück. Die glänzenden Strähnen der dunklen Perücke schimmerten im Schein der Küchenbeleuchtung. »Du kannst mich zu gar nichts zwingen.«

»Das stimmt, aber ich habe dich bedrängt, reinzugehen und mit diesem Dale zu reden ...«

»Hier geht es doch nicht um diesen Mann, verstehst du das denn nicht?«, herrschte Justine sie an und knallte ihr Glas mit einer solchen Wucht auf die Arbeitsplatte, dass der Stiel abbrach. »Wen interessiert es, was ein dahergelaufener Schwachkopf im Supermarkt sagt? Es geht um *mich*!« Sie wirbelte herum und verließ die Küche.

»Wenn du später gern reden willst ...«, rief Lara ihr hinterher, als sie den Weg in ihr Zimmer einschlug.

»Sicher nicht.«

»Na gut. Du bist beim Scrabble dran.«

Justine gab keine Antwort. Sie knallte zwar ihre Zimmertür nicht zu, schloss sie jedoch mit so viel Nachdruck, dass Lara gar nicht erst in Versuchung kam, ihr zu folgen.

Keine zehn Sekunden später drang ein zorniger Schrei aus dem Raum. »Wieso liegt eigentlich dieses Vieh ständig auf meinem Bett?«

Ein flüchtiger Blick über die Köpfe der Hunde verriet, wer fehlte: Iro hatte sich davongestohlen und es sich auf dem Bett des zweiten Alpha-Miststücks im Haus bequem gemacht.

Lara lauschte in der Erwartung, dass Justine die Tür aufriss und Iro des Zimmers verwies, doch nichts geschah.

Sie spülte ihr Weinglas ab, machte die Arbeitsplatte sauber, holte die Mülltonnen vom Straßenrand in die Garage zurück, ehe sie den letzten Rest von Shellys tiefgekühlter Suppe fürs Abendessen aufwärmte.

Um halb sieben ertönte ein Bellen an der Haustür: Ivory war gekommen, um sich ihrer Abendrunde anzuschließen.

Nach einem anstrengenden Fünf-Kilometer-Marsch durch die hügeligen Straßen von Mayfair Estates ließ Lara sich aufs Sofa fallen und wartete auf ein Lebenszeichen von Justine.

Dann endlich, um zehn Uhr, summte ihr Handy.

Justine hatte das nächste Wort gelegt. TUNIKA für sensationelle vierundvierzig Punkte.

Mit einem erleichterten Seufzer studierte Lara ihre Buchstaben und versuchte, ein Wort zu finden, obwohl ihr längst klar war, dass es ihr ohnehin nicht gelingen würde. Ihre Mutter würde sie wieder einmal vernichtend schlagen. Gnadenlos und ohne mit der Wimper zu zucken.

Alles war wieder so, wie es sein sollte.

»Ich bin verliebt«, verkündete Kerry.

Lara stellte ihr Telefon auf Lautsprecher und sah noch einmal auf den Stadtplan. Sie war unterwegs zum Abendessen mit Tim. Eigentlich hatte sie eine übermüdete, hysterische, verzweifelte Kerry am anderen

Ende erwartet … So ziemlich alles außer dem, was sie nun zu hören bekam.

»Ach ja?«

»Ja. Absolut und bis über beide Ohren.«

»Wie schön für dich.« Es war wunderbar, die alte Lebhaftigkeit in Kerrys Stimme zu hören. »Was ist passiert? Ist Richard früher von seiner Geschäftsreise zurückgekommen und hat dich zu einem romantischen Wochenende entführt?«

»Was? Der?«, fragte Kerry, als hätte sie vergessen, wer dieser Typ überhaupt war. »Nein. Der kommt erst nächste Woche zurück, aber das spielt auch keine Rolle. Ich habe alles hier, was ich brauche.«

Lara blieb an einer roten Ampel stehen. »Was ist los? Muss ich dich daran erinnern, dass du die Kontaktanzeigen in der Zeitung überblättern sollst?«

Kerry lachte. »Ich bin in Cynthia verliebt. Sie ist perfekt! Und zum Niederknien süß. Ich könnte sie fressen, mein süßes kleines Mädchen.«

»Wow.« Lara stieß einen anerkennenden Pfiff aus. »Dieses Medikament gegen Säurereflux schlägt wohl an, was?«

»Ja. Und meine Hormone haben sich offenbar auch wieder eingekriegt. Ich habe keine Ahnung, wie das passiert ist, und es ist mir auch egal.« Kerry klang, als wäre sie auf einem Endorphin- oder sonstigen Trip. »Ich fühle mich, als wäre ich … Erinnerst du dich noch daran, als du auf der Highschool das erste Mal verliebt warst? Wie dich deine Gefühle komplett überwältigt haben? Wie du am liebsten die ganze Nacht aufgeblieben wärst, um dir den Sonnenaufgang anzusehen? An diese Euphorie, die sich angefühlt hat, als hättest du Drogen genommen?«

Lara versuchte, sich ihre letzte romantische Begegnung auf dem Parkplatz vor dem Baumarkt ins Gedächtnis zu rufen. »Vage.«

»Genauso geht es mir gerade. Ich bin völlig verliebt in dieses Baby!«

»Es freut mich so sehr, das zu hören.«

»Verstehe mich nicht falsch. Ich bin immer noch hundemüde, das Haus ist der reinste Schweinestall, und vielleicht werde ich nie wieder eine Bluse ohne Flecken von Erbrochenem tragen, aber aus irgendeinem Grund spielt das alles keine Rolle mehr.« Kerry gab einen leisen Laut irgendwo zwischen einem Säuseln und einem Seufzer von sich. »Ich könnte ihr stundenlang beim Schlafen zusehen. Diese kleine Nase, die Fingerchen und ihre Wangen, o Gott, diese Wangen …«

So geht es mir jedes Mal, wenn ich einen neuen Welpen bekomme, dachte Lara, verkniff sich die Bemerkung jedoch. »Klingt, als würde jemand eine Bindung zu seiner Tochter aufbauen.«

»So fest wie Superkleber.« Kerry wurde ernst. »Hör zu, mein Gejammer, das Heulen und mein Geschwafel über Mexiko …«

»Ja?«

»Nichts davon ist je passiert, okay? Vergiss einfach, was in den letzten Wochen vorgefallen ist.«

»Klar.« Lara bremste, als eine Ampel auf Rot sprang, und trug noch eine Schicht Lipgloss auf. Sie hatte sich von Justine stylen lassen – Haare, Make-up und Outfit – mit dem Resultat, dass sie sich selbst kaum wiedererkannte.

»Wunderbar. Übrigens solltest du dir dringend einen Kerl suchen und auch schwanger werden. Mutter zu sein ist das Allergrößte.«

»Jetzt machst du mir ernsthaft Angst. Stehst du nächstens vor meiner Tür und drückst mir Infomaterial deiner Mami-und-ich-Gruppe in die Hand?«

»Widerstand ist zwecklos.« Kerry lachte boshaft.

»Ich fahre gerade auf den Parkplatz vor dem Restaurant. Ich melde mich später noch mal.«

»Moment mal – Restaurant?«

Lara nahm eine Dose Minzpastillen aus dem Handschuhfach. »Das Restaurant, in dem ich jetzt gleich ein Date habe.«

»Lara Madigan! Du hast mir kein Wort davon erzählt!«

»Wie könnte mein mickriges erstes Date auch mit der großen Liebe deines Lebens konkurrieren?« Lara schilderte Kerry, wie sie Tim kennengelernt hatte, während sie ihren Kombi am Parkservice vorbeimanövrierte und auf den Parkplatz für das gewöhnliche Volk lenkte.

»Klingt, als wäre der Typ perfekt.«

Lara verzog das Gesicht. »Am Anfang sieht es immer so aus.«

»Ja, ja, schon klar, Justine.«

»Autsch.«

»Ich sage doch nur, dass du offen für alles bleiben sollst.«

»Ich werde es versuchen«, versprach Lara und schaltete den Motor aus.

»Und amüsier dich gut.«

»Genau das habe ich vor.«

»Und vergiss nicht, ihn zu fragen, ob er Kinder will«, fügte Kerry nach einer kurzen Pause hinzu.

»Ich muss jetzt Schluss machen.«

»Ich schwöre, ich könnte den ganzen Tag hier sitzen und nur ihren Duft einatmen.«

»Vielleicht solltest du dich in die Baby-Entzugsklinik einweisen lassen, du Junkie.«

Lara grinste immer noch, als sie das Restaurant betrat.

Und da saß er und wartete auf sie, perfekt gekleidet und überpünktlich: der perfekte Mann.

25

»Nett ist es hier«, sagte Lara. Sie ließ sich gegen die gepolsterte Rückenlehne ihrer Bank sinken und nippte an ihrem Wasser. »Ich war eine Ewigkeit nicht mehr aus.«

Kaum waren die Worte über ihre Lippen gekommen, hätte sie sie am liebsten zurückgenommen. Es gab wohl nichts Schlimmeres, als bei der ersten Verabredung über seine Isolation zu jammern.

Tim, der in seinem maßgeschneiderten Hemd und der Krawatte die lässige Eleganz eines *GQ*-Models verströmte, sah im Kerzenschein sogar noch besser aus. »Das kann ich mir kaum vorstellen. Bei all den Hundeschauen und Trainings lernen Sie doch bestimmt massenhaft Männer kennen.«

»Wenn Sie wüssten. Die meisten Männer rufen mich nur an, weil ihre Frau oder Freundin sie dazu zwingt.« Lara strich sich übers Haar, dem Justine erbarmungslos mit Spülung, Fön und Glätteisen zu Leibe gerückt war. »Männer engagieren grundsätzlich keine Frau als Hundetrainer.«

»Etwa, weil sie nicht mit einer Alphafrau umgehen können?«, fragte er mit einem verschmitzten Lächeln.

Lara erwiderte das Lächeln. »So in dieser Art, ja. Und hat Ihnen die Hundeschau gefallen?«

»Ich hab so etwas noch nie gesehen. Meine Schwester züchtet schon seit mehreren Jahren, und ich habe immer versprochen, sie eines Tages zu einer Schau zu begleiten. Ich bin froh, dass ich es jetzt endlich getan habe.« Er bedeutete Lara mit dem Finger, sich vorzubeugen. »Ich habe bei den Belgischen Malinois eine süße Brünette kennengelernt.«

Lara legte den Kopf schief. »Und? Stimmt die Chemie?«

»Definitiv. Selbst ihr Berner Sennenhund konnte die Pfoten nicht von mir lassen.«

Lara mimte die Schockierte. »Was für ein schamloses Weibsstück.«

»Ach, es spricht nichts dagegen, direkt zu sein.« Sie hielten inne, als der Kellner an ihren Tisch trat, um ihnen die Spezialitäten des Tages zu erläutern.

Tim warf einen flüchtigen Blick auf die Speisekarte, ehe er sich wieder Lara zuwandte. »Was gefällt Ihnen denn?«

Lara spürte, wie ihr die Hitze ins Gesicht stieg. »Alles.«

Der Kellner nahm dies als Stichwort, um sich für ein paar Minuten zurückzuziehen.

Wahnsinn, dachte Lara. *Wir amüsieren uns, wir flirten, die Chemie zwischen uns stimmt …*

Na ja, halbwegs.

Dass sie sich gut verstanden und heftig flirteten, ließ sich nicht leugnen, nur mit der Chemie schien es nicht ganz so gut zu klappen. Was seltsam war. Tim war attraktiv, souverän, witzig, klug – sie *musste* sich doch zu ihm hingezogen fühlen! Das wird schon noch, sagte sie sich. Wenn sich ihre Nervosität erst einmal gelegt hatte.

»Sind Sie auch mit Jack Russells aufgewachsen?«, fragte sie.

»Nein, ich hatte immer Promenadenmischungen. Bis letztes Jahr war es Uno, ein Husky-Mischling.«

»Uno wie das Kartenspiel?«

»Uno wie Staatsfeind Nummer eins. Er konnte eine echte Nervensäge sein, und er hat unzählige Sachen zerrissen, trotzdem war er ein toller Hund.«

»Was ist mit ihm passiert?« Lara wartete mit angehaltenem Atem in der Hoffnung, dass Tim nicht »All die Haare und die Spielsachen im Haus waren mir zu viel, deshalb habe ich ihn ins Tierheim gebracht« antworten würde.

»Er hat Krebs bekommen. Ich habe Unsummen für eine Chemo und Medikamente ausgegeben, aber am Ende hatte der arme Kerl zu große Schmerzen, deshalb mussten wir ihn erlösen. Manchmal überlege ich, mir einen neuen Hund zuzulegen, aber Uno hat dafür gesorgt, dass ein Durchschnittshund für mich nicht mehr in Frage kommt.«

»Verstehe«, sagte Lara. »Mein erster Hund war ein Chihuahua namens Beacon, und seither hatte ich nie wieder eine so enge Beziehung zu einem Hund.«

»Ein Chihuahua? Wie interessant. Ich hätte Sie nicht als Chihuahua-Typ eingeschätzt.«

»Das bin ich auch nicht«, gestand sie. »Normalerweise mag ich lieber große, träge Burschen wie Schweißhunde, aber Beacon war etwas ganz Besonderes.«

Während der nächsten Minuten erzählten sie sich gegenseitig von ihren Hunden, ehe sich die Unterhaltung persönlicheren Themen zuwandte.

»Waren Sie schon mal mit jemandem zusammen, der Probleme mit Ihrem Hund hatte?« Lara konnte sich die Frage nicht verkneifen.

Leicht verlegen zupfte Tim an seiner Manschette herum. »Was das angeht, hatte ich keine Probleme, weil ich eine halbe Ewigkeit nicht mehr mit Frauen ausgegangen bin.«

»Das heißt, normalerweise treiben Sie sich nicht auf Hundeschauen herum und baggern Berner Sennenhunde und ihre brünetten Besitzerinnen an, ja?«, neckte Lara, völlig hingerissen von seiner plötzlichen Schüchternheit.

Er blickte wieder auf die Speisekarte. »Nein. Ich war fünf Jahre verheiratet. Dies ist das erste Mal, dass ich mich wieder aufs Parkett wage.«

Laras Lächeln verflog. »Seit wann sind Sie geschieden?«

»Ich bin nicht geschieden.« Er schluckte. »Meine Frau ist vor einem guten Jahr gestorben. Genauer gesagt, einen Monat vor Uno.«

»O Gott, das tut mir aufrichtig leid.«

Er nickte. »Es klingt immer noch seltsam, wenn ich es laut ausspreche. Valerie war lange Zeit krank, aber seltsamerweise habe ich nie ernsthaft damit gerechnet, dass sie sterben könnte.«

Ein gequälter Unterton schlich sich in seine Stimme. Lara machte keine Anstalten weiterzubohren, doch er schien sich verpflichtet zu fühlen fortzufahren.

»Leukämie«, sagte er nur. »Wir haben es einen Monat vor der Hochzeit erfahren, aber wir waren so sicher, dass sie die Krankheit besiegen würde. Lange Zeit sah es auch so aus. Immerhin hat sie bis einen Tag nach unserem fünften Hochzeitstag durchgehalten.«

Erst als Lara zu sprechen versuchte, fiel ihr auf, dass sie sich unwillkürlich die Hand auf den Mund gepresst hatte. »Das ist … Ich …«

Er drückte die Schultern durch und zwang sich zu einem Lächeln. »O Mann. Ich habe mir geschworen, nicht die Trauriger-Witwer-Nummer abzuziehen. Meine Schwester hat mir noch eingebläut, Valeries Namen heute Abend bloß nicht in den Mund zu nehmen. Es hat mich gekränkt, dass sie glaubte, sie müsse mich extra daran erinnern. Und was tue ich?«

»Keine Angst«, beruhigte Lara ihn. »Ihre Schwester wird es nie erfahren. Das bleibt unser kleines Geheimnis.«

»Das sagen sie am Anfang alle.« Er strich sich mit den Händen übers Gesicht. »Und ehe ich mich versehe, erpressen Sie mich und verlangen von mir, dass ich Sie zu den Schauen begleite, Krallen schneide, Hunde bürste … Wo soll das bloß enden?«

»Hey.« Lara stupste ihn unter dem Tisch behutsam mit dem Fuß an. »Betrachten Sie den Abend hier einfach als Übungseinheit.«

»Aber ich will gar nicht üben.« Er stupste sie ebenfalls an. »Das letzte Jahr war die reinste Katastrophe, und es wird höchste Zeit, dass ich mein Leben wieder auf die Reihe bekomme. Natürlich fehlt mir Valerie, aber inzwischen ist die Trauer abstrakter geworden. Ich versuche, mich wieder an das Singleleben zu gewöhnen, habe aber viele Regeln inzwischen vergessen. Wie zum Beispiel ›Bei der ersten Verabredung auf keinen Fall von der toten Ehefrau anfangen‹.«

»Aber Sie machen Ihre Sache großartig«, beteuerte Lara.

Er lachte. »Wenn es so wäre, müssten Sie es mir nicht bestätigen. Weil Sie alle Hände voll zu tun hätten, mir nicht die Kleider vom Leib zu reißen.«

Lara setzte sich demonstrativ auf ihre Hände, und sie lachten, doch während der vergangenen Minuten war der Anflug von Romantik einer Atmosphäre der Kameradschaftlichkeit gewichen. Lara spürte, wie die Anspannung von ihr abfiel und sie die Rolle der Flirtpartnerin ablegte, um in die der guten Freundin zu schlüpfen.

»Also macht Ihnen das Singledasein keinen Spaß?«, fragte sie, nachdem sie den Kellner herbeigewinkt und die Vorspeise bestellt hatte.

»Ehrlich gesagt, hat die Partnersuche noch nie zu meinen Stärken gehört«, gestand er mit einem schiefen Lächeln.

»Wie bitte?« Sie verpasste ihm einen Klaps auf den Oberarm. »Sie sind doch der perfekte Mann.«

Auch er schien zu spüren, dass sich die Vorzeichen ihrer Verabredung verändert hatten, löste seine Krawatte und bestellte sich ein Bier. »Von einer Beziehung in die nächste zu springen war nie mein Ding. Ich bin gern verheiratet. Alle haben mich gewarnt, dass mein

Leben todlangweilig werden würde, aber das stimmte nicht. Val und ich haben es genossen, uns freitagabends aufs Sofa zu kuscheln und uns zum achtzehnten Mal *Die Bourne Identität* anzusehen.«

»Sie waren beide Robert-Ludlum-Fans?«

»Ich schon, Val war wohl eher Matt-Damon-Fan.« Er grinste. »Was ist mit dir? Warst du je verheiratet?« Unwillkürlich war er zum »Du« übergegangen.

»Fast.« Sie trank einen Schluck Wasser, um Zeit zu gewinnen. »Meine letzte Beziehung war ziemlich ernst, hat aber am Ende nicht funktioniert.«

»Wo lag das Problem?«

»Er wollte heiraten.«

»Was für ein Arschloch«, gab Tim zurück. »Kein Wunder, dass du dich von ihm getrennt hast.«

»Ich wollte auch heiraten. Zumindest am Anfang. Aber kaum war ich bei ihm eingezogen, fiel alles innerhalb weniger Wochen wie ein Kartenhaus zusammen.«

Er beugte sich interessiert vor. »Aber du liebst ihn immer noch.«

Lara verschluckte sich an ihrem Wasser. »Was? Nein!«

»Doch. Du solltest mal dein Gesicht sehen, wenn du von ihm sprichst. Du siehst genauso aus wie Eskie. Dieselben traurigen braunen Augen.«

»Jetzt vergleichst du mich auch noch mit einem Hund? Das ist aber nicht sehr nett«, sagte sie, als ihr Hustenanfall abgeklungen war.

»Nur die Augen«, sagte er. »Aber was ist so schlimm daran, dass du deinen Exfreund immer noch liebst? Deswegen braucht man sich doch nicht zu schämen.

Hey, ich liebe meine Frau auch immer noch, obwohl sie tot ist. Du hast wenigstens die Chance, dass ihr euch doch noch versöhnt.« Er schob seinen Teller beiseite. »Allerdings wirst du wohl diejenige sein, die ihm beim nächsten Mal einen Antrag macht.«

»Ich glaube nicht, dass es ein nächstes Mal geben wird. Es ist vorbei.«

»Das hört sich für mich aber nicht so an.«

Lara zerknüllte ihre Serviette im Schoß. »Im Grunde spielt es keine Rolle mehr, ob ich glaube, dass es vorbei ist oder nicht, weil es für ihn so dermaßen vorbei ist, dass es für uns beide reicht.«

»Das kann ich mir nicht vorstellen. Du bist so hübsch, so bezaubernd …«

»Ich habe seinen Verlobungsring die Toilette hinuntergespült.«

Tim fiel die Kinnlade herunter.

»Er hat mich dazu getrieben.« Sie schilderte ihm kurz die Vorfälle um Mr. Hörnchen und den Ring. »Findest du immer noch, ich soll ihm einen Antrag machen?«

»Natürlich, du kannst das Ruder noch mal herumreißen, deshalb – Ja.«

Sie wurde rot. »Das sagst du nur, weil du noch nie miterleben musstest, wie ich eine Horde kranker Streuner mit nach Hause bringe oder unsere Urlaubskasse plündere, weil ich Geld für die OP eines verletzten Hundes brauche.«

»Moment – konnte er die Hunde nicht leiden, oder war er sauer, weil deine Hunderettungsorganisation deine gesamte Zeit und Energie verschlungen hat?«

Lara runzelte die Stirn. »Ich weiß es nicht. Am Ende hat er gesagt, ich wüsste nie, wann es genug sei. Ich sei nicht bereit, auch mal Nein zu sagen und eine Grenze zu ziehen.«

Tim drehte sein Bierglas zwischen den Handflächen hin und her. »Und hatte er recht damit?«

Lara leerte ihr Wasserglas, ehe sie antwortete. »Irgendwie schon.« Sie musste lachen. »Das ist wohl das schlechteste erste Date in der Geschichte der Menschheit.«

»Aber wir amüsieren uns.« Ein wehmütiger Ausdruck trat auf seine Züge. »Ich vermisse all das. Allein schon das Zusammensein, verstehst du? Ich vermisse es, dass jemand abends neben mir im Bett liegt. Und mir am Frühstückstisch gegenübersitzt und sein Müsli löffelt.«

Lara nickte und dachte an Evan. Dann sah sie Tim wieder an, einen starken Mann, dem es immer noch schwerfiel, seinen Verlust zu verwinden; einen Mann, der dringend einen Rettungsanker brauchte. »Tim, du bist wirklich ein netter Kerl …«

»O nein«, stöhnte er. »Sag es nicht. ›Du bist ein netter Kerl‹ bedeutet, dass ich dir noch nicht mal einen Gutenachtkuss geben darf.«

Lara sah ihn verblüfft an. »Wir sitzen hier bei einem romantischen Abendessen bei Kerzenschein und sind zu der Erkenntnis gelangt, dass ich immer noch in meinen Exfreund verliebt bin und du den Tod deiner Frau noch nicht verarbeitet hast. Weshalb um alles in der Welt solltest du mir einen Gutenachtkuss geben wollen?«

»Weil ich ein Mann bin.«

Und zwar ein ehrlicher, das musste sie ihm lassen. »Na gut, du darfst mir einen Gutenachtkuss geben.«

Er hob die Hand, um mit ihr abzuklatschen.

»Auf die Wange.«

Er ließ die Hand wieder sinken.

»Aber ich kann dir versprechen, dass du nie wieder Angst davor haben musst, allein im Bett zu liegen oder dein Müsli morgens allein zu essen.« Sie lächelte beim Gedanken an Miss Lucy Pelzstück mit ihrem seidig braunen Fell und ihrer mangelnden Toleranz für weibliche Wesen. »Ich mag nicht die richtige Frau für dich sein, aber ich habe den perfekten Hund.«

26

Lara nahm nicht an der Trauung ihres Vaters teil; lediglich Gil, Trina und ihre Eltern waren anwesend, da die Zeremonie an einem Mittwochvormittag stattfand. Erst beim Mittagessen lernte sie die restlichen Gäste kennen – Trinas Familie, ihre Zimmergenossinnen vom College, ein paar Arbeitskollegen, die ihr nahestanden.

Soweit sie sehen konnte, war sie der einzige Gast von der Seite des Bräutigams. Ihre Großeltern väterlicherseits waren bereits tot, und Gils Verhältnis zu seinem Bruder, der in Oregon lebte, war nicht sonderlich eng.

Lara war bewusst, dass Trinas Familie ab sofort auch Gils Familie wäre. Er würde an den Feiertagen am Tisch seiner Schwiegereltern sitzen und Grillfeste, Weihnachten und Silvester mit den Menschen verbringen, die seine Frau seit vielen Jahren kannte.

Mit der Heirat hatte Gil offiziell ein neues Leben begonnen, doch zu ihrem Erstaunen fühlte Lara sich nicht ausgeschlossen, sondern empfand eine tiefe Dankbarkeit. Endlich konnte sie aufhören, sich Sorgen um ihn und die Frage zu machen, ob er jemals so etwas wie ein normales, geregeltes Leben führen würde.

Trina saß zu seiner Rechten, Lara zu seiner Linken. Sie lachte über seine Scherze, hob ihr Glas bei jedem

Toast, hielt jedoch selbst keine Rede. Nach dem Dessert umarmte sie ihn, entschlossen, unbemerkt hinauszuschlüpfen und sich aus seinem Leben zu verabschieden, bis er das nächste Mal den Drang verspürte, sie zu sehen.

Doch als sie ihren Stuhl zurückschob, packte Gil sie bei der Hand.

»Warte«, sagte er. »Ich muss mit dir reden.«

Beim Klang der Entschlossenheit und der Erwartung in seiner Stimme hätte sie am liebsten die Flucht ergriffen, unterdrückte den Impuls jedoch.

Er hatte sie gebeten zu bleiben, und sie konnte es ihm nicht abschlagen.

Nachdem die Gäste aufgebrochen waren, führte er sie nach draußen zu einer verwitterten Bank im Innenhof des Restaurants. Er setzte sich mit dem Rücken zur Sonne, so dass Lara mit der Hand die Augen gegen die grelle Sonne abschirmen musste, während seine frischgebackene Ehefrau hinter ihm stand und an ihrem schlichten, aber eleganten cremefarbenen Cocktailkleid herumzupfte, mit dem sie sich anstelle eines aufwendigen weißen Hochzeitskleids zufriedengegeben hatte.

»Ich hab dich lieb, La-La.« Lächelnd legte Gil den Arm auf die Rückenlehne der Bank.

»Ich … Ich hab dich auch lieb«, sagte Lara langsam.

Er holte tief Luft. »Erinnerst du dich noch, dass du dir früher immer ein Geschwisterchen gewünscht hast?«

»Na ja, du kennst ja meinen Dad«, sagte Lara am selben Abend zu Kerry, als sie in Kerrys Garten mit den Hunden spielten, während Richard – der zwischen zwei Geschäftsreisen für vierundzwanzig Stunden nach Hause gekommen war – oben Cynthia badete.

»Nein, ich kenne ihn nicht«, sagte Kerry.

»Ja, natürlich, aber du weißt einiges über ihn.« Lara ging in die Knie, um den vollgeschlabberten grünen Ball entgegenzunehmen, den Linus ihr brachte, stand auf und schleuderte ihn so weit weg, wie sie nur konnte. Ohne zu zögern, hetzte Linus mit für seinen massiven Körperbau verblüffender Geschwindigkeit los.

»Ich weiß, dass du einen Vater hast, das stimmt.«

»Der heute geheiratet hat.«

»An einem Mittwoch?«

»Es war eine einfache standesamtliche Trauung ohne großen Schnickschnack. Danach waren wir alle Mittag essen, und er hat mich beiseitegenommen und mir gesagt, dass er und seine neue Frau Trina sich Kinder wünschen.«

»O Mann. Aber sie ist doch … keine Ahnung … in deinem Alter?«

»Ja, aber das ist nicht das Problem.« Lara hielt inne, um sich zu sammeln. Die Unterhaltung mit Gil wiederzugeben fiel ihr nicht leicht. »Trina kann keine Kinder bekommen. Ich weiß nicht mehr genau, weshalb, aber es hatte irgendetwas mit ihren Eierstöcken und Zysten zu tun.«

»Ich hoffe bloß, es kommt nicht das, was ich denke.«

»Wart's ab«, sagte Lara. »Da sie laut Aussage der Ärzte höchstwahrscheinlich selbst nie ein Kind austragen kann …«

»Halt. Sag es nicht. Sie wollen dich als Leihmutter haben!«

»Nein.« Lara schloss die Augen. »Die Antwort darauf wäre meine leichteste Übung. *Nie im Leben!* Mag sein, dass man mich leicht zu etwas überreden kann, was ich nicht will, aber selbst ich würde mich weigern, mir Hormonspritzen verpassen zu lassen und das Kind einer anderen Frau auszutragen. Vor allem nachdem ich bei Cynthias Geburt dabei war.«

»Schmerzhaft, anstrengend und ein bisschen sehr blutig für meinen Geschmack«, stimmte Kerry zu. »Trotzdem war es jeden einzelnen Moment wert.«

»Das sagst du bloß, weil du im Moment auf einem Hormontrip bist. Jedenfalls wollen sie Folgendes von mir: Er und Trina überlegen, ein Kind zu adoptieren, und ich soll ihnen ein Empfehlungsschreiben ausstellen, das Sozialarbeitern, potenziellen werdenden Müttern oder Gott weiß wem sonst noch vorgelegt wird. Ich soll über mindestens zwei Seiten in den höchsten Tönen schwärmen, was für ein toller Vater mein Dad ist.«

Kerry sah sie an. »Das heißt, sie verlangen von dir, dass du lügst.«

»Ja, im Grunde schon.«

»Im Grunde? Was soll das heißen?« Kerry schäumte vor Wut. »Dein Dad war so gut wie nie da, als du noch ein Kind warst. Ich bin seit fünf Jahren deine beste Freundin und habe den Mann nicht ein einziges Mal gesehen.«

»Das stimmt.«

»Und wenn ihn plötzlich das Bedürfnis überkommt,

dich zu sehen, ist es grundsätzlich kurzfristig, und das Treffen muss genau dann stattfinden, wenn er gerade Zeit hat.«

»Auch das stimmt. Aber deswegen ist er kein schlechter Mensch. Er ist nur …«, Lara unterbrach sich und suchte nach dem richtigen Wort, »… eingeschränkt verfügbar.«

»Ja, und du bist diejenige, die darunter leiden muss.« Kerry hob den Tennisball auf, hielt ihn Maverick unter die Nase und schleuderte ihn weg. In seinem Eifer, ihn zu holen, stolperte der Hund beinahe über seine eigenen Pfoten. »Er ist unzuverlässig und macht Versprechungen, ohne die Absicht zu haben, sie auch zu halten.«

»Ich glaube, die Absicht hat er durchaus«, meinte Lara seufzend. »Ich will so gern daran glauben, dass er sich weiterentwickelt. Er fängt ein neues Leben an, und Trina scheint eine nette Frau zu sein. Was, wenn er sich geändert hat?«

Kerry sah sie nur wortlos an.

»Was denn? Das wäre doch immerhin möglich. Haben wir nicht genau aus diesem Grund *Lucky Dogs* gegründet? Weil wir an die Möglichkeit einer positiven Entwicklung und an eine zweite Chance glauben.«

»Bei launischen Westies. Aber nicht bei erwachsenen Männern, die ihre Familie im Stich lassen, nur weil sie dem Druck nicht gewachsen sind. Nach allem, was du mir erzählt hast, war dein Vater eher eine Art Kumpel, der dir einmal im Monat geholfen hat, wenn du Stubenarrest hattest, sich aber verdünnisiert hat, sobald es größere Probleme gab.«

»Er hat mir erlaubt, mir ein Bauchnabelpiercing stechen zu lassen. Oh, und er hat mir meine Dauerwelle bezahlt, obwohl ich glaube, dass das nur ein passiv-aggressiver Racheakt gegenüber meiner Mutter war.« Lara fiel auf, dass sie kaum ein Gespräch über ihren Vater führen konnte, ohne ständig das Wort »aber« benutzen zu müssen. »Aber es gibt massenhaft Kinder auf der Welt, die ein gutes Zuhause brauchen. Ich habe ganz bestimmt nicht das Recht, über ihn zu urteilen, oder?«

»Du bist seine einzige Tochter«, gab Kerry zurück. »Wenn du mich fragst, gibt dir das sehr wohl das Recht, über ihn zu urteilen.«

»Aber was ist, wenn er sich tatsächlich geändert hat und es diesmal besser macht?«

Kerry warf Rufus und Maverick ein Stück Seil zu, mit dem die beiden Tauziehen spielen konnten. »Na schön, wie du meinst. Und dann?«

Lara sah für einen Moment den Hunden zu, ehe sie Linus den Tennisball abnahm und in die Höhe hielt. »Das Verhältnis zwischen mir und meinem Dad ist ein bisschen so wie zwischen mir, Linus und dem Tennisball. Mein Dad ist ich, und ich bin Linus.«

»Und wer ist der Tennisball?«

»Er tut ständig so, als würde er den Ball werfen, aber dann tut er es doch nicht.« Lara holte mit dem rechten Arm aus, als wolle sie den Ball wegschleudern, und ließ den Arm vorschnellen, ohne ihn jedoch loszulassen. Wie von Sinnen galoppierte Linus zum Gartentor, um den Ball zu suchen, den Lara jedoch immer noch in der

Hand hielt. »Und auch nach all den Jahren falle ich noch immer darauf herein. Ich bin noch dümmer als Linus.«

»Übertreib mal nicht. Dümmer als Linus *kann* man gar nicht sein.« Beim Anblick von Laras Miene wurde Kerry ernst. »Du bist nicht dumm, sondern willst nur deinem Vater vertrauen. Was völlig normal ist.«

»Ich will so gern glauben, dass er sich geändert hat. Ich will glauben, dass er verantwortungsbewusster sein kann, selbst wenn ein zweites Kind dafür notwendig ist.« Lara biss sich auf die Unterlippe. »Außerdem wäre er wohl nicht gerade glücklich, wenn ich ablehnen würde.«

Kerry musterte sie nachdenklich. »Eine Frage: Wenn dein Vater einen unserer Hunde adoptieren wollte, würdest du seine Bewerbung gutheißen?«

Lara rief Linus von seiner fieberhaften, aber fruchtlosen Suche zurück und gab ihm wieder seinen Ball. »Ich hätte keine Wahl.«

»Tatsächlich? Du würdest ihm also Linus anvertrauen und könntest trotzdem nachts gut schlafen? Du wärst sicher, dass dein Vater regelmäßig mit ihm zum Tierarzt geht, Wurmkuren macht und ihm anständiges Futter gibt?« Kerry legte sich die Hand hinters Ohr. »Ich höre kein Ja.«

»Kinder und Hunde sind zwei Paar Schuhe«, protestierte Lara.

»Das stimmt. Babys machen noch mehr Arbeit und laugen einen emotional noch mehr aus«, sagte Kerry. »Sie bekommen Koliken und Säurereflux und sind nicht vor dem dritten Lebensjahr stubenrein. Wenn du also nicht guten Gewissens sagen kannst, dass du deinem Vater einen Welpen anvertrauen würdest, verstehe ich nicht, wie du ihn auch nur ansatzweise darin unterstützen kannst, für ein hilfloses menschliches Wesen zu sorgen.«

»Ja, aber …« Im Geiste ging sie all die reflexartigen Einwände gegen Kerrys Argument durch.

Was, wenn er sich wirklich geändert hat? Diesmal ernsthaft?

Und falls es nicht so ist: Reicht es nicht, eine tolle Mutter zu haben, wenn der Vater unzuverlässig ist?

Und wie komme ausgerechnet ich dazu festzulegen, was das Beste für die Familie anderer Leute ist, wenn ich mich noch nicht einmal zu einer eigenen durchringen kann?

Am Ende beschloss sie, einfach mit der Wahrheit herauszurücken: »Aber wenn ich es nicht tue, wird er sich wieder aus meinem Leben zurückziehen und diesmal für immer.«

Beim Anblick des Dielenbodens begann Lara laut zu schreien. Die Holzplanken mit den Ledereinsätzen vor Justines Eingangstür waren völlig zerschrammt; winzige, dicht nebeneinanderliegende Schrammen, die unmissverständlich zu den Klauen eines kleinen zerstörungswütigen Shih-Tzu passten.

Ihre Mutter würde ausflippen. Sie würde zur Mörderin werden. Sie würde …

»Großer Gott, Lara, musst du so laut schreien?«

Ihre Mutter trat aus der Küche – gleich würde sie das innenarchitektonische Gemetzel sehen.

Eilig vertrat Lara ihr den Weg und warf überschwänglich die Arme um sie.

»Puh«, stieß Justine hervor. »Lass mich los.«

»Ich hab dich lieb, Mom.«

»Dann hör auf, mich zu zerquetschen.« Justine entwand sich Laras Umklammerung und schnupperte an Laras Atem. »Bist du betrunken?«

»Nein.«

»Was ist dann in dich gefahren? Seit du zur Hochzeit deines Vaters aufgebrochen bist, benimmst du dich so seltsam.«

»Ich war nicht bei der Trauung«, sagte Lara, »sondern nur beim anschließenden Mittagessen.«

»Reiß dich gefälligst zusammen, junge Dame«, sagte Justine, die offenbar nicht in der Stimmung für lange Vorreden war, sondern sofort zur Sache kam. »Allein heute Morgen haben drei Nachbarn hier angerufen, die deine Dienste in Anspruch nehmen wollen. Offenbar singen Cherie Chadwick und Melissa O'Brien im Country Club Loblieder auf dich.«

»Und da rufen sie dich an?«

»Cherie und Melissa haben allen erzählt, dass du bei mir wohnst.« Sie lächelte mit grimmiger Befriedigung. »Ich habe noch nicht mal das offizielle Angebot für den Verkauf von Coterie durchgelesen und werde schon jetzt wieder auf den Arbeitsmarkt geworfen – als deine Sekretärin und Managerin.«

»Mom, ich bitte dich. Wir wissen doch beide, dass du die Salons niemals verkaufen wirst.«

Justines Lächeln wurde boshaft. »Niemand weiß,

was ich tue. Genau das macht das Leben ja so spannend.«

»Jedenfalls danke, dass du die Anrufe entgegengenommen hast«, sagte Lara. »Aber ich brauche keinen Manager. Ich komme auch gut ohne zurecht. Ehrlich.«

»Da bin ich aber anderer Meinung«, widersprach Justine stirnrunzelnd mit einem Blick auf Laras Nagelhäutchen. »Außerdem hat sich dein Stundenhonorar soeben verdoppelt.«

»Mutter!« Erst jetzt fiel Lara auf, dass ihre Mutter Straßenkleidung trug – keinen als »Homewear« getarnten Schlafanzug – und frisch und ausgeruht wirkte. Sie sah nicht glamourös aus, schien aber eindeutig guter Dinge zu sein.

Also verkniff Lara sich ihren Protest. »Danke.«

»Gern geschehen.« Justine spähte über ihre Schulter auf den zerschrammten Holzfußboden. »Lass uns in die Küche zurückgehen und uns hinsetzen, ja?«

In diesem Augenblick registrierte Lara, wie still es im Haus war. »Was hast du mit Iro gemacht? Wo ist sie, Mom?«

»Reg dich ab. Die Hunde sind in der Waschküche eingesperrt. Es geht ihnen gut.«

»In der Waschküche?«, rief Lara, als handle es sich um eine Zelle in einem Dritte-Welt-Gefängnis statt eines sauberen, hellen Raums, der so groß war, dass er beinahe als Hundewiese durchging.

»Ja. Oder in der Arrestzelle, wie ich es nenne. Und jetzt setz dich.«

Lara spürte, wie sie bleich wurde, als sie ihrer Mutter

in die Küche folgte und sich an den Tisch setzte. Justine schenkte sich in aller Seelenruhe ein Glas Wasser ein, dann nahm sie Lara gegenüber Platz. »Ich will, dass du zugibst, dass du dich mit diesen Hunden übernommen hast.«

O Gott. Sie steuerte geradewegs auf dieselbe Szene zu, die sie bereits mit Evan durchexerziert hatte. Mr. Hörnchengate, Teil zwei.

»Los«, drängte Justine. »Sag es. ›Ich habe zu viele Hunde.‹«

»Ich …« Lara begann zu keuchen.

»Habe zu viele Hunde«, ergänzte ihre Mutter.

Lara wiederholte die Wörter mit kaum hörbarer Stimme.

»Du hast dich übernommen und bist deshalb gestresst, was sich auf deine Hunde überträgt. Und bei Iro ist es am allerschlimmsten. So kann es nicht weitergehen.«

»Ich weiß.« Lara starrte auf die glänzende Granittischplatte. »Ich weiß es, und es tut mir leid. Natürlich werde ich die Reparatur des Fußbodens bezahlen.«

Justine stieß einen ungeduldigen Seufzer aus. »Ich hätte wissen müssen, dass du es mir nicht leicht machen würdest.«

Lara schloss die Augen und wartete auf das Ultimatum. Entweder die Hunde verschwinden, oder du verlässt mein Haus.

»Soll ich auch noch betteln? Na gut.« Ihre Mutter rutschte auf ihrem Stuhl herum. »Ich möchte sie hochoffiziell adoptieren.«

»Wen?« Lara riss die Augen auf. »Iro? Aber ihr hasst euch doch.«

»Tun wir nicht.« Wie auf ein Stichwort kam Iro in die Küche geschlendert, warf Lara einen verächtlichen Blick zu und ließ sich mit einem rasselnden Schnauben zu Justines Füßen nieder. Statt die Hündin zu streicheln, stieß Justine sie mit dem Fuß an, was Iro mit einem Tritt erwiderte.

Fassungslos verfolgte Lara das Ganze. »Doch. Ich habe noch nie erlebt, wie zwei Lebewesen einander mit einer solch eisigen Verachtung strafen wie ihr beiden. Und wie um alles in der Welt hat sie es geschafft, aus der Waschküche auszubrechen?«

»Sie ist sehr einfallsreich. Hast du dir schon mal überlegt, ob deine Probleme mit ihr daher rühren könnten, dass du sie notorisch unterschätzt?«

»Nein. Darüber habe ich definitiv noch nie nachgedacht.«

»Tja, ich muss dir sagen, dass Angèle höchst intelligent ist. Launisch, ja, aber …«

Lara starrte sie verblüfft an. »Wie hast du sie gerade genannt?«

»Angèle«, wiederholte Justine. »Das ist ihr Name.«

»Wieso? Ist sie neuerdings Französin? Nennen wir Walmart ab sofort Wallemarché?«

»Sie ist ein würdevoller Hund, der einen würdevollen Namen verdient. Angèle, also wirklich, Lara. Kannst du es ihr verdenken, dass sie verstimmt ist?«

Lara blickte auf das kleine Fellknäuel mit dem eingedrückten Gesicht und der missmutigen Dauermiene hinab. »Und lackierst du ihr die Krallen rosa und setzt ihr ein Brillantdiadem auf?«

»Natürlich nicht. Das wäre genauso würdelos.«

»Eines solltest du über deine wunderbare kleine Angèle wissen: Es ist unmöglich, sie zufriedenzustellen. Sie hat schon fünf Interessenten abgewiesen.«

»Ich hätte nichts anderes von meinem kleinen Engelchen erwartet.« Justine strahlte vor Stolz. »Sie hat nun einmal sehr hohe Ansprüche und auf die richtige Besitzerin gewartet. Und hier bin ich.«

»Engelchen?«, presste Lara hervor.

»Diese allzu offensichtliche Eifersucht ist nicht besonders schmeichelhaft«, erklärte Justine abfällig. »Es gibt keinerlei Grund, sich von der Bindung bedroht zu fühlen, die ich zu einem hilflosen kleinen Wesen aufgebaut und es damit vor dem sicheren Tod im Tierheim bewahrt habe. Du bist trotzdem immer noch meine Tochter.«

Lara gab es auf. »Und sie ist deine Seelenverwandte.«

»Allerdings.« Justine nickte. »Ich dachte, du willst, dass ich glücklich bin.«

Lara massierte sich die Stirn, doch dann hob sie abrupt den Kopf. »Jetzt weiß ich, wieso du sie so gern magst. Sie ist in Wahrheit eine Katze.«

Iro streckte die Zunge heraus.

»Im Grunde legt sie vielmehr das Verhalten einer Katze an den Tag«, fuhr Lara fort. »Diese offene Verachtung für Menschen, die Ungeniertheit, mit der sie andere manipuliert, ihr unfassbares Ego … Deine kleine Angèle sollte eher miauen als bellen.«

Der Shih-Tzu und Justine tauschten einen Blick voll

solidarischer Überlegenheit. »Sie hat ein hohes Maß an Selbstachtung und Würde, genauso wie ich. Ich könnte niemals Respekt für einen Hund aufbringen, der sich für einen Napf voll industriell hergestelltem Futter erniedrigt.«

»Aber jeder Hund tut das. Sich zu erniedrigen gehört zu ihrem Naturell!«

»Aber nicht meiner.« Nun hatte Justine endgültig die Bodenhaftung verloren. »Also wirklich, sei doch nicht so eifersüchtig. Grün steht dir nicht.« Sie tippte mit dem Finger auf die Tischplatte. »Außerdem muss ich dir leider sagen, dass du deine Scrabble-Pflichten vernachlässigst. Du hast seit Tagen kein Wort mehr eingegeben.«

»Ich hatte viel zu tun.«

»Ich sage ja nur, dass Bildung und zwei opponierbare Daumen eindeutig ein Vorteil in diesem hässlichen Rivalitätsstreit unter Geschwistern sind. Ich an deiner Stelle würde beide Vorzüge auch einsetzen.«

»Also benutzt du meinen eigenen Pflegehund als Druckmittel, um mich zum Scrabble-Spielen zu bringen?« Lara schnalzte abfällig mit der Zunge. »Du bist unglaublich.« Sie wandte sich Iro zu. »Und du bist eine elende Verräterin. Nach allem, was ich für dich getan habe.«

Iro/Angèle ließ sich auf die Seite kippen, streckte ihre kurzen Beine aus und begann lautstark zu schnarchen.

Lara stand auf. »Ihr beide verdient einander, so viel steht fest.«

Sie hätte schwören können, dass ihre Mutter ein Kichern unterdrückte, als sie die Küche verließ.

27

Am Samstagmorgen nahm Lara mit Eskie die nächste Hundeschau in Angriff – die Saison schien einfach kein Ende zu nehmen. Erneut holte Eskie den Titel »Best in Breed« und durfte damit im Wettbewerb um den »Best in Group«-Titel antreten. Irgendwann im Verlauf ihres Auftritts bemerkte Lara einen geradezu verbissenen Ehrgeiz an sich, der ihr vorher nicht bewusst gewesen war. Nach all den Jahren, in denen sie ihr Herz, ihre Arme und ihre Geldbörse für die ungepflegtesten, verwahrlosesten und fußlahmsten Hunde Arizonas geöffnet hatte, schien nun die Justine mit einem übermäßig ausgeprägten Sinn für kosmetische Unzulänglichkeiten und der strikten Ablehnung von allem, was nicht perfekt war, zum Vorschein zu kommen. Kein Hund konnte ihren Anforderungen genügen … Mit Ausnahme von Eskie, versteht sich.

»Sehen Sie sich bloß mal die Schnauze von diesem Mastiff an«, flüsterte sie Cherie zu, als sie die anderen Wettbewerbe verfolgten. »Erbärmlich. Und der Schnauzer hüpft beim Gehen viel zu sehr herum.«

Cherie legte den Kopf schief. »Das Fell von dem Neufundländer ist auch viel zu wuschelig. Und wie sieht bloß dieser Kuvasz aus? Potthässlich!«

Schließlich betraten Lara und Eskie selbstbewusst den Ring, um für den »Best in Group«-Wettbewerb anzutreten.

»Platz zwei«, verkündete der Richter und ging weiter, um einem rehbraunen, auffallend lebhaften Jung-Boxer, der regelrecht unter Strom zu stehen schien, das blaue Siegerband zu verleihen.

Lara ging zum Handler des Boxers, gab ihm die Hand und sprach ihm ihre keineswegs aufrichtig empfundenen Glückwünsche aus, doch kaum hatte sie den Ring verlassen, brach sich ihre Wut Bahn.

»Man hat uns um unseren Titel betrogen«, fauchte sie und hielt Eskie die Ohren zu, um den kleinen süßen Welpen vor der Gnadenlosigkeit der Welt der Schönheitswettbewerbe zu beschützen.

»Betrogen«, stimmte Cherie zu und tätschelte ihr die Schulter. »Eine Rassendiskriminierung, wie sie im Buche steht. Hätten Sie gegen diese verwahrlosten Schäferhunde in der Gruppe der Hütehunde antreten müssen, hätten wir mit links gewonnen, aber die Arbeitshunde-Gruppe ist mörderisch. Jeder weiß, dass man gegen einen Boxer so gut wie keine Chance hat.«

»Nächstes Mal kriegen wir sie«, versprach Lara Eskie, die jedoch viel zu beschäftigt war, mit einem Griffon-Bruxellois-Welpen zu spielen, um ihr zuzuhören.

»Sie haben einen Verehrer«, flüsterte Cherie während sie ihr ein weiteres »Leckerli« von Tiffany & Co. in die Hand drückte.

Lara folgte Cheries Blick und entdeckte einen stämmigen Mann in den Vierzigern mit Baseballkappe auf der anderen Seite des Rings, der ihr zuwinkte und mit entschlossenen Schritten auf sie zusteuerte.

»Oje.« Lara ließ die türkisfarbene Schachtel mit der Schleife in ihre Tasche gleiten, drückte Cherie Eskies Leine in die Hand und wandte sich zum Ausgang. »Ich glaube, ich verschwinde lieber.«

Doch Cherie packte sie am Arm. »Sie wollen doch jetzt nicht weglaufen. Vielleicht ist er ja nett.« Ihre Augen leuchteten. »Und vielleicht auch noch steinreich.«

Ehe Lara die Flucht ergreifen konnte, stand der Mann vor ihnen.

»Sie sind Lara Madigan?«, fragte er und sah ihr mit irritierender Direktheit in die Augen.

Lara nickte.

Der Mann zeigte auf Eskie. »Und ist das Ihr Hund?«

»Ehrlich gesagt, gehört sie mir«, meldete sich Cherie zu Wort. »Swiss Star's Evening Escapade. Ist sie nicht eine Schönheit?«

Der Mann gab ein zustimmendes Brummen von sich, ehe er sich wieder an Lara wandte.

»Sie sind eine erstklassige Handlerin. Wie lange arbeiten Sie beide schon zusammen?«

»Erst seit ein paar Wochen«, antwortete Lara. »Ob Sie's glauben oder nicht, aber Eskie hat erst vor einem Monat gelernt, sich korrekt in Position zu stellen. Sie ist ein echtes Naturtalent.«

»Berner Sennenhunde sind im Allgemeinen ja nicht gerade für ihre Intelligenz berühmt, aber Eskie ist blitzgescheit!«, warf Cherie ein, während Eskie hechelnd zu ihnen aufsah – mit etwas dümmlicher Miene, aber herzergreifend süß.

»Ja, ja.« Der Mann würdigte Eskie keines weiteren Blickes. »Ich bin Harold Jenkins und arbeite für eine Produktionsfirma, die hier in der Stadt einen Spielfilm dreht.« Er drückte Lara eine Visitenkarte in die Hand. »Wir wollten ein paar Szenen mit einem Hund drehen, aber unsere Hundetrainerin musste unerwartet absagen. Wir arbeiten schon seit Jahren mit derselben Filmtieragentur zusammen, aber so kurzfristig können sie uns keinen Ersatz zur Verfügung stellen. Ich würde mich gern über eine Zusammenarbeit mit Ihnen unterhalten.«

»Wow«, sagte Lara. »Zufällig habe ich auf dem College ein Praktikum bei einer Agentur für Filmtiere gemacht. Was haben Sie sich denn vorgestellt?«

»Na ja, wir wollten eine Außenszene drehen, in der ein Hund auf einen Picknicktisch springen, einen Hamburger schnappen und weglaufen muss. Laut Drehplan soll die Szene in etwa zehn Tagen im Kasten sein. Mir ist klar, dass das ziemlich knapp ist …«

»Vor allem da Eskie jeden Samstagmorgen verplant ist«, warf Cherie ein.

Lara kam sich wie die Highschool-Ballkönigin vor, die zwischen zwei Verehrern aus konkurrierenden Uni-Footballmannschaften schlichten muss. Sie trat zwischen die beiden Kontrahenten.

»Das stimmt. Der Zeitplan ist ziemlich knapp, aber mit dem richtigen Hund wäre es machbar«, sagte sie zu Harold, ehe sie sich Cherie zuwandte. »Und natürlich würde ich niemals einen Job annehmen, der meine Arbeit mit Eskie in irgendeiner Weise beeinträchtigt.«

Harold sah auf seine Uhr und streckte ihr die Hand hin. »Hervorragend. Wenn Sie mir Ihre Kontaktdaten aufschreiben, lasse ich meine Leute das Vertragsangebot aufsetzen.«

Lara zog einen Stift aus der Tasche. »Wie sind Sie überhaupt auf mich gekommen?«

»Ich habe die gesamte Film- und Fernsehbranche abgeklappert. Claudia Brightling von den Lokalnachrichten hat Sie mir empfohlen.«

»Ach ja. Ich war in ihrer Sendung zu Gast, wo sie mich zu *Lucky Dogs*, meiner Fundhundorganisation, interviewt hat.«

»Sie hat in den höchsten Tönen von Ihnen geschwärmt und mir Ihre Nummer gegeben. Als ich angerufen habe, war Ihre Mutter am Apparat, die mir erzählt hat, dass Sie hier seien«, erklärte er und ratterte eine ganze Batterie von Details herunter – Drehbuchvorgaben, Drehdaten, Tagesgagen und irgendetwas von einem Zwangseintritt in die Gewerkschaft –, doch Lara war mit den Gedanken bereits bei der allerwichtigsten Frage: »Haben Sie denn schon einen bestimmten Hund im Auge?«

Er schüttelte den Kopf. »Es muss keine bestimmte Rasse sein, aber wir hatten uns einen pfiffigen kleinen Terrier vorgestellt.«

Lara lächelte. »Einen pfiffigen kleinen Terrier.«

»Genau. Besteht rein zufällig die Chance, dass Sie so einen Hund auftreiben? Einen, der bereits trainiert ist und sofort mit der Arbeit anfangen kann?«

»Mal sehen, was ich tun kann.« Auf dem Rückweg zum Wagen versicherte sie Cherie ein weiteres Mal, dass sie nach wie vor ihre Lieblingskundin sei, ehe sie sich auf dem Weg zum nächsten Telefon machte, da sie ihr Handy zu Hause vergessen hatte. Glücklicherweise hatte sie Peters Visitenkarte noch in ihrer Handtasche.

»Hi, Peter, hier ist Lara. Wie läuft es mit Murphy? Wunderbar. Das freut mich. Hören Sie, Peter, könnte ich zufällig meinen alten Kumpel für ein paar Tage ausleihen?«

»Ich habe einen neuen Auftrag«, verkündete Lara, als Justine durch die Seitentür das Haus betrat. Nach der Hundeschau war sie auf dem direkten Weg nach Hause gefahren, hatte das riesige Haus jedoch verwaist vorgefunden. Also hatte sie sich die Wartezeit mit Scrabble-Übungen vertrieben.

»Das weiß ich bereits.« Justine nahm ihre Sonnenbrille ab und zuckte zusammen, als ihre Perücke sich von der Kopfhaut löste. Iro kam hinter ihr hereingetrottet wie ein ultracooler Highschool-Teenager nach einem unsäglich peinlichen Zwangsausflug mit seiner Mutter ins Einkaufszentrum. »Herzlichen Glückwunsch.«

»Danke. Wie kommt es, dass du an mein Handy gehst?«

Justine betrachtete ihr Gesicht im Dielenspiegel und inspizierte den Schwung ihrer fein gezupften Brauen. »Im Salon gehörte Telefondienst anfänglich zu meinen Hauptaufgaben. Was hast du erwartet?«

»Mit diesem Auftrag werde ich massenhaft Geld verdienen«, fuhr Lara fort. »Ich kriege einen Tagessatz, genauso wie der Hund, außerdem haben sie versprochen, mich anderen Filmgesellschaften weiterzuempfehlen, die hier in der Gegend regelmäßig Spielfilme und Werbespots drehen.« Ihr Blick fiel auf die drei Einkaufstüten in Justines Hand. »Wo warst du überhaupt?«

»Oh, Angèle und ich haben ein paar Boutiquen in der Stadt abgeklappert. Ich musste eine Leine und ein Halsband für sie finden, das ihre Persönlichkeit besser unterstreicht, und im Internet kann man immer so schwer einschätzen, wie die Sachen in echt aussehen.«

»Und wie ist es gelaufen?«

Justine schürzte die Lippen und trug eine frische Schicht Lipgloss auf. »Oh, gut, bis auf die kleine Zankerei mit einem fiesen kleinen Yorkie.«

»Klingt doch ganz gut.«

»Dabei hat Angèle gar nichts getan. Der andere Hund war schuld.«

»Ganz bestimmt.« Lara warf der verdrossenen kleinen Shih-Tzu-Hündin einen dankbaren Blick zu. Sie hatte es geschafft, dass Justine das Haus verließ – ohne Bestechung, Nötigung oder Blutvergießen. »Ich bin wirklich begeistert über diesen Auftrag und weiß schon genau, was ich mit dem Geld anstellen werde.«

Justine schloss den Deckel ihres Lippenstifts mit Nachdruck. »Ein Haus in einer gesicherten Wohnanlage mit einem tollen Blick auf die Berge und Dampfdusche?«

»Ich werde *Lucky Dogs* offiziell als gemeinnützigen Verein eintragen.«

»Das steht an oberster Stelle für dich?« Ihre Mutter hob frustriert die Hände. »Weshalb die Eile? Das kannst du doch immer noch machen, wenn du weitere Aufträge an Land gezogen und eine schicke Bleibe für dich und die Hunde gefunden hast. Eine der Boutiquebesitzerinnen hat mir vorhin von einem Loft erzählt, das ganz neu auf dem Markt sein soll. Tolle Lage, direkt am Fluss.«

»Nein danke«, sagte Lara fest. »Ich bin nicht der *Schöner-Wohnen*-Typ. Du hattest völlig recht mit deinem Vorwurf, ich hätte mich mit den Hunden übernommen. Und dasselbe gilt auch für Kerry. Ich werde mich schleunigst um den Behördenkram kümmern, etwas finden, wo wir die Hunde lassen können, unsere Webseite auf Vordermann bringen und zusehen, dass wir mehr Unterstützung kriegen.«

»›Schleunigst um den Behördenkram kümmern‹.« Justine schnaubte abfällig. »Hast du eine Ahnung, wie kompliziert es ist, einen gemeinnützigen Verein zu gründen? Das allein ist schon ein Fulltime-Job. Steuerunterlagen, Papierkram, Geldbeschaffung, Öffentlichkeitsarbeit …«

»Ich schaffe das schon.«

»Das sagst du jetzt, aber du hast nicht die leiseste Ahnung, worauf du dich da einlässt. Glaub mir, ich habe es auf die harte Tour gelernt, als ich meinen ersten Salon eröffnet habe.«

Statt ihrer standardmäßigen Trotzreaktion lächelte Lara nur. »Tja, klingt ganz so, als bräuchte ich dringend einen Partner, der sich um all die administrativen Aufgaben kümmert. Willst du dich um die Stelle bewerben?«

Justine, die ihre Poren im Spiegel inspizierte, hielt mitten in der Bewegung inne.

»Das ist mein voller Ernst«, sagte Lara. »Du kennst doch Gott und die Welt und hast selbst gesagt, dass du im Salon nicht länger gebraucht wirst. Wieso bewirbst du dich nicht um das Amt der Präsidentin von *Lucky Dogs* e.V.? Oder Vorsitzenden oder wie auch immer du es nennen willst.« Sie warf sich das Haar über die Schulter. »Rein technisch gesehen bin ich allerdings dein Boss. Und du müsstest eine neunzigprozentige Gehaltskürzung in Kauf nehmen. Könntest du damit leben?«

Justine kreuzte die Arme vor der Brust. »Entschuldige bitte, aber sagtest du gerade *bewerben*?«

»Ja. Leider kann ich dich nicht ohne Vorstellungsgespräch vom Fleck weg engagieren. Schließlich will ich mich nicht der Vetternwirtschaft bezichtigen lassen. Aber deine Referenzen sind natürlich erstklassig. Und Angèle zählt nicht.«

Justine schien zwischen mütterlichem Stolz und aufrichtiger Empörung zu schwanken. »Ich mache dir einen Vorschlag: Heute Abend fangen wir mit einer neuen Scrabble-Runde an, und wenn ich gewinne, kriege ich den Job.«

»Geht klar.«

Ihre Mutter hielt einen Moment inne, während ihr Lächeln verblasste. »Übrigens war der Filmmensch nicht der Einzige, der heute Morgen auf deinem Handy angerufen hat. Dein Vater hat sich auch gemeldet und gesagt, du sollst ihn so schnell wie möglich zurückrufen.«

»Was wollte er denn?«, fragte Lara zögernd.

»Keine Ahnung. Er hat nur gesagt, es sei dringend.«

28

»Lara, na endlich! Wo hast du gesteckt?«, fragte ihr Vater hektisch. »Wir versuchen seit Stunden, dich zu erreichen.«

»Ich habe den ganzen Vormittag gearbeitet, und mein Handy lag zu Hause.« Lara drängte sich zwischen Rufus und Ruggs und setzte sich aufs Bett. »Was ist denn passiert?«

»Es geht um Teddy. Er ist krank. Er übergibt sich die ganze Zeit und liegt völlig apathisch herum. Fressen will er auch nicht …«

»Aha. Wenn er nicht fressen will, solltest du ihm auch nichts anbieten.« Sie schob ihre Ärmel hoch und überlegte. »Wie sieht das Erbrochene aus? Vielleicht hat er irgendetwas gefressen, was ihm nicht bekommt.«

»Eher klar und schaumig«, antwortete Gil. »Ich habe keine Futterklumpen oder so etwas gesehen.«

»Bring ihn zum Tierarzt«, befahl Lara. »Jetzt sofort.«

»Aber heute ist Samstag. Unser Tierarzt ist erst am Montag wieder da.«

Im Hintergrund hörte sie Trina weinen.

»Steig ins Auto und fahr in die Tierklinik«, sagte sie, während sie bereits aufsprang und ihre Handtasche schnappte. »Wir treffen uns dort. Er ist doch schon älter als zwölf Wochen, oder? Sind seine Impfungen auf dem neuesten Stand?«

»Ja.«

Sie zog ihre Jacke an und wechselte währenddessen den Hörer von einem Ohr zum anderen. »Ist deinem Tierarzt bei der letzten Untersuchung etwas Ungewöhnliches aufgefallen?«

Ihr Vater zögerte. »Nein.«

Wieder hörte sie Trinas Stimme im Hintergrund. »Wir haben den 12-Wochen-Check-up nicht von unserem Haustierarzt machen lassen. Im Internet stand, dass man die Impfungen auch in der Zoohandlung kaufen und selbst verabreichen kann, deshalb wollten wir uns die sechzig Dollar für den Arztbesuch sparen. Ich meine, allein einen Fuß in die Praxis zu setzen kostet schon ein halbes Vermögen.«

»Du blätterst aus einer Laune heraus tausendfünfhundert Dollar für einen Welpen hin und bist dann zu geizig, um sechzig Dollar für eine Routineuntersuchung auszugeben?« Lara zwang sich, ihre Stimme zu senken, und machte mehrere tiefe Atemzüge. »Und was ist passiert, nachdem du ihm die Spritze gegeben hast?«

»Alles war bestens«, antwortete er beleidigt. »Wenn es ein Problem gibt, dann liegt es nur daran, dass die Herstellerfirma Mist gebaut hat, aber nicht ich.«

Lara grübelte, dann fiel der Groschen. »Hast du den Impfstoff kühl gelagert?«

Wieder drang Murmeln durch die Leitung. »Wie meinst du das?«

»Hast du die Ampullen in den Kühlschrank gelegt, nachdem du sie gekauft hast?«

»Keine Ahnung. Da muss ich Trina fragen. Wieso? Was hat er?«

Lara war bereits auf halbem Weg in die Garage. »Ich hoffe, ich irre mich, aber es könnte Parvovirose sein.«

»Parvovirose«, stellte die Ärztin in der Tierklinik fest, nahm ihre Brille ab und steckte sie in ihre Kitteltasche, während sie die Ergebnisse der Blutuntersuchung studierte. »Und zwar schon ziemlich weit fortgeschritten. Er ist stark dehydriert, und seine Darmschleimhaut löst sich bereits ab.«

Trina, die während der kurzen Untersuchung ihr Gesicht an Gils Schulter vergraben hatte, brach vollends zusammen, sie schlug die Hände vors Gesicht und schluchzte haltlos.

Gil schlang die Arme um seine frisch angetraute Frau. »Aber ich verstehe das nicht«, sagte er zu der Ärztin. »Wir haben ihm doch diese Impfdosis gegeben.«

Die Ärztin warf Lara einen flüchtigen Blick zu, ehe sie antwortete: »Wenn die Ampulle mit dem Impfstoff nicht kühl gelagert wird, verliert er seine Wirkung.«

Lara bemühte sich um eine neutrale Miene und schwieg.

»Und wie hat er sich die Krankheit geholt?«, wollte Gil wissen. »Weil wir ihn in einer Zoohandlung gekauft haben?«

Die Ärztin schob die Unterlagen zur Seite und sah Gil mitfühlend an. »Parvovirose ist in Arizona sehr weit verbreitet. Der arme kleine Kerl kann sich das Virus praktisch überall eingefangen haben.«

»Aber Sie kriegen ihn doch wieder hin, oder?« Gil drückte einen Kuss auf Trinas Scheitel. »Versprechen Sie mir, dass Sie ihn wieder hinkriegen.«

Lara und die Tierärztin tauschten einen weiteren Blick. »Wir können es nur versuchen«, sagte sie. »Ich habe ihn auf Antibiotika gesetzt, um die Sekundärinfektion zu bekämpfen, und natürlich versorgen wir ihn mit Flüssigkeit, aber Parvovirose ist eine Viruserkrankung, die wir im Grunde nicht heilen können. Manche Hunde schaffen es, aber er ist noch so jung, und sein Immunsystem ist noch nicht vollends ausgereift.« Sie tätschelte Trina beschwichtigend den Rücken. »Wir müssen einfach abwarten, was weiter passiert.«

Auf dem Weg vom Untersuchungszimmer in den Wartebereich versuchte Lara Trina zu trösten, deren erstickte Schluchzer allmählich abebbten. »Er kommt wieder auf die Beine«, erklärte ihr Vater. »Er ist ein Kämpfer, du wirst sehen.«

Die folgenden Stunden saßen sie im Wartebereich, blätterten in alten Zeitschriften, die auf den Stühlen herumlagen, und starrten abwesend auf den Bildschirm des Fernsehers in der Ecke, aus dem die Kabelnachrichten plärrten. Jede halbe Stunde kam eine Sprechstundenhilfe mit dem neuesten Bericht über Teddys Zustand, und jedes Mal klang die Prognose düsterer.

»Er fängt sich wieder. Ganz bestimmt«, sagte Gil jedes Mal.

Schließlich – die Sonne begann bereits unterzugehen – nahm Lara ihren Vater beiseite. »Es ist Zeit, ihn gehen zu lassen«, sagte sie eindringlich. »Er ist noch zu klein, um es zu schaffen.«

Wut flackerte in Gils blauen Augen auf. »Aber die Ärztin hat doch gesagt …«

»Sie hat gesagt, sie wird es *versuchen*. Und das haben sie auch getan. Aber sein Zustand verschlechtert sich immer weiter.« Lara wandte den Kopf ab, als ihr die Tränen in die Augen stiegen. Sie konnte sich nicht erinnern, wie oft sie Momente wie diesen durchlebt hatte, wenn ein kranker oder schwer verletzter Fundhund den Kampf ums Überleben verloren hatte. »Ich weiß, dass es schwer ist. Aber wenn du wartest, bis er von selbst stirbt, muss er noch mehr leiden.«

»Und was soll ich ihr sagen?«, fragte Gil mit einer Handbewegung in Trinas Richtung.

»Die Wahrheit«, antwortete Lara. »Dass sie alles in ihrer Macht Stehende tun, es aber nicht reicht.«

Einen Moment lang stand ihr Vater unentschlossen da, dann trat er zu Trina und begann mit leiser, beruhigender Stimme auf sie einzureden.

»Nein«, schluchzte Trina. »Auf keinen Fall. Das kann ich nicht.«

Als er versuchte, sie zur Vernunft zu bringen, sprang sie auf, stieß ihn zur Seite und rannte hinaus zum Wagen. Die Sprechstundenhilfe stand da und wartete darauf, dass sie eine Entscheidung trafen.

»Das ist eine absolute Katastrophe.« Gil starrte auf seine schlaffen Hände.

»Ich weiß.« Lara zog ein Taschentuch heraus.

Seufzend massierte Gil sich den Nacken. »Und ganz allein meine Schuld.«

Lara widersprach nicht.

»Hätte ich doch bloß ...« Er unterbrach sich. »Na ja, vielleicht ist es ja besser so.« Er sah sie mit einer Mischung aus Scham und Hoffnung an. »Ich wollte ja vor Trina nichts sagen, aber alles, was du über diese Welpenfabriken gesagt hast ... Wenn er am Ende sowieso schmerzhafte Gelenkerkrankungen und Gott weiß was für andere Probleme bekommen hätte, ist es vielleicht besser, wenn wir ihn gleich erlösen.«

Gil wartete nur darauf, dass Lara ihm Absolution erteilte, ihn umarmte und ihm versicherte, dass er es nicht hatte wissen können. Sie sollte ihn aus der Verantwortung nehmen, doch sie konnte sich nicht dazu durchringen.

Als er begriff, dass er von Lara nicht die gewünschte Reaktion bekommen würde, trat er ans Fenster und sah zu Trina hinaus. »Wir holen uns einfach einen neuen Welpen und fangen noch mal ganz von vorn an«, sagte er, halb zu sich selbst.

Schließlich nickte er, als wolle er dadurch seine Schuldgefühle abschütteln. Als die Tierärztin mit ernster Miene zu ihnen trat, ging Lara auf sie zu, um ihr ihre Entscheidung mitzuteilen.

»Möchten Sie hereinkommen und Teddy halten?«, fragte sie.

Lara sah Gil an, der sie wortlos anstarrte. Wieder wartete er darauf, dass sie die Initiative ergriff und ihn aus der Pflicht entließ.

Diesmal enttäuschte sie ihn nicht.

»Ich gehe«, sagte sie wie betäubt. »Alles in Ordnung. Geh und kümmere dich um Trina.«

Gils Erleichterung war nicht zu übersehen. »Gut. Danke, La-la. Ich wusste, dass ich mich auf dich verlassen kann. Du weißt, was das Richtige ist.«

Ein kalter Luftzug wehte herein, als ihr Vater zur Tür hinausging. Sie wandte sich um, folgte der Tierärztin ins Untersuchungszimmer und nahm den warmen schlaffen Körper in die Arme.

29

»Er wird sich nie ändern«, sagte Lara am nächsten Morgen zu ihrer Mutter, als sie mit Angèle eine Runde durch die Nachbarschaft drehten.

Justine seufzte und schob ihre Sonnenbrille ein Stück höher. »Das ist mir klar.«

»Ich habe dort gesessen und seinen sterbenden Welpen in den Armen gehalten, während er nach draußen auf den Parkplatz gegangen ist und Pläne für die nächste Stufe seiner Karriere als Hundebesitzer geschmiedet hat.« Lara ballte die Hände in den Jackentaschen zu Fäusten.

»Ich verstehe ja, dass du verärgert bist, aber ganz ehrlich, wundert es dich?«

»Ja! Und das ärgert mich noch mehr, weil es nur beweist, wie dumm ich bin!«

»Du bist nicht dumm«, widersprach Justine und ignorierte zwei vorbeikommende Walkerinnen, die ihnen freundlich zuwinkten. »Eine Tochter will von ihrem Vater eine hohe Meinung haben und zu ihm aufschauen können. Das ist absolut verständlich.«

»Aber Menschen können sich doch ändern, oder?« Mit finsterer Miene starrte Lara zum Himmel hinauf, wo bereits die Sonne stand. »Welchen Sinn hat das Leben sonst?«

»Vielleicht solltest du nicht ständig versuchen, ihn zu ändern, sondern deine Einstellung«, riet Justine. »Schraub deine Ansprüche an ihn herunter. Setze dir klare Grenzen und achte darauf, dass du sie nicht überschreitest.«

»Genau dasselbe hat Evan auch immer gesagt.«

Justine zog an Angèles schwarzer Wildlederleine. »Heute Nachmittag um vier habe ich einen Termin bei meinem Anwalt, der die wichtigsten Unterlagen für die Gründung des Vereins und die Registrierung beim Finanzamt vorbereitet. Dann müssen wir zu meiner Buchhalterin, die Rechnungsführung auf die Beine stellen und ein Konto eröffnen.«

»Wie viel verlangt dein Anwalt überhaupt?«, fragte Lara.

»Dreihundert Dollar pro Stunde.«

»Autsch.«

»Aber uns verbindet eine lange, lukrative Geschäftsbeziehung, deshalb hat er sich bereit erklärt, *Lucky Dogs* seine Dienste kostenlos zur Verfügung zu stellen«, fuhr Justine fort. »Außerdem müssen wir Büroräume anmieten, und dann ist da noch die Unterbringung der Hunde …«

»Ja, das stimmt. Nachdem ich mich in Ruhe hingesetzt und alles durchgerechnet habe, ist mir allerdings klar geworden, dass mein Honorar für die Dreharbeiten bei Weitem nicht ausreichen wird.«

»Das dachte ich mir schon«, sagte Justine. »Wir werden eine Menge Startkapital brauchen, bis das Ganze erst einmal läuft. Ich habe mir überlegt, eine Wohltätigkeitsveranstaltung zu organisieren, nur schwanke ich noch zwischen einem festlichen Ball und einem formlosen Mittagessen. Ich habe auch schon einige frühere Kundinnen angerufen.« Sie rückte ihren breitkrempigen Strohhut zurecht, als sie den steilen Hügel zu Cheries Haus hinaufgingen.

»Wir könnten auch meine Kunden aus der Gegend hier einladen«, schlug Lara vor. »Und Claudia Brightling bringt bestimmt einen Hinweis in ihrer Morgensendung. Oh, vielleicht könnten wir ja einige der hiesigen Hundeboutiquen ins Boot holen und eine Hundemodenschau veranstalten. Was hältst du davon?«

»Fürchterlich«, gab Justine zurück, »aber dem Volk wird es bestimmt gefallen.«

»Die Besitzer könnten ihre Hunde selbst über den Laufsteg führen«, fuhr Lara fort. »Und Cherie wäre mit Eskie natürlich die Erste.«

»Und für dieses Privileg lassen wir sie bezahlen.«

»Ist das nicht ziemlich knausrig?«

»Es ist doch für einen guten Zweck, außerdem können sie es von der Steuer absetzen. Es wäre knausrig von ihr, wenn sie nichts spenden würde.«

Angèle, die hinter ihnen hergewatschelt war und keine Gelegenheit ausließ, ihnen zu zeigen, dass jeder Schritt eine Qual war, nahm unvermittelt Tempo auf und flitzte nach vorn.

Lara erblickte eine vertraute weiße Gestalt, die ihnen entgegenkam. Doch ausnahmsweise drehte Ivory ihre Morgenrunde nicht allein, sondern befand sich in Begleitung eines großen breitschultrigen Mannes mit roten Wangen und einem dichten Schopf grauer Haare, der mit seiner Khakihose und der schlichten dunkelblauen Wolljacke aussah, als sei er geradewegs dem Katalog eines Ausstatters für Freizeitkleidung entstiegen.

Die kleine Shih-Tzu-Hündin hüpfte vor ihnen herum und zerrte Justine den Bürgersteig entlang, um möglichst schnell zu ihrer neuen Freundin zu gelangen.

Verblüfft verfolgte Lara das Szenario, ehe sie den beiden hinterherhastete. Ivory kam herübergetrottet, um sie zu begrüßen. Lara bückte sich, um die kleine Malteser-Hündin zu tätscheln, ehe sie sich dem älteren Herrn vorstellte.

»Sie sind also Ivorys Besitzer?«, fragte sie.

»Ja, seit Neuestem.« Er schüttelte ihr kräftig die Hand. »Jay Bexner«, sagte er und sah erstaunt zu, wie Ivory in der Hoffnung auf weitere Zärtlichkeiten und ein paar Leckerlis vor Lara herumtänzelte. »Kennen Sie beide sich etwa?«

»Ja, Ivory ist eine Berühmtheit hier in der Gegend«, antwortete Lara. »Jeden Morgen, wenn ich mit meinen Hunden Gassi gehe, klappert sie ihre loyalen Untertanen ab, und abends begleitet sie uns oft auf unserer Joggingrunde.«

»Dieser Hund ist ein echtes Ausbruchsgenie. Ich hatte lange Zeit keine Ahnung, wie sie es anstellt, bis ich endlich herausgefunden habe, dass sie unter dem Zaun hindurchkriecht. Dieser kleine Satansbraten hatte direkt hinter den Rosensträuchern einen Tunnel gebuddelt, damit ihn keiner erwischt.«

»Angèle, komm sofort zurück!« Dass ihre Hündin sich herabließ, mit anderen Lebewesen, egal ob Mensch oder Hund, Kontakt aufzunehmen, schien Justine gewaltig gegen den Strich zu gehen. »Hierher, mein kleiner Engel!«

Doch Iro ignorierte sie. Sie war vollauf damit beschäftigt, gemeinsam mit ihrer neuen Freundin Vögelchen zu jagen. Innerhalb kürzester Zeit hatten sich ihre Leinen hoffnungslos ineinander verheddert.

Verzweifelt versuchte Justine, Iro unter Kontrolle zu bekommen, doch die kleine Shih-Tzu-Hündin weigerte sich standhaft, ihr zu gehorchen.

»Na, das nenne ich mal ein Halsband«, bemerkte Justine und zeigte auf das rosafarbene, mit Strass besetzte Halsband. »Haben Sie das ausgesucht?«

Jay schien belustigt, aber keineswegs beschämt zu sein. »Nein, meine Tochter hat ein Faible für Rosa. Vor ein paar Monaten ist sie ausgezogen, um an der London School of Economics ihren Abschluss zu machen. Jetzt, wo sie weg ist und mein Sohn an der Ostküste arbeitet, brauchte ich jemanden, damit das Haus nicht so leer ist.«

Lara war nicht entgangen, dass in seiner Schilderung keine Frau vorgekommen war.

Jay zuckte die Achseln. »Ihr Name ist ein bisschen affektiert, aber irgendwie passt er zu ihr. Ich habe es einfach nicht über mich gebracht, sie Butch oder Buddy zu nennen.«

»Ivory ist perfekt«, stimmte Lara zu, doch Jay hatte seine Aufmerksamkeit längst auf Justine gerichtet.

»Sie sind Justine Madigan.«

»Das ist richtig«, räumte Justine widerstrebend ein. »Sind wir uns schon mal begegnet?«

»Nicht offiziell, aber ich habe Sie häufiger hier gesehen. Ist das Ihr Hund?« Mittlerweile lag Angèle auf dem Rücken und strampelte mit allen vier Beinchen, während Ivory fröhlich herumsprang und nach Fliegen schnappte.

»Ja, aber normalerweise benimmt sie sich nicht so würdelos.«

»Die beiden scheinen sich wunderbar zu verstehen. Vielleicht könnten wir ja einmal zusammen in den Park gehen und sie miteinander spielen lassen.«

Lara reckte den Daumen, doch Justine ignorierte sie.

»Eher nicht. Ich stelle gerade ein neues Unternehmen auf die Beine, und Sie können sich bestimmt vorstellen, dass mein Terminkalender überquillt.«

Er nickte unbeirrt. »Aber trotzdem müssen Sie jeden Tag mit dem Hund raus.« Er sah auf seine Uhr. »Gehen Sie normalerweise um diese Zeit Gassi?«

»Ja«, antwortete Lara, bevor Justine Zeit hatte, sich eine neue Ausrede einfallen zu lassen. »Sie und Angèle sind morgen um acht wieder hier.«

»Dann bis morgen«, sagte er, ohne den Blick von Justine zu lösen. »Hat mich gefreut, Sie endlich kennenzulernen.«

»Schön, Sie ebenfalls kennengelernt zu haben«, sagte Lara und wartete, bis Jay und Ivory um die Ecke gebogen waren, ehe sie sich zu ihrer Mutter umdrehte. »Was ist denn in dich gefahren? Er war doch süß.«

»Igitt.« Justine rümpfte die Nase. »Das macht es nur noch komplizierter. Ich habe es dir einmal gesagt, und dabei bleibe ich auch: Ich will keinen Mann. Und du«, sie wandte sich Iro zu und schüttelte den Kopf, »... bist eine miese kleine Verräterin.«

»Meine Rede.«

Lara nahm Murphy an die Leine, führte ihn zu ihrem Wagen und öffnete die Tür der Transportbox im hinteren Teil ihres Kombis. Er sprang hinein, drehte sich dreimal um die eigene Achse, dann ließ er sich mitten auf seinen Kauknochen fallen und schloss die Augen. Es war kein Wunder, dass er völlig erledigt war. Das drahtige kleine Energiebündel war den ganzen Tag am Set herumgerannt, auf seine Markierung – eine Bank an einem Picknicktisch – gesprungen und hatte der Schauspielerin einen Hamburger aus der Hand gerissen. Dann war er zu Lara gelaufen, die am Rand gestanden, ihm per Handzeichen Anweisungen erteilt und ihn mit Leckerlis belohnt hatte. Sie hatte eine ganze Woche mit ihm gearbeitet, bis er die Aufgaben auf ein Stichwort hin meistern konnte, und an diesem Morgen eine Extra-Trainingseinheit am Set absolviert.

Und Murphy hatte jede Sekunde seines Auftritts vor der Kamera genossen. Er war klug und offen, besaß eine unglaubliche Disziplin und Hingabe und hatte definitiv »Starqualitäten«. Er wusste, dass er seine Sache gut gemacht hatte, und platzte förmlich vor Stolz. Selbst dem Regisseur war sein Charisma nicht entgangen.

»Ich glaube, das war der Beginn einer langen und erfolgreichen Karriere im Filmgeschäft«, sagte Lara dem völlig erledigten Terrier.

Und auch für Cleo, die Wasserweitsprung-Begollie-Dame, bot sich möglicherweise in allernächster Zukunft die Chance für einen Kurzauftritt. Einer der Produzenten war an Lara herangetreten und hatte gefragt, ob sie Interesse an einer Zusammenarbeit für den Werbespot für ein Produkt gegen Zecken und Flöhe habe.

»Wir brauchen einen Hund, der über eine Holzrampe in einen See springt«, erklärte der Produzent. »Haben Sie zufällig einen an der Hand, der so etwas schafft?«

»Allerdings«, antwortete Lara. »Aber Sie müssen sie mit getrockneten Blaubeeren bezahlen.«

Sie fuhr vom Parkplatz und schlug den Weg zu Peters Haus ein. Er war entzückt über Murphys Filmkarriere gewesen und so stolz, als hätte man ihm selbst eine Rolle angeboten.

Eine Viertelstunde später stand sie an der Ampel einer stark befahrenen Kreuzung und wollte rechts abbiegen, als ein großer brauner Hund direkt vor ihrer Motorhaube auf die Straße lief. Sie trat abrupt auf die Bremse und verfehlte das Tier nur um wenige Zentimeter.

Für den Bruchteil einer Sekunde saß sie wie gelähmt hinterm Steuer und schloss mit hämmerndem Herzen die Augen, dann schaltete sie den Warnblinker ein und sprang eilig aus dem Wagen.

Völlig panisch lief der Hund kreuz und quer auf der vierspurigen Straße herum. Lara wartete, bis die Ampel wieder auf Rot sprang, rief dem Hund in ihrem autoritärsten Tonfall einen Befehl zu und näherte sich unter lautem Klatschen dem Bürgersteig. Augenblicklich erwachte der Jagdinstinkt des Hundes, und er rannte ihr nach, sichtlich erleichtert, endlich einen Rudelführer gefunden zu haben, an dessen Fersen er sich heften konnte.

»Gut gemacht.« Lara schob die Finger unter sein grünes Lederhalsband.

Der arme Kerl hechelte heftig und war völlig von der Rolle. Lara ging neben ihm in die Hocke, murmelte beruhigende Worte und strich mit den Handflächen in langsamen großen Kreisen über seine Schultern. Die Berührung zeigte zwar augenblicklich die gewünschte Wirkung, löste jedoch zugleich einen gewaltigen Speichelfluss aus, so dass ihm die Spucke in langen weißen Fäden von den Lefzen troff.

»Du siehst wie ein Schweißhund aus«, sagte Lara. »Und du sabberst auch genauso.«

Sie führte den Hund zu ihrem Wagen, wo Murphy immer noch schlafend in der Transportbox lag.

»Komm. Wir geben dir jetzt erst einmal etwas zu trinken, und dann wollen wir doch mal sehen, ob wir herausfinden können, wem du gehörst.«

Sie zog einen der Klappnäpfe aus der Seitentasche im Wagen und goss Wasser hinein, ehe sie den Messinganhänger am Verschluss des grünen Halsbands umdrehte.

Wie erwartet, waren eine Telefonnummer und eine Adresse darauf eingestanzt.

Eine Telefonnummer und eine Adresse, die sie auf Anhieb wiedererkannte.

Entsetzt wich sie zurück und starrte den massigen sabbernden Schweißhund an. »Du willst mich wohl auf den Arm nehmen.«

30

»Es ist so schön, deine Stimme zu hören, La-la. Bitte geh mit mir mittagessen.« Ein beschwichtigender Tonfall schwang in Gils Stimme mit. Obwohl er ganz genau wusste, dass sie stinkwütend war, spielte er den Ahnungslosen.

»Ich kann nicht, Dad.« Sie saß im Wagen in Peters Einfahrt und winkte Murphy zum Abschied zu, während sie den Schweißhund im Auge behielt, dessen Speicheltropfen die gesamte hintere Scheibe des Kombis bedeckten.

»Dann iss mit deinem alten Papa wenigstens zu Abend«, beharrte Gil. »Nur du und ich.«

»Ich kann nicht.«

»Wichtiger Geschäftstermin?«

»Schweißhund auf dem Rücksitz.«

Er schwieg. Offenbar wusste er nicht recht, wie er ihre Worte einordnen sollte. Dann versuchte er es ein weiteres Mal. »Dann eben nur ein kurzer Drink. Ich bin in dem Café, wo es diesen leckeren Eistee gibt, den du so gern magst. Wir setzen uns in den Innenhof, dann kannst du den Hund mitbringen, wenn du willst.«

Peter stand noch immer mit Murphy auf dem Arm auf der Veranda, hatte seine Pfote genommen und winkte ihr nach. Lara zwang sich zu einem Lächeln. »Dad …«

»Nur ein Glas Eistee. Oder ein halbes. Mehr verlange ich gar nicht.«

Schließlich ließ sie sich breitschlagen, startete den Motor und packte den Riegel dunkle Schokolade aus, den sie für emotionale Notfälle im Handschuhfach liegen hatte. »Wenn es doch bloß wirklich so wäre.«

»Ich habe schon für dich bestellt«, verkündete ihr Vater, noch bevor sie sich an den schmiedeeisernen Bistrotisch gesetzt hatte. »Eine Schüssel Muschelsuppe und den weißen Thunfisch als Vorspeise.«

Bestürzt sah sie zu, wie der Kellner mit einem Tablett auf ihren Tisch zusteuerte. »Ich habe dir doch gesagt, dass ich nicht bleiben kann. Ich habe einen Streuner im Wagen sitzen.« Als sie das Restaurant erreicht hatte, war der Schweißhund vor Erschöpfung auf dem Rücksitz eingeschlafen, also hatte sie den Wagen so nahe wie möglich neben dem Innenhof abgestellt, die Fenster heruntergekurbelt und das arme Ding weiterschlummern lassen.

»Beruhige dich«, sagte Gil. »Du wirst doch wohl Zeit für eine kleine Suppe haben.«

Lara verkniff sich ihren Protest und schob die Schüssel beiseite. Dieses Hin und Her würde noch eine halbe Ewigkeit so weitergehen, wenn sie die Dinge nicht beim Namen nannte. »Ich kann mir schon vorstellen, weshalb du mit mir reden willst.«

»Ach ja?«

»Es geht um das Schreiben wegen der Adoption«, sagte sie und starrte auf den Dampf, der aus der Suppenschale hochstieg, während sie spürte, dass die Worte, die sie sich im Wagen so sorgfältig zurechtgelegt hatte, nicht über ihre Lippen kommen wollten. Eine Entscheidung zu treffen war eine Sache, doch sie laut auszusprechen – »Ich kann dir als Vater leider kein gutes Zeugnis ausstellen« –, erschien ihr plötzlich sehr brutal.

Aber sie hatte keine andere Wahl. Sie sah sich außerstande, dieses Empfehlungsschreiben zu verfassen, und das Ergebnis wäre am Ende dasselbe.

Damit blieben ihr genau zwei Möglichkeiten: Seine Hoffnungen entweder auf einen Schlag oder aber ganz langsam mit leeren Versprechungen und strategischem Rückzug zunichtezumachen.

Nachdem sie all die Jahre einem Mann nachgelaufen war, der sich emotional von ihr distanziert hatte, wusste sie, dass klare Worte die gnädigere Alternative waren.

Also würde sie klipp und klar sagen, was los war. Sobald sie sich von ihrer Panikattacke erholt hatte.

»Schatz.« Gil berührte sanft ihr Handgelenk. »Alles in Ordnung?«

Ihre Kehle war wie zugeschnürt. Es fühlte sich an, als würde sie ersticken.

»Mir geht's gut«, presste sie schließlich hervor. »Entschuldigung. Offenbar habe ich einen Schluck Eistee in den falschen Hals bekommen.«

Er bot ihr einen Schluck Wasser an. »Besser?«

»Besser.« Sie holte tief Luft. »Also, wegen des Empfehlungsschreibens. Ich kann nicht.«

Er wich zurück. »Lara.« Verblüffung und unverhohlener Schmerz lagen in seiner Stimme.

Sie begann die Papierhülle ihres Strohhalms zu zerpflücken. Egal, was sie jetzt sagte, sie würde es nur noch schlimmer machen. Gil würde jeden Versuch einer Erklärung in der Luft zerreißen.

Er wartete.

Sie wartete.

Die Stille hing wie eine dunkle Wolke über ihnen. Keiner machte Anstalten nachzugeben.

Schließlich stieß Gil einen Seufzer aus. »Ich weiß ja, dass du wütend wegen Teddy bist. Die Zoohandlung, die Impfungen, alles. Wir haben Mist gebaut – *ich* habe Mist gebaut. Ich gebe es ja zu.«

»Es geht nicht um den Welpen«, widersprach Lara und dachte an den schlaffen, weichen Welpenkörper, der in ihren Armen langsam kalt geworden war. »Nicht nur.«

»Ich weiß ja, wie du zu Hunden stehst, aber ein Baby ist nicht dasselbe wie ein Welpe. Das musst selbst du zugeben.«

»Das tue ich auch.« Sie musste an Kerry denken, die stundenlang mit tränenden, blutunterlaufenen Augen ihr Baby herumgetragen und sie um Hilfe angefleht hatte, dann an ihre Mutter und an Trina, mutterseelenallein in ihrer unendlichen Verzweiflung und Erschöpfung.

Enttäuschung und Kummer traten in Gils Augen. »Ich habe mich verändert, Lara. Du unterschätzt, was in mir steckt.«

»Kann sein.«

»Ich verdiene noch eine Chance.«

»Ich gebe dir noch eine Chance«, sagte sie leise. »Immer wieder, ob ich es will oder nicht. Du bist mein Vater, und ich liebe dich. Aber das kann ich nicht für dich tun.«

Er starrte auf den Boden, dann griff er abermals nach ihrer Hand. »Aber siehst du denn nicht, wie wichtig das für mich ist? Ich kann die Fehler von früher nicht wiedergutmachen und die Zeit zurückdrehen, die ich mit dir versäumt habe …«

Für den Bruchteil einer Sekunde lag ihr ein bissiger Kommentar auf der Zunge – dass es nett sein musste, sich einfach ein Ersatzkind zu besorgen, um es diesmal besser zu machen, und wohin sie sich wenden könnte, um einen Ersatzvater zu bekommen.

Doch sie wusste, dass ihr Vater litt, vielleicht noch mehr als sie. Er war nicht fähig, sich so zu sehen, wie er wirklich war, er konnte seine Unzulänglichkeiten nicht erkennen, und es war nicht ihre Aufgabe, sie ihm vorzuhalten. Sie musste ihn so akzeptieren, wie er war, und sich gestatten, die Beziehung zu betrauern, die sie niemals mit ihm haben würde. Also verkniff sie sich die Bemerkung, senkte den Kopf und ließ seinen Versuch, ihr Schuldgefühle einzureden, klaglos über sich ergehen.

Schließlich schien er zu merken, dass sie keine Anstalten machte, sich auf eine Diskussion einzulassen. »Ich bin enttäuscht von dir.«

Entsetzt wurde Lara bewusst, wie sehr sie seine

Worte trafen, wie sehr sie sich noch immer nach seinem Wohlwollen sehnte. Obwohl sie längst erwachsen und sich vor einer halben Ewigkeit eingeredet hatte, sie hätte ihn abgeschrieben, schmerzte die Vorstellung, dass er dasselbe mit ihr tun könnte.

»Wir werden die Adoption trotzdem weiterverfolgen«, informierte er sie trotzig.

Sie nickte. »Das ist mir klar.«

»Und ich bekomme, was ich will.«

»Ich weiß.«

»Wieso musst du mich dann für etwas bestrafen, das ich nicht mehr ändern kann?«

»Das tue ich doch gar nicht, Dad. Ich …«, stammelte sie, doch sie konnte es ihm nicht erklären. Besser gesagt, sie wollte es nicht.

»Willst du jetzt auch noch behaupten, ich sei ein schlechter Vater, ja?«

»Nein.«

»Wieso kannst du es dann nicht einfach gut sein lassen?«

Lara hob den Kopf und beschloss, genau das zu tun. Sie nahm ihre Sachen und stand auf. »Ich gehe jetzt.«

»Du willst also einfach abhauen, mittendrin?«

»Ich muss einen entlaufenen Hund zu seinem Herrchen zurückbringen.«

»Wenn du jetzt gehst, heißt das, dass du eine Entscheidung triffst«, drohte er.

Sie legte ein paar Scheine auf den Tisch und wandte sich zum Gehen.

Sie hatte es getan – eine Grenze gezogen und daran

festgehalten. Und auch wenn ihr Vater wütend auf sie war, hatte sie nur einen Gedanken: Sie musste den Schweißhund zu seinem Besitzer zurückbringen.

Zehn Minuten später hielt sie vor einem gepflegten Haus in einer ruhigen Mittelklassewohngegend und ging durch den Vorgarten, sorgsam darauf bedacht, nicht auf den Gartenschlauch zu treten.

Sie drückte die Klingel, tippte mit dem Fuß gegen die Haustür und läutete noch einmal.

Gedämpfte Geräusche drangen aus dem Inneren des Hauses – offenbar lief gerade ein Footballspiel im Fernsehen.

»Vergiss es«, schrie sie. »Ich weiß, dass du da drin bist. Ich höre den Sportkanal.« Sie ballte die Faust und drosch auf die Tür ein wie das Mitglied eines Sondereinsatzkommandos. »Ich gehe erst wieder, wenn ich Antworten bekommen habe.«

Sekunden später ertönte das Klicken von Riegeln und Schlössern, dann öffnete Evan die Tür gerade weit genug, um den Kopf herausstrecken zu können.

Seine Augen waren blutunterlaufen, und dichte Bartstoppeln bedeckten sein Kinn und seine Wangen. Er sah genauso erschöpft und fertig aus wie Kerry vor wenigen Wochen.

»Was willst du denn hier?«

Lara unterdrückte den Anflug von Mitleid, der sie bei seinem Anblick überkam, und zupfte ein einzelnes kastanienbraunes Hundehaar vom Halsausschnitt seines weißen T-Shirts. »Aha! Was ist das denn?«

Er zog den Kopf zurück und versuchte, die Tür zu schließen, doch sie war schneller und schob ihren Turnschuh dazwischen.

»Ich bin dir keine Erklärungen schuldig.«

»Das stimmt«, räumte sie ein, »aber du wirst sie mir trotzdem geben. Ich habe nämlich etwas im Wagen, was dir gehört. Besser gesagt, jemanden, der dir gehört.«

31

»Du hast Honey gefunden?« Evan riss die Tür auf und trat auf die Fußmatte.

»Ja.« Lara ließ ihren Schlüsselbund vor seiner Nase baumeln. »Aber bevor ich sie hole, will ich erst ein paar Erklärungen.«

Er zog den Kopf ein. »Wieso? Du scheinst ja sowieso schon alles zu wissen.«

»Ich weiß nur, dass ich vorhin an der Kreuzung Scottsdale, Ecke 64. Straße um ein Haar einen riesigen Schweißhund überfahren hätte.«

»O Gott.« Er wurde kreidebleich. »Sie ist auf der Straße herumgelaufen?«

»Als ich sie zu mir gelockt hatte, habe ich ihre Hundemarke überprüft. Und rate mal, wessen Name und Adresse draufstanden?«

»Ich habe sie auch chippen lassen. Schließlich hast du immer gesagt, es sei die Pflicht jedes Hundehalters, dafür zu sorgen, dass sein Tier jederzeit identifiziert werden könne.« Ein Anflug von Stolz schwang in seiner Stimme mit.

»Allerdings.« Verwirrt, traurig und wütend zugleich ließ Lara sich gegen die hellbraun gestrichene Hauswand sinken. »Aber ich dachte, du seist kein Hundemensch.«

Ein verlegener Ausdruck trat auf Evans Züge. »Das dachte ich auch immer. Aber offenbar hatte ich einfach noch nicht den richtigen Hund kennengelernt.«

»Also seid du und …«

»Honey«, sagte Evan.

»Wie lange seid ihr beide schon zusammen, Honey und du?«

»Seit etwa sechs Wochen. Eines Morgens saß sie einfach im Garten, genauso wie die Pitbull-Welpen.« Der letzte Teil des Satzes ging in einem Nuscheln unter, als hoffe er, dass sie seine Bedeutung nicht begriff, wenn er sie nur möglichst schnell über die Lippen brachte. »Ich wollte dich ja anrufen und fragen, ob du sie nimmst oder ins Tierheim bringst oder so, aber sie hat mich so angesehen mit diesen großen traurigen Augen. Also habe ich sie zum Fußballtraining mitgenommen, und plötzlich sind wir jeden Morgen zusammen joggen gegangen und haben uns den Super Bowl im Fernsehen angesehen.«

Lara traute ihren Ohren nicht. »Du. Hast. Einen. Hund.«

»Ich hatte keine andere Wahl.« Er fuhr sich mit der Hand durchs Haar. »Sie mochte mich und wollte nicht mehr gehen.«

»Und du mochtest sie auch.«

»Ja. Ja, gut. Ich gebe es zu, ich mag meinen Hund.«

»Und wenn sie den Kuchen fressen würde, den du auf der Arbeitsplatte vergessen hast?«

»Dann würde ich sie immer noch mögen.«

»Was ist so besonders an ihr?«, fragte Lara mit einem

Blick auf ihren Wagen, dessen hintere Fensterscheibe mit Sabber übersät war und wie ein Jackson-Pollock-Gemälde aussah. »Hat sie so erstklassige Manieren?«

»Nein, sie ist genauso ungezogen wie all die anderen.« Evan lachte leise. Offenbar amüsierte ihn Honeys kriminelle Energie. »Aber noch viel schlimmer ist dieses ewige Gesabber. Es ist unbeschreiblich. Dieser Hund sabbert ganze Bäche.«

»Ich verstehe das nicht.«

Er fuhr sich mit der Hand durch sein dichtes dunkles Haar. »Außerdem bin ich ziemlich sicher, dass sie Todessehnsucht hat. Gleich am dritten Tag hat sie die Malkreide der Nachbarskinder gefressen und prompt Nierensteine davon bekommen. Die OP hat mich schlappe zweitausendsechshundert Dollar gekostet.«

»Und all das macht dir nichts aus?«

Evan zuckte die Achseln. »Ich kann es auch nicht erklären. Sie ist einfach etwas ganz Besonderes. Nachdem du weg warst, war es viel zu still und leer im Haus. Ich habe dich vermisst, und es war so schön zu wissen, dass abends beim Nachhausekommen jemand auf mich wartet. Na ja«, er sah aufrichtig verlegen aus, »du hast doch immer gesagt, jeder Hund sei der Rettungsanker seines Besitzers.«

Lara nickte.

»Und sie ist eben meiner.«

Vor einigen Wochen noch hätte Lara sich durch sein Eingeständnis bestätigt gefühlt, doch nun machte sich lediglich so etwas wie Ernüchterung in ihr breit.

»Also hast du dich von mir getrennt und mich durch

einen Hund ersetzt«, stellte sie fest. »Das ist hart, aber irgendwie auch passend.«

»Ich könnte dich niemals ersetzen, Lara. Niemals. Während du dich nach einem Haus umgesehen hast und die Alphafrau von Mayfair Estates geworden bist, habe ich nur in der Jogginghose auf dem Sofa herumgesessen, mieses Zeug vom Lieferservice in mich hineingestopft und darüber nachgedacht, was für ein blödes Arschloch ich war. An dem Tag, als ich dich vor dem Petco-Markt getroffen habe, wollte ich …«

»Vor dem Petco?« Lara löste sich von der Wand und stemmte die Hände in die Hüften. »Du hast doch behauptet, du wärst im Baumarkt gewesen.«

»Was hätte ich dir denn erzählen sollen? Als du mich gesehen hast, hatte ich eine Tüte voll Hundeleckerlis, Spielzeug und ein Plüscheichhörnchen in der Hand, das genauso aussah wie das Zeug, das mich vorher so genervt hat. Ich musste die Sachen zuerst im Wagen verstecken, bevor ich mit dir reden konnte.«

Sie schob sich das Haar hinter die Ohren. »Was wolltest du mir damals eigentlich sagen? Es klang, als hättest du noch einige Fragen, die ich dir beantworten sollte.«

Er streichelte ihr über die Wange. »Ich wollte dich fragen, ob ich dich wiedersehen darf. Ob wir noch mal von vorn anfangen können. Und ich wollte dir sagen, dass es niemand anders in meinem Leben gibt.« Er strich mit dem Daumen an ihrem Kiefer entlang. »Was ist mit dir?«

Lara holte tief Luft. »Einmal habe ich mich mit jemandem getroffen. Aber es hat nicht funktioniert«, gestand sie.

»Der Mistkerl kann Hunde nicht leiden, stimmt's?«

»Nein, er mag Hunde sogar sehr.« Lara trat ein Stück näher.

Evan runzelte die Stirn und trat ebenfalls vor. »Er konnte keinen Kuchen für dich backen.«

Ein kleines diabolisches Lächeln trat auf ihre Züge. »Oh, irgendwann hätte er bestimmt einen für mich gebacken.«

Er beugte sich vor. »Ich bin sicher, er konnte dich nicht so sehr lieben wie ich«, raunte er.

»Trotz Mr. Hörnchen und allem?«

Er beugte sich noch ein Stück vor, so dass sein Mund beinahe ihre Lippen berührte. »Du bist absolut perfekt für mich. So wie du bist.«

»Dann lautet die Antwort ja. Auf all deine Fragen. Ja, du darfst mich wiedersehen. Und, ja, wir können noch mal von vorn anfangen.« Sie schlang ihm die Arme um den Hals und küsste ihn; ein zärtlicher, verführerischer Erstes-Date-Kuss, den er mit einem leidenschaftlichen, fordernden Drittes-Date-Kuss erwiderte, was ihr keine andere Wahl ließ, als mit einem verlangenden Fünftes-Date-Kuss darauf zu reagieren. Doch bevor sie die Leidenschaft endgültig mitreißen konnte, löste sie sich von ihm. »Nicht so schnell. Was ist mit dem VW mit dem rosa Glitzerherz-Aufkleber?«

Zum Glück war er viel zu sehr damit beschäftigt, seine Hand unter ihr T-Shirt zu schieben, um zu fragen, woher sie von dem weißen Wagen wusste. »Das war die Hundebetreuerin, die mit Honey Gassi gehen sollte.« Seine Miene verfinsterte sich. »Die Exhundebetreuerin.

Ich hätte es wissen müssen, dass man einem flatterhaften Teenager nicht trauen kann. Ich habe ihr eine Million Mal eingebläut, gut aufzupassen und die Leine mit beiden Händen festzuhalten, aber neeeeeiiiiin, sie musste ja ›nur ganz, ganz kurz‹ Honeys Leine abnehmen, damit sie ihren Freundinnen zeigen konnte, wie gut mein Hund Fußball spielt. Zwei Tage suche ich schon nach ihr, habe überall Zettel verteilt und sämtliche Tierarztpraxen und Tierkliniken abgeklappert.«

»Honey kann Fußball spielen?«

»Sie ist die vierbeinige Ausgabe von David Beckham. Aber darüber reden wir später.« Er zog sie ins Haus und schloss die Tür mit einem Tritt. Küssend taumelten sie ins Wohnzimmer und sanken auf die Sofakissen, was dem Hundespielzeug unter ihnen ein lautes Quieken entlockte.

»Gib's zu«, sagte Lara, die Wange an Evans nackte Brust geschmiegt, und wackelte müßig mit dem Fuß. »Ich habe dich angesteckt. Jetzt bist du auf demselben Niveau angekommen wie ich.«

Mit dem Zeigefinger fuhr er den Schwung ihres Rückgrats nach. »Stimmt. Inzwischen gehöre ich auch zur Hundesekte. Ihr habt mich bekehrt.«

Sie legte ihren Kopf unter sein Kinn. »Und was machen wir jetzt?«

»Noch ein bisschen davon, was wir gerade getan haben, wenn es nach mir geht. Wenn wir schon auf deinem Niveau angekommen sind, können wir es genauso gut in vollen Zügen genießen.«

»Du eloquenter Teufel«, sagte sie und kniff ihn spielerisch, ehe sie wieder ernst wurde. »Darf ich dich etwas fragen?«

»Alles.«

Sie verlagerte ihr Gewicht auf dem Sofa, was eine neuerliche Quietschsalve auslöste. »Was bedeutet das hier?« Sie biss sich auf die Unterlippe. »Für uns. Bedeutet es überhaupt etwas für uns?«

Er ließ sich mit seiner Antwort so lange Zeit, dass sie den Kopf hob und ihn fragend ansah. »Es bedeutet so viel, dass ich Mühe habe, dich nicht mit gefährlichen Fragen zu bombardieren«, sagte er.

Sie küsste ihn erneut. »Was für Fragen?«

Er legte die Hand auf ihre Wange und warf ihr einen warnenden Blick zu. »Du weißt genau, welche Frage ich meine.«

»Dann stell sie doch«, gab sie herausfordernd zurück.

Als er zögerte, nahm sie die Sache selbst in die Hand. »Na gut, wenn du es nicht tust, tue ich es eben. Evan, willst du …«

Er legte ihr die Hand auf den Mund. »Halt, stopp. Ich bin der Mann. Ich muss die Frage stellen.«

»Sei nicht so sexistisch. Wir machen es gemeinsam. Okay?«

»Okay. Auf drei.«

»Eins, zwei, drei«, stimmten sie im Singsang an. »Willst du mich heiraten?«

»Zwei Dumme, ein Gedanke«, rief sie. »Du schuldest mir eine Coke.«

»Wie wär's mit einem Ring stattdessen?« Er stand auf,

ging ins Schlafzimmer und kehrte mit der Plastiktüte mit ihrem Verlobungsring zurück.

»Er ist ein echter Traum«, schwärmte Lara, deren Freude nicht größer gewesen wäre, hätte der Ring in einer mit einer Schleife versehenen Samtschatulle gesteckt. »Aber können wir ihn vielleicht vorher kurz in kochendes Wasser legen?«

Sie zogen sich wieder an. Lara ging in die Küche, um Wasser aufzusetzen, während Evan Honey aus dem Wagen befreite.

Ausgelassen sprang die Hündin zwischen Lara und Evan hin und her, schnupperte, wedelte und sabberte.

Dann sah sie Lara geradewegs in die Augen und machte einige ungelenke Schritte zur Seite, wobei sie die Pfoten überkreuzte.

»Hast du das gesehen? Sie kann tanzen.«

»Ich hab dir doch gleich gesagt, das Mädchen hat Rhythmus im Blut.« Evan angelte den Ring mit einer Besteckzange aus der Tüte. »Du solltest sie erst mal auf dem Spielfeld sehen.«

Honey verzog die Schnauze zu einem breiten Hundegrinsen und legte abermals ein paar Tanzschritte aufs Parkett, wobei sie prompt über ihre eigenen Füße fiel und mit dem Gesicht voran in ihrem Wassernapf landete. Sie rappelte sich auf, legte sich auf den Bauch, kreuzte artig die Pfoten und wartete auf Applaus.

Lara blickte in Honeys traurige Augen und war verliebt. Was sie empfand, ließ sich nicht mit Logik erklären, und sie hatte keineswegs damit gerechnet, doch sie konnte es nicht leugnen:

Sie hatte ihre Seelenverwandte gefunden. Nach all den Jahren. Und durch einen glücklichen Wink des Schicksals kam ihre Seelenverwandte im Doppelpack mit dem Mann ihres Lebens.

32

»Dann wirst du also heiraten.« Justine nickte resigniert, als Lara beim Abendessen die Bombe platzen ließ. »Ich wusste schon immer, dass du es eines Tages tun würdest.«

Lara hatte nicht die geringste Lust, sich noch einmal für eine wichtige Entscheidung zu entschuldigen. »Ja, ich werde heiraten. Ich bin überglücklich, und soll ich dir etwas verraten? Es kümmert mich nicht im Mindesten, ob du es gut findest oder nicht.«

»Na, wunderbar. Du bist eine erwachsene Frau und brauchst keine Erlaubnis. Von niemandem.« Ihre Mutter hielt einen Moment inne, gerade lange genug, um Lara ein wenig schmoren zu lassen. »Aber ich finde es trotzdem gut.«

»Ehrlich?«

»Wieso schockiert dich das so?«

»Und was ist mit all deinen Warnungen, sich bloß nicht von einem Mann einwickeln zu lassen und ihm zu vertrauen?«

»*Ich* bin diejenige, die einem Mann niemals mehr blind vertrauen und ihren Argwohn über Bord werfen kann. Aber du bist nicht ich. Du musst deinen eigenen Lebensweg gehen.« Mit geschäftsmäßiger Miene zog

Justine ihr BlackBerry zu sich heran. »Ich habe bereits Termine fürs ganze nächste Jahr, deshalb sollten wir lieber gleich ein Datum festlegen. Was schwebt dir vor? Eine Frühlings- oder eine Sommerhochzeit?«

Lara winkte ab. »Wir lassen uns nur auf dem Standesamt trauen. Nichts Großes. Aber keine Sorge, wir finden schon ein Datum, das auch in deinen Terminkalender passt.«

Justine erstarrte. »Wie bitte?« Ihr Tonfall verhieß Ärger, doch Lara konnte sich beim besten Willen nicht vorstellen, weshalb.

»Was ist denn? Soll ich etwa keine Rücksicht auf deine Termine nehmen?«

»Du wirst nicht einfach aufs Standesamt gehen und dich trauen lassen. Am besten, du vergisst die Idee sofort wieder.« Justine schwenkte ihr Buttermesser wie einen Säbel. »Wenn du das tust, werde ich dich enterben.«

»Aber hast du nicht gerade gesagt, dass ich meinen eigenen Weg gehen muss?«

»*Nachdem* ich die Hochzeit des Jahres geschmissen habe, kannst du das auch gern tun.« Justine leerte ihr Weißweinglas. »Standesamt! Ich bitte dich, du undankbares Geschöpf. Ich sage es lieber noch mal, damit es keine Missverständnisse gibt: Wir werden eine Riesenhochzeit schmeißen. Eine superschicke, extravagante, elegante Feier mit Kristallgläsern, Kaviar und einer 12-Mann-Band. Du wirst ein Designerkleid tragen, und es wird dir so gut gefallen, dass du es gar nicht mehr ausziehen willst.«

»Moo-hom, nein«, stöhnte Lara.

»O doch.« Justines Tonfall ließ keinen Widerspruch zu.

Lara versuchte es trotzdem. »Aber festliche Anlässe sind der blanke Horror für mich. Außerdem bekomme ich von weißer Spitze bestimmt Hautausschlag.«

»Du bist die Braut. Du brauchst nichts zu tun, als durch die Gästemenge zu schweben und bezaubernd auszusehen.«

»Und Evan ist auch nicht versessen auf so etwas.«

»Evan?« Justine reckte den Hals, als hätte sie sich verhört. »Er ist bloß der Bräutigam, das heißt, er hat sowieso kein Mitspracherecht.«

»Aber so viel Geld für einen einzigen Tag ausgeben? Das ist doch die reine Verschwendung.«

»Es ist nicht dein Geld, also zerbrich dir darüber nicht dein hübsches Köpfchen.«

»Diskutieren ist wohl zwecklos, oder?«

Justine hob Iro vom Boden hoch und fütterte sie mit Lachsstückchen von ihrem Teller. »Absolut.«

»Aber wenn ich schon eine schicke förmliche Hochzeit mit einem Saal voller Gäste feiern muss, die ich kaum kenne …«

»Musst du.«

»… sollen sie doch alle in Begleitung erscheinen, oder?«

»Natürlich.«

»Das gilt aber auch für dich.«

»Ich habe schon jemanden«, sagte Justine wie aus der Pistole geschossen und kraulte Iros Kopf.

»Nein, es muss ein Mensch sein. Bist du schon mit Ivorys Besitzer ausgegangen? Wie heißt er noch mal?«

»Jay. Und du weißt ganz genau, dass ich nicht mit Männern ausgehe.«

»Also schießt du ihn kaltblütig ab?«

Justine verdrehte die Augen. »Wir haben uns am Samstag im Country Club zum Dinner getroffen, aber ich habe klipp und klar gesagt, dass es kein Date ist«, gestand sie schließlich nach einigem Hin und Her.

»Nenn es, wie du willst. Wie ist es gelaufen?«

Justine hob eine Schulter. »Ich habe keine Lust, mich hier zu entblößen.«

»Na gut. Aber immerhin schon ein Fortschritt.«

»Mach nicht mehr daraus, als es ist. Jay und ich haben ein köstliches Abendessen bei einer halbwegs netten Unterhaltung genossen. Punkt. Ich weiß, dass du es nicht glauben willst, aber an mehr bin ich derzeit nicht interessiert.«

»Ich weigere mich, das zu glauben.«

»Weil du eine unverbesserliche Kupplerin bist. Aber es braucht nicht jeder einen Partner, um glücklich zu sein. Ich mag mein Leben so, wie es ist. Nach so vielen Jahren allein bin ich doch gar nicht mehr fähig, mit einem Mann zusammenzuleben. Dieses Schnarchen, die Rasierschaumreste im Waschbecken, das ständige Gefasel über Golf und Sportwagen …« Justine schnitt eine Grimasse. »Nein, herzlichen Dank.«

Lara lachte. »Also hast du vor, mit Miss Angèle bis zum Ende deiner Tage allein zu bleiben?«

Justine knuddelte den widerborstigen Mischling, der

prompt erschlaffte und sich tot stellte. »Mag ja sein, dass sie sich die Bettdecke unter den Nagel reißt, aber sie widerspricht nie und mault nicht, weil ich eine Menge Arbeit habe.«

In diesem Moment ertönte das verräterische *Ping* von Justines Laptop.

»Was ist denn das?«

Justine fingerte an ihrer goldenen Uhr herum. »Ich glaube, mein Computer will mir mitteilen, dass ich beim Scrabble an der Reihe bin.«

Lara fiel die Kinnlade herunter. »Du spielst mit jemand anders Scrabble?«

Justine lief rot an. »Ja.«

»Aber *ich* bin deine Scrabble-Partnerin.«

»Reg dich ab. Das bist du doch trotzdem noch. Aber du bist nun mal sehr beschäftigt, was noch viel schlimmer werden wird, wenn wir erst einmal mit den Hochzeitsvorbereitungen losgelegt haben und die Gründung von *Lucky Dogs* e.V. konkreter wird. Und ich darf doch wohl mehr als ein Spiel gleichzeitig spielen.«

»Und gegen wen spielst du?«, bohrte Lara nach.

»Ich bin nicht sicher, ob dich das irgendetwas angeht.«

Doch eines hatte Lara von ihrer Mutter gelernt: sich bei Verhandlungen nicht unterkriegen zu lassen. »Los, raus mit der Sprache, sonst brenne ich nach Vegas durch.«

Justine schnappte nach Luft. »Das würdest du nicht tun.«

»Da wäre ich mir an deiner Stelle nicht so sicher. Ich habe ein langes Wochenende vor mir und bekomme plötzlich unbändige Lust, vor Elvis mein Jawort zu sprechen.«

Justine zögerte einige Sekunden lang. »Jay«, gestand sie dann mit einem dramatischen Flüstern.

»Zuerst Abendessen, dann Scrabble.« Lara rieb sich die Hände. »Allmählich wird es interessant.«

»Wir spielen auch Othello.« Justine schien so verlegen zu sein, dass Lara sich nicht verkneifen konnte, sie aufzuziehen.

»Vielleicht solltest *du* dir ja ein Designerbrautkleid aussuchen.«

»Eher friert die Hölle zu. Und jetzt lass uns an die Arbeit gehen.« Mit Iro im Arm erhob sich Justine, ging zu ihrem Laptop und rief ein paar Hochzeitsseiten auf. »Gleich morgen früh rufe ich den Brautsalon bei Neiman Marcus an und vereinbare einen Termin. Was ist dir lieber – eine schmale Silhouette oder lieber etwas mit A-Linie? Seidensatin oder Reinseide?«

Bereits beim Wort »Brautsalon« schaltete Lara auf Durchzug. »Ich nehme, was du für richtig hältst. Du hast einen erstklassigen Geschmack.«

»Oh, ich bin ja so froh, dass du so kooperativ bist.« Justine klatschte in die Hände. »Ich setze mich gleich mit ein paar Eventfirmen in Verbindung, außerdem müssen wir uns überlegen, wen wir einladen wollen, damit wir so schnell wie möglich eine ungefähre Gästezahl angeben und den passenden Ort aussuchen können. Ich denke ans Four Seasons oder ans Biltmore.«

»Soll ich Dad auch einladen?«, fragte Lara. »Er spricht nach wie vor nicht mit mir oder nimmt mich sonst irgendwie zur Kenntnis.«

»Ja«, antwortete Justine mit fester Stimme. »Er ist dein Vater, deshalb wirst du ihn anrufen. Die Entscheidung, ob er kommen will oder nicht, musst du allerdings ihm überlassen.«

»Wird er nicht«, sagte Lara. »Er will mir eine Lektion erteilen.«

»Und wenn du mich fragst, ist es besser, dass du es jetzt schon weißt, nicht wahr?«

Lara zupfte an einem Nagelhäutchen herum und senkte den Kopf, als sie Justines strafenden Blick sah. »Vermutlich werden wir den traditionellen Brautwalzer als Programmpunkt streichen müssen.«

Justine kehrte zum Tisch zurück und legte ihre tadellos manikürte Hand auf Laras Finger mit den unlackierten, abgebrochenen Nägeln. »Ach Schatz, dann tanze ich eben mit dir.«

»Ein Mutter-Tochter-Walzer?« Lara lachte. »Jeder Benimmpapst der Welt würde sich im Grabe umdrehen. Und was würden die Leute dazu sagen?«

»Es ist mir egal, was die Leute sagen.«

»Aber das äußere Erscheinungsbild ist alles, wie ich von höchster Stelle weiß.«

»Aber meine Tochter ist wichtiger. Ich bin die Gastgeberin, und deshalb tanze ich auch, wenn ich Lust dazu habe.«

»Und zu welchem Song?«, fragte Lara und durchforstete ihr Gehirn nach einem passenden Song für ihre

Mutter. »›Independent Women‹ von Destiny's Child? Oder ›I'm Every Woman‹ von Chaka Khan?«

»Wir reden hier von einer Hochzeit, Lara. Deshalb sollte es ein bedeutungsvoller Song sein. Er muss etwas darüber aussagen, wer du bist und was es mir bedeutet, Teil deines Lebens zu sein.«

»Wenn du jetzt ›Butterfly Kisses‹ sagst, stehe ich morgen früh um neun vor dem Friedensrichter in der Wüste.«

»Ich dachte an etwas Pfiffigeres. Etwas, was alle auf die Tanzfläche lockt.« Justine hielt inne. In ihren dunklen Augen lag ein verschmitztes Funkeln. »›Who Let The Dogs Out?‹«

33

»Alles Gute zum nullten Hochzeitstag«, sagte Lara und küsste ihren Ehemann.

»Das wünsche ich dir auch, obwohl ich nicht sicher bin, ob das Wort überhaupt existiert.«

»Kann sein, aber es ist weniger kitschig als der viel zitierte *erste Tag vom Rest unseres Lebens.*«

»Stimmt. Und ich bin dir dankbar dafür.« Evan schloss die Tür ihrer Hütte am Flussufer in Sedona, wo sie ihre Flitterwochen verbringen würden. Von außen wirkte der Bungalow reichlich rustikal, doch im Inneren erwarteten sie feinste französische Baumwolllaken und Belgische Trüffel auf dem Nachttisch.

»Meine Füße bringen mich um.« Lara verzog das Gesicht und kämpfte mit der winzigen strassbesetzten Goldschnalle an ihrer elfenbeinfarbenen Sandalette. »Ich werde nie verstehen, wieso Bräute den ganzen Tag Schuhen tragen müssen, in denen kein Mensch laufen kann.«

Evan beugte sich vor und küsste ihren Nacken. »Gehbehindert hin oder her, du warst heute atemberaubend schön.«

»Danke. Das Kleid hat meine Mutter ausgesucht.« Lara quiekte, als Evans warme Lippen von einer kalten, feuchten Nase ersetzt wurden. »Iiih! Weg da, Honey!«

Sie hörte das Klicken von Hundekrallen auf Parkett, als Honey davontrabte und aufs Bett sprang.

Abgesehen von Laras Kleid, hatte Justine auch die Wahl von Kerrys Brautjungfernkleid, des Veranstaltungsorts, des Blumenschmucks, der Einladungen, der Speisenfolge und des Großteils der Gästeliste unter ihren Fittichen gehabt. Das Resultat war eine Gala, die eine fünfseitige Fotostrecke im *Martha-Stewart-Weddings*-Sonderheft verdient hätte.

Lächelnd sah Lara Evan an. »Ich glaube, heute war der glücklichste Tag ihres Lebens.«

»Aber sie hält doch gar nichts von der Ehe.«

»Genau. Das war ihre große Chance, eine Traumhochzeit zu organisieren, ohne sich mit diesem lästigen ›Bis dass der Tod uns scheidet‹ auseinandersetzen zu müssen.« Sie streckte die Arme vor und nahm ihre frisch mit Paraffin behandelte Haut in Augenschein. Während der vergangenen fünf Tage war sie tagtäglich im Coterie-Salon in Scottsdale erschienen, als sei sie dort angestellt: um neun Uhr früh hinein und um Punkt fünf Uhr abends wieder heraus. Peelen, Waxen, Zupfen, Abschleifen, Schälen und mit Aceton Vollkleistern – Justines Mitarbeiterinnen hatten sie dem vollen Programm unterzogen, bis Lara in einem ihren Standards genügenden Zustand war. »Ich glaube, ich habe endlich ihre Erwartungen erfüllt.«

»Deine Mom ist absolut stolz auf dich, das weißt du ganz genau.«

»Das muss sie auch sein, schließlich arbeitet sie für mich. Aber ich bin auch stolz auf sie.« Justine hatte nicht versucht, ihr Gesicht hinter einem Schal oder einem Hut mit Schleier zu verstecken. Stattdessen hatte sie sich für ein todschickes hellgrünes Kostüm entschieden, leichtes Make-up aufgetragen und gemeinsam mit ihrem Begleiter jeden einzelnen Gast höchstpersönlich begrüßt. »Und wie fandest du Iros neues Styling?«

Die Shih-Tzu-Dame war ebenfalls einer Rundum-Schönheitsbehandlung unterzogen worden. Justine hatte ihr das Fell scheren, es in Form bringen und dezent tönen lassen, so dass es farblich zu ihrem Goldschmuck passte. Die kleine Hündin war kaum wiederzuerkennen gewesen. Lara hatte an diesem Morgen letzte Hand angelegt und mit ein paar großzügigen Spritzern Haarspray Volumen in ihr Fell an der Schnauze und um die Ohren gebracht.

Evan löste seine Krawatte und Manschetten. »Ich muss zugeben, dass ich Iro kaum bemerkt habe.«

»Weil du nur Augen für deine superheiße neue Frau hattest?«

»Genau.«

»Aber bestimmt ist dir aufgefallen, dass Honey noch hübscher aussah als sonst.« Während Justine in jeder freien Minute mit der Organisation der Feierlichkeiten beschäftigt gewesen war, hatte Lara sich voll und ganz darauf konzentriert, der Schweißhündin beizubringen, als vierbeinige Ringträgerin an einer mit Rosen geschmückten Leine den Gang zum Altar entlangzuschreiten.

Honey hatte ihre Sache perfekt gemacht, sich geschlagene zehn Minuten lang artig nicht vom Fleck gerührt, während Lara und Evan sich das Jawort gaben, und es geschafft, die Ringe lediglich mit einem Minimum an Sabber zu beschleimen, als Evan sie von ihrem Halsband löste. Nur bei der Aufforderung, der Bräutigam möge die Braut nun küssen, hatte sie die Schnauze gereckt und ein ohrenbetäubendes Jaulen ausgestoßen, das Frederic und Elfrida neidisch gemacht hätte – und Cynthia veranlasst hatte, wie auf ein Stichwort einzustimmen.

Justine, angesichts des Freudentags in gnädiger Stimmung, hatte davon abgesehen, Honey zu erwürgen, jedoch darauf bestanden, dass sie während des anschließenden Empfangs ins Hinterzimmer verbannt wurde (wohingegen Iro selbstverständlich einen Platz am Ehrentisch bekommen hatte). Ansonsten war es eine Hochzeit wie aus dem Bilderbuch gewesen – mit einem Makel. Der Vater der Braut war nicht erschienen. Gil und Trina hatten sich entschuldigt und ihre Glückwünsche geschickt, gemeinsam mit den Porzellanplatztellern, die Lara (besser gesagt, Justine) auf die Geschenkeliste gesetzt hatte.

Evan trat sich die Schuhe von den Füßen und ließ sich auf das riesige Bett fallen. Lara legte sich neben ihn und schmiegte sich an seine Brust, während Honey heranrobbte und sich quer über ihre Füße und Schienbeine fläzte.

»Wie kann so ein dürrer Hund bloß so schwer sein?«, fragte Evan. »Sie muss Knochen aus Stahl haben.«

»Das ist typisch für Schweißhunde«, antwortete Lara. »Sie besitzen ein unglaublich dichtes Knochengerüst.«

»Ich kann meine Beine nicht mehr bewegen.«

»Zum Glück steht das Telefon in Reichweite. Wir könnten etwas vom Roomservice bestellen.«

»Gute Idee.« Er griff über das Bett hinweg nach dem Telefon und zog ein zusätzliches Kissen für Lara heran. »Ehrlich gesagt, könnte ich mir vorstellen, für immer in dieser Hütte zu bleiben. Alles, was ich zum Leben brauche, ist hier.«

»Geht mir genauso. Allerdings würde ich gern endlich dieses Kleid ausziehen. Es engt mich ziemlich ein.«

»Keine Sorge, du kommst noch schnell genug aus deinem Kleid heraus.« Doch seine Worte endeten in einem ausgiebigen Gähnen.

»Ziemlich große Klappe für jemanden, der drauf und dran ist, das Bewusstsein zu verlieren«, bemerkte Lara, legte den Kopf wieder an seine Brust und lauschte seinen Atemzügen. »Ich bin so froh, dass die Hochzeit vorbei ist und wir wieder in unser normales Leben zurückkehren können.«

»Ich bin froh, dass wir endlich Urlaub haben.«

»Und ich bin froh, dass wir ein Viersterneresort gefunden haben, in dem auch Hunde zugelassen sind.«

Sie küssten sich, lösten sich jedoch lachend voneinander, als sich der Spitzensaum von Laras Kleid in Honeys Pfote verhedderte und riss.

»Ich liebe dich.«

»Ich liebe dich auch.«

»Wuff.«

Danksagung

Ein großes sabberndes Dankeschön geht an:

Shawna Swanson, die ich zu diversen Rassehundeschauen begleiten durfte und die mir Einblick in die Welt der Hunde gewährt hat. Von ihr habe ich eine Menge über Wettbewerbe, die Arbeit mit Fundhunden und die Partnersuche gelernt. Sollten Sie in der Gegend um Phoenix, Arizona, leben und eine Hundetrainerin brauchen, rufen Sie sie an: www.maverickdogtraining.com

Kresley Cole – tolle Autorin, liebe Freundin und echtes Genie, die mein Leben immer wieder aufs Neue »easy peasy lemon squeezy« macht.

Meine Mom, die mich regelmäßig beim Scrabble fertigmacht und bis zum letzten Atemzug behaupten wird, dass »geflachst« ein Wort sei.

Jeanette Viteri und natürlich Etienne, Aiden und Bella, ohne die dieses Buch wahrscheinlich heute noch nicht fertig wäre. Ich komme gleich mal mit einem Blech voller M&M-Kekse rüber.

Danielle Perez und Ivory, Kathie Galotti und Eskie, Erica Ashcroft und Petty und all die Facebook-Fans, die sich mit ihren Hunden für einen Kurzauftritt in diesem Buch beworben haben. (Über »Lucy Pelzstück« lache ich immer noch. Ihr seid wirklich der Wahnsinn!)

Und natürlich an meine zwei Lieblinge, Roxie und Friday, die meine Füße warm halten und denen ich es verdanke, dass mein kompletter Kleiderschrank voller Hundehaare ist.